文春文庫

六月の雪

乃南アサ

文藝春秋

六月の雪・目次

六月の雪

プロローグ

黄昏（たそがれ）の薄闇がぼんやりと広がる家の中に、テレビから流れるチャンバラ時代劇の音だけが必要以上に大きく響いていた。帰宅して、玄関の扉を閉めるか閉めないかのうちから、その音に負けないくらいの声で「ただいま」と繰り返しているのに、何の返事も聞こえてこない。訝（いぶか）しく思いながらスリッパを引っかけて居間への扉を開けると、すっかり夕暮れの迫った部屋の中で、祖母がいつもの席に腰掛けたまま、小さな背を丸めてうなだれているのが、シルエットのように見えた。

「おばあちゃん？」

手探りで明かりのスイッチに触れる間も、さらに「おばあちゃん！」と呼んでみる。ぱっと明るくなった室内で、小さな頭がゆっくりと動いた。目をしょぼしょぼとさせながら、祖母は「いつ帰ったの」と、心持ちうっとりしたような顔をこちらに向けてきた。

「なあに、寝ちゃってたの？」

こんなに大きな音でテレビつけっぱなしにして、と呟（つぶや）きながら、杉山未來（すぎやまらい）は祖母のそばに置かれていたテレビのリモコンを手に取った。この有料チャンネルでは二十四時間時代劇を流しているが、地上波ではほとんどのチャンネルがニュースの時間帯だ。どうせ居眠りしていたのなら、ドラマはほとんど見ていなかったに違いないから、未來は「替えるよ」とだけ言って、躊躇（ちゅうちょ）なくチャンネルを切り替えた。ついでに音量も小さくする。

「これくらいでも、聞こえるでしょう？」

うん、と小さくうなずいて所在なげに室内を見回しながら、祖母は「ああ」と、がっかりしたような声を漏らした。

「夢だったんだわね——夢を見てたんだわ」

「夢？　どんな？」

「——昔、住んでた町が出てきた。そう、あれは間違いなく、そうだった」

祖母は、夢で見ていたらしい風景をまだ追いかけるような、遠い目になっている。

「そろそろ花が咲く頃だから、海に行こうっていうことになって、お友だちのお父さんがトラックに乗せてくれてねえ。トラックの荷台でゴトゴト揺られながら」

祖母は遠い目をしたままで、口元にゆったりと笑みを浮かべている。

「あの子は何ていう名前だったかしら——顔だけは覚えてるんだけど。色が黒くて、いつもニコニコ笑ってる子で。それから、仲のよかったカズエちゃんもいて」

ずい分とまたはっきりした夢を見たものだ。

「空が抜けるように青くて、真っ白い入道雲が、いくつもいくつも、もくもくと湧いててねえ」

聞いているうちに、水平線に向かって走っていくトラックが、未來の頭にも浮かんできた。まるで青春アニメのワンシーンみたいだと思っている未來の前で、祖母は「陽射しが強くて、まぶしくてねえ」と、本当にまぶしそうに目を細めている。

「あれは、六月だったんだわね」

「そんなの、どうして分かるの」

「だって、海に行こうって話してたんだもの。花を見に」

「何の花？」

「ほら——あの、あれ。何ていったかしら」

「それ、熊本の話？」

「ちがうちがう。おばあちゃんの、生まれた町。何年ぶり——何十年ぶりかしらねえ。本当に懐かしい景色だった」

未來は、祖母を横目にキッチンカウンターを回り込んで、取りあえずガスレンジにのっている鍋の中をのぞいてみた。玄関まで香っていた通り、そこには未來の好物の炒り鶏が鍋一杯に出来ている。隣の土鍋には青豆ご飯が炊けているし、味噌汁も万全だ。おそらく冷蔵庫にはいつものように青菜のおひたしや漬け物なども入っているに違いない。

ほら、大丈夫。いつもと変わってない。

ちょっと寝ぼけてるだけ。

「お腹空いたでしょ。手、洗ってらっしゃい。うがいもね」

祖母はようやくはっきりと目が覚めたらしく、いつもの表情に戻るとテーブルに手をついてゆっくりと椅子から腰を上げる。

「どれ、お味噌汁を温めようか」

「あ、私はお味噌汁は、まだいいからね」

そういえばと、玄関に置きっ放しにしてあった買い物袋をぱたぱたと取りに戻り、未來は祖母に差し出した。

「今日はね、おばあちゃんにもお土産買ってきたんだ」

駅に直結している商業施設に入っている、評判の良いケーキ店の紙袋を見せると、甘いものが好物の祖母は、もう両肩を引き上げる仕草をして相好を崩している。目尻から頬にかけて細かい皺が何本も寄って、小さな顔はくしゃくしゃになった。未來は次いで、同じ施設内にあるちょっと高級なスーパーの袋からハーフボトルのスパークリングワインと、生ハムとチーズの盛り合わせを取り出した。

「こっちも、買ってきちゃった」

「奮発しちゃって。今日、何の日だったっけ？」

「ほら、言ったじゃない。今日で仕事が終わるんだよって。契約が終了したから」

ああ、そうだったたと祖母は頷いて、「おめでとう」と笑う。

「べつに、おめでたくはないんだけどね」

こちらも、つい苦笑した。

「明日から無職になるんだから」

それでも祖母は「今日までよく頑張ったもんだわ」と一人で納得したように何度も小さく頷いている。

「こんな仕事は向いてない、嫌だ嫌だって言いながら、それでも三年間、ちゃんと続いたんだものねえ」

仕方がなかったから続けただけだ。だが、祖母の言うことにも一理ある。毎日決まった時間に起きて、満員電車に揺られ、つまらないオフィスで地味な事務仕事を三年間も続けられるとは、我ながら思っていなかった。そういう性格ではないという思いがあったし、むしろもっとも避けたいライフスタイルでもあったのだ。だが、三十近くなって初めて経験する会社員生活というものを、「やっぱり嫌だから」などという理由で放り出したとしても、だから昔に戻れるというわけではないことは百も承知していた。二十代にも戻れず、かつてと同じ夢を追いかけることも出来ないと分かっていたから、目の前の仕事にしがみつくしかなかった。安定した収入と共に、時間も稼ぎたかったから。そうやって、過去を過去に押し流すために。

人生には、出来ることと出来ないことがある。いくら努力しても、報われないことがある。

未來の二十代は、それを思い知らされただけで終わってしまった。残ったのは、こんなはずではなかったという苦い思いと、自分なりに精一杯努力したつもりなのに、ついに声優として一本立ち出来なかったという挫折感だけだった。そして三十を目前にして、長年の夢に見切りをつける決心をした。所属していた事務所も辞めたし、それと同時に、彼との先の見えない関係にも終止符を打った。

テレビをつければ自分の声が聞こえてくる日、様々な役柄を与えられて、現実にはあり得ないアニメやゲームの世界で溌剌と息づく生命を演じる日、一方では、いつかアニメフェスティバルなどのイベントの舞台で、大勢いるファンに向かって彼と二人で結婚報告する日が来ると信じて突き進んできたつもりだった。だがあるとき、夢見ることにさえ疲れ始めている自分に気づいてしまった。二十八くらいのときだっただろうか。ちょうど友人の結婚式が続いた頃でもあった。

同じ頃、外見も才能もどうということもなく見えた年下の新人が、瞬く間にスター声優の座に駆け上がっていった。たまたま出会った「どうってことない」相手と、気まぐれのようにつきあい始めたと照れ笑いしていた友人が、いとも簡単に妊娠したかと思ったら、実にあっさりとこれまでの夢など捨て去って、幸せそうに微笑む花嫁になった。呆気にとられる未來には、重たい現実ばかりが、ひたひたと押し寄せてきていた。

どう頑張っても声質は変えられない。受けても受けてもオーディションには落ちまくる。同じ夢を追いかけていたはずの彼は、未來を守って生きていこうという気持ちなど最初から持ち合わせていないことにも気づいてしまった。こんな状態のままで三十代に突入し、それでもなお見えないゴールに向かって走り続ける勇気も、耐え続ける元気も、一番大切な情熱すら、もう自分には残っていないと、ある日感じた。

未練もあったし、後悔しなかったといえば嘘になる。だが、あの頃は常に泣き場所を探してヒリヒリと感じられた心は、今では意外なほど穏やかに凪いで、自分でも落ち着いてきたと感じるようになった。街で見かける若者は、いつだって今が一番みたいな顔をして、自分の若さや可能性を振りかざして見えるが、未來にはもう分かっている。そんなにいいものであるはずがないのだ。少なくとも未來はもう、二十代の日々になんて戻りたいとは思わない。戻してやると言われてもお断りだ。第一、三十代は思っていたほど悪いものではない。

もちろん将来への不安はある。明日から無職になる身としては、また次の仕事を探さなければならないし、それ以外にでも夢か希望か、または恋でも見つけなければとも思い始めている。それでも以前とは比較にならないくらいに肩の力が抜けて、自然体になってきた気がする。大人になったはずなのに、前よりも無邪気に笑えるし、素直になったのではないかとも思う。それに、世の中の大部分の人が選び取る、当たり前の会社員生活というものを、自分にだって送れないことはないと知ったのも、一つの自信になった。しかも、今日まで働いていた職場には、未來と同世代かそれ以上の独身女性がたくさんいた。彼女たちの多くは未來と同様、結婚したくないわけでも出来ないわけでもなく、ただ「どこを探してもろくな男がいないから」独りなのだという意見で一致していた。なるほど、そう考えれば気持ちが楽になると学んだのも貴重な経験だった。

正社員と違って、退職するといっても花束一つ贈られるわけでもなく、餞の言葉も特になかった。上司も実にあっさりしたものだったし、送別会を開いてくれるほど親しくなった友人が出来たわけでもない。だから結局こうして真っ直ぐ帰宅した。

「二階、もう雨戸ぜんぶ閉めちゃうからね」

「お願いね。ああ、ねえ、蚊取り線香、去年の残りあったかしら」

「蚊取り？　もう？　まだ五月だよ」

「でも、もういるみたいなのよ。さっき、食われたもの」

「着替えてから探す」

出来るだけ早くスパークリングワインを冷やそうとフリーザーにボトルを押し込んでから、未來は階段をとんとんと上って、今は誰も使っていないいくつかの部屋の雨戸を閉めて回り、最後に自分の部屋に入って、網戸越しの風に揺れるカーテンをたぐった。小さな庭を挟んで建つ家は、夕闇の中にひっそりと沈んだままだ。まだ誰も帰ってきていないらしい。

本当は、ケーキを買うときに、ほんの一瞬、迷った。「となり」の分も買って帰ろうかと。だが、そんなことをしたところで、喜ばれないばかりか痛くもない腹を探られることは分かりきっている。

どういう風の吹き回し。

あんた、またお母さんに言われて、何か探りにきたんじゃないんでしょうねえ。

何しろ「となり」に暮らす叔母ときたら、こちらが何を話しかけても普通の受け答えをしたためしがない人だ。いつだって、こちらはあくまでも好意でしているつもりなのに、まるで素直に受け取ってもらえない。たとえば急に雨が降ってきて、「となり」のベランダに干しっぱなしになっていた洗濯物を取り込んでおいてあげたとしても、「理由をこじつけて家の中を探ろうとした」くらいのことは平気で言う。だから未來にとっての二人の従弟妹（いとこ）も、自分たちの母親の顔色をうかがってか、または同じ考え方をしているせいなのか、たとえ庭先で未來と顔を合わせても、曖昧（あいまい）な表情で視線をそらすばかりで、ろくに挨拶さえしたこともなかった。もとはと言えば、未來が両親と弟妹たちと暮らしていた家なのに。

＊

未來の両親は、父が福岡の大学に教授として招かれたのを機に、不登校になっていた中学生の弟と、生まれつき軽い発達障害のある高校生の妹とを連れて、揃って福岡に引っ越すことを決めた。その時もう二十歳になっていた未來は、声優の専門学校と大学とのかけ持ち生活の真っ最中だったから、当然のように東京に残る道を選んだ。それでも別段淋しいと思わなかったのは、もともと同じ敷地内に暮らしていた祖父母の家に移ればいいだけのことだったからだ。

両親と弟妹が引っ越していき、未來の荷物も祖父母の家に移したと思ったら、待ってましたとばかりに、叔母が二人の子を連れて前触れもなく舞い戻ってきた。父には千葉で開業医をしている弟の他にもう一人、少し歳の離れた妹がいることは知ってはいたけれど、未來の記憶の中にはまったく残っていなかった。実際、会ったことがあるのは未來がまだ一、二歳のときに、しかも一度きりだというのだから無理もない話だ。

聞いたところによると、この真純という叔母は子どもの頃からかなりの問題児だったらしく、祖父母の頭痛の種になっていたという。いつもフワフワと落ち着きがなく、中学生の頃にはもう不良グループと付き合うようになって、そんな連中に誘われないようにするために、学校の行き帰りも父や叔父が付き添ったほどだそうだ。その後せっかく受かった高校もすぐにやめたいと言い出すし、親に隠れて妙なアルバイトをしたり、外泊したり、家出も何度かしたらしい。それでも、どうにかこうにか高校を卒業し、花嫁学校のような短大に押し込んだと思ったら、いつの間にか歳の離れた妻子持ちの男性とつきあうようになって、祖父母の説得にも頑として応じず、結局はほとんど略奪婚同然に、その男性と駆け落ちしてしまったのだそうだ。その時点で堪忍袋の緒が切れた祖父は、叔母に勘当を言い渡した。

そんな叔母が突然、舞い戻ってきた。当時まだ健在だった祖父は、長年の無沙汰や親不孝を詫びるどころか、すっかり開き直った態度の叔母に激怒して、「この家の敷居はまたがせん」と声を荒らげた。すると叔母はいかにも自信たっぷりの表情で、バッグから一つの鍵を取り出して見せたものだ。

「パパがわざわざ合い鍵を作って、送ってあげたのよ。何年かぶりでやっと連絡を寄越したと思ったら、離婚して、住むところもないって聞かされて」

未來が「大事件」を報告するために福岡に電話したとき、まだ引っ越しの荷物も片付いていないらしい中で、母は電話口でも聞こえるくらいに「これまでだって、困ったときだけ連絡を寄越してきた人だけど」と、大きなため息をついた。父からすれば長年どこで何をしているかも分からなかった妹を不憫に思ったし、まだ小学生だという二人の子どもの将来も気にしてやらなければならないとも考えたらしい。ちなみに、その二人の子というのは略奪婚した相手との子ではなく、しかもそれぞれに父親が違うということだった。本当はその上に、最初の結婚相手との子どもがいるのだが、その子はもうとっくに母親のもとから去っていた。つまり、叔母はいつの間にか三度の結婚と離婚とを経験していたということだ。

未來から見た父は、よくも悪くも学者バカというのか、自分の専門分野以外にはほとんど興味を示さない、何事にも無頓着な性格だ。未來に比べて扱いが難しかった妹と弟のことには、それなりに向き合ってきたが、大半は母任せ。たとえ相手が肉親であっても「その人の人生だから」と、必要以上に口出ししたり、関わろうとはしない。だからこそ、未來が声優になりたいと言い出したときにも、母が「大学にも行くこと」という条件を出して譲らなかった一方で、父は何も反対しなかった。現在は成人した妹たちもそれぞれに、自分たちが選んだ道に進んでいる。

だが叔母は、そんな父が精一杯に示した兄らしい誠意を「自分の体面を保つために」親切なふりをしたと解釈したようだ。実際に父が家を使わせてやると決心しなければ行き場もなかったくせに、彼女は未來や祖父母の前で「べつにありがたいなんて思ってない」と言い切った。そして、ことあるごとに未來に向かって、父や母、祖父母の悪口を言うようになった。

さすがお兄ちゃんは頭がいい、まさしく策士だわ。お父さんがあんなに自慢にしてた庭をつぶさせて、ちゃんと家を建てさせるんだから。

義姉(ねえ)さんていう人も見かけによらずお腹の黒い人なんだね。最後まで親の面倒を見ますみたいな顔をして、家まで建てさせておいて、後はとっとと引っ越して親が死ぬのを待つ気なんだ。

要するにこのうちは封建的なのよ。男二人にはそれなりのことをしてやっても、私のことなんて放ったらかし。普通は娘の方を可愛がるもんじゃないの。

今でこそ好々爺ぶってるけど、昔お父さんが私にどんなにきつく当たってきたか、お母さんが一度もかばってくれなかったこと、私は死ぬまで忘れないから。

それらの言葉の一つ一つは、未來の中に小さな針のように突き刺さった。

哀しいのは、顔を合わせればそんな毒を吐く叔母と、父の容貌がよく似ているということだ。そして祖母とも似ている。間違いなく、この人は肉親なのだと、その外見が語っていた。だからこそ、出来ることならみんなで仲良く暮らせないものかと、未來はずい分と気を揉んだ。祖父母は共に気丈に振る舞ってはいるものの、未來の家族が福岡に行ってしまったことを淋しく感じていることは間違いなかったし、叔母との空白の時間を取り戻したい様子だって感じられた。それでも叔母と言葉を交わすたびに、こちらの胸に刺さる針は数を増し、ホームドラマのような甘い幻想は次々と打ち砕かれていった。

「やめなさい。無駄だから」

そうしてついにある日、祖父が苦虫を嚙みつぶしたような顔で呟くのを、未來は悲しい驚きと共に見つめた記憶がある。

「おじいちゃんも、もう諦めてらっしゃるのよ」

祖母も疲れ果てたといった様子で頰をさすりながらため息をついたものだ。

「たった一人の女の子だし、親としては、未來のパパや叔父ちゃんに対するよりも、ずっと手をかけて育てたつもりなんだけど」

確かに、様子見がてら顔を出した千葉の叔父も言っていたことがある。

「こんな言い方をしたら身も蓋もないけど、要するに真純一人だけ、ちょっとばかり出来が悪かったんだな。兄貴も俺も、そこそこ成績も悪くなかったから」

それは違うと祖母が否定した。

「やれば出来る子だった。ただ、あの子は何しろ落ち着きがなくて、努力することが嫌いだったわねえ。小さい頃から何を習わせて、何をさせても、どうしても長続きということのしない子だった」

そのくせ小さな頃から何かと目立ちたがりで、一番の流行のものを欲しがったり、当時のアイドルに熱を上げてどうしてもコンサートに行くんだと騒いだり、次から次へと興味の対象を移しては、またすぐに放り出す。その繰り返しだったのだと祖母は言っていた。

「要するに努力せん人間はダメということだ。何事にも辛抱出来んもんは。そのことが、あいつはこうなっても、まだ分からん。何もかも自分がまいた種だということが、最後まで分からんのだろう」

食事のときなど、祖父が難しい顔で呟けば、祖母は「ずい分と言って聞かせたつもりなんですけれど」と、まるで自分の責任のように首を縮めた。そして五年前に祖父が亡くなり、久しぶりに親戚一同が揃った席で、叔母はほとんど宣戦布告に近いことを口にした。

「あの家は私が相続したいんだけど。今まで何一つしてもらったことないんだから、それくらい当然でしょう？　私が相続したら、すぐに売り飛ばしてやるわ」

　その言葉には、無頓着な父もさすがに険しい表情になったし、いくら悪く言われても「小姑(こじゅうと)って、そういうものよ」などと言っていた母も、困り果てたように俯(うつむ)いた。叔父も「今そんな話を持ち出さなくても」と、何とか取りなそうとしたが、叔母の剣幕は収まるどころか激しくなる一方で、最後には骨壺(こつつぼ)に収まったばかりの祖父の前で怒鳴りあいが始まってしまった。

「本当に、あんたっていう子はっ。お父さんのお骨がまだ温かいうちから、一体何ていうことを言うのっ」

祖父の臨終のときにも取り乱すほどではなかった祖母が、その時ばかりは泣き崩れた。

その後、祖父が遺言書を残していたことが分かった。それには、少しばかりの財産はすべて祖母に遺すと明記されており、子どもたちには相続を放棄することを希望していた。

　人の寿命はいつまで続くか分からないものだから、祖母は残りの人生を、子どもらに遠慮することなく過ごしてほしい。わずかな蓄えは、自分のために使ってほしいというのが祖父の遺志だった。さらに「となり」は既に土地も分筆され、家も父の名義になっていることが記され、登記簿や権利書なども添えられていた。つまり「となり」はとうに、叔母がどうこう出来るものではなくなっていたのだ。それでも叔母が「遺留分」というものを主張して譲らず、もらうものをもらうまでは一歩も動かないと言い出したから、未來が生まれ育った家は、今や叔母一家の要塞と化している。

私ん家なのに。

これで、もしも父たちが戻ってくることになったら、その時はどうなってしまうのだろう。またこの先、父や母が年老いていったときには、何が起きるのだろうか。朝に晩にカーテンを開くたびに、そんな思いが頭をよぎり、未來なりに憂鬱になることが、最近は少なくなかった。

＊

楽な服に着替えて階下に戻る頃には、居間のテーブルの上に散らばっていた新聞の折込チラシや何かの書きつけなどはすべて片づけられて、茶碗や箸が並び始めていた。仏壇に手を合わせた後、祖母が「おなんど」と呼ぶ三畳間から蚊取り線香の丸い缶を探し出して、未來は昨年の残りの蚊取り線香に火を灯した。ついこの前ゴールデンウィークが過ぎたばかりだっていうのにね、と言いかけて、ふわり、と夏を連想させる線香の香りに触れた瞬間、まるで違う言葉が口をついて出た。

「おばあちゃん、今度から電子蚊取りにしようよ」

「なんで？」

「あれだと煙が出ないから、その方が喉にもいいんだ」

キッチンと居間との間を往復しながら食卓を整えているらしい祖母の声が、実にあっさりと「そう」と聞こえた。

「未來、それ、買ってきてくれる？」

「明日、買ってくる。もう最後の一巻きしかないから」

本当は、缶の中にはまだ全体の半分くらいは蚊取り線香が残っている。喉のことだって、もう声優時代のように気遣う必要なんてない。ただ昨年、祖母は何回か蚊取り線香を倒して焦げを作ったことを思い出したのだ。それも、未來が指摘するまで祖母自身は気づかなかったのには正直なところ驚いたし、あのときも不安を覚えた記憶がある。床に焦げを作っただけではない。もう一度はエアコンのリモコンの上に落とすか倒すかしたらしく、リモコンの一カ所がわずかに溶けかかっていた。それについても、未來が「どうしたの、これ」と指摘するまで、祖母は気づいていなかった。もしも、祖母の大好きな新聞の折込チラシの上にでも落としていたら、下手をすると火事になるところだったのに。

「香りは夏らしくていいんだけどね」

蚊取り線香をのせた古い絵皿を、風に揺れるカーテンが触れない程度の窓辺に置き、スパークリングワインが冷えるのを待つ間にビールを飲もうとキッチンに回って冷蔵庫を開けた途端、未來の視点は一カ所で止まった。

「おばあちゃん」

「ああ、おひたしね、下の段だから。ラップかけてあるでしょう？　それと、おキュウリとしらす干しの和え物とね、真ん中の段の手前のところに、冷や奴」

「それよりさあ、アイスクリームを、何でフリーザーに入れないのよ」

炒り鶏を盛った大鉢を両手で持ち上げた格好のまま、祖母は「え」と不思議そうな顔になってこちらを見ている。未來は容器を揺らしただけで中身がすっかり液状になってしまっていると分かるハーゲンダッツを取り出して見せた。

「これはアイスクリームなんだから。入れるんなら、フリーザーでしょ」

「あら、間違えたんだわ」

「――それに、どうしたの、ハーゲンダッツなんて」

「昼間、上田さんの奥さんが持ってきてくれたの。急に暑くなったから、一緒に食べましょうよって。でも、一度に食べきれなかったから」

「せっかく持ってきてもらったのに。もう、一度溶けちゃったから、これ、食べられないよ」

「もったいないことしちゃったわねえ」

こういうことが時々ある。

実は、祖母の中で何かが少しずつ変わり始めているのではないかと未來が感じるようになったのは、祖父が亡くなった直後くらいからのことだ。

ほんのちょっとした勘違いや言い間違い。幼い頃からずっと一緒にいる祖母が、そんなことをするはずがないと思うことをする。そして、今のように間違いを指摘しても、その時は「そうだったわね」と言いながら、また同じことを繰り返す。いちいち福岡には報告していないが、一緒に暮らしているからこそ感じる、そういった細かいことが増えているのだ。

それが、歳をとるということなのだろうか。冷蔵庫の温度ではアイスクリームが溶けることくらい、考えるまでもなく分かりそうなものなのに。いや、当然のこととして知っているはずなのに。かつての祖母なら。

「未來はシャンペン、どのコップで飲む?」

今どきシャンペンなんて言わないよ。コップっていうのも、合わないよ。何度かそんなやり取りもしてきたが、もう言わないことにした。繰り返しスパークリングワインと言っているが、祖母にはいつの頃からか、耳新しい言葉を覚えようとする意志そのものが失せつつあるらしいと分かったからだ。以前はそんなことはなかったのに、この頃ではスキンクリームも入浴剤も「お薬」でひとくくりだし、ボディーソープは「石鹸」、コンディショナーは「リンス」だ。

ファンデーションは「白粉」だし、今の商品でいうと何になるのか分からないが、よく「コールドクリーム」が欲しいと言ったりする。近所のコンビニのことは、ついつい「三河屋さん」と呼ぶ。未來が幼い頃までは、そういう名前の酒屋だったというから、当時の呼び名の方が祖母の中には強く残っているのだろう。新しく押し込んだ単語がだんだん抜け落ちていったら、昔から使っていた言葉だけが浮かび上がってきたような感じだ。だから未來も、祖母と対するときには、もうあまり言葉にこだわらないことにしている。声優時代はCMのナレーションやドキュメンタリー番組の吹き替えをすることなどもあったから、新しいカタカナ語や商品名などに敏感だったし、神経質にもなっていたのだが、今の未來の日常にはそんな必要はない。ましてや祖母に通じないのだから仕方がなかった。

「その前にビール、ビール。おばあちゃんも、ちょっと飲む?」

祖母は「ほんのちょっとね」と笑っている。子どもの頃から、家に遊びに来た友だちの多くが「可愛い」と評した祖母の笑顔。きれいな包装紙をとっておいて、それに菓子を包んで、くるりとおひねりにして友だちに配ってくれるから、みんなは大喜びだった。

食卓が整ったところで、未來は祖母と向かい合って二つのビアグラスにビールを注ぎ、「乾杯」とグラスを合わせた。

「お勤め、ご苦労様でした」

「何かそれって、ヤクザの出所祝いみたいだよ」

そうかしら、と笑っている祖母の声を聞きながら、喉を鳴らしてひと息にビールを飲んだ。思わず「あー」とため息が出る。これでもう明日から、いつもの時間に起きないで済む。電車の女性専用車両で、立ったまま化粧する客にもたれかかられるのを我慢したり、せき立てられるようにランチの店に向かったりする必要もないと思っただけで、背中から力が抜けていく。取りあえず近々ハローワークに行って必要な手続きだけ済ませたら、しばらくは自堕落に過ごそうと決めている。友だちに会って、映画もたくさん観て、コンサートにも行きたい。

祖母は昼間ハーゲンダッツを持ってきてくれた上田さんから聞いたというご近所の噂などを、ぽつぽつと話し続け、未來は適当に相づちを打ちながら、大して面白いとも思わないテレビを眺めて箸を動かした。生ハムだろうとチーズだろうと、家にいるときは箸で済ますのは、自分が洗い物をすることを考えてのことだ。たかだか小皿一枚、ナイフ、フォークだけでも、数が増えると洗うのが億劫になる。ことに少しでもアルコールが入ったときは余計に面倒くさい。だが、後のことはすべて祖母任せなのだから、せめて家で夕食をとるときには後片付けくらいしなさいと、福岡の母から耳にタコができるほど言われているのだから仕方がない。

本当はビール抜きで最初からよく冷えたスパークリングワインを飲みたかったのだが、あのスーパーにはハーフボトルで冷えたものを売っていなかった。「三河屋」だったコンビニでも売られているのは知っているが、ハーフボトルよりもさらに小さくて、しかも安物だ。今日はどうしても、ちょっと上等なものを飲みたかった。自分へのご褒美に。

「こっちも飲んでみる？」

祖母と差し向かいで飲んだ缶ビールが空いたところで、そろそろ冷えたはずのスパークリングワインを抜くことにした。祖母は「もうたくさん」と首を横に振った。

「それにしても、今の時代はすごいわねえ」

「なんで？」

「クリスマスでも何でもないのに、そんな、シャンペンなんていうものが普通に売られてて、あんたみたいな若い娘が、平気な顔して家で飲むなんて」

「何、言ってるの。これくらいのことで」

第一、そんなに若いっていうほどでも、ましてや娘なんて呼ばれる歳でもない。もう三十二なんだからと心の中で自嘲気味に呟きながら、フルートグラスの底から立ち上っていく細かな泡粒を眺める。この泡は、まるで一瞬一瞬を閉じ込めた、時の流れのようだ。または交錯しながらも結ばれていかない、幾筋かの人生か。いずれにせよ最初はきらめきながら勢いよく上っていくけれど、やがて数も減って尽きていく。いかにも楽しげに、戯れるように揺れながら輝いていられるときは限られている。

「ううん、やっぱり時代が変わったんだわ。昔に比べたら本当にすごい。何でもかんでも豊かになって、着るものでも食べるものでも、そんなコップ一つだって」

「そういえば、おばあちゃん」

まずはスッキリとした飲み口と弾ける泡の感触を味わったところで、思い出した。

「さっき、夢を見たって言ってたでしょう。生まれた町の」

「そうそう、見たの。懐かしかった」

「それ、熊本だよね？」

祖母はゆっくりと箸を動かしながら、また首を横に振る。未來は頰杖をついて首を傾げてみせた。祖母は「お行儀」と、わずかに眉をひそめた後で、熊本は、祖母の父の出身地だと視線を食卓に戻す。

「それは知ってるよ。私のひいおじいちゃんだよね？」

「そうですよ」

「でも、おばあちゃんもずっと熊本で暮らしてたって言ってたじゃない？」

「熊本はね、終戦後に初めて住むようになったのよ」

思わず箸が止まった。どうやら記憶違いとか勘違いという様子ではない。

「じゃあ、おばあちゃんが生まれたのは、どこ？」

「台湾」

え、と言いながら、未來はアジアの地図を思い浮かべた。

「台湾？」

どのあたりだったっけ。沖縄の傍（そば）だ、多分。そんなに遠くはないと思う。きっと。

「おばあちゃんて、台湾生まれなの？」

「そうですよ」

「何で？」

「何でって。おばあちゃんのお父さんが、向こうで働いてらしたから」

「つまり、ひいおじいちゃんは、熊本から台湾に行ったの？」

「東京の大学を出て、就職して、それから台湾に行ったの」

「台湾なんかで、何してたの」

「考えてみれば、未來のお父さんたちの理科系の頭は、あれは、ひいおじいちゃんの血を引いてるのかも知れないわね。おばあちゃんのお父さんっていう人はね、当時は製糖工場の技師をしていらしたの。あそこは、ほら、あの――」

祖母は一瞬、目をきつく閉じて、懸命に何か思い出そうとするように、うん、うん、と何度か頷き、それから、ぱっと目を開けて「三井の」と言葉を続けた。

「知ってるでしょう？　三井財閥って」

「三井住友の、あの三井？」

血圧が高いから、小皿に移した漬け物に、ちょび、ちょび、と真剣な表情で醤油を垂らしつつ、祖母は「そうそう」と頷く。未來は頬杖をついたまま、そんな祖母を見つめていた。

「その三井財閥が中心になって作った会社でねえ」

「日本の財閥が工場を持ってたの？　台湾に？　それ、いつの時代の話？」

こり、こり、と漬け物を嚙む音がする。

「終戦まで」

終戦。以前はあまり気にもしなかったが、最近、祖母の話には、よくこの二文字が登場する。七十年以上も前、この国は中国とも、アメリカとも、その他の国とも戦争していた。そして最後には広島と長崎に原爆を落とされて、大勢の死者を出して、戦争に負けた。その程度は未來だって知っている。祖母はその時代を実際に経験している。考えてみればすごい話だ。

「そんな大昔から、日本の企業って海外進出してたんだ」

「そんなに大昔とは思えないけど――そうかも知れないわねえ。世の中がこんなに変わるくらいなんだから」

「ねえ、それで？　だから、おばあちゃんたちも終戦まで台湾にいたの？」

「あの当時は、台湾には大勢の日本人がいたのよ。三井だけじゃなくて、他の財閥も、あとは個人商店とか農業とか、とにかく本当にたくさんの人たちが台湾で暮らしていたんだもの。学校もたくさんあったしねえ」

「そんなに？　どうして？」

一だって、あの頃は、台湾は日本だったんだもの」

祖母は、今度はパックのままテーブルの上に置いてあった鰹節の袋をゆっくりと開けて、未來と二人分の冷や奴の上に、削り節をパラパラと、まるで何かのおまじないでもするかのように丁寧に散らした。まさに今、見えない時の扉が開かれる呪文でも唱えたら似合いそうな手つきに見えた。

「あのさ——台湾は日本だったって、それ、どういう意味？」

「その通りの意味ですよ。台湾ていうのは、あの頃は日本の植民地だったの。だから日本とは一つの国だったのよ」

「植民地？　日本がそんなの持ってたの？　うそだあ」

「近ごろは、そういうことを学校で教えないのかしらねえ」

少しずつ酔い始めている頭の中で、「台湾」「生まれた町」「植民地」などといった言葉が、フルートグラスの中を上っていく銀色の泡粒と同じように、一列になってふわふわと上っていった。そんな信じられない話があるだろうか。

「台湾全部、丸ごと？　日本だったっていうこと？　まじで？」

「そうですよ」

「じゃあ、おばあちゃんはいくつまで台湾にいたの」

「終戦の時、おばあちゃんはまだ高等女学校に行っていて、数えで十七だったから」

「数えっていうことは——」

「満で言ったら、十六になる年ね」

「つまり、生まれてから十六年間は、台湾にいたっていうこと？　ずっと？」

祖母に、十六歳だった時代がある。考えてみれば当たり前の話だが、そのこと自体どうにも想像がつかなかった。未來が物心ついたときから、祖母は既におばあちゃんだった。けれど、祖母が十六歳の少女だった時、日本は戦争に負け、そして、生まれた町から離れたということになる。日本の植民地だった台湾の町から。

「ねえねえ、台湾の、どこにいたの」

「台南。そこにある大きな製糖工場の研究所で、おばあちゃんのお父さんは働いてらしたの。それはもう広くて立派な研究所だったのよ。そして、研究所のすぐ傍に、社宅っていうのかしら、そこで働いている日本人のための住宅がずうっと建ってて」

台湾の場所さえはっきり思い浮かばないのだから「タイナン」と言われても分かるはずがなかった。

「台南って、どんなところ？」

「そうねえ。一口に言えないけれど――古い建物がたくさん残ってて――まあ南国だわね、ひと言で言うなら」

祖母は、ふと箸を宙に浮かせたまま、また少し遠い目になる。

「日本よりもずっと暑いから、おばあちゃんは日本に戻ってくるまで、冬でも裏地のついた服なんて、およそ着たことがなかった。そうして夏になって台風が来ると、それは恐ろしい勢いで、怖い思いをしたものだわ」

「好きだった？」

祖母は「そうねえ」と小首を傾げた。ほんのひと口のビールで、その頰に微(かす)かに紅をさしたように見える。

「住んでいた当時は、それが当たり前だと思っていたけれど、いざ引き揚げると分かってからは、悲しくて、辛かったわねえ。だって、おばあちゃんにとっては、台南は生まれ故郷ですからね」

「何で残らなかったの」

すると祖母は、実に意外な質問を受けたという顔つきになって、引き揚げというのは終戦後、日本人が強制的に日本本土に戻されたことだと教えてくれた。

「それまで何年も一生懸命に働いて、家を建てたり商売を大きくしたりしていた人たちもね、誰も彼もがわずかな現金と手荷物一つの他は全部、置いてこなきゃならなかったの。女学校のお友だちとも『これで離ればなれになるのね』って、お互いに泣いてねえ」

もぐ、もぐ、と動かしていた口を、ふと噤(つぐ)んで、祖母は目を伏せた。ひょっとしてご飯を食べながら泣いてしまうのではないかと、未來は急に心配になった。こんな話はしない方がよかっただろうか。

「——あの時は——本当に、悲しかった。女学校のお友だちが、みんなで高雄(たかお)の港まで見送りに来てくれて」

「え、でも、みんなも引き揚げたんじゃないの？」

「みんなが一斉に引き揚げてきたわけじゃないし、それに、女学校には台湾人の子もいたから」

「そうなんだ——じゃあ、おばあちゃん、台湾人の同級生とは何語で喋ってたの」

「日本語ですよ、もちろん」

「台湾人の子も？」

「おばあちゃんが行っていた女学校に入ってくる子は、台湾人でも普通に日本語が喋れたの。授業も全部、日本語でね。もちろん台湾人の中には、台湾語しか分からない人も少なくなかったし、あとは少しだけ話せる人とか、色々だったけれどね」

何とも不思議な話だった。台湾だけど日本で、日本だけど台湾語しか話せない人もいて——もっと聞きたいような、その前に一度、頭を整理しなければならないような気がする。へえ。ふうん。そうなんだ。台湾って。断片的に考えながら、のろのろとスパークリングワインを飲んでいる未來の前で、祖母はもう食後のお茶を淹れ始めていた。

「ケーキは？　私が買ってきた」

「明日にしようかと思って。今日はおビールもいただいたし、胃がもたれると困るから」

「ねえねえ、それでさ、引き揚げた後、タイナンに行ったことは？」

小ぶりの湯飲み茶碗に注いだほうじ茶をそっと飲みながら、祖母は一度もない、と応えた。

「なんで？」

「無理だったわねえ。初めて見た日本は、熊本でさえ空襲を受けていて、それは大変な有様だったのよ。おばあちゃんたちは、一応は親戚の持っていた土蔵に置いてもらったけれど、何しろお金もろくに持っていない上に着の身着のままなんだから、色んな人に頭を下げて、嫌な顔もされて、どうにか生活を立て直すまで、もう必死だった。それから先も、とにかく夢中で生きてきて、とてもそれどころじゃなかった」

「帰りたいと思った？」

「もちろんですよ。特に、引き揚げた後の何年間かは、毎日のように思ってたわねえ」

「だったら、少し落ち着いてからだって、行けばよかったのに。何なら、これからでも遅くないんじゃないの？」

甲に血管の浮き出した痩せた手で湯飲み茶碗を包み込むようにしながら、祖母は、いかにも自信なさそうに首を傾ける。

「時間がねえ、経ちすぎたわ——今さら行っても、おそらくもう、昔の風景は残っていないでしょう」

「そうかなあ」

「でも——もしも、たった一つ、願いがかなうとしたらね」

未來は「うんうん」とテーブルに身を乗り出した。

「もしもたった一つ、願いがかなうとしたら」

祖母はもう一度同じ言葉を繰り返し、静かに目をつぶった。

「あの家に、帰りたいわ」

「その、社宅？」

「大して広くもない、質素な家だったけれど、あの家こそが『我が家』だったっていう気がするのね」

薄い瞼を閉じたままの祖母の瞳がわずかに震えて見えた。だったら、この家は「我が家」じゃないのと聞こうとしたが、何となく聞けなかった。未來は残り少なくなったスパークリングワインを飲み干してしまい、「さてと」と華奢なフルートグラスをテーブルに戻した。

「私もご飯食べようかな」

「探せば——その頃の写真が、まだあるんじゃないかしら」

祖母が、ふいに顔を上げた。未來は即座に「見たい」と言った。

「どこにある？　二階かな。お座敷？　見てこようか」

するると祖母は自分が探してこようと腰を上げた。

「その間に、未來、自分でご飯よそってね。お味噌汁も」

分かったと頷いて、キッチンに回り込み、土鍋のふたを持ち上げようとした時だった。階段の下で、どすん、と鈍い音がした。何事かと思って居間の外に顔を出した未來の足もとに、祖母が身体をくの字にして倒れていた。

「おばあちゃん！」

一瞬、このまま動かなくなってしまったらどうしようかという思いが頭をよぎった。

すると祖母の口から小さなうめき声が上がった。

「痛っ！　あ痛たた——」

「どこ、どこ痛い？　落ちたの？　ねえ、どこ打ったのっ」

「分からない——ああ、痛い、痛い」

うずくまる祖母が震える手で頭を押さえる。頭を打ったのだとしたら、無闇に動かすのは危険だ。以前、声優時代にそういう番組のナレーションをしたことを思い出した。わずかばかりの酔いなど、あっという間に吹き飛んだ。未來は「落ち着け」と繰り返し自分に言い聞かせながら懸命に呼吸を整え、まず一番最初に何をすべきかを考えた。

「他には？　頭の他は、どこか痛い？」

「分からない——どこもかしこも——痺(しび)れて——痛い——」

救急車だ。とにかく。

「動かないでよ、そうしてて、ね、ね！」

それだけ言って居間にとって返し、電話機に飛びつく。生まれて初めて119と押す指先は自分でも驚くくらいに震えていた。

第一章

1

高速鉄道のホームに降り立つなり、台北で感じたのと異なる熱い空気に全身を包まれた。たった今まで強い冷房の中にいたせいで、冷えてさらさらに乾いていた身体の表面がいっぺんに弛んで湿り気を帯びていくのが分かる。心地良い風が額に触れて、その暖かさが心までほぐしていくようだ。

「着きましたね」

ホームに一カ所だけらしいエスカレーターの降り口に向かう人の流れをよそ目に、まずはスマートフォンを構えて、広くて素っ気ないホームから遠ざかる日本の新幹線と瓜二つの列車や「台南」と書かれたプレートの写真をカメラにおさめていると、未來の後から降りてきた李怡華が「疲れましたか」と話しかけてきた。未來は自分でも少しぎこちないと分かる微笑みを浮かべながら、小さく首を左右に振った。

「思っていたよりずっと早く着いちゃった気がして、逆に、何だか驚いています」

「高鉄のおかげさまで、余計に近いになりましたね」

眼鏡の向こうから小さな瞳を向けてくる李怡華とは、わずか数時間前に会ったばかりだ。未來が祖母の入院を機に「台南に行ってみようと思う」と言い出したとき、父がふと思い出した台湾人のもと教え子は、見たところせいぜい二十代半ばくらいといったところの、華奢で小柄な人だった。最初、台北松山空港のこぢんまりした到着ゲート前に集まっていた出迎えの人たちに混ざって「杉山未來さま！」と書かれた紙を掲げている彼女を見つけたときには、正直なところ、こんな人を頼りに旅が出来るものかと、思わず不安になったくらいだ。

「エレベーターで降りますか？」

「エスカレーターで大丈夫です」

未來の応えに頷いて、彼女はエスカレーターに向かう客の列についた。黒く長い髪は頭の後ろで一つに結わえ、横分けの前髪は瞼に覆い被さりそうに伸びていて、ずり落ち気味の眼鏡は小さな鼻に辛うじて引っかかっているという印象。化粧している様子もなければ、服装もポロシャツにジーパン、スニーカーという具合だから、見ようによっては学生、しかも高校生だと言われても信じてしまいそうだ。

でも、着いた。とにかく。

台北でもそうだったが、こちらのエスカレーターは東京とは反対に、右側に立って左側を空けるのが習慣らしい。つまり関西方式だ。

羽田から台北松山空港までは飛行機で四時間あまりだが、一時間の時差があるから時計の上では三時間程度だった。初対面の李怡華は「りいか、と申します」と名刺を差し出してくると、あとは挨拶もそこそこに、まず空港での両替をすすめ、その後はすぐにタクシー乗り場に向かった。未來は、ただ言われるままにアタフタと彼女の後をついて歩くだけだった。

「すいませんが、ちょっと急がしますね。もう少し遅い時間の高鉄にすればよかっただけど、切符もう買っちゃったからね」

空港の建物から一歩外に出た途端、東京よりかなり湿気を含んだ暑い空気が、服の襟元やジーパンの裾から這い込んできたのが分かった。濡れた地面からも、もわもわと見えない水蒸気が立ち上っているようだ。空には灰色の雲の濃淡がどんよりと低く垂れ込めていた。

自分たちの順番が来ると黄色い車体のタクシーのドアを自分で開けて、李怡華は「乗ってください」と未來を促した後、運転手と一緒に二人分の荷物をトランクに積んで、未來の隣に乗り込み、そして自分でドアを閉めた。それを見ていて初めて、こちらのタクシーが自動ドアではないらしいことに気がついた。李怡華が運転手に短く何か言う。タクシーはすぐに走り出した。金の馬だろうか、タクシーが回り込むときにオブジェらしいものが見えたが、それもじっくり眺めている余裕はなかった。

「お腹、空いてますか？」

「ああ、ええと——」

機内食は出たけれど、そう言われてみればと考えている間に、李怡華は「駅でお弁当、買いましょう」と言った。

「高鉄の中で食べれば、いいでしょう」

そして李怡華は運転手にまた何か話しかけ、運転手が短く返事をしている間に、今度は忙しなくスマートフォンを取り出した。

「ああ、先生。今、お嬢さん着きました。はい、大丈夫。うん、すぐ分かりました。これから台北駅、うん、うん、そのまま台南にね。はい。向かいます」

未來が、自分も次に電話を替わるのだろうと待ち構えている間に、彼女はもうふた言、三言、未來の父に違いない相手と話をして、すぐに電話を切ってしまった。そしてまた運転手に何か話しかけている。

何か——ちょっと落ち着かない人。

大体、愛想がなさ過ぎないか。メールで何度かやり取りしたときは、もう少し打ち解けた感じの人かと思ったのに。

だが、今さら文句を言っても仕方がなかった。何しろ頼れるのはこの人しかいない。気分を落ち着かせようと窓にかけられている黒い遮光カーテンを押しのけようとしたとき、突如として地響きのような雷鳴が轟いて、大粒の雨が降り出してきた。車体の屋根がぼこぼこと鳴る。街の景色が瞬く間に水煙に呑み込まれて霞んでいき、車内に流れていたラジオもほとんど聞こえなくなった。

「ホント、よく降るんだよなあ」

隣で李怡華が呟いた。

「——台湾にも梅雨があるんですか」

「ありますよ、もちろん」

そうこうするうちにもタクシーは街を駆け抜け、あれよあれよという間に馬鹿に大きな建物の地下に入り込んだと思ったら、そこがもう台北駅だった。

「お弁当、私、買ってきますから。荷物とね、ここにいて下さい」

よく分からない地下街のような場所をぐるぐる歩いたと思ったら、李怡華は自分の荷物もその場に残して、足早にどこかに向かい、ものの数分で、弁当と飲み物が入っているらしいポリ袋を提げて戻ってきた。それからまた、どこをどう歩いたか、気がつけば高速鉄道の改札口に着いていた。きょろきょろと辺りを見回し、ここにいる人たちは全員、台湾人なのだろうか、日本人も混ざっているだろうかと考えたり、「月台」と書かれているのがプラットホームの意味なのだろうかと未來の中にたくさんの疑問が湧き上がっている間に、李怡華はもう「行きますよ」と歩き出していた。

正確には台湾高速鉄道というらしいが、それはもう、車体のラインの色がオレンジ色なだけで、日本の東海道新幹線とまったく変わりがなかった。李怡華の説明によれば、日本の技術と車両が導入されているという。

「それで、ここまでそっくり同じなんですか」

これでは台湾に来た気がしない。まるで名古屋辺りにでも向かうだけのような、およそ新鮮味のない列車だ。だが、その分だけ緊張感も抱かずに済むと思いながら、走り出してしばらく後、トンネルから地上に出た辺りで開いた弁当は「臺鐵便當（たいてつべんとう）」と書かれた紙の容器に入っていた。輪ゴムを外し、ふたを開けてみて、未來は少しの間、言葉を失った。わあ、美味しそう、とか、すごい、とか、そんな感想を口にするつもりでいたのに、目に飛び込んできた最初の印象が「ぜんぶ茶色」ということしかなかったからだ。よくよく見れば、肉と卵、そして油揚げか豆腐みたいなものに漬け物っぽい何かといった具材が白飯の上に乗っているのだが、そのすべてが等しく茶色かった。どんなことも記録するつもりでいるから、スマホを構えはしたものの、どう頑張っても美味しそうに撮れないことに、内心でがっかりした。

未來に構わずさっさと箸を動かし始めていた李怡華がふいに「これ、いくらだと思います？」と言った。

「六十元です」

「今なら、そう——大体三倍にすると日本円ね」

「じゃあ、百八十円？　これで？　安い」

そうでしょう、と頷きながら、李怡華は骨付き肉にかぶりつき、白飯をかき込んでいく。瞬く間に減っていく弁当を横目でちらちらと見ながら、未來も「いただきます」と小さく手を合わせてから箸を動かし始めた。だが正直なところ、美味しいのか不味いのか、よく分からない。ただ、独特の香りと、肉には骨がついている上に、大きくてかぶりつきにくいこと、その肉も、煮卵も豆腐らしいものも、どれも見た目の印象より味が薄いことだけが分かった。添えられていた漬け物らしい野菜は、どうやら高菜の味だ。台湾にも高菜があるのだろうか。

食事を終えても、李怡華は特に何を話しかけてくるわけでもなく、しきりにスマートフォンをいじったり、そうかと思えばバッグから取り出した本をパラパラと読んだりしていた。だから未來もペットボトルの甘い茶を飲みながら、黙って窓の外を流れていく景色を眺めて過ごすしかなかった。

台北では鉛色の雲が垂れこめて、わずかな間にあれほど激しい雨に見舞われたのに、南に行くほど次第に雲の色は白くなり、やがて雲間から青空がのぞき始めた。一つの街を抜けると日本とよく似た田園風景が広がり、川を渡り、微かに山の稜線が見えたかと思うと、それが近づいたり遠ざかったりして、また次の街に入る。山を覆う植物や、畑の作物、道路脇に植わっている木々などの表情が、だんだんと日本のものとは違ってきたことに気づいて、未來はようやく見知らぬ土地に来たという実感を抱き始めた。

ここは台湾。

おばあちゃんの、生まれ故郷。

台北から台南までは、一時間半程度で着いてしまった。ガイドブックやネット検索である程度の下調べはしてきたつもりだが、実際に来てみると拍子抜けするほどの近さだ。

「トイレは？　台南市街地までは、あとまだ四十分くらい」

「大丈夫です」

「じゃ、ホテルに直行、いいですか？」

改札口を通ってもう一つエスカレーターで降りる間も、李怡華はショルダーバッグの中に手を入れて何か探したり、またスマートフォンを見たりと、何とも気ぜわしい。本当はトイレに行きたい気もしていた。だが何となく言いそびれた。

我慢出来ないっていうわけでもないし。

未來自身、自覚していることなのだが、声優などを目指していた割には、実は人見知りの激しいところがある。そんな自分が初めて訪れた国で、たとえ見た目は高校生くらいでも、初めて会った外国人と二人だけで旅をするというのは、それだけでも相当に勇気のいることだった。だが、パッケージツアーなどに参加しても自分の旅の目的は果たせないだろうと思ったし、出来るだけ安く旅したいことだけは確かだったから、父の提案を受け容れるのが賢明だと決断を下した。だから、父からの依頼を引き受けてくれた李怡華には感謝しているし、出来ることなら打ち解けた関係を築きたいと思ってきた。だが、未來の方がそういう心づもりでいても、もしかすると李怡華は、そんなつもりはさらさらないのかも知れないという気がした。

嫌だなあ。楽しくない旅になったら。

昨晩だって、父は電話でいかにも呑気(のんき)に「彼女に任せておけば心配いらない」などと言っていた。うっかりしていたが、それこそが父の父らしいところなのだ。大して深く考えもせずに、何でもあっさりと決めてしまう。もとをただせば、だからこそ福岡まで行くことになったのだし、叔母に「となり」を占拠されることにもなった。他にも、数え上げたらきりがない。

台南駅から乗ったタクシーは、まだ開発前といった感じの区画整理だけされた空き地の間を走った後、やがて自動車専用道路らしい道路を快適に飛ばし始めた。例によって、李怡華が運転手に何か話しかける。すると運転手も、未來には分からない言葉で応える。それから続いた二人のやり取りは、時折、笑い声なども混ざって、まるで以前からの知り合いのような、不思議と打ち解けたものに聞こえた。それに何となく、台北で乗ったタクシーの運転手とは言葉が違うようだ。気のせいだろうか。李怡華自身の言葉も違って聞こえる。

台南弁、とか。

そんなものがあるのかどうかも分からない。ガイドブックには、そんなことは書かれていなかったとは思うが。

東京ならそろそろ夕方の気配が漂ってくる時刻だった。だが、まだまだ陽は高い。日本より南西に位置しているのだから当たり前の話だし、だから一時間とはいえ時差があるわけだが、それにしても陽射しが強かった。

それに。

空が、広い。

遠くに街並みが見えている。陽の光を受けて白く輝くように見える景色の上に広がる青空が、普段、未來が眺めている空とはまったく違って見えた。

——空が抜けるように青くて、真っ白い入道雲が、いくつもいくつも、もくもくと湧いてててねえ。

ふいに祖母の言葉が甦った。あれは、祖母が階段から落ちて怪我をした、まさにその当日のことだった。帰宅すると、薄暗くなった部屋で居眠りをしていた祖母は、生まれた町の夢を見たと語った。

昔のことなど、聞いたりするのではなかった。いや、それよりもビールを飲ませたのが間違いだったのだ。

だから祖母は、おそらく多少おぼつかなくなっていた足で、二階に昔の写真を探しに行こうとして、階段から落ちた。あの日のことを未來は何度、悔やんだか分からない。

2

タクシーが市街地に入ると、途端に看板が溢れ始めた。道の両側に並ぶ建物のすべてに、見事なほどたくさんの看板がかかっている。しかもその大半が、太筆で黒々と書いたような重々しい書体の漢字だ。まさしく漢字の氾濫。読めば大体見当がつくものもあれば、分かるようで分からないもの、また見たこともない漢字や信じられないほど画数の多い文字もあった。たとえば「鑫」という文字を見かけたが、金属に関係あるらしいことくらいは想像がつくものの、意味となると見当もつかない。その一方では読めても読めなくても、とにかく漢字が並ぶなかに、ひらがなの「の」が使われている看板も、いくつも目についた。「絹の洋装」「茶の店」といった具合だ。

「面白い」

小さく呟くと、隣から「どうしました?」と李怡華の声がする。未來は窓の外を眺めたまま「看板が」と応えた。

「漢字だらけで」

「すごく画数の多い字があるんですね。それでもって、ひらがなも使われてるなんて」

李怡華は、ひらがなの「の」は、漢字の国の人間からすると、くるん、としていて可愛らしく見えるのだと言った。また台湾の漢字は日本では「旧字」と言われている、古来からの文字がそのまま使われているのだとも。

「杉山さんの名前も旧字ですね。未來の來」

窓の外に向かってスマートフォンを構えたまま、未來は「そうです」と頷いた。少しでも面白いと思ったら看板でも何でも写真に撮りまくるつもりだ。できる限り記録に残して、それらを入院中の祖母に見せてあげたいと思っている。

それにしても、この、量も大きさも過剰とも思える看板のせいか、または道ばたに多く駐まっているバイクのせいだろうか、やはり日本とは違う、街並み全体が、どこか見慣れていないような気がすると思っているうちに、一つのことに気がついた。隣同士、ぴたりと隙間なく建っている建物の一階部分が、すべて同じ幅だけ車道から奥に引っ込んでいて、そこが歩道の役割を果たしている。つまり一階に軒を連ねる様々な商店はすべて長い庇の下にある格好になっており、そのせいで、どの店も薄暗い印象なのだった。張り出している部分は、いずれの建物も数本の柱で支えられていて、その柱が、車道と歩道とを分ける目印にもなっているようだ。そして車道側には、相当な割合でバイクや車が駐められている。台湾では、路上駐車は問題ないのだろうか。

「亭仔脚といいます。台湾は陽射しがとても強いでしょう。雨も急にね、すごい強いが降りますから、そういった陽射しや雨から守るため、商業地区はこうなってます。亭仔脚の下を歩いていれば、傘も帽子もいらないからね」

　未來は、今度は彼女の方を振り向いて、「へえ」と感心して見せた。

「すごい。頭、いいですねえ」

「これも日本時代から出来たもの」

　ところが、そのひと言を聞いた途端、ヒヤリとなった。一瞬のうちに身構えるというか、心が強ばったのが自分で分かる。今、生まれて初めて、台湾人の口からじかに「日本時代」という言葉を聞いたのだ。

　――台湾ていうのは、あの頃は日本の植民地だったの。

　祖母からそのひと言を聞いたときの驚きが、今も未來の中には強く残っている。祖母が階段から落ちた直後は、救急車を呼んだり、いったん運ばれた救急病院から、叔父のつてでまた別の病院に移したり、そこで入院・手術の手続きをしなければならなかったり、福岡に連絡を入れたりと、それどころではなかったが、二、三日して少しずつ気持ちが落ち着いてくるにつれて、あのひと言が、未來の中で次第に大きく膨らんでいった。

　植民地を持ってた？　日本が？

　それでも、当初はまさかという思いが拭いきれなかった。何しろ最近の祖母ときたら、些細なことでも勘違いしたり、物忘れも増えている。もしも祖母の言っていることが間違っているとしたら、いよいよ認知症でも疑わなければならないと考えたくらいだ。だから、母が取るものも取りあえず駆けつけてきて、未來と交替で祖母に付き添うことになった後は、未來は家に帰ればパソコンを立ち上げて、台湾についての情報を集めるようになった。そうして分かった。

祖母の言うことは本当だった。

日本は一九四五年、第二次世界大戦に無条件降伏するまでのちょうど五十年間、つまり明治の中頃から昭和の前期ということになるだろうか、確かに台湾を植民地として支配していた。それを改めて文字としてパソコンの画面上で見たときの、何とも重苦しい気分といったらなかった。

日清戦争に勝ったから。

いわば戦利品として、当時は清国が自国の領土としていた台湾を、割譲（かつじょう）された。簡単に言えば、そういうことらしい。

だがそんなことを、未來は学校の授業できちんと習った記憶がない。日清・日露戦争は教科書にも出ていたし、それらの戦争に勝利したことは習っているが、戦果として具体的に何を得たかなんて、小学校どころか中学でも高校でも、明確には教わらなかったと思う。ただ「中国大陸に進出する足がかりを得た」とか「領有権を主張し」とか、そんな程度の表現ですまされていたはずだ。さほど真面目な生徒でも優秀でもなかったが、もしも「植民地」などというインパクトの強い言葉を聞けば、それなりに頭に残っているはずだ。

「どうして植民地だったって、はっきり教えてくれなかったの。何となく、ぼんやりした言い方で誤魔化してさ」

だから、実に久しぶりに母と二人、祖母の入院した病院のすぐ近くにあるレストランで夕食をとることにしたとき、未來はまずそのことを尋ねたものだ。すると驚いたことに母もまた、その辺りのことはよく知らないのだと応えた。

「台湾に総督府が置かれていたっていうことくらいは知ってるけど、言われてみればママの時代でも、学校の授業で『植民地』なんていう言葉は使わなかったと思うわ」

祖母は肩と足首の骨が折れていたものの、脳などに異常は見られなかった。だが、もともと相当に骨がもろくなっていたから、単なる骨折よりは厄介だし、これから先のリハビリにも時間をかける必要があるだろうと言われた。それでも手術は無事にすんで麻酔からも覚め、本人は「痛い、痛い」とうめき続けていたが、取りあえずは集中治療室から一般の病棟に移ることが出来た日だった。

それまでは未來も自責の念に駆られて、相当に気持ちが落ち込んでいたし、母にしても、いきなりの出来事だったから色々と入っていたらしい約束や予定をキャンセルしたり、自分が留守にしている間の父の薬の管理などについて妹に指示を出したりで、てんやわんやだった。数年前から父は血圧や中性脂肪の値が高くなっていて、母がうるさく言わないと薬も忘れるし、すぐに教え子らと暴飲暴食してしまうらしいのだ。

だから、ひとまずは祖母の意識も回復して安心したのと、お互い少なからず疲れも感じていたから、もう今日は外で食事してしまおうということで意見が一致した日だった。互いに「ちょっとだけね」と共犯者めいた笑みを交わしてビールのグラスを傾けながら、母はそればかりでなく、祖母が台湾で生まれ育ったこともまったく聞いたことがないと言った。

「パパだって、そんなこと一度も言ってなかったはずだし」

「じゃあ、パパも知らないのかな」

「あり得るわね。パパのことだから、聞いてたとしても覚えてないとか」

週末、ようやく福岡から戻ってきた父にその話題を持ち出すと、父はいかにもあっけらかんとした口調で、祖母が台湾で生まれ育ったという話くらいはちゃんと覚えていると平然としていた。

「台南生まれだっていう話だろう？　戦後、引き揚げてきたって」

「じゃあ、台湾で暮らしてたときの想い出とかも聞いてる？」

「そういうのは特に聞いてないなあ。何とかいう町にいたとか、女学校時代は下宿したとか寮に入ったとか？　そんなことは聞いたかも知れんが」

こういうところが、父らしいと言えば父らしい。自分の親でも、娘時代や生まれ故郷の風景になど、大した興味もないのだ。だから、たとえ聞いていたとしても忘れているのに違いない。

「おばあちゃんは、台南の家に帰りたいって言ってたんだよ。もしも一つだけ願いごとがかなうとしたらって」

「おふくろが？　へえ」

「それで、昔の写真を探そうとして、二階に上がりかけて階段から落ちたんだもん」

半ば後ろめたさも手伝ったのだろうと思う。あの時、父に説明しながら、未來の中で閃くものがあった。

祖母が生まれ育った家を見つけてやることは出来ないものだろうか。

直接、台南に行って。

いや、家そのものはもう残っていないだろうとは思う。だが、昔の面影だけでも探し出すことが出来れば、今、病院のベッドの上で自分の不注意を悔やみ続け、すっかりしょげかえっている祖母を少しでも元気づけられるかも知れない。

それは、この上もなく素晴らしい思いつきに感じられた。祖母の言う通り、何しろ七十年以上もの歳月が流れている。だが、旅行サイトや個人のブログなどを見る限り、台湾の、中でも祖母が生まれ育った台南という街は「台湾の京都」と呼ばれているくらいに古い街並みや建物が残っているところだそうだ。それなら、たとえ家はなくなっていたとしても、祖母の記憶に残っている風景をかき集めることくらいは出来るのではないだろうか。

旅に出る。それも海外に。一人で。

契約社員という立場を失って、しばらくは自堕落に、また宙ぶらりんに過ごすことになるだろうと思っていた未來にとって、その思いつきは、まるで天から舞い降りてきたか、または祖母が与えてくれた贈り物のようにも感じられた。

二十代の頃は時間もあったし、恋人だけでなく、女同士で泊まりがけの旅に誘える友人もいた。だが彼は去り、友人らはそれぞれに結婚したり「忙しい」ばかり連発してメールだけのつきあいになったり、またはいつの間にか連絡が途絶えたりして、気がつけば声をかけたいと思う相手の一人も思い浮かばなくなった。第一、会社勤めをしている間は基本的にはカレンダー通りにしか休みが取れなかった上に、「となり」をまったくアテに出来ないものだから、次第に年老いていく祖母一人を家に置いて長旅など出来るはずがないと、はなから諦めていたのだ。それが、図らずも祖母が入院してしまい、それを機に母たちも来てくれることになって、突如として背中に翼が生えたような気持ちになった。

台南を目指す。祖母が生まれ育った家を探して。

未來は実に久しぶりに胸躍る気分で、すぐに旅の計画を立てようとした。ところが、実際に訪ねるつもりになってガイドブックなども買い込み、本気で目を通し始めてみると、逆に不安の方が大きくなってしまった。

台湾には首都の台北や台南ばかりでなく、各地に日本統治時代の建物が残っているという。しかも総督府をはじめとする様々な建築物、鉄道やダム、灯台など、今現在も使用されているものも少なくないようだ。自分たちを支配していた日本人が残していったものを日常的に眺め、また利用しながら、今の台湾の人たちは、果たしてどう感じているか、どんな気分でいるのだろうか。そのことが、どうしても引っかかった。

本当のところ、台湾の人は日本人を恨んでいるのではないだろうか。

もちろんネットを検索しているだけでも、台湾にどれほど親日家が多いかということは相当によく分かったつもりだ。第一、もし今も恨んでいるとしたら、二〇一一年に東日本大震災が起きたとき、二百億円以上もの義援金を募ってくれるはずがない。実は、この金額についても今回ネットを見ていて初めて分かったことだった。そういえば、あの頃「謝謝台湾」という文字をあちらこちらで見た記憶はあったし、台湾の人たちがずい分と日本を心配してくれたらしいよ、とは聞いていたが、具体的な義援金の金額までは知らなかった。

台湾は、九州ほどの面積に、東京都と神奈川県の人口を合わせたくらいの人しか住んでいないという。そんな小さな島国が、どうしてそれほどの金額を集めることが出来たのだろう。なぜ、そこまで心を寄せてくれたのか。未來はパソコンの画面に浮かび上がった「200億」という数字を見て、思わずため息をついたものだ。植民地といえば、支配者が威張り腐って、その土地の人を苦しめるものと相場が決まっている。そういうイメージが未來にはあった。台湾にだってきっと、苦しめられた記憶がたくさんあるはずなのに。

「そっちがわに、公園がありますね」

李怡華の声がした。窓の外に広々とした緑地が広がっている。

「昔、日本時代は海軍の軍人さんたちが住んでいたところでしたそうです」

「日本の?」

李怡華の声が「もちろん」と応える。

「そのころは、ここも日本だからね」

しまった、馬鹿なことを質問してしまったと、つい口元を引き締めている間にどこか日本家屋らしく見える建物が視界を流れていった。辛うじて「水交社」という立て看板だけが見えたと思う。

「じゃあ、あの——日本がいなくなってから壊したんですか」

「日本人が出ていった後は、そのまま中華民国空軍が使っていました。今もここは空軍の土地です」

そうだった。台湾の正式名称は中華民国。これも今回こちらに来るにあたって、改めてちゃんと頭に叩き込んだ情報だった。それにしても、なぜ台湾でなくて中華民国なのだろうかという疑問も当初は湧いた。そのあたりについては、グルメマップが載っているようなガイドブックをひっくり返す程度では分からなかったからだ。もちろん、他の本を読んだから、今の未來には分かっている。

タクシーが交差点を曲がる。するとまた風景が変わった。さっきまでのような看板だらけの亭仔脚の街並みではなくなり、学校だろうか、長い塀が続いていて、ちょうど下校時刻なのだろう、歩道には制服姿の子どもたちが溢れていた。保護者らしい人がバイクで迎えにきて、バイクの後ろにまたがる子の姿がいくつも見える。どうやら台湾では車よりバイクの方が一般的に多く利用されているらしい。しかも、二人乗りも、場合によっては三人乗りもアリなのかと考えているうちに、今度はぐるりと円形になっている道に出た。小さな公園のようなものを中心にしたロータリー道路の周囲に建つのは、いずれもかなり古そうな建物で、中でも、どことなく見覚えのある雰囲気の大きな建物が、ひと際目を引いた。ガイドブックにも出ていた建物だ。

「この辺りが日本時代の台南の中心地ですね。あの煉瓦の建物、東京駅みたいじゃないですか？」

「今、そう思ったところでした」

「元は、州庁でした」

「しゅうちょう？」

「日本時代、台南は州ね。台南州」

「ああ、州庁」

「今は台南市です。台南県もありましたが、合併して台南市」

県と市が合併？　分かったような分からないような説明だ。だが、取りあえず「そうですか」と頷いておくことにした。とにかく写真を撮りたい。スマホのシャッターボタンをタップし続けている間にタクシーはロータリーをくるりと回り、また違う道へと入った。李怡華が運転手に話しかける。それに対する運転手の返答は、単なる返事にしてはずい分と長かった。

「運転手さんが、日本からのお客さんですかと聞いてますよ」

李怡華に言われて、慌てて「はい」と返事をすると、五分刈り頭に真っ黒いサングラスという、ちょっと強面（こわもて）な印象の運転手がルームミラー越しに「よ、お、こ、そ。いらっしゃい」と口元をほころばせる。乗ったときから目にとまっていた、ダッシュボードの上に並ぶ三匹の招き猫が、にっこり笑いながら手を振っていた。

3

　それから間もなくして到着した小さなホテルは、外観は古そうだが中は改装したばかりらしく、明るくて清潔そうな造りだった。李怡華（りいか）が未來の分もチェックインしてくれる間、未來は小さなロビーのソファに座って、きょろきょろと辺りを眺め回していた。時折、旅行者が出たり入ったりする。この暑いのに窮屈そうなスーツ姿の男性は、まず間違いなく日本人だろう。女性の方は一見しただけでは判別が難しいが、李怡華みたいなポニーテールに短パン姿なのはおそらく台湾人らしい。

「三十分後くらいにロビーで待ち合わせしましょうか？　それとも、もう少し休みたいですか？」

「大丈夫です。じゃあ——五時半に」

　チェックイン後、二人してエレベーターに乗り込んだ後で話しかけられ、腕時計を見ながら未來が応えると、李怡華は分かりましたと頷いて、未來とは異なる階でエレベーターを降り、そのまますたすたと行ってしまった。閉まっていくエレベーターのドアの隙間から見えた、荷物を引いて歩くその後ろ姿は、やはり幼い雰囲気だ。一体どんな会話をすればお互いの接点が見つかるのか、皆目見当がつかない。

　だが、とにかくこれから一週間、うまくやっていかなければならない相手だ。未來は思い切り大きなため息をつきながら七階でエレベーターを降り、自分の部屋を探し当てて中に入るなり、真っ先に手洗いに行った。身体が疲れたとは感じないが、トイレまで我慢していたぐらいだから、妙に気疲れしていることは確かだった。

暗くて蒸し暑い手洗いで用を足してから、照明のスイッチをいくら押しても電気がつかないと思ったら、まずドアの傍にある電源スイッチのホルダーにカードキーを差し込むのだと気がついた。カードを差し込んだ途端に手洗いも明るくなり、ごぉん、と鈍い音がしてエアコンが作動し始めたようだ。今朝、出てくるときの東京もそれなりに蒸していたし、乗り継ぎに使っただけの台北だって相当な湿度だった。だが、台南の暑さは、どうやらその比ではないようだ。エアコンの吹出口（ふきだし）から確かに冷たい風が吹き出したのを感じてようやくほっと息を吐き、それから閉められていたレースのカーテンを開け放つ。すると、そろそろ陽が西に傾いて、夕暮れを迎えようとしている台南の街が目の前に広がった。

着いた。台南。

これから徐々に色を失っていくはずの空には、まだ陽を浴びて白く輝く大きな入道雲がいくつも浮かんでいた。遠くに見えるガラス張りのビルが、空の色を映して青く輝いて見える。視線を手前に動かすと、上から眺めても、やはり雑然とした家並みが続いていることに気づく。三階建てくらいだろうか、ひしめき合うように建ち並ぶビルは、それぞれ屋上に継ぎ足したようなトタンの小屋が建てられていたり、または貯水タンクらしいものや植木鉢が並べられていたり、壁面のセメントが半分剝（は）がれ落ちて、内側の煉瓦がむき出しになっていたり、洗濯ロープが張られていたり、古びた籐椅子（とういす）が置かれたりしていた。台南の中心という話だったが、未來がイメージしていたような近代的なオフィスビルや観光ホテルの建ち並ぶ一角ではなく、あくまでも昔ながらの台南、下町っぽい人々の生活の場らしい。その証拠のように、生活感溢れるビルの隙間を、大小様々な屋根が埋め尽くしている。

煉瓦の屋根は大棟というのだろうか、背骨部分が丸みを帯びたアーチ型をしているものが多い。または、大棟が左右に反っていて庇が張り出しているものもあった。色合いからしてもかなり年代を経た、明らかに中国風の屋根だ。トタン屋根も少なくなかった。ずっと眺め回していると、それらに混ざって日本風と分かる屋根が目にとまった。黒っぽい瓦で、鬼瓦が乗っているからそれと分かる。さらによく眺めれば、その家は焼き杉らしい板壁に木枠の格子を使ったガラス窓がはめ込まれていた。

ここは昔、日本だった。

その痕跡が、さっき見た旧台南州庁や眼下の日本家屋のように、今もなお点々と残っている。当たり前のように。とうとう一人で見知らぬ国まで来てしまったという緊張と興奮と、ここが祖母の生まれ故郷だと思う感慨と同時に、やはり複雑な思いがこみ上げてきた。

外国じゃなかった時代のある外国。

中国語の分からない未來にしてみれば、タクシーに乗るのも、ホテルのチェックインも、すべて李怡華に頼らなければにっちもさっちもいかないというのに、この土地に、七十数年前までは当たり前に日本語を話す人が溢れていた。あの日本家屋一軒だけでも、そのことを如実に物語っている。

今あの家には、どんな人が住んでるんだろう。台湾の人が暮らしてるんだろうか。昔は誰が住んでたか、知っていて？

ぼんやり考えそうになり、はっと我に返ってスマートフォンを取り出した。まずは、その日本家屋の写真を撮る。少しの間でも充電しようとコンセントを探して充電コードをつなぎ、それから取りあえず無事に着いたことを母に知らせることにした。

〈台南到着！　すごい暑い！〉

ＬＩＮＥのアプリを立ち上げて、まずそれだけ送った。台湾と日本との間には一時間の時差がある。つまり東京は六時を過ぎたところだ。母はきっとまだ祖母の病院にいて、祖母の夕食に付き添い、そろそろ帰ろうという頃だろう。未來にしてみれば、祖母の家はもう完全に自分の家になっていたが、母にとっては、やはりあの家は「姑の家」のまましかった。使い勝手が違うとか、どこに何があるのか分からないとか、そんなことばかり言っている。

「こんな時だけでも、『となり』が、もう少し何とかなればねえ」

だが「となり」の叔母は、祖母が怪我したと知らせたときですら顔色一つ変えることもなく、「面倒なことになってくれるわねえ」と言ってのけた。

「だけど、こっちも色々と忙しいわけよ。死んだっていうんなら話は別だけど、ただ骨を折って入院したっていうだけで頼られても、困るのよねえ」

その言葉には、これまで幾度となく「開いた口がふさがらない」などと言ってきた母も、相当にカチンときた様子だった。何を言っても無駄だからと、未來がどれほど目配せをして腕まで引っ張っても、本来は自分の住まいだった家の玄関に仁王立ちになっている叔母に向かって、母は「頼ってなんていませんから」と気色ばんだ。

「一応、お知らせしたまでです。そうでないと、また後になって何か企んでるだの腹黒いだの、身に覚えのないことまで言われなきゃならないでしょう？」

　すると叔母は「それはそれは」と片方の口の端に不敵な笑みを浮かべたものだ。

「ご丁寧に恐れ入りますこと。だったらせいぜい、義姉さんたちで手厚く看病してやることね。ついでに遺言状の在りかでも聞いておいたら」

　それだけ言い捨てて、叔母は玄関の扉を乱暴に閉めた。母はがっくりとうなだれるように大きなため息をついて、眉根をぎゅっと寄せた。

「よくもあんな憎まれ口がぽんぽんと出るものだわ」

「だから言ってるじゃない。何を言ったって無駄なんだってば。頭の構造が違うとしか思えない人なんだから」

　それでも母は未練がましく、また悔しそうに我が家を振り返っていた。

「どんな人だって、本音を言えば嫁よりも自分の娘を頼りにしたいし、面倒を見てほしいものなのよ。おばあちゃんだってもう高齢なんだから、下手をしたらこれが和解出来る最後のチャンスかも知れないのが、どうして分からないんだろう」

　その後、未來の妹や弟も仕事の合間を縫って見舞いにはやってきたものの、家族総出で頻繁に東京と福岡を往復していては交通費だけでも馬鹿にならないから、当分は母一人で大丈夫だと一度でやめさせた。父もこのところ忙しいらしく、週末ごとに来るというわけにはいかない。そこへきて、六月に入ってから未來が台湾に行くつもりだと切り出したときには、引き留めこそしなかったものの、さすがの母もずい分と憂鬱そうな顔になったものだ。

「どれくらい行くつもり？」

「せいぜい一週間、かな」

「せいぜいって――まあ、仕方がないか。せっかくだから楽しんでいらっしゃい。これまで未來一人で『となり』の波もかぶって、おばあちゃんのことも任せっきりでいた部分も、あるんだものね」

そんなやり取りを思い返しながら、今日一日ここに来るまでに撮りためた写真の中から数点を選び、ついでに窓の外の風景をバックに自撮りもして、それらもＬＩＮＥで送る。つまらない写真はどんどん削除してしまおうとベッドに腰掛けて過ごす間に、気がつけばもう五時半を過ぎようとしていた。

「虫除け、持ってます？」

慌ててフロントロビーまで降りていくと、李怡華は相変わらず表情の読めない顔でまず口を開いた。

「陽が暮れたら急に蚊が出てきます。台湾の蚊は、日本の蚊より強力だからね。刺されたら結構、ヤバいんだよ」

「ヤバい、んの？」

何しろ相手の年齢も分からないからと思っているうちに妙な言葉遣いになってしまっ

た。すると李怡華が初めて「そうそう」と微笑んだ。

「大丈夫、私がね、ちゃあんと用意してきたんだよ」

李怡華はバッグから虫除けスプレーを取り出すなり、未來の腕や首筋などにそれをシュッシュッと吹きつけ始めた。次いで自分にも同じようにシュッシュッとやる。そして、フロントでもらったという台南市街のイラストマップを手渡してくれた。その手際の良さと心配りが、いささか大げさなくらいに未來の心にしみた。

悪い子じゃない。

未來がそうであるように、きっと李怡華も人見知りするタイプなのだ。大学を卒業しているのは間違いないのだから、どう考えても二十代の半ばにはなっているはずだが、野暮ったくて地味な外見からしても、あまり世慣れていない人なのかも知れない。

「まだ明るいし、食事の前に少し歩いてみますか？　ここから少し行けば、赤崁楼(せきかんろう)があります。赤崁楼、分かります？」

ガイドブックによれば、赤崁楼とはかつて台南支配を目論んで上陸したオランダ人が築いた砦だったということだ。台南には、日本が領有するよりもさらに以前から、この地を目指して上陸してきた様々な時代の国や人の足跡が残っている。祖母の記憶に残っていそうな、つまり祖母の暮らした時代よりも前からある建物などは可能な限り記録して歩きたいと思っている未來は「行きたいです」と頷いた。

一歩、外へ出ると途端に熱い空気が押し寄せてきた。ホテルの前の道路は片側二車線ずつあるのだからそう狭いはずがないのに、何となく窮屈な感じがするのは、やはり無数に並ぶ看板の存在感か、やたらと路上駐車している車やバイクのせいか、あるいはこの空気のせいだろうか。しかも、タクシーの窓から見て存在を知った亭仔脚（ていしきゃく）は、実際にその下を歩いてみると建物ごとに床の高さが違っているところがあるために段差が多いのに加えて、大きな植木鉢が並んでいたかと思えば駐車場代わりに使っている場所があったりと、意外に歩きにくいことも分かってきた。

ここが台南。

なんとか生活館。かんとか冷氣。日本でもよく見る下着メーカーのロゴが目についた。秀珍専門店って何だろう。見るものすべてが珍しくてならない。読めそうな看板を見つけると、それだけで嬉しくなった。

「あっ、セブンイレブン！」

見慣れた看板に思わず声を上げた。すると李怡華は、台湾にはセブンイレブンが氾濫していると言った。

「台北なら、もう、五十メートルごとにあるんですから」

「そんなに？」

それからも未來は少しの距離を歩いただけで目につく寿司店や「日式」と書かれた和食店らしい看板を、いちいち心の中で読み上げては、この土地と日本との距離の近さ、密度の濃さを感じないわけにいかなかった。

赤崁楼の敷地内を歩き回っている間に、辺りが暮れなずんできた。なるほど、途端に耳元を蚊の羽音がかすめていく。気がつけば二の腕の内側を一カ所、もう喰われていた。

李怡華が素早く虫刺されの薬を貸してくれた上に、もう一度、虫除けをシュッシュッとかけてくれた。

陽はとうに落ちているのに、暗くなるまでがずい分と長いようだ。強烈な陽射しから逃れて、街全体がほっと息を吐いている感じがする。心なしか道行く人の姿も増えて、幼い孫を抱いて歩く女性の足取りものんびりと見えた。

行く先々でスマホを構え、ひたすらきょろきょろと辺りを見回しながら歩くうち、ようやく車のヘッドライトが目立ち始め、初めての台南は夜の闇に沈んでいった。ロータリー沿いの旧台南州庁がライトアップされて美しい。今は国立台湾文学館になっているのだそうだ。

「明日また見ればいいですけど、この道の周りは本当、古い建物が多いんです」

「日本時代の？」

「そうと、思いますね。この道そのものが、日本時代に造られたものなんじゃないですか。セイの時までの台南はもっと小さくて、城壁に囲まれてる街だったからね。台北でもどこでもそうですが、昔の中国風の街は必ず城壁に囲まれてますから」

李怡華の説明をうんうんと聞きながら、しばらくしてセイというのがどうやら清（しん）のことだと見当がついた。中国語としては、どちらの読み方が正しいのだろう。それはそれとして、夜風が心地良い。日中の熱も冷めて湿気も含まず、すっと胸の中まで通り抜けていくようだ。

おばあちゃんも吹かれた風。

夕食は台南名物だという担仔麺の店に行って、亭仔脚の下に出されている小さなテーブルでとることになった。自分たちが食事をしているすぐ脇を、普通の通行人が平気で行き過ぎるのも意外と気にならないものだ。料理はすべて李怡華が選んだが、青菜の炒めでも豆腐でも、出てくる一品一品がすべて同じサイズの、楕円形の白い皿なのも何となく面白かった。唯一、違う食器である小ぶりの丼で出てきたのが担仔麺だ。

海老の風味が利いて肉そぼろがのった中細汁麺は、蕎麦(そば)やラーメンはもちろん、うどんとも冷や麦とも異なる食感だった。コシがない。その上に、李怡華が別注した煮卵が丸ごと一個のせられていた。行儀悪く箸の先で卵を突き刺し、ひと口かじって断面を見てみると、黄身が大きくて白身の部分がずい分と薄い。どうしたらこんな卵が出来るのだろうかと首を捻(ひね)っていたら、李怡華が「アヒルの卵です」と教えてくれた。

「アヒルなんですか。へえ、初めて食べる」

互いに箸を動かしながら、それから未來はメールでもあらかた伝えてあった今回の旅の目的を改めて説明したり、つい先月まで契約社員だった話をした。李怡華の方は台北より少し南にある新竹(しんちく)という土地で、電子部品のメーカーに勤めていると教えてくれた。

「新竹って、新幹線、あ、高鉄？ で、通りましたね」

「そう、あそこです」

そのメーカーで、李怡華は主に日本との契約などに携わる仕事をしているのだそうだ。

そうしてようやく少しずつ打ち解けてきたと思ったところで、李怡華がふいに話題を変えた。

「杉山さんは、可愛い声してますね」

紙コップに注がれた茶を飲みながら、未來は「そうですか」と曖昧に笑って見せた。いつの頃からか、声のことを言われたら、そういう反応をする癖がついている。そして、いつも腹の中で自嘲気味に呟くのだ。モノになりませんでしたけどね。

「李さんは、最初に空港でお会いしたとき、高校生くらいかと思いました」

すると李怡華もまた「そうですか」と口元に微妙な笑みを浮かべた。

「幼く見られます。でも、私の方が年上ね、きっと」

え、と目を丸くしている間に、李怡華はもう四十になるのだからと、ずり落ち気味の眼鏡を押し上げた。

「数えですけど。満でいったら、来月で三十九歳です」

「う、そ」

「ホント」

未來は改めてまじまじと李怡華の顔に見入ってしまった。ああ、この人は肌が綺麗なのだと、その時になって気がついた。なめらかそうで目立った小皺もない。だから小作りな造作のせいもあって、余計に幼く見えるのだろう。

そうか。ずっと年上なんだ。

それならそれで頼りにも出来るだろうし、もっと敬意を払って接するべきだったと、その晩、ホテルに戻ってから未來は一人で反省した。普段は日記などつけたことがないが、今回の旅に関しては細かく記録をとるつもりでいる。新しく用意したノートを開いて一日の出来事を順に思い出しながら書き記し、最後に「驚き！ 李怡華はもうすぐ三十九歳！」と書いたところで一日が終わった。

翌朝、七時を回った頃に朝食をとりに食堂のフロアーに降りていくと、他の客に混ざって、李怡華がもうテーブルについていた。

「おはようございます！」

出来るだけ感じよく笑顔で声をかける。それからセルフサービス形式の料理をひと通り見て歩き、まずは白粥（しらがゆ）を器に満たして李怡華のいる席に戻った。パン食にしたらしい李怡華は指先で口元を軽く拭うようにした後、テーブルに目を落としたままで「あの」と口を開いた。

「私、今日、新竹に帰りますね」

「――え？」

「用がありますから。お昼までに着く高鉄で、帰ります」

未來はスプーンに手を伸ばすのも忘れて、李怡華の小作りな顔を見つめた。

4

何なの。

何なの。

何なのよ！

ひたすら自転車のペダルを踏みながらも、一向に腹の虫が治まらない。第一、何なのだ、朝っぱらからこの陽射し、この暑さは。亭仔脚の下を通れるというのならまだしも、あんなに段差だらけでは自転車では到底無理だ。だから風圧を感じるくらいの近さで自分を追い越していくバイクに怯えながらも、車道を走るより仕方がなかった。ぶんぶん、ぶんぶん、バイクだらけでうるさいったらない。ガソリン臭いし。右側通行に慣れていないから、交差点の度に間違えそうになるのも、やたらと癪だ。

まだ八時を過ぎたばかりじゃない！

キャップこそかぶっているものの、額からも首筋からも、止めどなく汗が滴るから、髪だってぺしゃんこになっているはずだし、日焼け止めなどとっくのとうに流れ落ちているに違いない。Tシャツの袖から出ている腕は、陽射しをまともに受けて既にチリチリと感じるくらいだ。

李怡華の馬鹿！

最低！

自転車はホテルが無料で貸し出してくれた。客室に置かれていたホテルガイドにも日本語の記載があったし、フロントに行ってみたら流暢とまではいかないが、意思疎通出来る程度には日本語の話せるスタッフがいたから、それだけで未來は地獄に仏の気分になった。そして、李怡華がチェックアウトするよりも先に自分の方が出かけてやろうという一心で自転車を借りたのだ。意地でも見送りたくなんかなかったし、ましてや「置いてけぼり」を食ったような気持ちを味わうのも惨めでたまらない。

時折、辺りの空気を引き裂くような金属的な爆音を轟かせて、頭上の、意外なほど低い位置を戦闘機らしい飛行機が飛んでいく。それが当たり前になっているらしい人々は、誰一人として気にも留めていない様子だが、その音がする度に未來は自転車を停めて空を見上げずにいられなかった。強烈な陽射しや熱い風だけでなく、こんな轟音が響きわたるというのも、未來にとっては初めてに近い経験だ。以前一度だけ沖縄に行ったときに、米軍基地の存在を痛感させられたことを思い出す。

軍隊があるんだ。

車やバイクの往来の激しい広い道は怖いから、出来るだけ道幅の狭いところを探しては走り回った。すると、ところどころに朝食を出しているらしい店が開いていた。亭仔脚のある道筋ならば亭仔脚の下に、そうでなければ道ばたに、椅子やテーブルを出して、そこでゴム草履に半ズボン姿の男性が何か食べながら新聞を読んでいたり、また、出勤か登校途中なのか、短パン姿の若い女性が買い物していたりする。

本当に女の子の歳が分からない。大人なんだか学生なのか。

それにしても「三明治」って何だろう。三つの明治？

そういう店先を通る度に客の有無や店の様子を確かめ、看板の文字を横目に、ああ、お腹が空いたと思う。それもこれも全部、李怡華のせいだ。もしも彼女が一緒なら、未來だって一度くらいは、ああいう店で何か食べてみたかった。だが、何もかもが初体験の旅行者には、どの店が美味しいかも分からないし、羽田で借りてきたＷｉ－Ｆｉの設定が今ひとつ上手くいっていないらしく、ネット検索が出来ない。それに正直なところ、衛生状態がどうなのかも気になるところだった。

何しろこの暑さだ。食べ物だって何だって、あっという間に傷むに違いない。店で働く人々はいずれも身軽なTシャツにエプロンといった格好で、三角巾も帽子も被っていなかった。店そのものも、むき出しの壁に蛍光灯が一本ぶら下がっているだけのような、商品ケースもなければ厨房そのものも独立していない雰囲気のところが多かった。これでは清潔かどうか分からない。それに観光客相手ではなく、地元の人たちのための店だとしたら、おそらく日本語だって通じないと思った方がいいだろう。

あれこれと言い訳を考えながら、結局は一人で寄ってみる勇気がないのだということは自分でも十分に分かっていた。恨めしい思いで、いざとなったらセブンイレブンに飛び込むまでだと自分に言い聞かせて、未來は自転車を走らせた。イラストマップを広げて自分のいる位置を確かめる度に李怡華を思い出して、また苛立つ。昨日、ホテルのフロントでこの地図をもらっておいてくれたときの彼女を、一瞬でもいい人だと思った自分の愚かさにも嫌気がさした。

「昨日こっちに来る途中も、ずっと代わりしてくれる人を探していたんです。それでやっと台南の知り合いが見つかって、今日のお昼過ぎ、来てくれます」

朝食の席で、啞然としたままの未來に向かって、李怡華は、その人には既に未來のメールアドレスとLINEのID、携帯電話の番号も教えてあるし、このホテルの名前と場所も教えてあると、やはり表情を変えないまま言ったものだ。

何、人の情報を勝手に教えてんのよ。

昨日から分かってたんなら、最初から言うべきだったんじゃないの？

第一、どうして謝んないわけ。人としてどうなの、それって。年上とか年下とかの問題じゃないでしょうが。もう顔を見るのも嫌だと思ったから、未來はせっかくの白粥にも手をつけず、そのまま黙って席を立ってしまった。頭の片隅では、何か事情があるのかも知れない、まずそれを聞いた上で「仕方ないですね」くらいのことは言った方がいいのだろうか、それが大人の対応というものかと思ったものの、相手が謝罪の言葉一つ口にしないのだから、こっちだってそれくらいの態度で当然だと自分に言い聞かせた。

なめてんじゃねえぞ、李怡華。

こちらは初めての台湾旅行でしかも一人旅だからと、予めメールで伝えておいたではないか。中国語も分からないので、よろしくお願いしますと繰り返し書いた。その返事に、李怡華は書いて寄越したのだ。「ご心配無用です」と。しかも李怡華は父の教え子だ。だから、下手なことをして父の顔に泥を塗るわけにもいかないと未來なりに気をつかって、昨晩、ホテルに戻ってすぐに日本で買ってきた土産物を部屋に届けもした。あのときの李怡華は、それなりに嬉しそうに笑っていたのに。

お腹の中では舌でも出してたんだろうな、きっと。

怒りにまかせて自転車を走らせてはイラストマップに示されている旧跡を訪ね、汗を拭いながらスマホを構えて、またペダルを踏む。ああすごいな、さぞ歴史があるのだろうなとは感じても、こうも気持ちがささくれ立っていては、一つ一つをゆっくり味わう気分になどなれるはずがなかった。その上ひっきりなしに喉が渇くから、そのたびに、驚くほどあちらこちらにあるお茶屋さんやジューススタンドに立ち寄ることになった。すると、その手の店ならメニューにも日本語が示されている上に、働いている人の中にも片言の日本語を話す人が多いことに気づいた。京都を意識しているらしく、亭仔脚の下のスペースを使って赤い毛氈に縁台などを飾っている店もあった。祖母の頃には、かえってなかっただろうとは思うが、取りあえずそういう店の写真も撮っておく。

そうこうするうちに、気がつけばまたも旧台南州庁のあるロータリーに出てしまっていた。これで何度目だろう。同じところばかり走っているつもりはないのだが、とはいえ、地図を眺めてみても中心部を走る主だった道路は大概このロータリーから放射状に伸びているのだから当然と言えば当然だった。

ただ、この一角は今のところ未來が一番気に入った場所にもなっていた。中央に緑が繁っているせいもあって、街の喧噪も心なしか遠ざかるし、看板だらけの他の通りとはまったく違う、広々としてどこか清々しい雰囲気さえ感じられるからだ。日本では滅多に見かけないと思うが、こういう円形の道には独特の情緒があるのかも知れないと、未來は勝手に考えた。

「異国情緒っていうのかな」

話し相手がいないのだから独り言でも呟くより仕方がない。つい声色を変えて一人二役でもやってみることにした。

「それってちょっとヘンなんじゃないの？　異国情緒っていったって、日本人が造ったわけでしょうが」

「それはそうなんだけど。でもさ、日本にはこういうところ、ないじゃない」

「だよね。どうしてかな」

ことに旧台南州庁は、本当に東京駅や法務省によく似た赤煉瓦と白漆喰の建物で、左右対称の美しい姿をしている。既にさっき一度通ったが、その旧州庁に沿って脇道を入っていった先にも、やはり赤煉瓦の建物があって、こちらはかつて警察署だったようだ。しかも、最近まで現役の警察署として活躍してきたらしい。今の日本では、こんな建物が警察だなんて絶対にあり得ない。しゃれているし垢抜けて、かえってモダンに見えるくらいだ。

「何ていうかさあ」

「なに、なに」

「すっごい気合い、入ってたんじゃないかなあ。昔の日本人て」

「気合いって？」

「だからさ、ここは自分たちの国の一部になったわけじゃない。新しく。ね？　だからそこを、すごーく立派に見せようとしたっていうかさあ」

その心意気のようなものが、未だに感じられる気がするのだ。同じロータリー沿いには同様に日本時代から使われている消防署もある。要するに、丸い輪っかになっている道沿いに主だった機関を集中させて、当時の日本はここから四方八方に街を広げていこうとしたのかも知れない。計画的に。たった五十年で失うことになるとも思わずに。

建物の前には、左右に背の高い木が植えられていた。昨日はもう陽が暮れていたせいだろうか、大して気にも留めなかったが、改めて強烈な陽の下で眺めると、まるでこの陽射しが飛び火したのではないかと思えるほど鮮やかな赤い花がぽつぽつと咲いていた。花の形もちょっと不思議で、蝶か小鳥がとまっているように見える。こんな色鮮やかな花を、日本で見ることはあるだろうか。何という名だろう。傍に自転車を停めてスマートフォンを構え、未來は肘（ひじ）からも汗を滴らせながら、建物と木が一緒に映り込む写真を撮った。

　その時、両手で構えているスマートフォンが細かく振動し始めた。

「あー、もしもしー？　あのねー、杉山さんですか。杉山、み、らい、さん？　私、洪（こう）いいますが」

「こう、さん？」

「そう、洪です。あのねー、新竹（しんちく）の李さん、ご存じですか？　リーイーファさんに頼まれました洪といいますが、あのねー、今、私、杉山さん泊まってると聞いたホテルまで、来たらけど」

　未來は慌てて腕時計に目を落とした。まだ昼前だ。その時になって初めて、未來は李怡華に代わって来てくれる人の名前すら教えられていなかったことに気づいた。あまりに腹が立って、本当に来てくれるかどうか確認することさえ忘れていた。咄嗟（とっさ）にどう答えようか迷っている間に、その女性の声は「もう、ご飯食べましたか？」と言った。

「あのねー、お昼ご飯に間に合う方がいいかなー思って、ちょっと早いらけど、ホテルに着いたんですよねー。杉山さん、今どこいます？　一緒にご飯、どうですか」

その途端、何だか急に胸の奥がざわめいて、泣きたいような気持ちになった。

5

ジーンズの短パンから出た白くてすらりとした足を組み、真っ赤なスニーカーをぶらぶらさせながら、濃いピンク色のTシャツがよく似合っている洪春霞(こうしゅんか)は「えー、ちょっと待てよ！」と、アルミ製の丸テーブルに肘を突いたまま、大げさなくらいのふくれっ面になった。脇には空になった小丼が二つずつ、押しのけられたままになっている。二人して平らげたばかりの「海老丼」とスープの器だ。海老丼は、正確には「蝦仁飯(シャアレンファン)」と表記されていて、少量の汁をからませたご飯に茹(ゆ)でたむき海老がのっかっているというものだった。薬味は少量のネギ。シンプルでなかなか美味しかったのだが、正直なところ朝から飲み物以外口にしていなかった未來には、それとスープだけではいささか物足りない量だった。だが、食事を始めた時点では、洪春霞は「蝦仁飯」を食べたら次は別の美味しいスイーツを食べさせる店に案内するからとにこにこ笑っていたのだ。

「ちょっとー、今日もう金曜日なんらよ。分かってるー？」

「分かってるよ」

ホテルの狭いロビーで会ったときから、洪春霞は最初に交わした挨拶以外、ずっといわゆるタメ口だ。これまた多少は年齢不詳ではあるものの、アイメイクに相当、気合いが入っているし、今度はまず間違いなく未來より年下だと思う。第一に李怡華(りいか)のような摑み所のないタイプというのではなく、実にあっけらかんとした感じなのがかえって安心だった。それにしても、彼女と李怡華みたいな、年齢も雰囲気も異なる女との間に一体どういう関係があるのか、そこのところが皆目、見当がつかない。だがまあ、そんなことは、おいおい尋ねればいいことだ。それよりもまずは今回の旅の目的について、また最初から説明しなければならないのが面倒だった。何しろ李怡華ときたら、日本から女性のお客さんが台南までやってきて「お祖母さんの家」を探しているとしか、洪春霞には伝えていなかったからだ。

まったく。

李怡華め。

だがここで関係性の分からない相手に李怡華の悪口を言うわけにも、今朝から腹の底でとぐろを巻いている怒りをあらわにするわけにもいかないから、心の中だけでブツブツと悪態をつきながら、未來は改めて祖母に関して分かっているだけの情報を端から順番に伝えていった。すると彼女は早速ノートを開いて、意外というか当たり前というか、外見には似合わない、見事な漢字を書き連ね始めた。ところが話を続けるうちに、途中からだんだん表情が真剣というか険しくなって、ついに「えーっ」とふくれっ面になったのだ。

「いい？　ここまで書いたこと、順番に読むよ。ひとーつ。未來のおばーちゃん、一九二九年、台南の生まれです。すごい、お年寄りさんなんらね」

「そうだねえ」

「それで、おばーちゃんの、そのお父さんはー、砂糖工場で働いてたんら」

手を触れると何となくペタリとした感触の残るテーブルだった。ウェットティッシュでも持ってくるんだったと後悔しながら、未來はテーブルの上に置かれた箱入りティッシュでその辺りを拭ってから、自分も脚がグラグラするテーブルに肘をついた。このグラグラは、テーブルのせいか、それとも亭仔脚(ていしきゃく)の床のせいだろうか。

「砂糖工場っていうか、製糖工場の研究所だって聞いたんだけど。日本の、三井っていう大財閥がやってたらしいんだ」

「みつい？　三つの井？　み、つ、い。ね。で、ふたーつ。だから、未來ちゃんおばーちゃんはぁ、そこ働く社員さんの住む家で生まれまして、ずっと住んでた」

「そうそう。社宅にね」

「そんでもってー、小学校つぎに、台南の第一高等女学校に行ったんらけどー、お家と学校、とーっても遠かったんらからー、学校ある間は、学校近くにある知ってる人お家に、住みました」

「海軍の将校っていうか、割と偉い人だったらしいって。お手伝いさんとかも何人かいたし、部屋も一杯あったらしいよ」

「親戚かな？」

「どうかな。そんな親戚がいたって、聞いたことはないけど」

「親戚でもないらったら、未來ちゃんおばーちゃんのお父さん、すごいよな。子ども預かるの、よっぽろ仲よくねえと、出来ねえよ」

「そうかもね」

「そんでもってー、子どもの頃よく遊んらの覚えてるは、サトウキビ畑ん中の？　鉄道？　それから孔廟と、台南神社とー、開山神社とー。それから、す、え、ひ、ろ、町にあった、お友らち家の時計屋さんとか。それから、海に、お、花見？」

洪春霞はノートを読み上げた後になって、「海に？」と小首を傾げた。

「日本人お花見言ったら、桜らろう？」

「そうなんだよね」

「桜、海に咲くかよ」

「だって、海の近くに咲くところがあったって言うんだもん。あ、でも、それも六月って言ってたかな」

「六月ぅ？　桜は春らよ？　らいたいさあ、台南に桜は咲かないよ。うーんと、たとえば烏山頭ダムとか行けば、あっちは山から、上は涼しいらから、日本人植えた桜あるかも知れないんらけど」

「烏山頭？」

「烏山頭、知らない？　台湾で一番有名、日本人作ったダムじゃないかよ。おかげさまで台湾今みたいに畑一杯作れるようになったらよ。パーティエユィイーさん、おかげ。マジ、知らない？」

「知らない」

するとすると洪春霞はノートの片隅に「八田與一」という名前を書いた。はった？　やだ？　よいちだろうか。それでも未來には分からなかった。

「ひどいもんらなあ、日本人は。八田與一老師も知らないらなんて」

洪春霞は心底呆れたような顔になり、台湾人なら子どもの頃から必ず学校で彼のことを教わるものだと言った。八田與一という人物は、烏山頭というところにダムを造り、そこから嘉南平原と呼ばれる台南中南部一帯に網の目のように水路を巡らして、この大地を干ばつから救い、一大農耕地帯へと変貌させた人なのだそうだ。そして、ダムも水路も、すべて現在もそのまま使用されているという。

「その水の路ぜーんぶつないらら、中国の、ほら万里長城より長くなるんらよ」

「へえ、そんなに？　すごい」

「そう、すごい人なんらよ」

彼女の耳たぶに輝く小さな赤いピアスを眺めながら、未來は「ふーん」と応えることしか出来なかった。

実際は、感動とも動揺ともつかない気分になっていた。「支配者」であった日本人の中には、そんなことをした人もいるのかと驚いてもいた。そういう人物がいたからこそ、つまり、現在の台湾はこうして豊富な農産物で潤っているということになる。いくら日本の植民地だから、自国の利益のためにそうしたのだと言ったって、いまに至るまで台湾の人たちの役に立ち、喜ばれるようなものを築いてきたということだ。そういう日本人が、もしかすると未來が考えるよりももっとずっといたのかも知れない。そして彼らが、この台南だけでも旧州庁や警察署や気象観測所などを建てて新しい道を敷き、亭仔脚を考案し、新しい街造りに汗を流した。

知らなかった。

もっと余裕が、いや、機会さえあれば、そういう人たちのことを知っておくべきだった。一応は、未來の祖父母か曾祖父母の時代の人たちのことだ。

だが、それはそれだった。現地の人に喜ばれる仕事をした日本人が一人でも多くいたことには取りあえず感謝する。誇らしくも思うが、とにかく今回は祖母のことを調べたい。それが旅の目的なのだから。

「ま、いいや」

未來が大した反応を示さないように見えたのか、洪春霞も少しつまらなそうな顔になり、またノートに目を落とす。

「とにかく、未來ちゃんおばーちゃんは、海にお花見行きました」

「はい」

「そんでー、戦争終わったときは十七歳でー」

「数えでね。満で言ったら十六歳だって」

「十六歳でー、友だちにサヨナラ言ってー、高雄(たかお)から船乗りました」

そこまで読み上げると洪春霞はすっと背筋を伸ばし、長い髪を肩の後ろになびかせてから、「未來ちゃーん」と、妙に意味ありげな笑みを寄越した。食事の間に、そういう呼び方をしてもいいかと聞かれたから、それなら未來も彼女を「春霞ちゃん」と呼びたいと提案した。すると彼女は、自分のことは「かすみちゃん」と呼んで欲しいと要求してきた。子どもの頃、アニメの「ポケットモンスター」に出ていたカスミというキャラクターが好きだったのだそうだ。だから、通常は英語名にするニックネームも自分で勝手にカスミに変えたのだという。それを聞かされたときは少なからず複雑な気分だった。未來は、カスミを演じていた声優をよく覚えている。トップ声優の一人で活動の幅をどんどん広げ、今やソロで歌まで出している彼女は、ある意味で未來の憧れの一人でもあった。

「でもねー、その頃かすみはねえ、ポケモンは台湾のアニメらと思ってたんらな。声はほら、台湾人が全部、入れ直しするんらから。まさか日本のアニメらとは、ちーとも知らなかったんらよなあ。『ドラえもん』も『ちびまる子ちゃん』も」

ところが、何となくうら寂しい気持ちが広がりつつあった未來に洪春霞がそう言ったから、つい力が抜けてしまった。そうか、ここは台湾。子ども向けの番組の大半は、すべて台詞は吹き替えなんだ。

まったく。まだ吹っ切れてないなんて。

「ねええ、未來ちゃん、聞いてる？」

「うん」

「つーまーりー、これをもとにして、おばーちゃんの家、探す気なんらよね？ こ、ん、ら、けのデータで」

「──あとは、結婚する前の名字とか、ひいお祖父ちゃんの名前とかも、分かってるけど」

「未來ちゃんのおばーちゃんのじーちゃん？ あれ？ お父さんか、そんな名前聞いたって、今の台南人の誰、分かると思うんらよ。いいかあ、分かってる？　台湾はねえ、砂糖工場らけでも、ものっすごい、ものっすごい、いっぱいあるんらから」

「そうなの？」

「あったりまえじゃないかよ。日本時代のずーっと前から、砂糖作り続けてたんら。特に南の、台南とか台中（たいちゅう）とか、そういう農家はほとんど全部みたい、ホント、馬鹿（ばか）みたいにたくさん、みーんな、砂糖作るの農家なんらよ！」

洪春霞は大げさに「オーマイガッ」と呟き、今度は頭の後ろで長い髪を一つにまとめるような仕草で、そのまま亭仔脚の天井を見上げた。耳たぶの、いかにも安物っぽいピアスが可愛らしくキラキラ光る。

「うーん、そんな大昔のこと、どうやって調べれるかなあ」

「あの――調べられないもの？　全然？」

「今の私たち世代はねー、日本時代のことなんて全然関係ないからねー、知らないよ、普通。らって、もうずっと過去のことなんらよ。そんなの興味ないでしょ。今と関係ないこと」

「そ、んなもの？」

「らってねー、大体七十六年くらいまでは、日本のことは全部タブーらったんらからな。テレビもアニメも雑誌も、音楽とかも、ぜーんぶ。学校でも、日本はとーっても悪い国、日本人は鬼ら、『小鬼子（シャオクイツ）』らって教えてたんら。台湾にもひどいことしましたね、蒋介石（しょうかいせき）先生を困らせて、苦しまして、中華民国国民をたーくさんたくさん殺した、ひっどい国ですって教えるらから」

「そうなの？　でも、七十六年とかっていったら——もう四十年以上は前だよね？」

すると洪春霞は一瞬訝しげな表情になってから、ああ、と思いついたように「違う違う」と手を振った。

「西暦じゃないんらよ、民国七十六年。日本にもあるじゃん、平成とか、しょーわとか。台湾には台湾の年の数え方あって、それだと今年は、民国一〇六年。民国七十六年はねえ、うーん、十一足すから——一九八七らな。その前に蒋介石死んで、息子さんの蒋経国が総統になって、それでやっと台湾変わった」

「蒋経国？」

洪春霞はうん、と大きく頷き、蒋経国のことは今の台湾人はみんな好きだと言った。

「大人の人たちみんな、蒋介石嫌いでも、蒋経国さんは評価してるんら。そんで、蒋経国さん後に、李登輝先生が初めて台湾人総統になったんらろう？　蒋介石、蒋経国、みんな大陸の中国人、呼んでもないのに勝手に入ってきた、外省人らったからね」

それからわずかに声を潜めて、「蒋介石は、ホントひどかったんらよ」と言った。

「日本人いなくなった後、日本人の財産ぜーんぶ、自分のものにして、台湾人ものすごーくたくさん、殺したんらって。おまえらには台湾語、話させない、日本語も話させない、『もう中華民国国民なったらから、北京語喋れよ』って命令されて、周りじゅうスパイ、スパイだらけ、自由ナシ。悪いこと、何もしてなくても、ちょっと誰かがヒソヒソ言ったらけで、すーぐ捕まって、消されたんらって」

簡単に本では読んできたつもりだが、直に聞くと実に恐ろしい話だった。第一、台湾に民国なんていう元号があることも知らなかった未來は、ひたすら目を丸くして洪春霞の話に耳を傾けているしかなかった。台湾といえば陽光燦々と降り注ぐ穏やかな南国で、誰もが自由でおっとりしたリゾート地といった印象を抱いていたのに。それにしても一〇六年とは、またずいぶん長く続いているものだ。

「ここが中華民国になったのって、日本がいなくなった後からじゃない？　それなのに、民国って、なんでそんなに長いの」

それは、もともと中華民国政府が中国大陸で樹立された時から始まった元号だからに決まっている、と洪春霞はこともなげに言った。なるほど、と小さく頷きながら、未來はまた密かに自己嫌悪に陥っていた。実は、この辺りの中国大陸や朝鮮半島の歴史の複雑さというのが、未來にはいちばんよく理解できていない。面倒くさくて知る気にもならないというのが正直なところだ。

「あー、もう！　そんなことより！　ホント、未來ちゃんと喋ると話がそれんじゃねえかよ、もう」

「私のせい？」

「違うけろ。と、に、か、く、私一人じゃ、もうぜーったい出来ない。誰か、もっと分かってるヤツを探すしかねえな」

「――ねえ、か」

未來が口を尖らせてため息をついている間に、洪春霞はスマホを取り出し、まるで誰かに狙いを定めるかのように目を細めながら、スマホの表面をタップし始めた。

「ちょっと思い浮かんらヤツね、いなくもないんら。少ぉしね。そいつがなあ、ちゃーんと手伝う言うヤツらといいんらよな——おい、せっかくLINE送ってやってるじゃないかよ、早く読めよ」

それにしても洪春霞という子は、顔つきはなかなか可愛らしいのに、日本語は相当にお粗末としか言いようがない。わざとではないに決まっているから、おそらく身につけた環境が悪かったのだろう。こんな言葉遣いでは、もしも日本語を生かした仕事をしたいと思ったところで、きっと、まともな仕事にはつけないに違いない。相手がきちんとした企業だったり、頭の固い日本人だったら、人格まで疑われかねないだろうと、こちらの方が心配になった。

6

何人かに立て続けに連絡をしたらしい後、洪春霞がふう、とため息をついた瞬間、彼女のスマートフォンが不思議なメロディーを奏で始めた。その途端、洪春霞は「ウェイ！」とスマートフォンを耳に当て、安っぽい椅子に背をもたせかけて、ものすごい勢いで話を始めた。何かひと言くらいは聞き取りたいと思うものの、一言一句、未來には分からない。こんな自分に比べたら、雑でも下品でも、取りあえずは通じる日本語を話す洪春霞の方がよほど立派だ。そう考えたらまた気持ちが凹んできた。

これから先。

外国語の一つも出来た方が、きっと生きやすいんだろうに。

中学から大学まで学んだ英語だって、ろくすっぽ使いこなせず、とても身についたとは言えない。第二外国語がドイツ語だったなんて、今となっては恥ずかしくて人にも言えない。これから先、思いついたときに一人旅にでも出て、その土地の人とつながりたいと思うなら、やはり言葉は必要だ。

だけど。今さらそんなこと。

今さら？

もう、そんな歳だろうか。三十二って。

「やったね！　未來ちゃん、来るって！」

「え――誰が？」

「台南の古いこと、すんごく、でもないかな。でも結構、詳しいヤツ。どう言うかな、まあ、オタクな」

「その人なら力になってくれるかな」

思わず身を乗り出した。すると洪春霞は「きっとね」と向こうも身を乗り出してきた。安物のアルミのテーブルの上で、互いの顔がぐっと接近する。

「ねえ、未來ちゃん、今度の旅は貧乏旅行です、言ってたんらよな」

「まあ、そんなに贅沢は出来ないかな」

「らけどね、彼が来たらねー、少ぉし、お礼してあげて欲しいんらけど」

「お礼？　現金で支払うの？」

「まだ学生から、そこまではしないでいい思うんらけど、今日は夜まで未來ちゃんのため使いますって、いま約束させたから、ご飯とか、お茶とか、食べさせてあげてくれないかな」

未來は「もちろん」と頷いた。本当を言うと、これでも多少ゆとりのある金額は用意してきている。何しろ三十路(みそじ)の一人旅だ。いざとなったらクレジットカードだってある。

洪春霞は「私にもね」と、にやりと笑った。そうだ。洪春霞にもちゃんとお礼をしなければならないだろう。急に李怡華(りいか)から呼び出されて、彼女だって実のところは困惑も迷惑もしているに違いない。こうして気安く接してくれているが、心の中で何をどう考えているか、実際のところは分からない。それを忘れてはならないと、未來が改めて自分に言い聞かせている間に、洪春霞は「一つ、教えあげようか」と、またもやぐっと顔を寄せてきた。

「台湾人はねー、お金がいーちばん好き。いーちばん」

「──え」

「ほっとんろ全部の台湾人ね、お金らけ信じます。あっちの神さま、こっちの神さま、もう色ーんな神さまに、いつでもお願いは一つ。商売うまくいきますように、お客さんいっぱい来ますように、お金たくさん稼ぎます、大金持ちなりますように、いつも拝拝(バイバイ)する」

意外なことを聞いた。日本人なら、もちろん商売繁盛も願うが、家族の幸せとか、健康とか、受験の成功とか恋愛成就とか世界平和、五穀豊穣、もっともっと色々なことを祈る。それなのに、台湾には、特に家に祀るような神さまはご先祖様以外は金運を授ける神さまだけだとまで、洪春霞は言い切った。

「もちろん他の神さまもたーくさん、いるらよ。嘘を見抜く神さまとか、字が上手になる神さまとか、結婚相手見つけてくれる神さまとか」

だが、それらの神さまのところには、必要なときにだけ行けばいい。メインはひたすら商売繁盛、金運の神さまなのだそうだ。店や家などに貼られている赤い紙に書かれている文字も、ほとんど金運や商売繁盛を願う言葉だという。

「——そう、なの？　お金だけ？」

「らって、お金なかったら何ーんにも出来ないんらよ。あって困る？　ねえ？　こまーらないでしょ、ぜーんぜん」

そんなに現実的なのか。未來は思わず「でも」と彼女を見た。

「東日本大震災の時、台湾の人はすごく一杯、寄付してくれたでしょう？」

洪春霞はさらに「それなんらよ！」と意気込んだ表情になった。

「私もアルバイトしたお金とか、結構、毎週毎週、寄付したんらよ。ね？　分かる？　それ、お金があるから出来たことわけ。どんらけ心配ですねー、お大事にねー言ったって、お金なかったら、何もしてあげられないじゃん！」

ああ、そういうことかと思った。台湾人はお金が大好き。だけどそれを、ただ自分のためだけに使おうというのではない、ということだろうか。

「私たち親切します。そうしたら親切返してもらいたい。日本人もそうでしょう？」

「そりゃ、そうだわ」

「でもそれが言葉らけは、親切の気持ちは分かんない。言葉はタラね。タラなら意味ないと同じ。『ああ、自分親切してあげたから、らから親切もらいました。よかったなー。じゃあまた親切お返ししましょう』にならない。親切しますー、そうして親切返してもらいます。そしたらもっと親切あげますね」

それを聞いて、はっとなった。そうか。だから李怡華も素っ気ない態度で約束をドタキャンしたのだろうか。予め、ちゃんとお礼を渡したりしなかったから。相手が年上と知って、担仔麵(タンツーメン)もご馳走になっちゃったし、簡単な日本土産ですませたから。

「じゃあ、そろそろ行こうか。待ち合わせした時間くるらから」

手早く荷物を片づけて席を立つ洪春霞に、未來は慌てて自分の財布を差し出した。まずはここの支払いを済ませてもらうためだ。洪春霞は当たり前のように未來の財布を受け取り、ごく普通に支払いを済ませた。

「その場所まで、歩くの?」

「まさか!　バイク」

「えっ、バイク?」

「乗ったことあるか?　免許は?」

「ない、ない!」

すると洪春霞は、「大丈夫らよ」と未來の肩をぽんぽんと叩いた。

「私はいつも後ろに友らち一杯乗せる、家族も乗せる、彼氏も乗せる。高校の時からね、らから慣れてるんらからさ」

事故でも起こされたらどうしてくれるのよと思ったが、ここで「いやだ」と言えるはずもなかった。未來はドキドキしながら洪春霞が自分のバイクを道ばたに駐車してあるバイクの群から引き出すのを見守り、ピンクのキティちゃんのイラストが大きく入っているヘルメットを渡された。何となく汗臭い、もわっとした匂いが鼻をついたが文句も言えない。

「足、そこ乗せて。そんでもって、私に摑まるんらよ。ちゃんとね！」

言うが早いか、洪春霞はもうバイクのエンジンをかけて、通りに滑り出していた。熱い風がまともに当たる。きっと相当に排気ガスを含んだ空気に違いない。それでも、首筋の辺りもTシャツの袖から入る風も、背中の汗を飛ばして気持ちが良かった。

「未來ちゃーん、右とか左とかに動いたらラメらよ！　揺れるから！　バイク後ろに乗ってる間は、未來ちゃんは人間ない、たらの荷物のつもりなれよ！」

洪春霞の全身から、彼女の声が響いてきた。その細い腰に手を回しながら、未來も「分かった！」と大きな声で応えた。やはり右側通行に慣れていないから、自分の左側を対向車が通るのも怖いし、交差点の度にドキドキする。自転車とも勝手が違う。第一、バイクがカーブするとき、これほど車体が傾くものだとは思わなかった。バイクが傾き、車の隙間を通り抜ける度に、思わず「ひゃあっ」と声が出て、洪春霞のTシャツを摑む指に力が入った。

「荷物ー、荷物らよー！　斜めなっても落ちないから大丈夫！」

「分かってるけど！　ひゃあっ！」

「もう、うるせえなあ！」

声を張り上げながら、洪春霞はげらげらと笑っている。彼女の肩越しに台南の街並みが流れていった。喧噪も、亭仔脚の下の生活も、溢れかえる看板も。抜けるような青空の、遠い向こうに雲がわき始めていた。

十分ほど走って着いたのは、これまでとまた雰囲気の異なる、市場や古そうな建物の並ぶ一角の、その先の路地だった。周囲はどの建物もかなり年代を経ている雰囲気で、ことに二階の中央部分に木製の窓だか扉だか分からないものがついて、独特の造りをしている。辺りを見回しながら進んでいくと、路地の途中に、外観はすべて白漆喰で塗装し直して、小さな前庭に広げたパラソルの下に籐椅子が置かれている二階建てのカフェに着いた。周辺の古ぼけた建物と比べて、図抜けて目立っている。

アプローチのウッドデッキに続く木製のドアを引くと、リンリン、と軽やかなベルの音が響いた。店に一歩入った途端、冷房の風に生き返った気がした。

「ああ、助かった！」

ヘルメットのせいですっかり汗ばんでいた髪を手ぐしで整えながら、ほうっとため息が出た。

「ちゃんと生きて着いたから？」

洪春霞が悪戯っぽい顔で笑いかけてくるから、未來も「それも、あるかな」と微笑み返した。

他に客の姿はない。ざっと見回すと、壁の棚には古いジャズのレコードジャケットなどがさり気なく飾られて、カウンターの端には水出し珈琲(コーヒー)用のドリッパーなども置かれ、かなり本格的な雰囲気のカフェだ。ひんやりした冷房の中で汗が引くのを待ちながら、改めて大きな窓の外を眺めると、空の青と目映(まばゆ)いばかりの白い外壁が見事なコントラストを作り出している。

「今日は、降らないな」

「雨？」

「降るとねー、バイクは大変らからねー」

よく分からないメニューを覗き込みながら、洪春霞が「これ美味しい、おすすめらよ」と勧めてくれている間に、ビージーズの曲が流れてきた。未來が「任せるよ」と答えると、洪春霞からオーダーを受けたエプロン姿の女性が、この上もなく感じの良い笑顔で引っ込んでいく。

へえ。

亭仔脚の下で、窓も扉もないむき出しの飲食店にいて、誰もが無愛想に働いているのかと思ったら、こういう店もあるのかと、未來はまたスマホを構えながら感心していた。考えてみれば当たり前の話だ。日本にだって立ち食いそば屋もあれば乱暴なおばちゃんが切り盛りする定食屋も、高級料亭もイタ飯屋も、テイクアウトのクレープ屋だって、屋台のたこ焼き屋だってある。

やがて運ばれてきたティーポットは、上部の茶漉(ちゃこ)し部分とその下が遮断されていて、上部に注がれた湯で茶葉が十分に開くのを待ってから、フタについているボタンを押すと、濃く熱い茶が氷を満たしてある下の部分に一気に流れ落ちるという仕組みのものだった。

「へえっ、すごいねこれ！」

一瞬のうちに出来上がった香り豊かなアイスティーに、未來はまたもや感心してしまった。

「台湾人はお茶好きらからね。色ーんな飲み方するんらよ」

日本にもこんなポットがあるだろうか。あるなら一つ欲しいものだと考えながら、瞬く間に氷を溶かしてちょうど良い濃さになった冷たいお茶をグラスに移す。嫌みのない独特の甘みと香りがあるお茶だった。

きんきんに冷房の効いた店内で、そのお茶を半分ほど飲んだとき、ドアのベルが鳴った。入ってきたのはTシャツにジーパンの、頭部の下半分を刈り上げた、ちょっとお洒落っぽい髪型のひょろりとした若者だ。彼は、洪春霞の「よう」という声に小さく頷き、それから額の汗を拭いながら、未來にも曖昧に会釈を寄越した。洪春霞によれば、日本語は「ほーんの少しだけ」だという。

「楊建智くん。彼はねー、日本語これから？　もうすぐ？　今？　少しずつ勉強するらって」

まだ半分、少年のように見える楊建智は、台南生まれの台南育ちで、現在は大学院で建築を学んでいるが、台南の歴史的建造物などについてもなかなか知識が豊富らしいということだった。未來が、通じるかどうか分からないまま「よろしくお願いします」と丁寧に頭を下げると、彼は半ば困惑したような、はにかんだ笑顔で「ええ、はい」と言った。

それからしばらくは洪春霞の独壇場だった。さっき未來から聞き書きをしたノートを広げて、楊建智に向かって身振り手振りを交えて流れるように話し続ける。注文したコーラを飲みながら、うん、うん、と話を聞いている楊建智も、ほとんど口を挟む余地がないほどだ。

もっと、おばあちゃんから色々と聞いてくるんだった。

手持ち無沙汰な間に今日の午前中にスマホに撮りためた写真をぽつぽつと整理しながら、未來はまた微かにため息をつかなければならなかった。本当は未來だって、もっと細かいこと、具体的な情報を聞いた上でこちらに来たかったのだ。だが、手術を受けた後の祖母は、痛みがなかなか引かないこともあり、その後はすぐにリハビリが始まって、それなりに忙しいようだった。ようやくベッドに戻ってくると、もう疲れてしまっていたり、ときにはまた自分の不注意を責めてふさぎ込んでいる有様で、祖母なりにいっぱいいっぱいになっているのが見ていて分かるほどだった。

さらに今回の入院で血圧とコレステロール値が予想外に高いことも分かり、その治療も始まっていた。時折は熱も出すようだ。その都度、投与される薬のせいもあってか、検査やリハビリから戻ってきて少しでも横になると、祖母はすぐに目をつぶってしまう。未來が会いに行ったとき、たまに目を覚ましていたとしても、今の祖母は「歯磨きが不便で」とか「いちいち看護婦さんを呼ばなきゃならないのがつらい」など、新しく置かれることになった環境に馴染めないことを嘆くばかりだった。あまりに一人だと余計に淋しくなるからという叔父のすすめもあって個室にはしなかったものの、四人部屋である程度のプライバシーは保たれるつくりになっているし、テレビだって専用のものがあるのだが、祖母は、あんなに好きだった時代劇さえ見たいと言わない。テレビそのものが煩わしいのだそうだ。新聞やその折込チラシなどは、さらに面倒がった。

「ねえ、おばあちゃん、台南のお家に帰りたいって言ってたよね？　それ、どんなお家だったの？　それとか、学校のこととか、どんな場所で遊んだとか、覚えてること何でもいいから」

台南に行くと決心してからというもの、未來は祖母に会いに行くたびに、機会を見計らってはそんな話題も出してみた。だが祖母は肩も足先もギプスに固められた身体で、往々にして細い腕に点滴の針も刺さったまま、「思い出すことが多すぎて」と哀れっぽく眉根を寄せるようになってしまっていた。

「未來に色々と聞かせてあげたいと思うんだけど、少しでも考えようとすると、色々なことがいっぺんに湧いてきて、頭の中がごちゃごちゃ、ごちゃごちゃしてきちゃうのよ」

「ごちゃごちゃ？」

「そう、もう、頭がヘンになりそうになるの。ごちゃごちゃ、ごちゃごちゃして」

ごちゃごちゃ。ごちゃごちゃ。

祖母はいつでも必ず、二度繰り返した。気弱になっていることは間違いないし、それだけまだ混乱しているのだろうと思うより他なかった。ずっと健康で来た人だから、入院の経験さえ実は数十年ぶりだという。その上、未來や母が傍にいないときには、何をするにも看護師の助けを借りなければならないのにもひどく抵抗を感じている様子だ。

それなら、やはり未來が台南に行って、自分で撮ってきた写真を整理しながら、祖母の混乱を解してあげるのが一番だと、未來は決断した。たとえ新しい情報がほとんど得られないままでも。

「よし、分かった！　未來ちゃん、楊くん、こうしますかって」

ひと通りの説明が終わったらしく、洪春霞が姿勢を変えた。

「ひとーつ、日本時代の写真とかハガキとか？　他にも色ーんなもの置いてる店があるらって。そこ行けば、日本時代の台南地図とか、本も、色んなのがあるから、まずそれ、見に行きますかって」

「行きます、行きます！」

未來は楊建智に大きく頷いて見せた。彼は、さっきよりは少し落ち着いた眼差しになって、小さく頷いている。

「そこやってる、お店の人もねえ、日本時代に詳しいらって。それで、必要な地図あったら、買うことも出来るらしい。よく見せてもらって、選んらどうですかって」

「はい、ありがとうございます」

「それからねえ、日本時代の台南、知ってるお年寄りさんから、話を聞くの方法もありますて―

「そんなお年寄り、すぐに見つかる？」

洪春霞は「うーん」と小首を傾げながら、すぐに楊建智に話を伝えている。すると楊建智は、今度は少しはっきりした表情でテキパキと何か答え始めた。

「日本時代知っているお年寄りさん、台南まらまら一杯いるんらよね。そうはそうなんらけどー、砂糖工場のことまで詳しく知ってる人、簡単に見つかるかどうか分からない。えーと、『三井の研究所』？　それから、楊くん、知ってる歴史詳しいの人に話を聞きますって」

「楊くん、ありがとう！　謝謝（シェシェ）！」

ほとんど唯一に近い、自分が知っている中国語を口にした。楊建智は今度はもう少しはっきりした笑顔になった。

「じゃあ、まずそのお店行くことらね！」

洪春霞が席を立ち上がりかけたとき、ずっとカウンターの内側で控えていたらしい、あの感じの良い女性が、やわらかい声で控えめに何か話しかけてきた。洪春霞がすかさず話し相手になる。彼女が中国語で話しているのに、洪春霞が「まじー？」「そうそう」などと相づちを打つのがおかしかった。そして、彼女は「未來ちゃん！」と、くるりとこちらを振り向いた。

「このすぐ傍に、お年寄りさん、住んでるらって。もう、すんごい、九十過ぎくらいお爺さんなんらけど、日本時代よく覚えてますそうら。何か話、聞きたいことあったら行ってみますかって」

「本当？　はい、是非！」

こんな出会いがあるものかと思った。未來は思わず店の女性にも「謝謝」と頭を下げた。彼女はごくやわらかい声で「ユアウェルカム」と微笑んだ。

今度は未來が自分でレジに向かった。

「カム・フロム・ジャパン？」

「あ、はい。イエス。アイム・ジャパニーズ」

「ハヴァナイストリップ」

「謝謝」

微笑む彼女から釣り銭とレシートをもらい、今度は四人で店を出る。時計を見れば既に午後三時を回っていた。それでも焼けるような陽射しは、まるで金色の熱の砂を頭上からぶちまけてくるようだ。

幾つかの路地を曲がった。

家の戸をすべて開け放って、路上の日陰に小さな椅子を出し、団扇で扇ぎながら何やら会話している老婆たちがいた。路地に駐めてある数台のバイクにまたがるように布団を干している家、店の前に置いた網の上に、真っ黒になったニンニクをいくつも並べている家もある。いかにも下町の雰囲気だ。そしてこの辺りは、扉や柱、窓枠などを薄水色のペンキで塗っている家が多いようだった。古ぼけた屋根や壁に、色褪せかけたやわらかい青磁色が溶け込んでいる。そういった建物のほんの片隅、たとえば玄関灯や鋳物の柵がはめ込まれた磨りガラスの窓などが、どこか日本のものと似て見えた。

さっき美味しく飲んだお茶が、もう汗になって流れ始めている感じがする。タオルハンカチで首筋から手首、肘の先まで拭いながら歩く間、何匹かの猫と出会った。真っ黒い犬が舌を出したまま、のそのそと歩いて行った。その辺り一帯、櫛(くし)の歯が欠けたように空き地がポツポツと目立ち、そこに崩れかけた煉瓦塀が見えたり、また洗濯物が干されたりしていた。

ぽっと小さな広場のようなところに出たと思うと、そこには必ず廟(びょう)か祠(ほこら)か、極彩色に彩られて屋根から庇まで、あらゆる神獣や神さまが乗っている建物があった。全体に古風なくせにデジタルな電光掲示板が掲げられている。そこに、何やら赤い文字が流れていた。さっき洪春霞が言っていた通り、これも誰かにとってのお金儲けの神さまなのだろうかと考えながら祠の前を通り過ぎ、数軒先まで行ったところで、カフェの女性が一軒の家の戸を叩いた。

やはり、薄水色のペンキで引き戸の枠が塗られている家だった。はめ込まれている板ガラスも、昔よく見た雰囲気の磨りガラスだ。その戸をコンコンと何度か叩いていると、やがてガラスの向こうに人影が現れた。

ゆるゆる、と引き戸が開けられ、ほとんど白茶けて図柄の分からなくなっている、昔風の襟なし袖なしワンピースを着た小柄なお婆さんが顔を出した。カフェの彼女が少し前屈(まえかが)みになって大きな声で話しかける。すると、お婆さんはちらちらと未來たちの方を見てから、家の奥に引っ込んでいった。開かれたままの引き戸の隙間から家の中をのぞいてみると、すぐそこにテーブルとソファ、丸椅子などが置かれている。右脇にはテレビ。扇風機が首を振っている。そして左脇には赤い灯明のついた祭壇。つまり、玄関の扉を開けたらそこがもう茶の間らしい。

台湾の人は靴は脱がないんだろうか。

だが、その割には引き戸の脇にゴムサンダルのようなものが置かれていた。単に洗って干してあるだけなのか、それともここに脱いでいるのだろうかと考えていると、家の奥の薄暗い中から、ゆっくりと人影が現れた。ダブダブのズボンを穿いて、上は白いだぼシャツ姿の丸顔の老人だ。

「僕にご用というのは、どなたですか」

その、あまりにも正確な美しい日本語を聞いた瞬間、未來は胸にこみ上げるものを感じて、わけも分からないまま思わず口元を押さえそうになってしまった。暑さも忘れて、二の腕から指先まで、細かく震えてくるような気がした。

7

カフェの女性が何か話しかけている。それに対しては、老人は中国語らしい返事をしていた。そして、カフェの彼女は洪春霞にも何か言い残して、小走りで戻っていった。

「むさ苦しいところではありますが、さあ、どうぞ。おはいりください」

いきなり訪ねてきて、こんな見知らぬ人の家に勝手に上がり込んでいいものかと戸惑っている間にも、老人は未來たちを手招きする。どうやって家に上がるのが正式なのかも分からない。すると、まず洪春霞がスニーカーを脱ぎ、それに楊建智も続いたから、未來も慌ててウォーキングシューズを脱いで家の敷居をまたいだ。熱がこもって汗ばんでいた靴下には、床の石がひんやりと心地良かった。

「ようこそいらっしゃいました。それで、ご用件というのはどういったことでしょう」

いつもの席なのだろう。古いソファの中ほど、木製ビーズで編まれた座布団と背もたれが、すっかり凹んでいる場所に、どすんと身体を預けるように腰を下ろして、老人は、傍に置かれている他の椅子を「どうぞ」「どうぞ」とすすめる。失礼します、と腰掛けた未來に、洪春霞が、ちらりと視線を送ってきた。

「あの、私は日本から来たものです。杉山未來と申します」

初めて自分から口を開いた。いざというときのために持ってきた、先月まで使っていた名刺を一枚、取り出す。すると老人は「そうですか」と、テーブルの上の大きな虫眼鏡に手を伸ばし「杉山未來さん」と声を出して名前を読み上げた。

「僕は、年寄りなものですから、名刺も何も持っておりませんが、陳阿宏（ちんあこう）と申します。大正十四年生まれの、今年、満九十二歳です」

その確かな口調と、日本の元号で自分の生まれ年を語ることに、未來はまた胸に迫るものを感じた。目の前にいるこの台湾老人は、確かに日本人だったことがある人なのだ。戦争が終わるその日まで、日本人として生まれ育った人なのだということが強く伝わってくる。

「僕のことを何かお知りになりたいのですか？　それとも、さっきの人の話では、どなたか探しておいでだと聞きましたが」

「はい――実は最近になって、私の祖母が台南で生まれ育ったことを知りました。祖母は昭和四年生まれなんですが、今、入院中で、しきりに台南の家に戻りたいと言うようになったものですから」

陳老人は大きく背をそらすようにして「湾生（わんせい）か」と天井を仰ぎ見る。その間に、さっきの白茶けたワンピース姿の老婆が、盆で茶を運んできた。痩せて小さなその姿を見るにつけ、やはり祖母を思い出さずにいられない。

「どうぞ」

彼女はそれだけを日本語で言った。やはり、日本時代に生まれ育った人なのだろう。盆の上には、不揃いの、古ぼけたコップや湯飲み茶碗が並んでいる。老夫婦のつましい生活がしのばれた。洪春霞と楊建智とが小さく「謝謝（シェシェ）」と言いながら一つずつ受け取る。未來も水玉模様が剝げかかったゴブレットに手を伸ばした。最後に老人の前にも湯飲み茶碗を置くと、老婆はまたゆっくりした足取りで家の奥に下がっていく。薄暗くて様子がほとんど分からないが、冷房などは入っていないらしいのに、さほど暑くも感じない。

「戦後、台湾から引き揚げていった人たちは、みなさんそれぞれ、さぞかしご苦労されたことでしょう」

「――そのようです」

「それで、あなたのお祖母さんは、台南のどこに住んでおられましたか」

「それが、よく分からなくて。祖母の父が、どこかの製糖工場の研究所に勤めていたので、その社宅だったというのですが」

陳老人は自分も茶をひと口飲んで「製糖工場」と呟いた。

「僕の話を少しだけ、いたしますとですね、僕の生まれた家は、やはりサトウキビ農家でした。左營（さえい）というところでしたが、とても貧しかった。近所の農家は次々に、日本の製糖会社に吸収されていったんです。何しろ日本の会社はすべて機械化して、大変な規模でしょう？　その頃の台湾人はまだ、牛だ。牛でね——」

そこで陳老人は、ふと思い出したように話に取り残されている二人の若い台湾人に、笑いながら何か伝え始めた。すると二人は揃って頷きながら、最後には三人で声を出して笑っている。

「牛が一頭や二頭いたところでね、相手が、こーんな大きな機械では、とーってもとても、かなうわけがない」

陳老人は、喉の奥に何か引っかかるような声で笑っている。

「それはそれは貧しい農家にいたのでね、学校へも行かれないし、文字も何も覚えられないんです」

「でも、陳さんは本当に日本語がお上手です」

「それは、ですね。深い事情があります」

老人の暮らす貧しい村に、日本の若い警察官がいたのだそうだ。その警察官が、まだ幼い少年だった陳阿宏が物覚えが早くなかなか利発な少年であることに気づき、学校へ行かれるようにと尽力してくれたのだという。

「当時、台湾人の子どもは公学校。日本人の子どもは小学校に行きます。台湾人の子どもは公学校で初めて日本語を教わるんだ。公学校へ入った僕は、日本語を覚えるのが面白くて仕方がなかった。日本語で書かれている本、読むのが大好きだったんです。子ども向けのね、浦島太郎とか、桃太郎、金太郎、もう、どんどん読んで、覚えたね」

当時の農村では子どもも大切な労働力だったから、親は決して積極的に子どもを学校へ行かせたくはなかったのだという。だが、その日本人警察官は、陳少年が瞬く間に日本語を習得したことを知ると、まずは彼の両親を説得し、村の有力者にもかけ合って学資を工面し、公学校からさらに小学校へと転校させたのだという。お蔭で小学校を無事に卒業した後、彼は日本人が経営する会社に就職することが出来たのだそうだ。

「僕は、本当は、上の学校に行きたかったんだが、さすがにそれは無理でした。家族を支えなければいかんから。それで、じゃあ、南方に行こうかと思ったんだ。当時は大東亜共栄圏の時代だ。どんどん南に行って国力を強くしていけると思ってた」

だが、徐々に戦況があやしくなり、結局その夢は断たれてしまった。老人はしばらく遠い目をして「まさか日本が負けるとは思いもしておらんかったから」と呟いた。

「日本の時代はよかったんです。もちろん、ひどいことをする人はいましたけれどもね。台湾人と見ただけで、最初から差別したり、馬鹿にしてね、目が合っただけでも『馬鹿野郎っ』と怒鳴るような輩(やから)もね、僕が働いていた会社にも、いることはいた。だけれども、僕は日本の警察官のお蔭で教育を受けさせてもらいましたから。彼らには、厳しさの中に、優しさがあることを、誰よりも分かっております。あの方は、鹿児島の出身の方でしたが、教育の大切さを、よく知っておった人です。第一だ、あの頃、日本人は台湾人に対してだけでなく、自分たちのことも厳しく律しておったからね。それはもう、後から来た国軍との一番の違いだ。清廉潔白。これが、日本人。日本の時代は、治安も乱れることはなかった。たとえば夜道を女性が一人で歩いても——」

洪春霞が「陳さん、陳さん」と呼びかけ、自分の腕時計を指さしながら、中国語で何かを言った。陳老人は、初めて気づいたかのように「ああそうか」と言って、未來に向かって目を細めた。

「僕の昔話は、簡単には終わらないです。何しろ九十二年分あります。それよりも、あなたのお祖母さんの家のことでした——その、製糖工場の」

陳老人は少し考える顔になって、実は自分はいくつかの企業に勤めたが、そのうちの一つの会社というのは、日本人が経営する運送会社だったと言った。そして、その仕事の多くは台南各地の製糖工場から港まで運ばれる、精製された砂糖の管理だったとも。

「ちょっと待っていて下さい。待ってよ、思い出すから」

陳老人は、大分時間をかけて考え始めると、自分が出入りしていたという製糖工場の名前と場所とを、一つ、二つと指を折りながら中国語で語り始めた。洪春霞と楊建智とが時折、質問を挟みながら、いちいち書き留めていく。黙ってそれを見つめている未來の視線に気がつくと、老人は少し恥ずかしげに「日本語ももう大分、忘れてしまったからね」と笑った。

第二章

1

細く開けられた窓から初夏の香りを含んだ風が流れてくる。冷房ばかりじゃ身体が冷えるでしょうと、さっき看護師さんが食事の際に使うエプロンを取り替えるついでに開けていってくれた。日当たりが強いからとカーテンは引いたままだから空は見えないが、それでも愛想のないはずの白いカーテンが呼吸を繰り返すように、ゆったりと膨らみ、また柔らかく波打つのを眺めるだけで、ずい分と気持ちがほぐれるようだ。

今日は次のリハビリまで、まだ時間があった。葉月さんは夕食までにまた来るからと言い残して自宅に戻っている。おそらく家のあれこれをしているのだろうが、一昨日からはその合間に、孫が台湾から送ってくる写真を数点ずつ、絵はがきくらいの大きさに印刷してきてくれるようになった。

「お義母さん、ほら、見えます? これ、『赤崁楼』っていうんですってね。覚えてますか?」

周囲の風景は、かつてとまったく違っているように思うが、確かにそう呼ばれていた中国風の建物は見たことがある。それより何より「赤嵌楼」という響きが記憶にあった。

「小学生の頃だったかしらねえ、遠足か何かで行ったことがあるような気もするけど」

嫁は「遠足で」と小さく頷きながら、自分も首を伸ばしてきて写真に見入ったりする。

「確か――何だったかしら、ほら、あの――オランダの後に、あの人――母親が日本人だっていう――ほら、歌舞伎の」

「歌舞伎？」

「歌舞伎の演目になった――あれは何ていったんだったかしらねえ。ほら、確か近松門左衛門か誰かが書いて」

「それ、いつの時代の話ですか？　日本が統治する時代よりも前？」

「もちろん、そうですよ。もっとずっと前の――ほら、赤嵌楼っていったら、確かにその人の――ああ、そうだ、そうだ、あれだわ。国姓爺(こくせんや)。国性爺合戦の」

葉月さんは「こくせんや」と馴染みがないように呟きながら、いつも持ち歩いている薄型テレビのようなものを操作して、画面を覗き込みながら「鄭(てい)、成功(せいこう)？　のことですか」と小首を傾げている。あの時は思わず枕から頭を離しそうになりながら、そうそう、と大きく頷いたものだ。そうだった、日本では国姓爺として有名になった人物は、確か大陸から台湾に渡ってきた鄭成功という英雄だった。台湾の、それも台南から上陸したとかで、それを記念してか、台南にはそこここに鄭成功にまつわる廟や、たしか神社もあった。女学校のすぐ傍の、あそこもそうだったはずだ。

「その鄭成功がね、とにかくオランダ人を台湾から追い出したのよ」

「へえ、お義母さん、すごい記憶力だわ」
「そんなことありませんよ——何しろ子どもの頃に教わったことだから、いいかげんなものだけれど」

何度でも繰り返して思うが、それにしても、まったくすごい時代になったものだ。何をどうしたら、あんなことが出来るのか。思い出せない言葉があれば、ひょいひょいと機械を操作してすぐに呼び出すことが出来る。そうかと思えば、孫自身はまだ台南を旅している最中だというのに、葉月さんが差し出してくるその機械には、次から次へと孫の写した写真が送られてくる。こちらが適当で構わないと言ったから、嫁は自分の判断で、場合によってはその日のうちに紙に印刷して持ってくる。わざわざ写真店などに持っていく必要もないのだそうだ。そうして帰るまでに写真を壁に貼っていくから、お蔭で一昨日まで無味乾燥だった病室の白い壁は、にわかに賑やかな色彩を持った懐かしい世界への入口に変わり始めていた。

——使い捨てのカメラが出た時だって、ずい分と驚いたものだけれど。

亡くなった夫が定年退職して、自由になる時間が出来たからと何度か二人で旅行するようになった頃には、あのカメラでさえ、旅先でもどこでも買い求めることが出来るうえにピント合わせの必要もなかったから「便利なものが出来た」と二人でしきりに感心したものだ。それなのに今、時代はそれよりもさらに猛スピードで進んでいるらしい。

貧しく残酷な戦争の時代に生きて、空襲の恐怖や物不足の中で飢えを体験し、終戦と共に何もかも失い、引き揚げ船の中で船酔いと伝染病に苦しんだ、そんな娘時代を生きてきたものにとっては、今の世の中すべてがまるで夢のようだ。何もかもが華やかで、便利で、豊かで、清潔で。必要かどうかも分からないものばかりが溢れていて。

葉月さんが壁に貼っていった写真を眺めていると、さらにそんな思いが強くなる。あの時代は何もなかった。それでも不思議なほど、もう一度あの頃に戻りたいのはなぜだろう。

暮らし向きも物質的にも、今とは比べものにならないほど不便で、貧しくて、何をするにもとにかく工夫が必要だった。それなのに、どうしてだか毎日が今よりもずっと満ち足りて、豊かだった気がしてならない。単に自分が幼かったからなのか、それとも周り中が同じような境遇で暮らしていたからなのか。日々、不満に思うことなど何もなく、これ以上ないと思うほどに濃密な時の流れの中で、周囲のすべてが生命の喜びに満ち溢れ、輝いていた気がするのだ。

抜けるような青い空、もくもくと浮かぶ真っ白い雲、真っ直ぐに伸びる椰子や檳榔樹の樹影。気根を垂らす仙人のような榕樹の大木。どこの家の庭にでも、パパイヤやマンゴー、バナナ、リュウガンの木などがあって、年ごとに大きく育ち、一年中、果物だけは不自由したことはなかった。台風に見舞われれば建物も吹っ飛び畑の作物はすべてなぎ倒されて、ごうごうと恐ろしい音に怯え、つぶてのような大粒の雨に逃げ惑ったことも珍しくなかったが、そんなものも通り過ぎてしまえば、後はどうということはなかった。広々とした家の周囲が大好きだったし、一方では、ことに女学校に入る前など、たまに街まで出ることがあると、自宅の周辺とは異なる台湾人の家並みや路地を行き来する物売りの声、長く続く紅殻色の塀が珍しくて、亭仔脚の街並みも、ひどくハイカラに思えたものだ。

　壁に貼られた写真をぼんやりと眺めているだけで、とうに忘れ果てていたはずの、胸の震えとでもいうのか、さざ波のような、または何か違う揺らぎのような、何とも言えないものがこみ上げてくる。

　懐かしい台南。私の故郷。

　ちゃんと眼鏡をかけて眺めれば、写真には一枚ずつ下に小さな紙が貼られている。孫が送ってきた通りに、葉月さんが写っている場所の地名や建物の名称などを書き添えてくれているのだ。こういうところは昔からまめというのか、気働きのできる嫁だった。だが今は、いちいちそれらの名を確かめる気力がない。それでも十分に満足だった。すべてが混ざり合って生まれる空気を思い出すだけで胸が一杯になる。

　漫然と眺めているうち、ふと州庁の写真に目が留まった。そして、その姿が昔と変わらず美しいままなのに我が目を疑った。確か、あそこら一帯は戦争末期に空襲を受けて、州庁ばかりでなく法院も警察署も、主要な建物はすべて無残に破壊されたはずなのに。アメリカ軍は、学校でもどこにでも、大きな建物にはすべて爆弾を落とし、また機銃を撃ち込んだ。空襲を受けた後に漂う、焦げ臭く埃っぽい臭いは、そのまま敗戦の匂いだった。美しかった台南が、このまま端から無残な瓦礫の山に変わり果ててしまうのではないかと悲しく眺めながら、あの州庁前の円環道路を何度通ったことか。

　戦況が悪化するまでは、父や母と人力車に揺られたり、時には家族で自動車に乗ったりして、大きな榕樹が植わっていた台南駅前から、鳳凰木の並木が真っ赤な花を咲かせる大正町通りを、あの円環道路まで抜けるのが大好きだった。そこから海に続く末広町通りに入り、緩やかな坂道を下っていくときの乾いた風の心地よさ、日々、新しく生まれつつある美しい街並み。

円環道路の中心部には小さな公園があって、威厳溢れる児玉総督の像が立っていたっけ。駅前には後藤長官の銅像も立っていた。

――そして、みんな信じていたんだわ。

台湾が、いつまでも栄えると。何を失っても、お国のため、お国のためって言いながら。後から思えば馬鹿みたいだけれど、無理矢理にでも信じるしかない、そういう時代だった。まさか、生まれ故郷から追われることにまでなるとも思わずに。

ふいに窓の外から小鳥の声が聞こえてきた。スズメとは違うようだ。何の声だったかしら、と耳を澄ませている間に、ぽん、と頭に浮かんだ節があった。

ハリヤン　リヤカ　リヤンノ
　リヤン　リヤン　リヤン
ハリヤン　リヤカ　リヤンノ
　リヤン　リヤン　リヤン

この節。何だったかしら。

ハリヤン　リャカ　リヤンノ
リヤン　リヤン　リヤン
ハリヤン　リヤカ　リヤンノ
リヤン　リヤン　リヤン

しばらくの間目をつぶったまま、何度も何度も口の中でリャンリヤカリャンと転がしている間に、ひょいと思い出した。

ペタコ　おっかさんに
しろい　ぼうし　もろた
ペタコ　しろいぼうし　かぶってる
ハリヤン　リヤカ　リヤンノ
リヤン　リヤン　リヤン
ハリヤン　リヤカ　リヤンノ
リヤン　リヤン　リヤン

そうそう、「ペタコ」。ペタコの歌だ。頭の白い、愛らしい声で鳴く小鳥。木の枝の先にでも電線にでも、どこにでもとまっていて、高く澄んだ声で鳴いていたものだ。

ペタコ　なくとき
しろい　ぼうし　ふった
ペタコ　しろいぼうし　ふってないた
ハリヤン　リヤカ　リヤンノ
リヤン　リヤン　リヤン
ハリヤン　リヤカ　リヤンノ
リヤン　リヤン　リヤン

台南の陽射しと至る所でさえずるペタコの声は本当によく似合っていた。ことに鳳凰木の花が真っ赤に咲く頃は、何もかもが原色のように鮮やかで、亭仔脚(ていしきゃく)の下から眺めても、埃混じりの熱い風は街中を呑み込んではまた去って行き、その後は青空に陽気なペタコの声が響いた。

ハリヤン　リヤカ　リヤンノ
リヤン　リヤン　リヤン
ハリヤン　リヤカ　リヤンノ
リヤン　リヤン　リヤン

あの頃、自分の周囲に溢れていた様々な色彩や音、匂いまでもが、白い寝台の周囲からかげろうのようにゆらゆらと立ちのぼってくるような気持ちになった。台湾人の物売りの声。チャリーンチャリーンと合図に鳴らしていた鐘の音。大きな天秤棒のようなものを担いで、あれは何を売っていたんだったろう——まるで小舟に乗せられたように、その音と匂いとに身体を任せて、ゆらゆらと揺れている気がしてくる。

ハリヤン　リヤカ　リヤンノ
リヤン　リヤン　リヤン
ハリヤン　リヤカ　リヤンノ
リヤン　リヤン　リヤン

どこまでも広がるサトウキビ畑が目に浮かんできた。一度潜り込んでしまったら、どっちを向いているのか、どこへ向かっているのかも分からなくなるくらいに深い畑だった。下手をすればすぐにつまずくし、葉で手でも足でも切ってしまう。だから、お父さまはいつも言っていらした。

「決して子どもたちだけで勝手に入るものではないよ。サトウキビには病気にかかっているものもある、恐ろしい害虫だって、どこにいるかも分からないのだからね」

ただでさえ、蛇もネズミも当たり前のように出るところだった。お父さまたちは試験所から畑に行くときには、いつも重たい編み上げ靴を履いて、つばの広い帽子をかぶり、どんなに暑いときでも長袖シャツにズボン姿だった。

——あら。

そういえば、試験所だった。

未來に話したときには、もしかすると「研究所」と言ってしまったかも知れない。今の今までそんな気でいた。後で、葉月さんが来たら伝えてもらおう。

とにかくお父さまたちの服装は、普段から畑で働いている台湾人たちとはまったく違っていた。台湾人たちは大半が編み笠を被って、半ズボンに下着のようなシャツ姿だったり、または上半身は裸だったりして、いつだって汗だくで働いていたものだ。履き物一つとってみても、草鞋か、ほとんど裸足に近いようなものだったのではないだろうか。赤銅色に日焼けした彼らは、自分の背丈よりもずっと長いサトウキビを懸命に束ねて、トロッコの貨車に積んだりしていた。

ああ、それから。

サトウキビ畑の中には、ところどころにある程度の幅を持った小道のようなものがあって、そこに必要なときだけトロッコのための線路が敷かれるのも面白かった。サトウキビを収穫するときになると、台湾人労働者たちが数人がかりで二、三メーターほどの長さの線路を運んできては、地面に敷いて順に継ぎ足していく。すると、そこに簡単に鉄道ができてしまうという仕組みだった。その上を、収穫のための小さな手押しのトロッコが走る。トロッコは試験所の中へも、また、試験所脇を通る軽便鉄道までも続いていて、そこから先は、今度は小さな蒸気機関車がサトウキビを積んだ貨車を引っ張って製糖工場まで運んでいく。

サトウキビを収穫する場所によって、レールを敷く場所も変わり、走るところも変える手押しのトロッコは、あの頃、台湾博覧会が開かれたときに一度だけ連れていってもらった遊園地の乗り物のようで楽しかった。弟妹や近所の子どもたち全員で、大人たちに頼み込んで乗せてもらったことも一度や二度ではない。人力車よりも速く、トロッコは、ごとんごとんと一定のリズムを刻みながら、広大なサトウキビ畑の中を走り抜けた。額に触れる風が心地良くて、サトウキビの葉の音がざざざ、ざざざ、と波のように聞こえたものだった。

ああ、あのトロッコの楽しかったこと。乗り降りするときに抱き上げてくれた台湾人のおじさんたちの日に焼けた笑顔。そのたびに、お父さまは、「多謝(とーしゃ)、多謝」と言っていらした。

「朋子(ともこ)は男の子みたいだなあ。こういう乗り物が好きだなんて」

「うん、朋子は乗り物が大好き」

だから朋子ね、もしも男の子だったら飛行機乗りか大きなお船の船長さんか、それとも——。

「朋子さーん、杉山朋子さーん」

何度か名前を呼ばれて目を開けた。いつの間にか眠っていたらしい。見覚えのある看護師さんと、いつもマスクをしているから顔立ちはよく分からないが、リハビリを手伝ってくれるボロシャツ姿の青年がこちらを覗き込んでいる。

「お昼寝中にごめんなさいねえ、リハビリの時間ですよー。まだ少し寝ぼけてるかな？大丈夫ですか、起きれます？」

「ああ——ええ、大丈夫」

「じゃあ、こっちの車椅子に移りましょうか。まず身体を起こしますよ。はい、ゆっくり、ゆっくりでいいですからね」

ハリヤン　リヤカ　リヤンノ
リヤン　リヤン　リヤン
ハリヤン　リヤカ　リヤンノ
リヤン　リヤン　リヤン

ひとたび思い出したら、もう止めようもなく繰り返されるペタコの歌を、心の中で転がすようにしながら、朋子は若者たちの手を借りてベッドから身を起こした。

「あら、何がおかしいんですか？」

「何でもないのよ。ちょっと思い出したことがあったものだから」

「ひょっとして、何かいい夢でも見てたのかな？」

車椅子に移る間も、頭の中ではずっとリャンリャカリャンという節が鳴っていた。

2

寝不足のせいだろうか。今朝は台南の空気が何となく黄色っぽく見える気がする。天気は悪くないし、空だって青く見えているのに、朝陽が射しているにしても不思議な色あいだと思っていたら、横断歩道を渡りながら、隣を歩く洪春霞がこともなげに「空気汚いからから」と言った。

「中国大陸から一杯、飛んでくるからね。ほら、PM——」

「あ、PM2・5？」

「それそれ。日本もそれ、言う？」

未來は「こっちにも飛んでくるの？」と聞き返した。

「つまり、この黄色っぽく感じるのって、大気汚染の色っていうこと？」

「そ。らって、日本より台湾のが、ずっとずっと中国大陸近いらからさー、向こうの汚いのは全部来るよ、日本より先に」

だが風向きさえ変わってしまえば、また空気の色も変わると、洪春霞は大して気に留める様子もなく、すたすたと歩いて行く。まだ半分眠気を感じたまま、ひどいね、そんなの、と言いかけた時、洪春霞が「でもなあ」と濁った空気を振り仰ぐようにした。今日の彼女は、この大気の黄色っぽさを差し引いても、目に痛いほど鮮やかなレモンイエローと白のストライプのTシャツを着ている。彼女なりのコーディネートなのだろう、ピアスはやはりいかにも偽物っぽい、グリーンの小さな石だった。

一人のことは言えないよな。こっちらって、こんだけバイク走ってんらから。前は、もっと臭いし、うるさいし、もう、少し走ったらけで服も顔も真っ黒なったもんな。それに比べたら、今なんか、ぜーんぜん。チョロいもんら」

なるほど、言われてみればこのバイクの多さでは、お世辞にも綺麗な空気だとは言いがたい。その空気の中を、洪春霞は朝から化粧もしっかりして、軽快に歩く。バイクではないのは、朝食後は車で移動することになっているからだ。

今日は、楊建智に加えてもう一人、彼の友だちだか知り合いだかという、日本時代に詳しい人物が車で来てくれることになっていた。その人の車にみんなで乗せてもらって、朝食後、まずは祖母の母校を訪ねてみようということになっている。昨晩、夕食の最中に楊建智がスマホで方々と連絡を取り合って、そういう段取りをつけてくれた。

祖母の母校である旧台南第一高等女学校が、現在は國立臺南女子高級中學という校名になって、今も女子校のまま引き継がれているという現実は、未來には意外でもあり、嬉しい驚きだったが、それ以上に、その日知り合ったばかりの青年が、そこまでの手はずを整えてくれ、とんとん拍子に話が進んだことに、昨晩の未來は興奮した。李怡華と一緒だったら、きっと絶対にこうはいかなかったろうとも思った。そしてこういうときに言葉が通じないと、たとえ心からの感謝でも伝えられないというもどかしさを改めて噛みしめることになった。とにかく何度も「謝謝」を繰り返すしかなかった。

そして今朝はホテルで朝食を摂らずに、まず街に出て「牛肉スープ」を食べることになっている。今日、車を出してくれるという、その人が、美味しい「牛肉湯」店の近くに住んでいるらしいというのが主な理由だったが、台南の朝食といったら「牛肉スープ」が定番だと洪春霞が主張して、そういうことになった。スープだけでお腹が満たされるものかとも思ったし、本当は昨晩ホテルへの道すがら、またも「三明治」の看板を見つけて、ちょうど良い機会だから「明日はこれを食べてみたい」と言ってみたのだが、洪春霞は「最初は牛肉スープ」と言って取り合ってくれなかった。

「心配ないて。あれは明日食べればいいらから」

とにかく、せっかく台南まで来たのだから、いわゆる一般の台湾料理とも異なる、台南独特の料理をたくさん味わうべきだと洪春霞と楊建智とに勧められて、昨晩も未來は、前日とはまた異なる台南料理の店に連れていかれた。

見たところ外観も内装も、いわゆる老舗(しにせ)らしい造りの店だった。そこで出されたのは、まず一見するとケチャップかチリソースのようなあんのかかったオムレツで、中にふんだんに小粒の牡蠣(かき)が入っている「蚵仔煎(オーアージェン)」。それから竹筒で蒸したおこわに肉そぼろがのせられた「廟口米糕(ミヨウコウミーガオ)」、サツマイモの葉の炒め物、八角の香りのする豚足の煮込み、モツの唐揚げ、さらに、厚切りの揚げ食パンの中身をくり抜いてクリームシチューを流し込み、そこにやはり揚げ食パンをフタのようにのせてある、いわばB級グルメ風の「棺材板(コンツァイバン)」などといったものだった。

「へえ！　初めて食べる！」

店内のディスプレイもレトロ風で珍しかったし、料理が一品ずつ出てくる度に興奮した声を上げて箸を動かしたのだが、実のところ、おこわや豚足、モツなどは美味しく食べられたものの、未來にしてみれば、牡蠣オムレツは、かけられたあんの、あまりにも予想外の甘さに驚いたし、サツマイモの葉の炒め物すら醬油味なのに甘く出来ていて、一瞬眉をひそめそうになった。さらに「棺材板」と名付けただけある棺桶風のシチュー入り揚げパンは、クリームシチューそのものが甘い上にマーガリンをふんだんに使ってあって、その独特の香りに、箸が止まってしまった。

考えてみるともう何年も、未來の食生活にマーガリンが登場するということ自体が、まずなくなっている。だから独特の匂いが、どうしても受けつけなかった。洪春霞と楊建智の二人は、ごく当たり前の様子で、それらをナイフとフォークとで切り分けて結構美味しそうに食べていたけれど。

それらの料理を口に運びながら、未來は初めて気づいていた。そういえば、昼に食べた海老丼も確かに甘めに出来ているとは感じたのだ。つまり、どうやら台南は全体に料理の味付けが甘いらしい。テーブルには大抵、醬油、酢、豆板醬(トウバンジャン)などが置かれているが、ちょっとずつ味見してみたところ、醬油も甘い。酢も甘い。豆板醬でさえ何かのとろみがついていて、せっかくの辛さに甘さがからまって、覆い被さっている印象だ。だから、それぞれの料理を口に運ぶ度に、いちいち「甘い」を連発していたら、やがて洪春霞が唇を尖らせた。

「なんでー。どーしてみんな、台南は甘い甘い言うんらよ」

「だって本当に甘いもん。これなんか、頭痛くなるくらい甘いよ。台湾の他の地域の人も、そう言うんじゃない?」

「はい、言うよ」

楊建智がぽつりと呟いて笑った。ほとんど口を開かないが、実はこちらの言っていることは相当、理解しているらしいと、その時に気がついた。

「らけどさー、南は昔っからこの味なんらからさー。ほら、砂糖いっぱいいっぱい採れる土地から、砂糖いっぱい使えるのが、一番の自慢。贅沢なんらからさー」

洪春霞は懸命に説明していた。

そういえば、日本でも醤油が甘い地方がある。以前、声優時代に営業の仕事でそちら方面に行ったときには、出された醤油があまりに甘くて、せっかくの新鮮な刺身が台無しになったように感じられて悄然となった記憶が、未來にもあった。

それが土地柄というものだ。

そう考えて、料理が甘いのは諦めるとして、それよりも残念なのは、洪春霞も楊建智もビールを飲まないことだった。こんな暑い一日を過ごして、さんざん汗をかいたのだから、冷たいビールは美味しいに決まっているのに、二人はバイクの運転もあるからと、平然とアップルサイダーやコーラなどを飲んでいた。甘い料理に甘いジュース。どこまで甘くても大丈夫らしい。

「もともと台湾人は夕ご飯食べるときお酒飲まないらからね」

いかにもあっさり言われてしまって、周りのテーブルを見回すと、なるほどグリーンの台湾ビールのボトルが立っているテーブルはほとんど見当たらなかった。つまりその時、日本人の客はほとんどいなかったということになる。

一食事ときビールは、必ず日本人」

楊建智も、少しおかしそうに呟いた。未來は、恥ずかしいようなちょっと申し訳ないような気もしたが、それでも「ガキじゃないんだから」と自分に言い訳しながらビールを一本注文してもらい、よく冷えたビールを手酌で、喉を鳴らして飲んだ。それでも飲み足りなかったから、帰りにコンビニに寄ってもらって缶ビールを買ったくらいだ。

「未來ちゃん、昨日、よく寝れなかった？」

朝食の店は意外と遠いらしい。こういうときにバイクを使えばいいのにと思いながらあくびをかみ殺して歩いていると、洪春霞が少し窺（うかが）うような顔になった。未來は「ううん」と首を横に振って、実は昨日あれだけバイクの後ろに乗せられた程度で、今朝はもうお尻が筋肉痛だと話を変えた。

「えー、あんなちょっとでー？　弱いお尻なー」

洪春霞はけらけらと笑って、未來のお尻をぽんぽんと叩く。その程度ではどうということもないが、これでまた今日一日バイクに乗ることになったら、ちょっとしんどかったかも知れないと、未來も一緒に笑った。

「でも、眠たいそうらよ。あのホテル、変なところある？　うるさいとか」

「そうじゃなくてね、結構、夜更かししちゃったから」

「よふかし——なに？」

「夜ね、なかなか寝ないで遅くまで起きてること」

洪春霞が「ああ」と頷いた。

「いっぱい考えしたんら」

「昨日、カフェの女の人が会わせてくれたお爺さんね、あの人のことを考えたり、その後で買った地図を広げて見てたら、ついつい、二時過ぎになっちゃってた」

今もこの街の片隅でつましく暮らす、見事な日本語を操る陳老人の皺の深い顔や正確な日本語が、未來の心には深く刻まれた。老人の会話の端々に「なかんずく」とか「しからずんば」などといった、今となっては時代劇でしか聞かないような言葉が登場するのも、何とも言えないものだった。

あの人は日本人だった。

日本人として生まれて、日本の教育を受けた人だった。それも戦前の。

「国軍が来たときの光景は、まったく忘れられんものです。何しろ連中ときたら、誰も彼もボロをまとったようなみすぼらしい格好で、ゲートル一つ、まともに巻いておるものはおらんかった。銃を担ぐ代わりに鍋釜を背負って、草鞋ばきのものまでおった。そろって腕を振って行進することさえも訓練されておらんような、そんな連中だったんだ。どうしてこんな連中に、我が大日本帝国が負けることがあるものかと、悔しくて悔しくて涙が出たよ。

それなのに、そのお粗末な中華民国の国民に、まったく有無を言わさず、させられたわけだからね。僕ら、日本人として生きてきたもののことなど、何一つ考えもせず、だ。それでも僕の心はずっと日本人のままだったですよ。だって、もう少しのところで志願して軍に入るつもりでいたんだ」

陳老人は、勤めていたという運送会社が関係していた製糖工場をあらかた思い出してくれた後も、いくら話しても話し足りない様子だった。

「国民党は日本語の使用を禁止して、我々が普段使ってきた台湾語も禁止しおった。新聞もラジオ放送も中国語だけになってしもうて、我々はしばらくの間、要するに目も耳も塞がれたのと同じになったんです。その間に、国軍は日本人が残していったものをすべて奪い取ったんだ。会社も、個人の財産も何もかも。抵抗する暇なんぞありはしなかった。そのうちに世の中はどんどん物騒になって、恐ろしい時代が始まってしもうた。だからあの頃、台湾ではこう言うとったもんです。

『犬が去って、ブタが来た』

とね。犬は日本人のことです。ワンワン吠えてうるさいが、見張りもするし、役に立った。ブタは国民党だ。何しろ汚いうえに欲深くて、何でも壊して奪っていきおる。要するに台湾は、軒先を貸した泥棒に母屋を乗っ取られたんだ」

日本時代には考えられないような残酷な事件がたくさん起き、恐ろしいことがあったと陳老人は言った。あの時の恐怖と無念さは、今もまったく消えていないと語り続ける老人を見つめながら、未來は、戦後の苦しみがどれほどだったとしても、せめて今も生き続けていられること、そして何よりも、この人が日本軍になど入らなくて良かったと思わずにいられなかった。ましてや戦死などされなくて。

だって、この人は日本人ではあったけれど、同時に、というか、本当は台湾人なんだもの。

日本人として死なせてしまっては詫びのしようがない。無論、そういう人たちが他にも大勢いたことは承知している。大急ぎで読んだ本には、台湾に暮らす原住民族の人たちも大勢、戦争に駆り出されたと書かれていた。そんなことは何一つ知らなかった未來としては、結局、今の自分にはどうすることも出来ない過去の、あの不幸な戦争に巻き込まれてしまった犠牲者が少なければ少ないほどよかったと思うことしか出来なかった。

まだまだ話し足りない様子の陳老人だったが、さらに薄暗くなった家の奥から老夫人がやってきたのを機に、未來たちは「お疲れでしょうから」と腰を上げた。そして、わざわざ家の前の道まで出てきてくれた老夫婦に別れを告げて歩き始める頃には、二日目の台南は、もう夕暮れに沈み始めようとしていた。

その後、夕食の前に楊建智に連れていってもらったのが、さほど大きくはないものの、台湾の、ことに日本統治時代を中心として、歴史に関する本や絵はがき、模型や文具などを置いている店だった。そこで、楊建智や洪春霞にも選んでもらって、未來は合計四枚の地図を買い求めた。そして夕食後、缶ビールをぶら下げてホテルの部屋に戻ると、まずシャワーを浴びてからスマホで撮った写真の整理をしたり、母にＬＩＮＥを送ったりした後で、缶ビールを飲みながら買ってきたばかりの地図をベッドの上に広げた。そうしたら、ついつい時がたつのも忘れるほどに見入ってしまったというわけだ。

当然の話だが、どこの土地にも地層のように幾重にも重なり、降り積もっている歴史がある。買い求めた四枚の地図のうち一枚は明治時代、鉄道を敷き軍を置いたくらいしか、まとんど日本による手が加えられていなかった頃の台南のものだった。二枚目は、大正から昭和にかけての、日本統治時代のある期間を一枚の地図にひとまとめにしたもので、旧台南州庁を中心に、町や通りには日本式の名がつけられ、日本の金融機関や新聞社、主立った商店などの名前も入っている。面白いのは、その裏に当時の職業別索引が載っていることだった。官庁があり、学校、停車場、神社、銀行、旅館、新聞社など、既に相当に充実している。

三枚目はズバリ昭和四年、つまり祖母の生まれた年の台南市街地図だった。こちらは、前のものよりもさらに細かく、主に日本人経営による商店や会社名などが書き込まれていて、この土地が当たり前のように日本になっていることを感じさせるものだった。工務店、産婆、新聞社に医院、畳店に洋装店、食料品店、カフェー、本願寺もあった。それらを端から眺めているうちに、ふと気がついた。隙間なく書き込まれている商店の中に、台湾人経営らしい店や家屋はほとんどと言っていいほど見受けられないのだ。もちろん空き地のように何も書き込まれていない場所が点在しているから、もしかしたらそこに台湾人たちが暮らしていたのかも知れないが、つまりこの地図は、日本人のための台南市街地図ということだった。

未來が気に入っているあのロータリー道路を取り巻くのは州庁だけでなく、市役所、警察署の他に博物館があり、写真館、医院、そして陳という姓の産婆があった。そして、道路の中心部には「兒玉壽像(こだまじゅぞう)」という文字が書き込まれていた。最初、店でその地図を開いたとき、未來は真っ先にそのことに気づいて、「なんだろう、これ」と呟いた。

「日本ときの偉い人じゃないか。その人の銅像が建ってたって、いつか聞いたことあったな」

洪春霞が自信なさそうに話す横で、楊建智が「こだまげんたろう」と呟いた。はて。聞いたような聞かないような。ここでも未來は「ふーん」と曖昧な相づちで終始するより他なかった。妙な話だ。ただ祖母の生まれ育った頃の景色を探すだけのつもりだったのに、結局は日本時代の歴史を調べることになり、それは同時に台湾の歴史でもあって、日本人の自分は何も知らないのに、台湾の若者の方がこんなにも詳しい。これって、もしかするとかなり恥ずかしいことなのではないだろうか。

——児玉げんたろう。

スマホを取り出してウィキペディアで調べたら、すぐに出てきた。児玉源太郎は明治時代の軍人。政治家。台湾総督だったこともある人物だった。明治時代ということは、日本統治時代でもかなり初期の方だろう。ああ、だからきっと銅像になっていたのだ。横顔の写真を見ると、確かにずい分と立派な風貌をしている。

何だってこんなに何も知らないんだろう。我ながら呆れるほどだ。

四枚目の地図は、他の三枚とは少しばかり趣の異なる「時空地図」と名付けられたカラー刷りのものだった。台南市街地図なのだが、一枚の地図に「史前」「荷蘭（荷蘭東印度公司）」「明鄭（東寧王朝）」「清國（大清帝國）」「日本（大日本帝國）」「現今（中華民國）」の各時代が、それぞれに色分けされて重ねて示されている。つまり、太古、オランダ時代、明、清、日本統治時代、そして現代にいたる時の流れと街の変化が一枚の紙の上で分かる仕組みになっている。

この一枚を眺めれば、例えば児玉源太郎の銅像が立っていたロータリーも、そこから放射状に伸びる道路も、すべてが日本時代に築かれたものであることが色分けによって一目瞭然だった。たとえば現在の孔子廟（こうしびょう）は、日本時代にも孔子廟、その前の時代には府文廟で、その前は先師聖廟だった。

祖母が通っていた第一高等女学校の場所は、日本時代よりも前は何もなかったらしい。そればかりでなく、台南にある学校の大半が日本時代に建てられて現在に引き継がれていることが分かる。一方、第一高等女学校のすぐ側にある延平郡王祠（えんぺいぐんおうし）という、旅のガイドブックにも出ている場所は、日本、清、明の時代と、ずっと開山神社だったり開山王廟だったりしている。ガイドブックによれば、そこは鄭成功（ていせいこう）を祀（まつ）る神社だったらしい。また、たとえば台南駅の北にある緑色の広々としたところは、日本時代には公園か運動場だったように見えるが、その前の時代は「刑場」だったと書かれている。

――へえ。

街は、こうして大きくなってきたのか。

時空地図を眺めては、昭和四年の地図と見比べ、またそれ以前の地図に目を移したりしているうちに、すっかり時がたつのを忘れてしまった。この地図によれば、今、未來が泊まっているホテルのある辺りは、日本時代は多分、本町通り、その昔のオランダ時代は普羅民遮街（プロヴィンティア）という名前だった辺りらしい。いや、それよりも清の時代に造られた小さな路地のどこかだろうか。

「ほら、未來ちゃん！　気をつけて！」

台南三日目ともなればもう少し慣れても良さそうなものだが、それでも真正面からバイクに突っ込んで来られると、つい恐怖で身動きが取れなくなる。その都度、洪春霞に「未來ちゃん!」と名を呼ばれ、時には腕を引っ張られながら人間とオートバイの隙間を歩き回り、寝不足の未來の頭は現在と過去とが交錯するような錯覚に陥りそうになっていた。

3

やっと着いたのは亭仔脚(ていしきやく)があるかどうかの見分けもつかないほど、何とも雑然とした市場のようなところだった。亭仔脚の外の狭い道にまで屋台や店がはみ出していて、その隙間にバイクが停められており、その横を子どもを抱いた老人が通り、また二人乗りに加えてペットまで乗ったバイクが追い越していくといった具合だ。漢字の氾濫、バイクのエンジン音が響き、様々な食べ物や調味料の匂いが広がっている。

「まず、これ!」

洪春霞(こうしゅんか)が最初に目指した店も、やはり通りにはみ出す格好で調理台兼レジが置かれていた。この界隈の商店にはすべて「壁」とか「ウィンドウ」、「出入口」といったものは存在しない。店の内側と外側を隔てるのは厨房器具や調理台程度だ。そうして置かれた台の上にはそれぞれに刻まれた野菜や肉、卵、海老、落花生、調味料などが所狭しと並べられており、数人の女性が手分けして、小麦粉か他の何かで出来ているらしい皮に、それらの具材をまとめて巻きこみ、さらに熱された鉄板の上でそれを転がして、軽く焼き色がつく程度にして仕上げるというものだった。直径は七、八センチくらいあるだろうか。頭上にぶら下げられている看板を見上げると春巻ではなく「春捲」と書かれている。

「ここで春捲(はるまき)買って、向こうの牛肉スープ屋で食べよう！　今、楊(よう)くんに電話するから」

行列の最後尾に並びながら、洪春霞はもうスマホを耳にあてている。まだ八時前だというのに大した熱気だ。

次から次へと焼き色がつけられていく出来たての春捲は、一本ずつ透明のビニール袋に入れられて客に渡される。行列の客は、それを三本、五本と買い求め、中にはもっと大量に買って紙製の箱に詰めてもらう人もいた。働く女性たちの手際は見事なもので、まるで滞ることなく次から次へと春捲が出来上がり、客の列は前に進んで、あっという間に未來たちの順番が来た。洪春霞は春捲を四本買い、未來がその支払いをしている間に、彼女は春捲入りのビニール袋をぶら下げたまま、今度は「牛肉湯(ニュウロウタン)」という看板を出している店に向かっていく。

「スープのお店に持ち込んでも、平気なの？」

「ぜーんぜん、へーきへーき！」

春捲の店から大して離れていない牛肉スープの店先に出されているテーブルの一つに陣取り、洪春霞が注文に行っている間に、もう半ズボン姿の楊建智(けんち)が現れた。今朝は未來の方から「你好(ニイハオ)」と言ってみたら「おはよございます」と返されてしまった。

「未來ちゃん、お金、お金」

店先に立つ洪春霞が呼ぶ。未來は財布から千元札を一枚取り出し、「足りなくなったら、また渡すから」と彼女に手渡した。洪春霞は「おっけーら」と笑っている。

注文を終えてテーブルに戻ってきた洪春霞と楊建智とが未來には分からない話をあれこれとし始めてしばらくたったところで、全身サンドベージュというか、薄茶色のポロシャツにチノパン姿という、地味なことこの上もない男性が、ぬうっと現れた。いかにも寝起きらしく、髪の毛のほとんどがもっさり立ち上がった状態で、黒縁の眼鏡の奥の目は赤く潤んでいる。

「おはよう、ございます」

てっきり楊建智と同年代の青年が現れるのかと思っていたのに、どう見ても未來よりも年上の男性は、しかも、いきなり日本語でそう言うと、小さく会釈を寄越してきた。未來も反射的に「おはようございます」と頭を下げてから、慌てて楊建智の方を見た。彼は当然のように現れた男性に春捲と牛肉スープを勧めている。

「あの——日本の方じゃ、ないですよね？」

「私は林賢成（りんけんせい）と申します。台湾人です」

楊建智の隣に腰掛けた男性は、それからすぐに中国語で楊建智と、洪春霞とも話を始めている。することがないから、未來は黙って朝食をいただくことにした。

まだ赤みの残っている牛肉がたくさん入った「牛肉湯」は、スープも牛の生き血が溶け出したように薄赤く濁り、上に針ショウガがたっぷり載せられただけのシンプルなものだ。多少の甘みを感じないわけではないが、すっきりしていて美味しい。牛肉は噛みごたえがあった。

ビニール袋から春捲を押し出してかぶりつく。これだけ太い上に、みっちりと具だくさんで、かじりつくなりポロポロと細かく刻まれた具材がこぼれてしまった。それに、こちらはかなり甘い。肉も、海老も甘い上にピーナツがたくさん入っているし、さらに、はっきりと砂糖の食感もあった。その甘みをすぐつもりで牛肉湯を飲むと、なるほど、針ショウガの爽やかさに救われる。

洪春霞が「どう、どう？」と聞いてきた。

「ここ人気。新鮮な牛肉に、あつーいお湯だけかけて作るらしいよ」

「じゃあ、これは本当に血の色？」

「かも、な」

容器は小ぶりだが肉の量は十分にたっぷりしているし、これと太い春捲一本で、確かに満足出来そうだ。

「皆さん、毎朝これを食べるんですか？」

それぞれ口を動かし始めた三人を順番に見回してみる。

「僕は大体、毎日」

そう答えたのは、林賢成だった。まだきちんと自己紹介もしていないことを思い出して、未來はステンレス製の散り蓮華(れんげ)を牛肉湯の器に戻し、改めて自己紹介をした。すると楊建智の方が、「僕の高校時代せんせー」と言った。

「え？　先生？　楊くんの？」

未來が驚いている間に、林賢成は早くも春捲の大半を口の中に押し込んだ状態で片方の頬を大きく膨らませながら、うん、うん、と頷いている。それにしても、何てよく伸びる頬なんだろう。

「高校で歴史、教えています。ゲンチ――この子はそう呼んでますんですが、楊建智くんから昨日、電話を来まして『困ってる日本の方がいる』と言われたので」

「あ、私のこと、ですか」

「林先生は日本時代、詳しい」

自信ありげに言う彼が、ゲンチと呼ばれているのかと思ったら、ちょっと面白かった。ゲンチ。中国語だろうか。それとも台湾語かしら、未來もそう呼ばせてもらえないだろうかと聞こうとしたとき、洪春霞が「じゃあ」とちょっと澄ました顔になった。

「今日は私はいらないかもらな」

未來は慌てて「かすみちゃん！」と洪春霞の二の腕を摑んだ。

「ちょっと、そんなこと言わないでよ」

「らってー、日本時代詳しいの人、二人もいたら、私何する？　することないらろー」

「そうかも知れないけど――」

だが考えてみれば、いきなり李怡華（りいか）のピンチヒッターで呼び出されたのだから、これ以上の無理は言えないだろうかと急に心細くなりかけていると、洪春霞は「ジョークジョーク」と、にんまり笑う。

「面白そうから、ついてってやるよ。それに未來ちゃん一人らけ、初めて人と一緒はちょっと怖いよな？」

それから彼女は未來の耳元で「あれでも男らしさ」と囁く。本人たちを目の前にして「そうだよ」とも言えないから、未來はとにかく彼女に向けて、顔をくしゃりとさせた。

実際その通りだ。高校教師だと聞き、日本語が話せるからと安心して、一人旅の日本人の女が馬鹿な目に遭うなどということになっては、たまったものではない。どれほど近しく感じても、かつて同じ国だったといっても、ここだって外国だ。まったく安心して大丈夫、百パーセント安全ということのあるはずがない。

「らけどさ、今、話してて分かったことあるんらよ。林ラオスー、李怡華さん知ってるらって」

「え、ラオスー？　李怡華さん？」

一瞬、何を言われているか分からなくなりかけたところで、林賢成が「李怡華さん、知ってますよ」と言った。

「日本、留学時代にちょっと知っていましたね。それからラオスーは老師と書いて、先生のことといいます。私はゲンチの先生だったからね」

ああ、へえ、あ、そうなんですか、と、いちいち間が抜けたような返事をしていて、気がつけばもう未來以外は全員、食事を終えていた。未來は慌てて残りの春捲を口に押し込んだ。

林賢成は、未來が祖母の生家を探す目的で台南に来たことも、分かっている限りの手がかりについても、既に楊建智を経由してあらかた聞いている様子だった。

「それで昨夜、私、考えました」

テーブルの上で両手を組みあわせて話し始めると、なるほど、教師らしく見えなくもない。

「今日これからまず、臺南女子高級中學行きます。建物は日本時代ままから、写真撮るのも、いいでしょうと思います。そこ行って、日本時代生徒さん記録から、お祖母さん名前残っているかどうか、探してもらいます」

「そんなこと、出来るんですか？」

「あちらの学校に知り合いがいますですから、昨日の夜、私はその人に電話しました。同窓会の事務している人に頼んでもらうことになっています」

「すごい、さすが先生ですね。ありがとうございます！」

「それで失礼ですが、ええ、すぎやま、さん、お祖母さんの、お名前と生まれた年や誕生日が分かると、早く調べるようです」

未來は急いでリュックからメモ帳を取り出し、祖母の旧姓と下の名前、そして生年月日を書いて差し出した。

「神田朋子。かんだ、ともこ、です。昭和四年十月十日生まれ。一九二九年です」

書いたメモを林賢成に見せると、彼はそれを自分のスマホのカメラでさっと写し、そのままＬＩＮＥで送っている様子だ。へえ、使いこなしてるじゃないのと、密かに感心した。見た目は地味過ぎるくらい冴えない人なのに。

「学校に記録残ってあれば、家の住所分かります。そうすれば案外、簡単」

なるほど、と頷いて見せると、林賢成は「しかし」とちょっと考え深げに顎を引いた。

「まあ、そう簡単いけばいいですけど、という程度です。台南は、たとえば台北などと比べたらまだまだ日本時代のものたくさん残してはいますが、ちょうど今どんどん壊したり、街は大きく変える最中です」

「分かります。ですから、出来るところまででいいと、私も思ってきました」

どう悪あがきをしても、見つからないものは見つからないだろうと思っている。もしも見つかったら、それこそ奇跡だ。そんな程度の思いで来ただけなのに、ついに高校教師まで駆り出されてきたのかと思うと、かえって申し訳ない気持ちになった。バイクの音と雑踏に囲まれた小さなテーブルで、未來は「申し訳ありません」と頭を下げた。

「よろしくお願いします。ご面倒をおかけしますが」

「いや、僕も勉強なりますから。じゃあ、行きましょうか」

林賢成はどうということもないという顔で立ち上がる。それに合わせて楊建智も、洪春霞も席を立った。楊建智は、昨日とは別人のように饒舌（じょうぜつ）になって、しきりに恩師に話しかけている。洪春霞は「後で豆花（トウファー）も食べようね」と、こちらはこちらで周囲の店を見回しながらニコニコしていた。

「嬉しいよなあ、ぜーんぶ未來ちゃんおごりだもんなあ」

本当にちゃっかりした子だと苦笑しながら林賢成が車を駐めている場所まで歩く途中、街路樹の傍まで来たとき、不思議な鳥の声を聞いた。何ともリズミカルで高く澄んだ、聞いているだけで楽しくなるような声だ。じっと耳を澄ませながら、未來は、この鳥の鳴き声をスマホに収められたとして、たとえば祖母に言葉で伝えるにはどう表現すればいいだろうかと考えた。

注意深く、耳を澄ませる。

鳴いて。もう一度。

もう一度。

もう一度。

まるで、こちらの気持ちが伝わるかのように、その声は軽やかに響いた。

リョッピッ　ピョロッピッ　ピョロッピッ

そう。こんな感じ。

リョッピッ　ピョロッピッ　ピョロッピッ

つい立ち止まって、耳を澄ませながら自分の中にその響きを刻みつけていると、先の方まで行っていた林賢成が戻ってきた。

「初めて聞きますか」

「綺麗な声ですね。何ていう鳥ですか？」

「パイトウオウと言います。白い頭の翁（おきな）と書きますね」

なるほど、目を凝らして木々の間を行き来している鳥を見ると、確かに白い頭をしている小鳥だった。

「台湾語では、ペイタオコですね。日本時代は日本人、ペタコ呼んでいました」

「ペタコですか」

何ていう可愛らしい名前なのだろう。

ペタコ。

ペタコ。

スマートフォンを構えてみたが、ペタコは忙しくちょこちょこと動き回っていて、ついに木陰に隠れてしまった。

「台南は、どこでも見かけます。また写真撮れるときあると思いますね」

林賢成は楊建智と洪春霞が待っている方に歩いて行く。案外、背が高いんだわ。未來は彼の後をついて歩きながら、やはり高校の先生なのだから「林先生」と呼ぶべきだろうか、それともさっき洪春霞がそう呼んだように、「ラオスー」と呼ぶべきだろうかと考えていた。

4

祖母の母校である旧台南第一高等女学校、現在の國立臺南女子高級中學は、古くからの市街地の南に位置していた。すぐ近くには日本統治時代は「開山神社」と名付けられていた、鄭成功(ていせいこう)を祀る延平郡王祠(えんぺいぐんおうし)がある。一枚の地図上で色分けによって時代別歴史が分かる時空地図によれば、学校周辺には他にも日本統治時代に作られた教育施設が集まっていると共に、銀行や市役所の寮などが周辺を取り囲んでいたことが分かる。そのことから察するに、おそらく台南の中でも抜きん出て日本人サラリーマン率の高い、いわゆる文教地区だったのに違いない。

　延平郡王祠には、鄭成功が戦の出立ちで雄々しく馬に乗っている巨大な像が立っていて、否応なしに人目をひく。

　台南だけで一体どれくらいの鄭成功像があるんだろう。

　まだ新しい印象の像を横目に見ながら、赤崁楼にもあったし、町の中には鄭成功とその母を祀る廟もあったはずだし、などと考えている間に、林先生が運転する車は大通りから脇に入り、少し行ったところがもう目的地だった。一見してそれと分かる、大きな木立に囲まれた建物は、なるほどいかにも歴史を感じさせる、荘厳で重厚な構えの学び舎だった。

　校門の外からも見えている正面の建物は、上から塗装し直されているらしいものの、旧州庁などと同じように赤煉瓦と白漆喰の風合いを生かしており、コントラストも鮮やかなものだ。一階部分にアーチ型の柱が連なっているなど、洋風近代建築であることは間違いないが、見上げると三階建ての建物の屋根には、いかにも日本らしい鈍色の瓦が美しく葺かれていた。未來はにわかに胸に迫るものを感じながら、和洋折衷の校舎に向かってスマホを構え、少しずつ角度を違えて何枚も写真を撮った。

　これまで漠然としか感じられずにいた祖母と台南とのつながりが今初めて、しっかりと形として見えてきた気がする。建物の正面上部には立体的な金文字のプレートが三つかかっていて、「自強樓（じきょうろう）」と読める。その書体からも、建物とは不釣り合いなイメージからしても、日本時代からかかっていたものとは解釈しづらい。むしろ、この校舎が日本から台湾の手に移ったことの証（あか）しだと解釈する方が正しいのだろう。

正門に下ろされたゲートの脇にある警備室に歩み寄って林先生が何か話すと、制服姿の警備員はちょっと怖い顔で未來たちを一瞥（いちべつ）した後、意外なほどあっさりとゲートを上げてくれた。話が通っているということだから当然といえば当然だが、考えてみれば警備員とはいえ女子校の正門に立つ人が、そういつも険しい顔ばかり見せていては生徒や保護者からだって、嫌がられるに決まっている。ためしに未來がにっこり笑って会釈をすると、向こうも微かな笑みを浮かべた。途端に、それまで怖く見えた顔が意外に素朴で職務に忠実な、また少しばかり田舎くさい人柄を滲（にじ）ませて見えてくるから不思議だ。

やっぱり。

よく似ているようでも、普段の表情の作り方そのものが、日本人と台湾人とでは少しばかり違っている感じがする。街を往き来する人や飲食店で働く人などを眺めていると、ことに年齢が上にいくほど、未來の目にはぶっきらぼうというか、無愛想な人が少なくないように映るのだ。たとえば見知らぬ誰かと目が合った瞬間、まるで睨（にら）まれているように感じてドキリとすることがある。だがそんなとき、あえて無理にでもこちらから笑いかけてみると、大概の人は「にっ」と口元をほころばせて意外なほど人なつっこい表情になり、中にはおもむろに話しかけてくる人もいたりするのだ。そのギャップが不思議でもあり、戸惑いにも通じる。

シャイなのかな。

そんな気がしてきた台南三日目。こちらも、ちょっとは度胸がついてきたのかも知れなかった。

「この建物は日本時代ものです」

正面に植えてある、建物の一階分はありそうな大きな盆栽風に刈り込まれた木を回り込みながら、林先生が口を開いた。校庭の木々はどれも校舎よりも優に高く育ち、まさしく見上げるばかりで、やはりこの土地に根づいてからの年月を感じさせた。

おばあちゃんが通ってた学校。

その時はどんな制服を着ていたのだろうかと想像しかけたとき、視界に見慣れない生き物の姿が飛び込んできた。せいぜいスズメやハトくらいしか日常的に見かけない未來としては一瞬ぎょっとするくらいの、大きな鳥だった。芝生の上を、のそ、のそと歩いている。鳥にはまったく詳しくないから、日本にもいるものかどうかさえ分からないが、とにかくカラスくらいの大きさはありそうだ。頭の天辺は青黒く、あとは全身、薄茶色の羽に覆われている。脚は長くて目は黄色い。野鳥なのか、それともここで飼われているのか、二羽、三羽と、まるで物怖(ものお)じする様子もなく「抜き足差し足」風に歩いてくる。

「サギの仲間と思いますね」

未來が気を取られていることに気づいたのか、林先生がまた教えてくれた。

「何サギ呼ぶか、日本語でどういうか分かりませんが」

サギといわれても、漠然と「鶴っぽい」イメージくらいしか思い浮かばないのだから嫌になる。未來は「へえ」と、いかにも感心したように頷くしかなかった。

「この学校で飼ってるんでしょうか」

「違うでしょうと思います」

「じゃあ、野鳥？　勝手に入り込んでるんですか？」

「勝手ですね。鳥はみんな、勝手自由でいるべきです。人間がかご入れるさえ、しなければ」

あら、この野暮ったい人にしては意外なことを言うと思いながら林先生を見上げている間に、建物から白いブラウスに黒いスカート姿の女性が現れた。林先生が一歩前に進み出て握手をしながら、にわかに早口の中国語で話しかける。女性はいかにも落ち着いた様子で順番に未來たちを眺めては「你好（ニイハオ）」と繰り返し、それから林先生に負けないくらいの早口で会話に応じ始めた。肩まである髪にはちょっと強めのパーマがかかっていて、黒縁の眼鏡をかけたその姿は、いかにも女性教師らしい雰囲気だ。

「あの人が林ラオスーの、お友だちせんせーらって。李（り）せんせー」

洪春霞（こうしゅんか）が未來の耳元に囁きかけてきた。

「李せんせー、事務局ひとに頼んで、未來ちゃんお祖母ちゃんのデータ教えてやったらけど、今まで、未來ちゃんお祖母ちゃんは、見つかんない。多分ここ卒業してないじゃないか言ってるらて」

「――卒業は、してないよ。昨日も言ったけど、戦争が終わったとき、まだ十六だったんだもん。卒業する前に、日本に引き揚げたんだよ」

「あ、そうか。でも、もったいないな。卒業してるらと調べられるんらって。ほら、一年の時、勉強よく出来た、二年の時、それより点数悪いですみたいの書くヤッ——」

「成績表？」

「とか、残るらけど、途中で来なくなった生徒のは——難しいらて。戦争終わると日本人先生とか事務ひととか、みんないなくなって、その時、台湾全部、台湾語もラメらし、一番は日本語、ぜーんぶラメですことになってから、日本語書かれたもの、ごちゃごちゃになった時、あったんらって言ってる」

洪春霞が、たどたどしいながらも大体のことは理解できるように訳してくれている間、林先生と女性教師はしばらくの間あれこれと言葉を交わしていたが、やがて林先生が、くるりとこちらを振り向いた。

「僕はこれから同窓会の部屋に行きます。そして、同窓会事務の人と話、して、確認します。その間、杉山さんはこの方、李先生と申しますが、学校なかを案内してくれます。写真撮りますも、大丈夫。洪さんと一緒に行くなら平気ね？　終わったら、僕から洪さんに電話します」

それだけ言うと、林先生は楊建智を引き連れて、すたすたと行ってしまった。未來は慌てて「李先生」と紹介された女性に「你好」と頭を下げた。

「よろしくお願いします」

「こにちは、私の名前は、李です」

李先生は、それだけ言うと後は笑いながら中国語で何かつけ加えた。

「李ラオスー話せる日本語、これらけらって」

それだけでも立派なものだ。未來はそれも話せない、と思っている間に、李先生は少し恥ずかしげに微笑みながら、先に立って歩き始める。

ちょっと口紅が濃すぎるかしら。パーマも今どきこれじゃあ、という印象は否めない。多分、三十五まではいってないと思うが、林先生とはどういう関係だろう。

途中、李先生が何度か振り返りながら、洪春霞に何か話しかける。その都度、洪春霞は頷いたり何か答えて、後から「未來ちゃんのおばーちゃんこと、聞いてる」などと教えてくれた。

「もともと日本人創った学校らし、日本人卒業生いっぱい、いっぱいいるらから、日本にも同窓会の支部あるらって」

「そうなの？　うちのおばあちゃんは、それ、知ってたのかな」

「どうかな。ここ学校卒業した日本の人たち、一年に一回くらい、日本から来ることもあるんらって。らけど最近は、みんなお年寄りさんなってきたから、らんらん集まる人、少なくなってるらしい」

李先生は中国語しか話さない。未來の方は日本語だけ。それに挟まって、両方の言葉を使い分けている洪春霞は、もしかすると結構すごい能力の持ち主なのではないだろうか。頭の中で、これだけ素早く変換するのだ。もしかすると、かなり疲れる作業なのではないだろうかという気がするのに、それでも彼女は別段、苦にもしていない様子で、

「おばーちゃんが卒業してればよかったんらよなあ」などと、残念そうに口を尖らせたりしている。

もしかすると年齢的には未來の妹と近いかも知れない。だが、ずっと離れて暮らしている妹よりも、つい昨日知り合ったばかりの彼女の方が、むしろ近しい存在に感じられてきた。楊建智を呼び出し、林先生につないでくれて、こんな風に親身になってくれているのが何より有り難いし、服装も化粧も含めて、決して上品とは言いがたい印象なのに、何となく憎めない愛嬌がある。

李怡華だったら、きっとこうはいかなかった。

また思い出して、腹の中で「ふん」と言ってみる。「自強樓」と名付けられた建物内は、まさしく昔のままの校舎だった。廊下。天井。職員室に講堂。何もかもが無言で時の重みを語っている。少しでも目につくものがあると、思わず「へえっ」「わあっ」などと声を上げながら、未來はスマホを構え続けた。

「ほら、これも、ずっと日本時代から使ってるらって。すげえな。ほら、見なよ、未來ちゃん、すげえ古いらぞ、これ」

洪春霞も物珍しそうに目につくものを指さしては感心している。長く続く廊下の途中には、数メートル間隔で白いタイル張りの流し台がしつらえられていた。真鍮製らしい蛇口が二つ並び、石鹸がおかれて「節水」という札が貼られているのも、脇の飾り棚に南国らしい花の咲いている小さな植木鉢が置かれているのも、初めて見るとは思えない懐かしさを感じさせた。未來自身が通っていた学校も、まさにこんな感じだった。前後に出入口のある教室を覗けば、これもまた日本の教室とまるで変わらない。

日本って、昔からこういう学校を造ってきたんだ。

階段についている木製の手すりは長い間、磨き込まれたらしく鈍く光り、支柱の上の擬宝珠型の飾りも、いかにも日本らしい。踊り場につけられた明かり取りの窓には十字の桟。ここを、七十年以上も前に少女だった祖母が駆け抜け、友だちと笑い合い、授業に臨んだのかと思うと、何とも言えない気持ちになった。今でこそ年老いて弱ってしまった祖母だけれど、間違いなくそんな時代があったのだ。戦争で苦労したかも知れないが、それでも自分なりに将来を思い描くこともあったろうし、夢や希望に胸を膨らませたことだって、きっとあったに違いない。

土曜日は、授業は休みだということだが、その割には私服姿の少女たちをずい分と見かける。未來が洪春霞にそのことを尋ねると、洪春霞はすぐに李先生に聞いてくれた。

「みんな、社団らって」

「社団？」

「うーん。部活、かな。七月から夏休み入るらから、それで今の学年終わりらろう？らから、きっと最後の仕上げらな。新学期、また新しい社団、選ぶらから」

へえ、台湾の学校は六月が学年末なのか、休みの土曜日にも部活はあるのかといちいち感心しながら、それにしても、未來に対してはぞんざいな日本語でしか話せないが、高校の教師とほとんど対等に会話して、向こうからも変な顔一つされるわけでもないのだから、洪春霞は、母国語に関してはきちんとしているのに違いないと、また思う。だとすると、彼女の日本語は本当に気の毒としか言いようがない。せっかく、これだけ話せるのに。もったいない。

自強樓の奥には、大きな木々の育つ校庭を挟んで、別の校舎があった。こちらもやはり古いものだ。

中庭を挟んで見えている校舎。その窓の向こうで思い思いのことをする少女たち。

胸がざわめいてくる。

この懐かしさは祖母の想い出とはべつに、未來自身がもう何年も「学校」という場から離れていることから生まれてくるものに違いなかった。未來にも十代の頃があって、やはりこんな雰囲気に包まれて、毎日、笑ったり悩んだりしていたっけ。ついこの間のことのように思うのに、気がつけばずい分と遠くまで押し流されてきてしまった。未來さえそんな風に感じるのだから、祖母は果たしてどれほど遥かに感じることだろう。

階段を上り下りしながら、古い校舎の中をあれこれと案内してもらって、どれくらい時間が過ぎた頃か、洪春霞のスマホが鳴った。

「林ラオスー、も一度探したらけど、やっぱり、未來ちゃんお祖母ちゃん資料、見つからないみたい」

短い会話を終えた後で、洪春霞は「しょうがねえな」と肩をすくめた。

「そうか。じゃあ、しょうがない、ねえ。せっかく、いい思いつきだと思ったんだけどね。さすが林先生だなって」

祖母と結びついているに違いない学校。やっとここまで来たのに、やはり、これ以上は前へ進めないのだろうか。

小菊の花の連続模様に見える手の込んだ磨りガラス。

上下に動かして開閉する窓。

互い違いの窓を閉めるのに使用する捻締錠（ねじしまりじょう）。暑い土地だし蚊も多いからだろう。蝶番（ちょうつがい）のついた扉は木枠にガラスがはめ込まれたものと、網戸との二重扉になっている。

白いペンキで塗られているが、いずれも古いものに違いない。

いかにも女子校らしい、可愛いイラストの入った掲示板のポスター。何かの標語。

それらを眺めては写真を撮って歩いているとき、ふと壁に掛けられた「校史沿革」と書かれた額に目が留まった。

民國六年　台南州立一高女
民國十年　台南州立二高女（光復後改為省立台南第一高女）
民國三十四年　一高女及二高女合併
民國三十六年六月　改名為台灣省立台南女子中學

民国という元号のことは昨日、洪春霞から教わった。だが、換算して西暦何年になるのかが、ピンと来ない。

「かすみちゃん」

スマホを構えながら洪春霞を呼ぶと、日本人から「かすみちゃん」と呼ばれるのが大好きだと昨日も言っていた洪春霞は、いかにも嬉しそうに「なーになーに」と駆け寄ってきた。

「民国六年って、西暦何年？」

「十一足すらから――」

「十七？　一九一七年ていうこと？」

それなら民国三十四年は一九四五年、終戦の年ということだ。

つまり、ここに掲げられている沿革は、すべて民国という元号で表記することによって、まるで最初からこの学校が台湾の、というよりも中華民国の学校であったかのような書き方をしているということだった。ということは、もしかすると今現在この学校に通っている少女たちは、自分たちの学校が最初は日本人が創り、日本人の少女たちが通った場所だなどとはつゆほども思っていない可能性があるのかも知れない。

「ねえ、かすみちゃん、李先生に質問してみてくれない？　台南ていうところは、特に台湾の中でも歴史のある土地なんだから、この学校の生徒たちは、たとえば自分たちの学校や、この土地の歴史に興味を持ったり、色々と調べようとしたりするんじゃないですかって」

洪春霞は注意深く、うん、うん、と未來の話を聞いた上で、「李老師（ラオスー）」と呼びかけ、身振りを交えて彼女に話しかける。すると李先生は柔らかい笑みを浮かべながら腕組みをし、小首を傾げたり微かに眉根を寄せるような表情を作って、洪春霞に何か応えた。

「今の若い子、興味ないでしょうて」

「何に？　台湾の歴史に？」

今度は未來の方が首を傾げた。

「こんな歴史のある学校に通って、街に住んでて、不思議に思わないものなの？　どうして日本の建物を使ってるのかとか、街にはオランダ人が遺したものまであるのかって」

「思わないな」

今度は李先生が答えるまでもなく、洪春霞がきっぱり首を振った。

「台湾の子、そういう教育されないらから。教わること、覚える。教えたこと、覚えなさい。そんらけ。余計なこと、考える必要ありません」

李先生がまた話し始めた。洪春霞は頷きながら彼女の話を聞き、「過去の教育は、すごく難しいら」とわずかに眉根を寄せて、深刻そうな顔で声の調子を落とした。

「日、本、時、代、と、いうもの、あったこと、そ、の、も、の、教えなかったときも、ずっと長くあったらって。地理の勉強するときらって、台湾なくて中国大陸の地理、教えたときあったんらよ。そのこと私も聞いたことある。その時学生みんな、『あれー、自分たち国、すげえデカいじゃないか、立派なあ。そんなら、自分たち今住んでるとこ、どこありますか』て、中国大陸の地図で、みんな探したんら。そしたら、大陸ありません、大陸なくて、地図はじっこの、ちっちゃい、ちーちゃい、こんな、ぽちょんとした島、これ台湾ですって言われて、『えー、うそー！』て、ほーんと、びーくりしたらって。でもホントにながーい間、ホントに教えられなかったんらよ。それが、私のパパ、ママ頃の台湾なんらから」

何か、思った以上に複雑な話を聞いてしまった気がしてきた。どこまで踏み込んで質問すればいいのか、それとも、これ以上は何も聞こうとしない方がいいのかも知れない。つまり、今現在はともかくとして、かつての台湾は日本が統治した五十年間そのものを、島の、というか、中華民国の歴史から抹殺しようとしていたということだ。日本が遺した建物に住み、学校も鉄道も、施設もそのままにしていながら。

「――複雑なんだね」

「ふく――なに？」

「難しいんだね」

「そうらな。すげー、むつかしい。らから考えない方がいいらって。昔のこと、もう終わったことから、関係ねえもん。考えたってしょーがねえじゃねえか」

要するに、校名が変わるのと同時に、祖母たちが知っていた台南第一高等女学校は、教育の内容も何もかも変わったということだ。だが、そうして変わりつつも、過去を完璧には抹殺せずに、残せるものは残し、こうして歩んできた。台南も、もしかすると台湾そのものにも、同じことが言えるのかも知れない。

校舎を出て広々とした校庭の見える場所まで歩いて行くと、銅像が一つ建っていた。

「この人、知ってる？」

洪春霞が試すような顔つきでこちらを見る。

「蔣介石でしょ」

それくらいは分かると、ちょっと鼻息を荒くした。とはいえ、前々から知っていたわけではない。名前と顔くらいはどこかで見たことがあったが、今回のにわか勉強で、この蔣介石が中国大陸から中華民国政府ごと引っ越してきたことを知った。

「ここには、まら建ってるな。もうずい分、減ってきてるのに」

洪春霞はふん、と鼻を鳴らして、いかにも小馬鹿にしたような顔つきで蔣介石像を見上げている。それから皮肉っぽい雰囲気で李先生に何か話しかけた。李先生は半ば苦笑に近い表情で何か短く答えている。

「まっ、ここ国立の学校から、仕方ないんらな。未來ちゃん、他の場所も、もっと見たいとこある？」

「もう、写真もだいぶ撮ったから」

「じゃ、行くか。林先生と楊くん、待ってるらから」

祖母は見たいとは思わないだろうが、一応は蔣介石像の写真も何枚か撮って、未來は祖母の母校を後にすることにした。さっき、名前の分からない「抜き足差し足」の鳥がいた辺りまで戻ると、鳥はもういなくて、代わりに林先生と楊建智とが、のっそりと立っていた。

5

校舎内を歩いている間は風通しがよくて快適に感じたが、外に出るとやはり陽射しは強烈で、すぐに汗が噴き出してくる。その暑さを盛り上げるように、これも覚えのないセミの声が聞こえてきた。だが、誰に尋ねてもセミの名前は知らないと言う。

「セミはセミね」

林(りん)先生にまできっぱり言われてしまうと、他に言葉のつぎようがない。

セミはセミでも、色々いるじゃないよ。ほら、ミンミンゼミとか、クマゼミとか。そういう区別をしないんだろうか。

振り向くとまだ見送ってくれていた李(り)先生に手を振り、頭を下げて、再びゲートの外の林先生の車まで戻ったものの、木陰に駐めていなかった上に、エンジンを切って窓を閉め切っていた車内はサウナのように暑くなっていて、短パンの洪春霞(こうしゅんか)はシートに腰を下ろすなり「あっちぃ！」と悲鳴を上げた。

「まあ、ひと休みしましょう。喉も渇いたしね」

車を走らせて少し行ったところで見つけたコンビニの近くに車を停め、すべてがハレーションを起こしたように白茶けて見える街を駆け抜けて、四人は強烈に冷房の効いている店に飛び込んだ。これほど眩(まぶ)しいのならサングラスも持ってくるんだったと、未來はその時になって後悔した。

台湾全体がそうなのだろうか。未來がこれまで見た限りでは、コンビニには必ず窓際に小さなテーブルやカウンターが置かれていて、店で買ったものをその場で飲み食い出来るようになっている。日本にもないことはないが、それほどの割合ではないと思っている間に、林先生はもう缶コーヒーを手にレジに向かおうとしている。

「あ、私がまとめて払いますから」

「いいですよ、これくらい」

林先生に笑って手を振られて、ちらりと洪春霞を見ると、彼女は短パンのポケットを上から叩きながら、「預かってる分があるらから」とにんまり笑う。

「楊くんのも出すよ」

「うん、そうして」

本当に、笑っちゃうくらいちゃっかりしている。つい苦笑しながら、未來自身は大して深く考えもせずに、冷蔵ケースに並んでいる中から台湾茶らしいものを選んでレジを済ませ、カウンターに向かった。ところが、みんなと並んでペットボトルを開け、勢いよくひと口目を飲むなり、思わず「あっまあい！」と声を上げてしまった。

「なあに、これ。お茶まで甘いの？」

それぞれにコーラとオレンジジュースを飲んでいる洪春霞と楊建智とは、こちらを見てにやにやと笑っている。

「甘くないお茶飲みたいだったら、間違いないのは日本のお茶です」

林先生も笑っている。これにはまいった。未來は即座に冷蔵ケースの前にとって返し、今度は普通のミネラルウォーターを買ってきた。もったいないが、今、甘いお茶なんて飲みたくないのだ。

「それが一番せーかいら」

未來の買ってきたミネラルウォーターを眺めて洪春霞がまた笑っている。

「もう。早く言ってよ」

「そんなこと言ったってー、台湾のお茶甘いのじょーしきらもん。そんでも前よりは、甘くなってきたらよ」

ごく当たり前のミネラルウォーターを、すっきり美味しく感じながらひと口、二口と飲んで、未來はようやくほっと息を吐いた。それは、安堵の息でもあり、同時に落胆のため息でもある。

「杉山さんのお祖母さんが、もう少し何か思い出すこと出来ると、いいんですが」

同じように息を吐きながら、林先生もガラス越しに町を眺めている。

「たとえば、下宿していた町とか、自分たち住んでいた町の名前ですね。それから、お父さん勤めていた会社のこと、昨日、このゲンチから聞いて調べましたですが、台南には製糖会社の研究所というの、あった記録はないなんです」

もっともな話だ。

未來だって、こちらに来る前から、少しでも多くの情報を得たいと思っていた。ただ、何しろタイミングが悪かった。入院騒ぎなどにならなければ、祖母だって、もっとずっと気持ちもしっかりしていただろうし、色々な話をしてくれたに違いないのに。けれど、逆に考えればあの夜あんなことにならなければ、未來が今こうして台南に来ていることもなかったのだ。

「もう一度、聞いてみます。もうすぐ母が祖母の病院に着く頃だと思うので」

「病院？　お祖母さん、病気ですか？」

未來がスマホのアプリを立ち上げている間に林先生の声が聞こえた。「怪我をして入院中なんです」と答えながら、母のＬＩＮＥに用件を打ち込む。いつの間にか、もう十一時半を回っている。思った以上に長い時間、あの学校で過ごしていたらしい。だが、日本はまだ十二時半過ぎ。母はもう病院に着いているはずだ。

「お祖母さんと直接関係ないかも知れないですが、昔の日本人暮らした町並み、見てみますか」

早く既読のマークだけでもつかないものかと恨めしくスマホの画面を眺めている間に、再び林先生の声がした。顔を上げると、ちら、ちら、とこちらを見ている。

え？

一瞬、何か他のことが言いたいのかなと思った。だが、林先生はそれきり口を噤んでいる。洪春霞と楊建智とは、それぞれに自分のスマホを熱心に覗き込んでいた。

「昔の町、ですか？」

「そっちのは海軍でなくて、陸軍ですが、将校さん暮らした町、ある程度、昔まで保存しています。おそらく陸軍、海軍、そう違わなかったじゃないかと思います。同じ日本の軍隊で、将校さん暮らすところだったら」

「そこ、行ってみたいです」

「そっち見ている間に、日本から連絡くるかも知れないし、連絡なかっても、後は僕たちは昼ご飯食べますから、そこでまた考えればいいでしょう」

未來は、思わずスツールの上で尻を回転させて林先生の方に向き直り、膝の上に手を揃えて改めて「ありがとうございます」と頭を下げた。

「いきなりのお願いなのに、こんなにご親切にしていただいて」

その時、林先生の缶コーヒーが視界の片隅に入った。やはり、ボトル缶に「微糖」という文字が入っている。

やっぱり甘いのが平気なんだ。

「親切感じていただけるのは、嬉しいことです。それは私が、日本の方から同じように親切をいただいたことがあるからです。たくさん」

甘いはずの缶コーヒーをちびり、ちびりと飲みながら林先生はまだ寝癖がついた髪の毛のままで照れたように笑っている。だが、だいぶ目が慣れてきたせいか、それなりに知的に見えなくもない。ような気がしてきた。つまり、外見だ。髪型をもうちょっと変えて、眼鏡も違うフレームにして、着るもののセンスを工夫すれば、ずい分と印象も変わってくるんだろうに。

独身かしら。

「僕が日本に留学したい思ったのは、九二一が、きっかけですね。あのとき、日本の方に本当に色々とお世話していただいて、ああ、すごい国だなと思ったのが最初です」

「九二一？」

「一九九九年、台湾でとても大きな地震ありました。九月二十一日起きましたですから、『九二一大地震』と呼びます」

林先生は、そのとき大学二年生だったという。

大学二年なら十九、二十歳か。つまり、八〇年生まれぐらいっていうことだろうか。それなら未來と五歳しか違わないということだ。

いやだ、老けてる。

未來が余計なことを考えている間にも、林先生は話を続けた。当時、自分もボランティアとして被災地に入ったものの、地震の被害は実際に目の当たりにすると、言葉を失うほど甚大で悲惨だったという。そのことに衝撃を受けて身動きも出来なくなりそうだった自分の前で、どこの国よりも先に駆けつけてきた日本の緊急援助隊は、泥まみれになりながら懸命に被災者の捜索救助とインフラの復旧などに汗を流してくれたという。その姿を見て、林先生は心から驚き、また感動したのだそうだ。

「水、テント、毛布も、場所によっては台湾政府よりも先に届けて下さいました。本当に素晴らしかったんです。犬も一緒に、泥だらけ、崩れた煉瓦うえを歩いていました。あの時の感謝の気持ちを、私たちは忘れていません」

ああ、東日本大震災の時、台湾の人たちがあそこまで多額の義援金を集めてくれた理由は、そんなところにもあるのかと思った。

「知っていますか」

林先生は今度はこちらを見ないままで口を開いた。

「台湾という島は、同じ島でも根本的な部分で、たとえば日本などとは大きく違います」

「そうなんですか？」

「なぜなら、この島は、歴史始まってから今まで、ただ一度も独立国家だったことがない島です。今も国連にも入っていません。だから『世界の孤児』と呼ばれます」

「――台湾が？　知りませんでした」

「台湾には、日本やほか国ような王朝とか、幕府ような歴史、ありません。王様、皇帝様も、いたことないですね。それでも台湾と日本とは、たった五十年の間だけ、一つの親戚、家族だったんです。その間は、日本歴史は僕たちの歴史でもありました」

家族。

不思議だ。この人の言葉は時々すうっと、胸の、どこか違うところに染み込んでいくような感じがする。日本人と話していたって、そんな風に感じる人などそうはいないと思うのに。

「だけど、日本人は戦争に負けたらみんな黙って出て行ってしまった。それまで同じ日本人だったのに、日本行っていた台湾人も、この島に戻されました。そしてこの島には、蔣介石と国民党が入ってきました。その時からもう、べつべつ国の人間。もちろん、それを『光復(こうふく)』と呼んで喜んだ人もたくさんいましたけれど、ほとんど、最初だけ」

「最初だけ、ですか？」

「僕は、僕のお祖父さんから、その頃の話、何回も何回も繰り返し聞いてます。まだ中学生だったお祖父さんは、罪のない台湾人が大勢、大勢、殺されたのを自分の目で見たそうです」

「――殺されたって――どうして？」

「命令した人、いたんです。だから、無差別に殺しました。北でも南でも。女の人も子どもも、て、あ、た、り、次第。その時、大陸から送られた兵士たちは、台湾上陸するときに、もう銃を構えていたそうです――

つい自分の口元に手をやっていた。

　そんな凄惨な過去があったなんて。さっき見た、旧台南一高女の「沿革」の額が思い出された。複雑な歴史。教えることの難しい過去。

「恐ろしい時代は長く続きました。何年も。今でもまだ行方不明ひと、います。本当の犠牲者の数、分からないくらいです。そういうことありましたから、僕たちお祖父さん時代は、余計に、自分たちを残して行ってしまっただけれども、日本が恋しく思えたと思いますね。僕の両親は光復後に生まれましたから、完全な反日教育受けて、日本のこと、昔は決してよく言わないでした。それも、自分たち親、言ってることと違うと思ってた。それから、だんだん分かってきたんです。実際の日本人と会ってみると、あれ、学校教わったことと違いませんか。聞いていた人たちと、違いませんか、と。日本人、べつに鬼のような人たちないです、と」

　そんな風に教えたのが蔣介石の率いる国民党ということだろうか。知らなかった。確かに中学か高校の世界史の授業で、蔣介石という名は聞いている。だが、彼は中国の民主化に尽くし、台湾を救ったヒーローで、全国民の愛と尊敬を集めていると、そんな印象を持っていた。

「家族の縁は切れたままなりましたが、それでも人の心は変えられない。気持ちは今も日本の方を向いてる人、とても多いんです」

　またもや胸の奥がざわめいてきた。

　人の心は変えられない。

祖母の故郷。

日本時代が、こんなにも色濃く残っている土地。

その台湾のことを、どうしてこうも知らなかったのか。今さらながらにため息が出た。こちらの女子高生たちのことなど言えた義理ではない。教わらなかったから、知らなかった。興味すら持たなかった。それが本音だ。今回のようなことがなかったら、未來はおそらく死ぬまで台湾に来ようと思うことさえなかったかも知れない。

未來が微かにため息を洩らしながら考えこんでいる間に、林先生は楊建智に何か話しかけ、楊建智は林先生から車のキーを受け取って、先に店を出て行った。

「先に車のエアコンを入れましょう。みんなで丸焼きならないように」

冗談のつもりで言ったらしく、口を噤んだ後で鼻のあたりをムズムズさせている。未來は思わず微笑んだ。もちろん、冗談がおかしかったわけではなく、その顔がおかしかったからだ。

クシャミを我慢してるラクダみたい。

「ねえ、かすみちゃん、林先生って何歳だと思う?」

林先生が楊建智の様子を見に自分もコンビニを出て行った隙に、洪春霞に聞いてみた。ひたすらスマホに見入っている洪春霞は「しーらない」とまるで興味なさそうだ。

「じゃあさ、独身だと思う?」

「そうらしいな。朝行った牛肉スープの店近くに住んでるらって言ってた。アパート借りてるらって—

ふうん。独身。だろうなあ、あのダサさだもん。

洪春霞が「未來ちゃん」と、ふいに顔を上げた。

「興味あんの？　あんなのが、タイプ？」

「そんなわけ、ないじゃん！」

反射的に応えていた。すると洪春霞は「らよなあ」と安心したように笑っている。

「あんなブスじゃなあ」

ブスという表現は、と言いかけた時、ウィンドウの向こうに楊建智が立って手招きをしたから、未來たちは即座に立ち上がって互いに悪戯っぽい笑みを交わしながらコンビニを出た。

気がつけば、街の空気から黄色っぽさはすっかり消えて今日も青空が広がり、ひっぱたかれているように感じるほど強烈な陽射しが頭の天辺から照りつけてくる。こうも暑くては、そうテキパキとは動けそうにない。バテずに過ごすためには、あまり欲張らない方が賢明だという気がしてきた。

林先生の車は例のロータリーを抜けて街中を走り抜け、するとまた町並みが変わってきた。やがて、未來の視界に「公園路３２１」と、色とりどりのペンキを使って書かれた可愛らしいプレートが飛び込んできた。

「着きました」

あんなポップなプレートを掛けてある一角とは、果たしてどんなところなのだろうかと思いながら車を降りた途端、息を呑んだ。

　ここは。

　真っ直ぐに伸びる比較的幅の広い道の片側はコンクリート塀、もう片側は煉瓦の塀が続いている。大人の背丈よりわずかに低い塀の上には鬱蒼（うっそう）とした緑が繁り、溢れんばかりに道路側にはみ出していた。道の端のところどころに木製の電柱が並び、側溝はセメントで塞（ふさ）いである。

　この雰囲気は。

　これまで見てきた台南の町並みとは、明らかに違っていた。それどころか傍若無人（ぼうじゃくぶじん）なまでに育っている緑の向こうに見えているのは、どれも日本の瓦屋根ではないか。

　まるっきり日本の町並みだ。

　二の腕を、ゾクゾクする感覚が駆け上った。首筋から耳の辺りまで、そのゾクゾク感が上ってくるのを感じながら、未來は生い茂る緑の隙間から塀の向こうを覗いた。

広い前庭。敷石の隙間を芝生が埋めている家があった。今も誰かが住んでいるのか、白く塗装された窓が開け放たれている家もある。

「この町並みを保存しますの運動する大学の先生たちが、ここに住んでいます」

　後先も考えず、夢中で歩き出してしまった未來を追いかけるようにやってきた林先生が話しかけてきた。

「ここが日本時代、陸軍の将校さんたち住んだ町ですね。おそらく海軍将校さんたち住んだ町と、そう変わらない思います」

とうに廃屋になっている家の中には、すっかり曇った窓にはめられた桟も古ぼけて、ずり落ちかかっているものもある。ガラスが割れたり、屋根にも妙な凹みが出来ているものがあった。切妻屋根の建物の、中央部分だけが一間か一間半くらいの幅で前面に張り出し、そこが玄関になっている建て方は、今でも日本のあちらこちらに残っている日本風文化住宅の典型とも言えるだろう。そして、その張り出している部分の庇の下にはお約束のように球形の電灯の笠がついている。

この造り。昔の友だちも住んでいた。玄関が引き戸になっていて、上がり框があって。あの子の家は市営住宅だったかも知れない。

他に、いくつもの部屋が連なっていて、その前の外廊下が見えている家があった。瓦屋根の下にはトタンの庇がかなり大きく張り出しているから、窓を開け放っていれば廊下はそのまま縁側のようになるのだろう。

「本当はもっと何軒もあったんですが、これだけ残すだけでも大学の先生、建築家や専門家たち、大変な努力しました」

唯一、日本と違うと思うのは、庭に植えられた木々の種類が異なることだ。その奔放なまでの勢いと濃い緑、花々の色鮮やかなこと、そして時折聞こえてくるペタコの声が、ここは台南だと思い出させる。だが、それ以外はどう見ても日本だった。高級とまでは言わないまでも、中流以上の人の暮らす閑静な住宅地といった風情だ。歩いている途中に、締め切られた鉄の扉に札が掛けられていた。

「市定古蹟原日軍歩兵第二聯隊官舎群」

お互いが漢字の国で良かった。

これを読んだだけで、未來にもほぼ意味は分かる。それにしても今、日本でこれだけ古い大正から昭和の頃を思わせる住宅群が残っている場所がどれほどあるだろう。しかも田舎の集落ではない。きちんと区画整理され、屋根の形も大きさも様々に工夫されている、それなりに立派な木造家屋ばかりだ。広い家なら七、八十、いや、百坪ちかい敷地があるのではないだろうか。それらを今、台南の人たちは少しずつ手入れをして、ギャラリーとして使ったり、庭の手入れをし、塀にちょっとしたオブジェを加えたりして、一つの観光スポットにしようとしているらしかった。

一つの角を曲がると、ビックリするほど大きく背中の開いた真っ赤なロングドレスを着た若い女性が、生い茂る緑の下でカメラマンに向かってポーズをとっていた。髪も綺麗に結い上げて蘭の花を飾り、この暑さの下でもしっかり化粧をしている。すぐ傍にはタキシード姿の男性が控えていて、彼女を団扇で扇いでやっていた。強烈な陽の光に加えてレフ板の反射まで受けながら、ドレスの女性は実に辛抱強く、笑顔でポーズを取り続けているようだ。

「結婚の写真ね。ここで撮るの、ちょっとした流行りです」

ブーゲンビリアの濃いピンク色の花が揺れている。セメントが剝がれ落ちて内側から赤煉瓦がむき出しになりつつある塀を、ガジュマルの根がしっかりと抱きかかえるように絡みついていた。塀の上に巡らされた錆びたバラ線を避けるように、小さなトカゲがチョロチョロと歩いているのが目にとまった。

ここは台湾。でも、日本だった。

間違いなく。

陸軍の官舎だったということは、ここに住んでいたのは皆、軍人とその家族だ。夫であり父であった人は、どうなったのだろう。残された家族は、その後どうしたのだろうか。祖母も、こんな雰囲気の家に下宿させてもらって、そうしてあの学校に通っていたのだろうか。

スマホで写真を撮り続けながらも、未來はどんどん複雑な思いにとらわれ始めていた。だって、ここは日本じゃないのに。

地元の人を押しのけて、入り込んだだけなのに。

だがさっきの林先生の話や、昨日、会った老人のことを思い出せば、台湾の人すべてが日本に植民地支配されていたことを恨んでいたわけではないということは、よく分かる。悪いことばかりしていたわけではないのだろうとも思う。

それなら、どうして守り続けることは出来なかったんだろう。一度は家族になったのに。同じ国だったのに。いや、無理にしがみついていたら、もしかすると沖縄のように米軍に占領されて、その後は基地の町となり、別の意味で辛い思いをさせられたかも知れない。そうでなくともさっき、日本がいなくなった後の台湾は大変な時代を過ごさなければならなかったという話を聞いた。それらすべてを乗り越えて、ようやく今の台湾になったということだ。

いずれにせよ、多くの悲劇に見舞われてきた島だったらしいことが分かってきた。歴史に「もしも」などと言い出しても仕方のないことだが、どうしてそんな運命になってしまったのだろうかと、何とも苦い思いがこみ上げてきたときに、スマホからＬＩＮＥの着信を知らせる音がした。

〈おばあちゃんに聞いてみたけど、ちょっと時間が欲しいって。思い出しそうで思い出せないからって〉

〈第一高女の写真、見せた？〉

〈見せた、見せた。涙ぐんでたわ。よく残っていてくれたって〉

〈じゃあ、思い出したことがあったらすぐに連絡ちょうだい！〉

ついでに、今撮ったばかりの写真も何枚か送信する。それにしても何という暑さだろう。洪春霞は、あんな短パンの格好で、よく脚が日焼けしないものだ。むしろ、未來よりも肌が白い。

「祖母が、いま一生懸命、思い出そうとしているそうです。第一高女の写真を見て、懐かしがっているそうなので、刺激になるかも知れません。何か思い出したらすぐに連絡が来ますから」

陽射しの強さと、拭っても拭っても滴る汗に、キャップの庇の下でつい目を細めながら林先生を見上げると、彼は「そうですか」と頷いた。洪春霞と楊建智とは、それぞれに少し離れた建物の塀の向こうを覗いたりしている。歴史に興味を持つような教育は受けてこなかったと言いながら、二人とも案外、退屈していない様子なのが有り難かった。

「ここもきちんと管理して、計画的に手入れしないと、変な残り方にならないか、心配していますが」

「変な？」

「今、台湾は文創ブームですね」

「ぶんそう？」

「正確には文化創意産業という名前ものです。古くあるものを上手に使って新しく台湾独自の文化を創りましょうと。政府も助けますから、それを産業として育てましょうという動き、あります。ですから、たとえば日本時代もの、こういう古い家などはリノベーションして、ギャラリー、ショッピングセンター、色々と作り替えて観光の目玉、産業にしようと動いている人が大勢います」

さすがに地元の人でもこの陽射しは暑いらしい。林先生も首筋に汗を伝わせながら、「うーん」と真っ青な空を見上げた。

「実は、僕はそれ、現在の台南では、必ずしもうまくいってないと思ってるんです。台北はもう大分進んでますけれども、台南はまだ遅れています。利用の仕方も、まだ下手ですね。古いものは一度壊してしまったら二度と元に戻らないこと、もっと真剣に考えないとならないです。まずは保存と復元が大切と、僕は思っています」

なるほど、なるほど、と頷きながら、また隣の家を見る。その隣には著名な画家だという人の記念館になっている建物もあったが、生憎、休館だった。

出来ることなら一軒ずつ、中まで覗いてみたいと思う雰囲気の一角だったが、どの家も門は固く閉ざされていたし、さっき林先生から説明を受けたとおり、古蹟として指定され、保存されているのは意外にわずかな区画でしかなく、あとは既にすっかり取り壊されて更地になっていた。ただ、ところどころに、煉瓦の塀だけが寒々しく残っている。

北區公園路三二一巷。

古びた門柱に打ちつけられている住居表示も改めて写真に収める。一番初めに目にした、妙にポップなプレートよりも、こういう住居表示の方がずっと似合っているのに、それもやはり感覚の違いなのだろうか。

6

昼食は、地元の人なら最低でも週に一度は食べるという「碗粿（ワーグェイ）」と「魚羹（ヒーギー）」の店に連れていかれた。今度は亭仔脚（ていしきゃく）の下にはみ出している店ではないどころか、亭仔脚そのものがない町外れにある建物だ。ただし、やはり入口らしい扉や壁などはなく、おそらく店を閉めるときは単にシャッターを下ろすだけなのかも知れなかった。

昼のピークをとうに過ぎているせいか、他に客の姿はない。からん、とした店内には片隅に大きめの扇風機が置かれていて、ぶうん、と唸（うな）りながら首を振っている。エアコンは入っていないが、こうして日陰に身を置いて風に当たれば瞬く間に汗もおさまるし、意外なほど涼しく心地良かった。例によってステンレス製の丸テーブルに、周囲に散らばっているポリエチレン製の背もたれのない椅子をかき集めるようにして、それぞれに荷物を置いたりしながら、四人で一つのテーブルを囲む。洪春霞（こうしゅんか）が店内をぐるりと見回して、「ふうん」と感心したように頷いた。

「ここは本当の専門店ら。他のメニュー、なーんにもなくて、本当に碗粿と魚羹だけ」

「かすみちゃんも初めての店？」

洪春霞がうん、と頷いている間に、もうテーブルの中央に四つずつ、魚羹と碗粿が並べられた。片方はつみれのようなものが入って針ショウガののったスープ。薄く白濁しており、少しとろみがあるように見える。一方は、小丼の八分目以上まで何かが満たされているが、褐色のあんがかけられていて、その下の実態が分からない。

林先生が素早く一つずつを未來の前に置いてくれた。魚羹の方には予めステンレスの散り蓮華が添えられている。テーブルに箸入れも見当たらないところを見ると、どうやら、これ一つで魚羹も碗粿も済ませるらしい。

台湾人三人は一斉に自分たちの散り蓮華に手を伸ばした。未來も「いただきます」と小さく手を合わせる。すると、もうテーブルに顔を突き出すようにしてスープのひと口目を口に運ぼうとしていた林先生が少し驚いた顔になって、それから自分も「いただきます」と呟いた。

まずは魚羹だ。これなあに、と聞くと、洪春霞が「魚スープらよ」と言う。

「虱目魚の団子スープ」

「サバヒーって？」

尋ねながら、取りあえずスープをすすってみた。やはり多少のとろみがついていて、あとは薄味だ。覚悟していたほどの甘さは感じないものの、代わりに少しばかり生臭みがある。

「サバヒーは、台南で一番食べられる魚です」

林先生が代わりに教えてくれた。

「団子にしたり、お粥に入れたり、そのまま干物にして、色々な方法で食べますね」

「お寿司とかにも？」

「ものすごい傷みやすいだから、お寿司はしません。捕れたらすぐ加工しないとならないです。ちょっと時間たつとすぐに生臭くなるから」

では、この生臭さはサバヒーの生臭みということか。これを台南の人は美味しいと感じるのだろうか。正直なところ、未來には今ひとつよく分からなかった。と、いうか、すり身を団子にしたものも、多少のパサパサ感がある以外は、味というのがあるのかどうかが、今ひとつよく分からない。針ショウガの味は別として。

もう片方の、小丼一杯に満たされた「碗粿」にも、散り蓮華を入れてみる。あんを見ただけでよほど甘い味を覚悟したが、こちらも思ったほどではない。ちょうど、みたらし団子に絡められているあんを少し薄めたくらいの味だろうか。

「これは、なあに？」

「うーん、まあ、お米のプリンらな」

「お米のプリン？」

米粉を水に溶いたものに豚肉や塩漬け卵、海老などの具材を入れて茶碗に満たしてせいろで蒸し上げたものだという。これこそが昔ながらの、本当の台南のソウルフードなのだそうだ。

「だったら昔こっちに住んでた日本人も、これを食べたかな」

「食べなかったと、思います。台湾人は日本人の食べ物文化、ずい分受け入れましたね。おでん、天ぷら、そば、寿司。色々。醬油も作るようなりました。でも、あの時代、ここに暮らす日本人から見たら台湾人は自分たちより下ですね、どこでも大抵は『使用人』立場ですから、使用人の真似することは、そうなかったと思います」

「そんなことないよ。台湾らって、使用人なんない、もともとのお金持ちさん、いたんらから。いっぱいいっぱい」

洪春霞が半ばむきになって顎を突き出した。林先生は笑いながら、だからそういう余裕のある台湾人たちが、言葉も生活も、あらゆる分野で日本文化を取り入れていったのだと応えた。

「大体、もともといた裕福な台湾人も、日本時代は総督府から仕事もらって、商売して、もっとお金持ちさんなったり、土地買って地主さんなって、それで、貧しい台湾人雇ったりね。一番は必ず日本人。その日本と関係なく、お金持ちさんいられる人は、いなかったはずです」

そんな風に言われてしまうと、何とも申し訳ない気持ちになる。だが確かに、米粉の茶碗蒸しと魚のすり身団子スープというのは、どちらもシンプルで消化が良いことだけは間違いないものの、決して贅沢な食べ物と言えるものではない。むしろ、この上もなく質素だ。その、昔ながらの素朴な味を今も忘れまいとしてか、それが親から子への教育なのか、今もこうして食べ続けていることに、未來は密かに胸を打たれた。たとえば今、未來たちが戦後間もなく米軍から配られたという脱脂粉乳や、戦時中に食べたという芋がゆなどを日常的に食べられるだろうか。どちらも祖父母などから話として聞いたことがあるだけだが、それだけでも「イヤだ」と感じた記憶がある。

　空腹だったせいもあるだろう。考えている間にも口だけは動かし続けて、あっという間に器が空になっていく。

「これ結構、お腹が膨れるね。だけど、すぐにまたお腹が空きそう」

「らから甘くするんらよ。この店のはそんなでもないけどな、普通、もっと甘いのが多いよ」

　要するに台南の人間は砂糖と豆から栄養を摂るのだと洪春霞が笑う。

「これ食べたら今度こそ豆花（トウファー）食べに行こうね」

　普通のテンポでも五分もかからずに食べ終わってしまえそうな、究極のファストフードとも言える昼食の残りを口に運びながら、そういえば今朝も洪春霞はトウファーと言っていたことを思い出していたときに、未來のスマホがＬＩＮＥの着信を知らせた。

〈女学生のときに下宿していたのは、トウバンセン。自宅があったのは、ギュウチョウシ〉

　母が書いてよこしたままを声に出して読んでみた。林先生は眉をひそめて首を傾げたままだ。

「どういう字、書きますか」

「今、聞きます」

未來が忙しなく指先を動かしている間に、再び母の方からメッセージが届いた。

〈それと、おばあちゃんのお父さんがお勤めしていたのは、砂糖の研究所ではなくて、チッコウセキにあった台湾糖業試験所だそう〉

これも、そのまま声に出して読んだ。すると林先生の表情がぱっと変わった。

「糖業試験所。ああ――チッコウセキは日本語読みですね。ああ、そうか、そうか！」

そのまま林先生は楊建智（ようけんち）に何か話しかける。その言葉の中に「テッコウズウ」という言葉が聞こえた。すると楊建智も「あー」と声を上げて大きく表情を動かした。それから素早くメモ帳を広げて「竹篙厝」と書く。未來も身を乗り出してメモを覗き込んでみたが、「竹」の字は分かるものの、残りの二文字は、読めるようで読めない。だが、そう言われてみれば確かに「チッコウセキ」と読めなくもない気がしてきた。未來は自分のリュックからクリアファイルに挟んだ地図を取り出した。例の時空地図だ。洪春霞が素早くみんなの食べ終わった食器を片づけ、ついでに店の片隅に置かれたティッシュを数枚引っ張り出してきて、テーブルの上を綺麗に拭いてくれた。

未來が開いた地図の上を、林先生の指先が「テッコウズウ」と呟きながらなぞっていく。それから中国語で何か呟くと、ひらりと地図を裏返した。同じ台南の地図だが、こちらはもう少し広域になっている。

「テッコウズウ、テッコウズウ――ほらほら、あった。ここ、ここですね。そして、ここが、台湾、糖業、試験所。ほら、ちゃんと書いてあるでしょ」

林先生が指さすところに顔を近づけて、未來も「本当だ！」と声を上げてしまった。

しかも、そこは今も変わらずに「台湾糖業試験所」のままらしいことが、色分けされた文字によって分かる。よくよく見ると、その傍に「竹篙厝」という赤い文字が見えた。赤い色の表記は清時代。つまりこの辺りは清の時代から既に竹篙厝という地名になっていたということだ。それを日本人は、そのまま日本語読みにして使っていたのだろう。

「ほら、ようく見ると点々の線が、引かれてますね。点々のこっちがギュウチョウシ、牛、稠、子ですよ」

これも牛と子は分かったが「稠」という文字に馴染みはなかった。

「これは、台湾語で読むとどうなるんですか？」

林先生よりも先に、洪春霞が「グウテャワア」と言った。

「牛さんのおうち意味」

ふうん、と感心している間に、また母からLINEが届いた。

〈トウバンセンは桶盤浅。チッコウセキは竹に、何か難しい字。ギュウチョウシは牛調子？　おばあちゃんの書く字そのものがギプスのせいもあって、読みづらくて〉

祖母が書いた文字をそのまま写メしてくれればいいのだが、母はそこまでLINEを使いこなせない。それでも母からのメッセージを読みながら、全身がむず痒くなるような、急に笑い出したいような気分になってきた。

見つかるかも知れない。

見つけられるかも！

おばあちゃん！

今すぐにでも声を聞かせてやりたい気持ちになる。見つかるよ、と。だが、ぬか喜びになってはかえって可哀想だ。

〈分かった。それで探してみる〉

これだけ返事を入れると、楊建智のメモ帳を借りて、母からのメッセージを覗き込みながら、片隅に「桶盤浅」と書いてみる。すると洪春霞ら三人はまたもや「あー」と声を揃えた。

「日本語で何と読むといいましたか」

「トウバンセン、ですって」

「ああ、日本語読みだと、そうかそうか、トウバンセン。確かに。ここは、トンパンチェンというところです」

「トンパンチェン」

「水交社(すいこうしゃ)とも言われているところ。そういえば確かに、水交社は昔、海軍土地です。今は新しいアパートがたくさん建って新しい街、開発されていますが」

あれ、水交社という名には聞き覚えがあると思った。どこで聞いたのだったろうと考えている間に、ここもまた、林先生が地図で指し示してくれる。確かに水交社の文字。ここなら台南第一高女から近いし、歩いて通学できたに違いない。

「なるほど、ここが――」

未來が一人で感心しながら地図に見入っている間に、三人の台湾人はそれぞれに、林先生はどこかに電話をかけ始め、楊建智はまたスマホをいじりだし、その間に、洪春霞は店の支払いを済ませてきた。

「ねえねえ、未來ちゃん」

「うん？　お金、足りなくなった？」

「違う違う。いくらと思ってんらよ。一人な、六十元らよ。お米プリンとサバヒースープと合わせて」

「じゃあ、四人分でも二百四十元？」

洪春霞は「らから心配いらないよ」とにやりと笑う。心配いらないからトウファーも食べようね、ということだなとすぐに分かった。はいはい、そうしましょうというつもりで頷いていると、電話を終えた林先生が改めて未來の方を向いた。

「明日、午前九時三十分、台湾糖業試験所、中に入れてもらえるそうです。建物、昔まで、防空壕も残ってるんだそうです」

「本当ですか！」

何という手際の良さ。つい、まじまじと林先生を見つめてしまった。この人がいなかったら、何一つ進展しなかったと思うと、まるで天使に見えてくる。どんなに野暮ったくても、ラクダみたいでも。

「さて。じゃあ、今日はあと、どうしようかな」

林先生が日本語で呟いた途端に洪春霞が何か言い始めた。うん、うん、と頷きながら彼はそれを手で制して「こうしましょう」と言った。

「一応、桶盤浅、行ってみますか」

「でも、すっかり変わってるんじゃないんですか？」

すると楊建智が、ずっと覗き込んでいた自分のスマホを差し出してきた。画面をスクロールさせていくと、「水交社」という文字と共に、柵に囲まれた古い家の写真が現れる。日本家屋に違いなかった。

「今はもう、ほとんど壊されてしまっていますから、見られるのはこれが最後のチャンスかも知れません」

「え――じゃあ、是非」

広げた地図を慌ただしくたたみながら、ちらりと洪春霞を見ると、彼女はまたつまらなそうに唇を尖らせている。どうやら、トウファーは却下されたらしい。

「かすみちゃん、トウファーはまだだね」

「安平(アンピン)で食べるのが一番なんらけどなあ」

「時間が出来たら、そうしよう、ね」

彼女は「うーん」と仕方なさそうに耳の辺りを掻(か)きながら、「あ」と表情を変える。

「私が食べたいと違うからね。未來ちゃんに食べさせてあげたいらけらから！」

うん、分かったよ、と笑いながら、未來は店の出口に向かった。五分で食べ終わる食事の後、地図を広げて長時間過ごしていたというのに、未來が「ごちそうさま」と笑いかけると、六十前後に見える店主夫妻は「はいはい、ありがと」と日本語で応え、歯ぐきがむき出しに見えるほどの笑顔を見せた。

7

その晩ホテルに戻るなり、未來は真っ先にシャワーを使った。全身の汗と汚れを洗い流した後は首のつけ根から背中全体に熱めの湯をあて、しばらくの間そのままの姿勢でいる。本当なら湯を張ったバスタブでゆったりしたいところだが、安い部屋をとったからシャワーブースしかついていないのだ。

暑い中を歩き回り、汗をかいては強烈に冷房の効いているコンビニや飲食店に飛びこんでキンキンに冷やされ、また炎天下を歩いて日焼けしながら新たな汗をかき、そして林先生の車で移動する。車内の冷房も相当だが、洪春霞も楊建智も当たり前という顔をしているから、未來も黙っている。その繰り返しが、これほど身体を芯から冷やして体力を消耗させるものだとは思わなかった。

それでも今夜は寄せ鍋店に案内してもらって、そこまでは本当に絶好調だったのだ。鍋は、大量の野菜や湯葉、揚げ豆腐、キノコ、肉、魚の練り物類、ビーフン、キクラゲから〆のラーメンまでと、何でも投入していくダイナミックな鍋だった。スープそのものはあっさりしていたが、素材から出たうま味も効いていて、薬味のショウガ、ネギ、ニンニクをたっぷり使い、本当に気持ち良く大汗をかいた。

ところが満腹になって店を出た直後、ふと目についたスーパーマーケットに立ち寄りたくなって、林先生ら三人にもつきあってもらい、珍しさについ時間をかけて店内を歩き回ったのがまずかった。冷蔵ケースの前はもちろんのこと、店全体が大きな冷蔵庫のように強烈すぎる冷房を効かせていたために、鍋で汗をかいた分だけ余計に身体が冷え切ってしまった。その上さらに、ホテルまでは歩ける距離だというので、洪春霞と二人で歩くことにしたものの、またも汗がじわじわと出てきて、それなのに歩いている途中で、背中だけがぞくぞくし始めていた。

ホテルの客室は、未來が温度設定を直しておいても、外から戻ってくるとやはりエアコンは二十度以下の設定に戻されていて、カードキーを差し込んでエアコンを作動させ、シャワーから出る頃には、ベッドカバーも何もかもがすっかり冷たくなっている。しかも、ここのエアコンは、どうやらいくら温度を高くしようとしてもせいぜい二十四度くらいまでしか上がらない構造らしい。たとえば二十五、二十六、と設定の表示を上げていっても、気がつくと二十四度まで下がってしまっているのだ。だから、とにかく上げられるところまで温度設定を上げてから、冷蔵庫で冷やしておいた缶ビールを出し、未來はバスタオル一枚のままで窓辺の椅子に身体を投げ出すようにした。

疲れた。まじで。

脳味噌がじんじんと痺れるようだ。

窓の外に広がる台南の街は、今夜も半ば靄がかかったような闇の底にひっそりと沈み、ところどころにオレンジ色の夜灯が滲むばかり。家々の窓の明かりも、もう半分以上が消えているか、またはカーテンでも引かれているらしい。遠くに見える高層ビルを彩る派手なイルミネーションがほわりと赤や青の光を放って、遠い夜空を染めている。

ビールをひと口、喉に流し込んだところで、思わずふううっと深いため息が出た。それでも足りずにもう一度、今度ははぁ、と大きく息を吐き出して、椅子の背もたれに首をあずける。

長い一日だった。というか、何て盛りだくさんな日だったんだろう。

新しい出会いがあった。

朝食をとった市場のような場所の、あの活気と雑然とした人とバイクの交わり。

林先生の車には、ルームミラーのところに何か白い花の束がぶら下げられていた。ほんのり甘く香っていたのは、あの花だろうか。

台南の街を縦横に駆け抜けた。

食べたことのない料理をずい分と口にした。ああ、ペタコという鳥を教わった。名前も可愛らしいが、何て南国らしい、印象深い鳴き方だったことか。

歴史の重みを感じさせる祖母の母校も印象的だった。古いままの校舎、長く伸びる廊下、校庭の木々。おそらく祖母が見たのと同じ風景の中を歩いて、未來自身が何かしら郷愁めいたものを抱いた。

そして、かつて確かに日本だったと思わせる町並みを見た。以前は日本の軍人とその家族たちが行き来し、生活の音が響いていたに違いない道だった。今となっては朽ちかける寸前の、それでも確かに日本の瓦をいただいた、日本の家々を見つけた。そしてついに、曾祖父が勤めていたという場所を地図で探し当てた。

帰りの夜道では、路地を横切る巨大なネズミも見たし、身体が地面から少し浮いて見えるというか、何となく日本のものと違って見えるゴキブリも見た。

今日一日だけで一体どれほどの新しい情報が自分の中に入ってきたことか。今も、洩れなくこの頭の中に納まってくれているか、このままビールを飲み続けていたら自信が持てなくなりそうだ。

祖母が記憶している土地の名前は、まるで一つの謎解きのようだった。同じ漢字をどう読むか。一つの国だったと言いながら、言葉は決して融合してはいなかった。考えてみれば当たり前のことだ。

だって、あの人たちは昔から、自分たちの言葉を持ってたんだから。

昼間、林先生たちから聞いた話では、植民地時代、日本は日本語を奨励しつつも、台湾語の使用を禁じたりはしなかったそうだ。ところが戦後入ってきた国民党は、日本語の使用ばかりでなく、台湾人本来の言葉さえ、人前で使うことを禁じた時代があったという。台湾に住む大部分の人の言葉というのは、主に大陸から移住してきた福建省などの人たちが使っていた方言の一種なのだそうだ。広い中国大陸は方言も様々で、たとえば上海語や広東語なども、北京語とまったく違っているという話は、未來も聞いたことがある。

閩南語などと呼ばれる方言が多くの台湾の人々にとっての言葉だった。また、同じ漢民族でも「客家」という人たちは独自の客家語を使うという。それればかりではない。台湾にはもともと暮らしてきたいくつもの原住民族がいて、この人たちにもまたそれぞれに独自の言葉があるということを、未來は今回、林先生から初めて教えられた。

それらの人々にとって、日本語はある意味で共通語ともなった。それに植民地支配される人々が「日本社会」で出世するためには日本語は欠かせなかった。高齢者以外の家族全員が日本語を話せた場合は「国語の家」と認められて、日本人と変わらない待遇を受けることが出来、戦時中も配給品などで日本人と同等の扱いを受けられたという。つまり逆から言えば家族中が日本語を話せない場合は、やはり差別されていたということになる。

だから当時、優秀な学校に進んで立身出世を望む男子はもちろんのこと、女子の場合でも、より良い家に嫁ぎたいと思うなら、やはりある程度の教養を身につける必要があり、それには日本語力が必要だった。だから祖母の母校にも当たり前に日本語の授業を受けられるだけの語学力を、幼い頃から身につけた台湾人の少女なら入学出来たのだろう。五十年もの間には、若い世代から順番に日本語を解する人は増えるに決まっているし、完璧な日本語を身につけた台湾人もどんどん育っていったに違いない。

ところが、そうして日本語が浸透したところに今度は国民党がやってきて、いきなり「北京語」を共通語にすると決めた。ラジオ放送も新聞も、何もかもが北京語に切り替わったという。そのまま今現在も、台湾の学校は北京語で授業するし、テレビやラジオの放送も基本的には北京語だという。戦後七十年以上が過ぎているのだから、今や北京語を話せない人間はほとんどいないはずだが、それでもやはり、公の場以外では閩南語を使っている人も少なくない。それが、自分たちの母語だからだ。

「その頃まず学校の先生、必死で夜、北京語習い行って、次の日すぐに生徒に教える、繰り返したそうです」

現在の台湾には日本が引き揚げていった後、蔣介石と共に渡ってきた中国人もたくさんいる。その人たちにしても広い中国大陸の様々な土地からやってきているわけだから、言葉に癖があったり訛っていたりする。逆に、学校で正式な北京語を教わる台湾人の方が正確な発音を身につけるという皮肉も起きているらしい。世代によっても、出身によっても使う言葉が違っている。下手をすると、一つの家族の中で、お互いの心の内を伝えあえないという事態が生じる。実際にそんな家庭もあるらしい。

もしも。

もしも未來の使う言葉と祖母の言葉とが違っていたら。

想像さえつかなかった。ただでさえ同じ言葉を使っていながら、まるで意思の疎通がはかれない「となり」のような人たちだっているというのに。

否応なしにいくつもの言葉を使い分けなければならなかった台湾の人たち。だから洪春霞も林先生も、意外と苦もない様子で日本語を話せるようになったのだろうか。十年以上も教わりながら、ろくな英語力も身についていない自分と比べると、ここの人たちは脳味噌の構造自体が違っているのではないかという気がしてきた。

言葉、かあ。

考えてみれば、知り合ってたった一日や二日という台湾人三人に守られて丸一日を過ごしたというのに、大したストレスも、違和感も不自由さも感じずにいられたのは、彼らが日本語を解する人たちだったからに他ならない。洪春霞がいてくれたお蔭で、林先生や楊建智に余計な警戒心を抱かずに済んだことも大きい。そして、楊建智の意外にきめ細かな気遣い、林先生という人の知識量と行動力、それらがすべて混ざり合って、今回の旅の目的にぐいぐい近づいているという実感を抱かせてくれた。

　改めて思い出しても、祖母が女学校時代に下宿していた、かつて桶盤浅（トンパンチェン）と呼ばれていた土地は、実際に訪ねてみると林先生の言う通り、同じデザインの新しい高層アパートがずらりと建ち並び、これからまだまだ建物が増えていきそうな、整地された更地が広がっている場所だった。その傍に「水交社眷村文化園區」という看板を見つけたとき、そういえばどうしても新幹線と呼びたくなる高速鉄道で台南に着いてタクシーでホテルに向かう途中、李怡華（りいか）が何とかいう説明をしていたところだと、初めて思い出した。

「ここは公園なりました。あとはどんどん壊して、新しい住宅建てています」

　それらを横目で眺める間に、林先生はさらに車を走らせ、やがて、少し先にこんもりと木々の繁る屋敷森のようなところが見えてきた。どれもかなりの時間を経ていると分かる、錆（さび）の浮いている薄水色の鉄の板で囲まれていた。

「ここ辺りですと思います。降りてみますか？」

　林先生がハンドルに手をかけたまま、ミラー越しにこちらを見た。未來は、面影だけでも追えるならと思って、是非とも見てみたいと応えた。

「きっと蚊が一杯いるらから、虫除けしないと、ヤバいぞ、これは」

　洪春霞に言われ、車を降りてすぐに全員で虫除けを吹きかけ合って、雑草を踏みしだきながら鉄製の壁に近づいた。二メートル近くはありそうな鉄板の上にはさらに菱形フェンスも巡らされていて、しかも、その内側に生えている草や木々の繁り方ときたら、まさしく傍若無人なほどだから、近づきすぎても何も見えないし、それなりの隙間を探さなければなかなか壁の向こうを見ることが出来なかった。

「あ、見える見える！　未來ちゃん、こっち見えるよ！」

先を歩いていた洪春霞に呼ばれて、雑草に足を取られそうになりながら進んでいくと、なるほど、木々の間から古い日本家屋が見えた。しかも、さっきの陸軍の官舎跡よりも何となくモダンなようだ。ほとんど屋根部分しか見えないのだが、それでも凸型に玄関部分だけ張り出しているという単純な切妻のものではなく、もっと屋根の形そのものが複雑だし、庇の下には洋間らしい両開きになっている出窓が見えたり、また、石造りの煙突が見える家もあった。もちろん中国式の建築とは明らかに違っている。

「やっぱり陸軍と違うんだ。屋根の角度も色々だし、煙突まであるんだもんね」

「えんとつ？　どれ？　何に使う？」

「あそこの、屋根の上まで縦に伸びてる細長いの。あんなに立派な造りの煙突だから、暖炉かなあ」

玄関に近いし、とても台所から出ているとか風呂の煙突とは思えない。もしかすると、この暑い土地でありながら、単に調度として暖炉をしつらえたのかも知れない。洋風建築らしく。いずれにせよモダンだし、それに贅沢な印象だ。

「こっちからも見えます」

林先生も呼んでくれた。

相当に傷んでいるが、形としては今どきの住宅とほとんど変わらない家だった。窓の上に小さな可愛らしい庇がついている。

「ミライチャン！」

ついに楊建智までが未來を名前で呼ぶようになった。

「なあに、ゲンチ」

わざとそう返事をしたが、彼はそんな呼ばれ方に何の違和感も抱かないらしく、ほら、と言うように向こうを指さした。そこには、門から玄関まで真っ直ぐに十メートルほどのびる小路の両脇に、鮮やかなオレンジ色の花を咲かせている生け垣が続いていた。きちんと手入れされていたらさぞかし美しいに違いない。そして、建物から張り出している玄関には可愛らしい三角屋根のポーチがあって、玄関扉にはダイヤ柄の格子が入ったガラスがはめ込まれている。

どうしてここも保存しないのだろうか。修復して綺麗になったら、見事な家並みが見られるはずなのにと思っていたら、すっかり雑草に覆われそうになったフェンスの中から、看板を見つけた。

〈市定古蹟原水交社宿舎群暨文化景觀〉

つまり、一応は古蹟に指定してあるということなのだろうか。だとしたら、これから整備される可能性もあるのかも知れない。

「早く手入れをしないと、崩れちゃうのはもう時間の問題なのに」

「ここは今、空軍土地ですから、空軍が動かなければ駄目と思います」

杉先生も興味深げに看板を眺めていたが、既にこの看板がかけられてからでも相当な時間が経過していることだけは確かだと言った。

「日本出ていった後、陸軍施設は陸軍が、海軍施設には空軍が入りました。学校、鉄道、工場、そのまま中華民国が同じ施設として使用します。もう全部出来上がっているもの、そのまま自分たち使うの方が簡単ですね。だからこの場所も中華民国空軍のものしました。この先ここをどうするかは空軍考え方次第ですね」

すると、この建物には日本人以外の想い出も染み込んでいるということになる。日本人が去った後に大陸から移り住んできた中華民国の人たちは、おそらく本来の自分たちの住まいとは、まるで使い勝手の異なるはずの建物を、どのように感じただろう。それを考えると、また複雑な気持ちになった。

桶盤浅は、残っている住宅の数も少ない上に荒れ方もひどく、中には火事でも起こしたのか焼け落ちたらしいものもあって、しかも鉄の壁が巡らされてしまっているから、往時を偲ぶといってもあまりぴんと来ないことは確かだった。それでも、見られてよかった。こういうモダンな家に下宿しながら、祖母は女学校に通っていたのだ。おそらく当時は目立ったに違いないセーラー服を着て。お下げ髪を揺らして。

そんなことを想像するだけで、まるで昔見た映画のワンシーンを思い浮かべるような、何とも言えず切ない気持ちになった。

桶盤浅まで訪ねて、やれやれ、今日はもう十分過ぎるくらいに盛りだくさんな一日になったと思ったのに、車に戻ると、洪春霞がまたもや「トウファー」と言い始めた。意外としつこい。

「らってさー、安平(アンピン)はちょっと遠いらから、バイクよりかさー、林せんせー車あるときに行った方がいいんらよー」

彼女がしきりに言うものだから、最後には林先生も根負けした形で、それなら安平まで行こうということになった。安平と言われてもまったくピンと来ない未來がリュックから「時空地図」を取り出し、走り始めた車の中で安平の位置を探している間に、楊建智が助手席から振り向いて「ミライチャン」と自分のスマホを差し出してきた。今度は何だろうかと首を傾げて覗き込むと、今日一日の未來が写っている写真が、次から次へと出てきた。未來がまったく気づかないうちに、彼はこんなにたくさんの写真を撮ってくれていたのだ。

「やだ、知らなかった！　謝謝(シエシエ)、ゲンチ」

驚いたのと同時に恥ずかしく、また申し訳ない気持ちで、未來は思わず楊建智のスマホを手に取って自分の写真に見入ってしまった。同時に、こちらは誰の写真も撮っていないことに気がついた。

「未來ちゃんのＬＩＮＥ・ＩＤ教えてくれたら写真送るらって」

洪春霞が通訳する。未來は「もちろん」と頷いて、早速、楊建智とＬＩＮＥのＩＤを交換した。すると、安平に向かう広く真っ直ぐな道路の途中で、ものの五分もしない間に、まるで弾丸のように次々と、未來のＬＩＮＥに写真が送られてきた。洪春霞が「いーないーなー」と首を伸ばしてくる。

「私も欲しい」

ハンドルを握っていた林先生が、中国語で何か呟いた。すると、洪春霞と楊建智が顔を見合わせてくすくす笑っている。

「林せんせーも欲しいらって」

耳打ちされて、あらやだ、と内心で思い、つい苦笑しながら、あの時、未來は改めて自分に言い聞かせていた。そうだ。この三人のことこそ忘れてはならない。特に今日一日のことは、彼らがいてくれたからこそ成り立ったことばかりだ。楊建智が恩師を呼び出して、林先生がそれに応じてくれなかったら、洪春霞と二人か、または楊建智が加わっただけでは、どれほどの成果を得られたかも分からない。せいぜい、おどおどしながら旧台南第一高女を訪ねて、あの怖い顔をした警備員に門前払いでもされて終わりだったかも知れない。

もしかすると、祖母もかつて遠足などで来たことがあるのではないかと時折考えながら安平で過ごした時間は、本当の観光客になった気分で過ごすことの出来た、楽しいものになった。赤崁楼(せきかんろう)と同様にオランダ時代に築かれたという安平古堡(あんぺいこほう)にも立ち寄って、洪春霞や楊建智、そして林先生たちと写真も撮ったし、その辺にいる人に頼んで四人揃っての写真も撮った。

安平は、今でこそ台南市街地とまったく地続きで広い道も通っているが、安平古堡に展示されていた古地図などを見ると、昔は細い砂州(さす)で辛うじて台湾本島とつながっている程度の、ほとんど離れ小島に近い存在だったようだ。当時、台南の西側に広がる海は広い浅瀬がどこまでも広がり、そこに天然の入り江が出来ているような、今とはずい分と異なる地形だったらしい。中でももっとも海側に突き出していた小島のような安平と、安平と砂州とが囲むようにして出来た内海とが、当時の貿易や防衛の要衝ともなった。オランダは安平に砦を築いた。やがて、そこに鄭成功上陸の歴史が重なって、その後、清の統治下に入ると運河なども築かれていった。

日本時代には塩造りも盛んだったというが、埋め立てと土砂の流出によって台南西部の地形はどんどん変わり、やがて安平と台湾本島とを隔てていた海はほとんど陸地に変わって、今では往時の面影は残っていない。それでもグーグルマップなどで俯瞰してみると、今でも安平の北側に位置する台南の海沿いは、まるでレース編みのように陸地と水辺が入り組んでいることが分かる。その辺りのため池になったところは、それこそ虱目魚などの養殖池になっているということだ。

「佐藤春夫先生、ご存じですか」

洪春霞がオススメだという老舗豆花店に落ち着いて、ほんのり甘くて優しい味わいの、要するにプリン的食感のおぼろ豆腐のような豆花を口に運びながら、林先生がふいに口を開いた。作家であり詩人・画家でもあった佐藤春夫が書いた小説に、この安平が出てくるものがあるのだそうだ。

「佐藤春夫は台湾に来ていたんですか」

「大正時代、旅したらしいです。その作品読むと、小さなトロッコ乗って安平の街を走ってましたり、お金持ちさん屋敷は門の前がすぐ海なっていて、出かけるときは船使ったと書かれてあった思います。もう、だいぶん前に読んだですから、あまりよく覚えないですが」

すごい人だ。未來など佐藤春夫の作品を読んだという記憶そのものがない。それでも辛うじて名前だけは知っているということは、もしかすると一度くらいは国語の教科書にでも作品が載っていたのかも知れない。だが、それ以上には、いつの時代の人でどんなものを書いているのかも知らなかった。林先生の話で、どうやら大正時代の人らしいと分かったくらいだ。

昔の有名な小説家が、この台南へ来て何かの作品を書き残した。そのときの佐藤春夫は「海外旅行」をしていたわけではない。あくまでも「日本の植民地である台湾」を旅したのだ。パスポートだっていらなかったに違いない。けれど、訪ねてみれば日本との違いは明らかだ。町の中をトロッコが走り、門の前まで海が迫っている、そんな景色を眺めながら、佐藤春夫という人は、今よりももっとずっと違っていた台南に何を感じたのだろう。祖母が知っていたよりも以前の台南の景色とは、果たしてどんなものだったのか。その小説を、日本に帰ったら探してみようかと、少しだけ思う。

それにしても林先生は、どうして日本の古い小説まで読む気になったんだろう。あの人は確か、歴史を教えていると言っていた。どうして歴史の教師になったのだろう。未來は、歴史の授業は好きではなかった。世界史も日本史も、四大文明とか荘園制度といったあたりでつまずいた。そんな昔の、自分とは無関係のことを、ただ丸暗記する必要がどこにあるのだろうかと思った記憶がある。つまり、今の台湾の若い子たちと大差なかったということだ。自分と関係があると思わないことに、そうそう興味など抱けるものではない。

改めて、林先生のことを考えていた。生徒から人気はあるのかな。あの野暮ったさだから。いやいや、昔の教え子から連絡があるくらいだから、男子生徒には意外と慕われてたりして。じゃあ、女子からは？　ところで学校は共学なんだろうか。

肩と足先が冷えてきたのに気がついて我に返った。せっかくシャワーで温まったのに、いつまでもこんな格好のままでいては風邪を引きそうだ。

明日も朝からのんびりしていられない。早く髪を乾かして、何か着て、それから今日一日のことを日記につけて、写真を整理して。

頭ではそう思うが、どうにも容易に動く気になれなかった。未練がましくビールを飲みながら窓の外を眺めているうちに、気がつけば、またもや林先生という人は一体どんな所に住んでいるのだろうか、彼は明日の朝も、またあの春捲を食べるのだろうかなどと考えてしまっていた。

第三章

1

ふと、目が覚めた。覚めたというより、開いたという感じだ。辺りはまだ暗いようなのに、どうしたのかしら、と周囲の気配を探る。すると、ベッドの脇に誰かが立っているのに気がついた。病院というところはたとえ真夜中でも誰かしら起きていて、廊下を行き来していたり、時には病室にも入ってくる。日によってはどこからともなく奇声が聞こえてくることもあれば、何かの機械の音が続いていたり、慌ただしい物音が響くことも珍しくない。だから、朋子の傍に誰かがいたとしても、それは別段、驚くようなことではなかった。

「お母さん」

ところが、薄闇の中からそう声がした。朋子は闇に向けて目を凝らした。すると、髪を長く伸ばした少女が、口をへの字に曲げたまま、じっとこちらを見据えているのが見えてきた。

「――いつ来たの」

「さっき」

「どうしたの、こんな時間に」

「どうしたのじゃないっ。お母さんに文句言いに来たに決まってんじゃないよ」

朋子は闇の中からこちらを睨みつけている真純から目をそらして、思わず大きくため息をついた。

「またもう、あなたは——今度は何だっていうの」

「だからっ、何でいつもいつも、私がやりたいことをやらせてくれないのって聞いてんじゃないっ！」

「やらせてあげてるでしょう」

「嘘だっ。何だってダメダメって言うじゃないっ」

「だから、何回も言ってるじゃないの、やるべきことをやったら、あとはいくらでも、好きなことをしていいんだからって」

「やるべきこと、やるべきことって、押しつけてばっかりで。何かっていうとお兄ちゃんたちと比較して！」

「だから、それは——」

「お母さんなんて、今まで私の味方してくれたことなんか、一度もないじゃないっ。私のことなんか、大事に思ったこともないし、まるっきり考えてないんだっ」

「ちょっと、こんなところまで来て何を大声で言い出すの。そんなはずがないでしょう？　第一、今、お母さんがどんな状態だか、あなた、知らないわけじゃないでしょうに——」

「ふんっ、いい気味だっ、クソばばあっ！」

吐き捨てるように言うと、真純はさっと身を翻すようにして闇の向こうへ消えてしまった。朋子は慌てて身体を起こそうとし、闇の彼方に手を伸ばした。

「真純！　ちょっと待ちなさい！」

使える方の左手を闇雲に振り回すうちに、冷たく硬いものに手が触れた。それに掴まって引き寄せようとした途端、ガチャンと大きな音を立てて、それは床の上に倒れたらしく、同時に、腕に鋭い痛みを感じた。

「あれ、杉山さん？　何の音？　どうしました？」

突然、懐中電灯の灯りが朋子の顔を照らし、ついでベッドの枕元のライトがついて、カーテンで仕切られた空間が明るくなった。下から光を当てているせいで、顔に怖い影が出来ている看護師が、ぬうっと顔を寄せてきた。

「娘が、娘が——」

「何を喋ってたんです？　あらら、どうしちゃった？　点滴のスタンドが倒れちゃってるじゃないの。ああ、針が抜けちゃってる。すぐに処置しますから」

「そんなことより、娘が——」

朋子の言葉を聞く様子もなく、看護師は慌ただしく部屋を出て行き、次にはもう一人若い看護師を連れてきた。

「ひょっとして、ナースコールと間違えちゃいましたかね？　何かあって、呼ぼうとしたのかな？　おしっこ？」

朋子は情けない思いで出血している腕の手当てをされ、見事なまでの手際の良さで車椅子に乗せられて、そのまま手洗いに運んで行かれた。

「娘が――」

「うんうん、分かりました。ちょっと寝ぼけちゃいましたかね」

再びベッドに戻り、血圧や熱を測られたり、新たに点滴の針を打ち直された上で、看護師は「よく眠れる薬」を飲みましょうかと言った。

「私、そんな、睡眠薬なんて――」

「睡眠薬っていってもね、すごく弱いお薬だから心配いらないですよ。ちょっと興奮したのかな、何かにびっくりしたみたいだからしょうがないと思いますけど、血圧がね、だいぶ上がっちゃってますから。まだ二時前なんですよ。おしっこも行ったし、お薬飲んで、もう一度ぐっすり休んで下さいね」

二時前。

そんな真夜中にあの子は来たというのか。

あんなに不満そうな顔をして。

薬を飲まされ、胸元まで薄い布団を被されて、「おやすみなさい」と言われて再び闇に戻った中で、朋子は幻のように現れたかと思ったら、一方的に汚い言葉だけ投げつけて去っていった真純を思い浮かべた。それで、気がついた。

今の真純が、あんな少女のままであるはずがないんだわ。

と、いうことは、さっきのは真純ではなかったかも知れない。すると、あれは誰だったのだろう。

孫だろうか。

真純の家の子どもたちは、二人とも母親に遠慮してか、せっかく隣に越してきたというのに、ほとんどまったくと言っていいくらい朋子たちの家に来ようともせず、だから顔も滅多に見かけることがない。これでは情の湧きようもないというものだ。だが、あの真純の性格から考えたら、ここまで意地を張って長い間、親不孝を重ねてきた挙げ句、ようやく隣に腰を落ち着けて、たまに顔を合わせることがあったとしても結局は悪態をつくばかりなのに、今さら入院した朋子を心配して病院に顔を出したりは出来ないのだろう。だから一計を案じて孫を寄越したのかも知れない。昼間は、嫁の目があるから、夜を狙って。

そう。そういうこと。

でも。

確かにあの子は「お母さん」と呼んだような。ううん、最後には「クソばばあ」って言った。ばばあって。吐き捨てるように。あんなひどい言葉を投げつけていくのでは、見舞いにも何にもなったものではないのに。

もしかすると。

看護師の言う通り、寝ぼけていたのかも知れないという気もしてきた。何もかも夢だったのに、つい慌てて点滴のスタンドまで倒してしまったのだとしたら、恥ずかしい、みっともない話だ。何という情けないことをしたのだろう。

　別段眠たいとは思わなかったが、頭の芯がぼんやりしてきて、やがてすとん、と何も分からなくなった。そうして次に気がついたときには、辺りはもう明るくなっており、看護師たちが入院患者たちのベッドを囲うカーテンをそれぞれに開け放って、熱いおしぼりを配っているところだった。これが朝の洗顔の代わりになっている。本当はザブザブと気持ちよく水で洗いたいのだが、片方の手が使えないのだから仕方がなかった。

「杉山さん、お目覚めはいかがですか？」

「お蔭様で」

「ちょっと昨夜のところ、見せてくださいね。ああ、やっぱり内出血しちゃってますね、でも、心配しなくても大丈夫ですからね」

「昨夜？　何かございました？」

　看護師は一瞬、小首を傾げるようにしたが、すぐに「忘れちゃったかな」と笑みを浮かべる。まだ若いのに、健気（けなげ）によく働く娘さんだと常々感心しているが、彼女に何かにつけ「忘れちゃったかな」と言われるのが、朋子は今ひとつ気に入らなかった。そんな風に人を耄碌（もうろく）扱いしないで欲しいと、いつも言い返したくなる。それでも、黙っていようと決めていた。相手は未來（みらい）ではない、赤の他人だ。その上、こちらはどうせ、まな板の上の鯉だもの。下手なことを言って相手の機嫌を損ね、挙げ句に毒薬でも注射されてはたまらない。だから退院まで、せいぜい我慢するより他ないのだ。

　体温や血圧の測定があり、やがて朝食が運ばれてきて、どこの国から来たのか知らないが、何しろ一見して日本人ではないと分かる男の子が、まめまめしく介添えをしてくれる。無味乾燥な食器に盛られた、美味しいか不味いかも分からない食事だけれど、一日でも早く怪我を治して退院しなくてはと思うから、たどたどしい言葉で「おいし、ですか」「も少し、どですか」などと言われながら、朋子は黙々と口を動かす。

食事が終わってしまえば、あとは医師の回診やリハビリの時間以外は、壁に貼られた台南の写真を眺めて過ごすのが、このところの日課になった。今日も未來は向こうで元気にしているかしら。出かける前に、生水にだけは気をつけてと言わなかったことが悔やまれてならない。

ああ、これは学校の帰りによく立ち寄った孔子廟。この通りは——車の数がこんなに増えて。そういえば、これは末広町のハヤシ百貨店じゃないかしら。台南で一つだけ、エレベーターのついた六階建てのデパートだった。見るからにハイカラで、何を買うわけでもなくても、ただ入るだけで嬉しかった。

こんな風に、忘れていることなど何一つない。あれほど昔のことだって、つい昨日のことのように、何もかもが鮮やかに甦る。

円環道路の周りは、州庁以外はずい分と雑然としているようだ。たしか、消防署があったと思うけれど、あの建物はどうしたのだろう。その先にはお天気の測候所があった。

そして、懐かしい一高女。

胸の中いっぱいに、言葉にならない渦のようなものが広がっていく。クラスの皆で過ごした日々。優しくも厳しい先生方。ピアノの伴奏に合わせて合唱したこと。ああ、校庭でテニスやバレーボールをすることもあった。ついついお喋りに夢中になって、廊下で先生に叱られることもあったし、みんなでお揃いの帽子をかぶって、安平あたりまで遠出したこともあった。戦時色が強くなるまでは。

未來は、よくぞここまでたどりついてくれたものだ。それにしても、あの子がこんなにも向こう見ずとは思わなかった。さすがにアニメだか何だかで主役になることを夢見ていただけのことはある。きっと度胸が違うのだろう。

今どきの女の子はそれでいい。

そう思う一方では、女だてらに一人旅なんかして、果たして無事でいられるものか、何を食べてどう過ごしているのかとも思う。とにかく気にかかるのだ。こうやって改めて考えてみると、孫の中でもことに未來との縁が一番深いのかも知れない。

それでも、さすがの未來でも、竹篙厝だの牛稠子だのと言って、そこまで見つけられるものかどうかまではあやしいものだ。今頃はどんな地名になっていて、どんな景色に変わってるのかも分からないだろうに。だから、アテにはしていない。その気持ちだけで十分だからね、といつも心の中で話しかけている。本当にいい子だね、未來は、と。「いい子」っていう歳じゃないし。もう三十過ぎてるんだからね。

未來のふくれっ面が目に浮かんで、朋子はつい微笑んだ。ああ、あの子が早く帰ってくればいい。長男一家が福岡に行ってしまい、たった一人の娘も、戻ったとはいえあんな調子だし、その上、夫に逝かれたときは本当に心細くて淋しい思いもしたけれど、あの子だけは傍にいてくれた。そして、未來と二人きりで送ってきた生活は、決して悪いものではなかった。朝晩の食事の時に顔を合わす程度だったけれど、お互いに余計な気をつかうこともなく、あの子は今どき流行りの色々なものを買ってきたり、教えてくれたりして、朋子にはそれが珍しかったりおかしかったりした。二人での暮らしは静かで呑気なものだ。

　お昼近くなって、葉月(はづき)さんが今日の新聞と折込チラシと一緒に、また新しい写真をもってきてくれた。その中に、昔の住宅地らしい写真があった。確かにどこかで見かけたような、またはひと昔前ならばどこでも見かけたような住宅地だ。

「陸軍のね、歩兵第二連隊があった場所の傍らしいんですって。将校の官舎だった場所だそうですよ」

　嫁が例の薄型テレビのようなものを取り出して読み上げた。朋子は思わず「歩兵第二連隊」と呟いて、反射的に瞼をきつく閉じてしまった。

「あそこなのね」

　ああ、何といったろう。たしか女学校の同級生に、お父さまが陸軍の偉い将校さんだという女の子がいた。ちょっと口の悪いところはあったけれど、逆にお腹の中はきれいさっぱりしていて、朋子とは割合、親しくしていた。

　そう、多枝子(たえこ)ちゃん。上重(かみしげ)多枝子ちゃん。

　多枝ちゃんは何かにつけ感激屋さんで、朋子が親戚の家に下宿しているのを、いつも羨(うらや)ましがっていた。朋子のお父さまと、その家のおじさまとがいとこ同士という縁で、朋子が一高女に受かったときに寮生活をするよりはと下宿させてもらえることになった。

さほど近しい親戚というわけではないようだったけれど、「お互い故郷から遠く離れて暮らしている身の上。こんなときには助け合わなければね」と、一家は朋子を歓迎してくれた。

桶盤浅(とうばんせん)は、海軍将校が数多く暮らす一角だった。おじさまは軍人ではなかったけれど、軍と関係のある商売をしているとかで、その辺りに家を構えることが出来たらしい。ほんの少し高台になっていて、洋館風の家がずらりと並んだ、他の台南の町並みとはちょっと違う風景の一角に、おじさまの家もあった。家にはおじさま一家五人に加えて台湾人のお手伝いさんが二人と、おじさまの運転手をしたり庭仕事などをする、やはり台湾人の男の人が住み込んでいた。洋風の応接間にはピアノがあったし、大きな電蓄もあった。そして広い庭には、運転手の台湾人がもらってきたという、真っ黒い台湾犬が、よくのんびりと寝そべっていた。

桶盤浅での暮らしは、それまでの社宅生活と比べたら、周囲の環境も何もかもがまるで別世界で、確かに素晴らしいものではあったけれど、本当のことを言えば、朋子はそんな自分を羨む多枝ちゃんの方こそ羨ましく思えた。何といっても、多枝ちゃんにはお兄さんが二人いたからだ。一人は東京の大学に行っているとかで会ったこともなかったが、もう一人は当時、台南一中の学生だった。毎週末になると、そのお兄さんは一中の制服を着たままで、多枝ちゃんを女学校まで自転車で迎えに来ていた。それは背が高くて凛々(りり)しい顔立ちの、失礼ながら多枝ちゃんとはあまり似ていない方だった。クラスの中にはあのお兄さんにお熱になって、物陰から盗み見ては黄色い声を上げる子もいたほどだ。朋子も素敵な方だとは思ったけれど、それより何より、ああいう兄がいる多枝ちゃんが羨ましくて、ため息が出たのを覚えている。

「私も兄が欲しかった」

つい、口に出して呟いていた。葉月さんの声が「え」と聞こえてきて、朋子は目を閉じたまま、微かに首を横に振った。

「姉でもよかった。私はねえ、とにかく上に兄姉が欲しかった」

「そうだったんですか」

「ずい分と恨めしい思いをしたわ。母は、弟や妹たちには優しくていい母だったけれど、どういうわけだか私にだけは、それは厳しくて冷たく当たる人だったから――二言目には『長女なんだから』って言われて、何でも我慢させられて」

本当に、これでも実の親なのだろうかと疑いたくなるほど、お母さまという人は、朋子だけには、あんまりな人だった。

「損なだけだわ、長女なんて」

それでも弟が生まれる頃までは、そんなふうには思わなかった。こちらも幼かったから分からなかったのかも知れない。とにかく物心がついた最初の頃、朋子の一番古い記憶の中の母は、よく笑い、よく喋り、朋子に歌など教えてくれることもあった人だった。父と三人、台南の社宅で、小さなちゃぶ台を囲む夕食は楽しいひとときだった。それが、朋子が五歳の時に弟が生まれた途端、母は人が変わった。難産の末に生まれた弟が、ずっと病気がちだったせいもあるのかも知れない。母は、待ち望んでいた跡取り息子の傍から片時も離れなくなり、そして、朋子の存在を忘れ果てた。それから「長女なんだから」が始まった。

我慢なさい。

あなたはお母さまの分もお手伝いなさい。

甘えるんじゃないの。

あとで。

イライラさせないでちょうだい。

どうして、そう聞き分けがないの。

それくらい一人で出来るでしょう。

嫌な子。

嫌な子。

嫌な子。

――朋子だって楽しみにしていた弟の誕生だったのに、家は朋子のまったく予想していない雰囲気に変わってしまった。さらに、その後も続けて妹と弟が一人ずつ生まれて、気がついたときにはお母さまの両手と背中とは、すべて弟妹たちが独占することになった。朋子だけが、まるで都合の良いときだけ名を呼ばれる子守か家政婦のような、家族からはみ出した存在になってしまっていた。

きっと最初から、好きじゃなかったんだ。私のことが。

性格も合わなかったのかも知れない。朋子はどちらかというと内向的で、喜怒哀楽を激しく出す性格でもなかった。それに比べたら病弱とはいっても弟は活発で、よく喋り、よく笑い、その下の弟妹たちも、やはり社交的で賑やかな子たちだった。上の弟が健康を取り戻して少しずつ大きくなっていっても、お母さまの興味はもう二度と、朋子に向けられることはなかった。たとえば朋子がお腹を壊したり熱を出したりしたときでさえ、お母さまは介抱するよりもまず怒るのだった。

心配かけないでって言ってるでしょう。

親の言うことを聞かないで不摂生をするからでしょう。

どうして手をかけさせるの、お姉ちゃまのくせに。

薄い布団を被り、弟妹も遠ざけられて、朋子は独り、声を出さずに涙を流したものだ。そして、いつか自分が母親になったときには、絶対にどの子も等しく育てようと心に誓った。そして実際に、三人の子をとにかく精一杯に育てた。それなのに、うまくいかないものだ。

末っ子でつまずくとは。

たしかに、特にあの子には口が酸っぱくなるほど「我慢なさい」「努力なさい」と繰り返した。思えば朋子自身がお母さまから言われ続けたことと、それは一緒かも知れないのだけれど。

だが、真純は朋子とは性格が正反対なところがあるから、嫌だと思えばすぐに態度に表すことが出来る子だった。何かにつけ激しく反抗し、牙をむき、親の顔に泥を塗り、常に頭痛の種だった。あの子は、母親の目から見ても、実に羨ましいほど身勝手だった。

だが、少女時代の朋子自身には、そんな勇気はまったくなかった。時代も、今とはまったく違っていた。唯一、ほんの少しの時間でも家から姿を消すことが、あの当時の朋子に出来た精一杯の抵抗だった。お母さまから冷たい言葉を浴びせられ、家に居場所がなくなって、どうしようもなく辛くなると、朋子は試験所の隣に広がっていたサトウキビ畑に潜り込むのが常だった。大人の背丈よりよほど高いサトウキビ畑の中を、一人で泣きながら歩き回るのだ。そのときには必ず、声に出して言っていた。

「お母さまなんか大っ嫌い」

「早くこんな家から出て、知らないどこかに行ってしまいたい」

こうなったらもう二度と、誰にも会えなくなっても構いやしない。そうしたらお母さまは、お父さまからうんと責められることだろう。そうなればいい。いつだって、そんな空想に夢中になった。しまいには自分がこのサトウキビ畑の中でネズミにでもかじられるか、または大きな蛇に襲われて全身に毒が回り、冷たい骸（むくろ）になっている姿まで想像するようになったものだ。

陽が暮れてからも家に戻らないとしたら、本当に朋子が死んでいたら、お母さまは一体いつになってそのことに気づくことだろう。明日？　明後日？　きっと畑で働く台湾人の誰かが朋子を見つけて、大慌てで家に知らせに行ってくれるのだ。そこでお母さまは初めて、ことの重大さに気づくに違いない。下駄を引っかけ、転びそうになりながら畑まで入り込んでくる。そうして朋子の変わり果てた姿を見て、「可哀想なことをしてしまった」と泣き崩れればいいのだ。

謝ったって、もう駄目。もう手遅れ。いくら泣いたって、もう生き返らないんだ。お母さまが、そこまで朋子を追い込んだのだから。

お母さまを後悔させるためならば、本気でそうなっても構わないとさえ、何度となく考えた。

「今日も、未來から何かの写真が届くといいですねえ」

葉月さんの声が聞こえる。

ああ、どうしてこんなことを忘れていたのだろう。いや、むしろ今さら、あんな大昔のことを思い出してしまうなんて。

帰りたいのは幼い日。

弟もまだ生まれていなくて、新しい社宅は小さいながらも清潔で、家中が明るく感じられた頃。たとえば外が激しい嵐のときでさえも、ろうそく一本立てて、お父さまとお母さまと寄り添い合っていれば、怖いものなど何ひとつなかった。暑いせいもあって、嵐さえ来なければ社宅の家はどこも大概常に窓を開け放ったまま、あちらこちらからお風呂を使う音が聞こえてきたり、お料理する匂いが漂ってきたりした。蚊帳(かや)の外で焚(た)いているいくつもの蚊取り線香の香りが、青々と心にしみた。

もしも、もう一度あの頃に戻れるとしたら、今度はきっともう少し違う、優しいお母さまに出会いたい。朋子には兄か姉がいて、兄姉にも、お母さまにも甘えられる立場で、毎日、笑いながら過ごしたい。お母さまにしなだれかかり、お母さまの手の感触を味わって、みんなに世話をされて甘えたい。

今さら。

朋子が容易に目を開ける気にもなれずに、乱れそうになる呼吸を密かに整えようとしていたとき、聞き覚えのある声が「おふくろ」と聞こえた。

「あれ、寝てるのかな」

葉月さんの声が「起きてるはずです」と応えている。それから小声で何かのやり取りをしているが、朋子には内容までは聞き取れない。

学校に上がると、今度は褒められたい一心で、勉強ばかりした。

ただでさえ湾生（わんせい）の子どもは内地の子よりも劣るものだと、どこかから聞きつけてきたお母さまは、朋子が小学生になると「お勉強なさい」と毎日のように言うようになったから、朋子はそれこそ机にしがみつくようにして読み書きを覚え、習字でも算術でも、人よりもずっと頑張ったつもりだ。試験所の敷地内に建てられた小学校の分校の、小さな教室に置かれた本棚の本は、隅から隅まで読み尽くしたし、先生が新しい本を借りてきて下さるのを心待ちにした。お母さまに振り向いてもらうには、それしかないと思っていた。

「おふくろ、起きてるんだろう？　ほら、日曜日になったらまた来るからねって言ったじゃないか。病院の許可を取ったからさ、昼飯は外で喰わない？　義姉さんも一緒に。日曜日はリハビリもないんだろう？」

ほら、おふくろ、と改めて呼ばれて、朋子はようやく目を開けた。そんなつもりはなかったが、知らない間に滲んでいたらしい涙が、じわりと頬を伝って落ちた。

2

翌朝、洪春霞は約束通り、未來を「三明治」の店へ連れていってくれた。広い通り沿いにあって、亭仔脚の下に何組かの椅子とテーブルを出している店を見つけ、果たしてどんなものが出てくるのかとワクワクしていたら、スーパーで生鮮食品などを入れる半透明のポリ袋を被せてあるステンレス製の皿にのせられて出てきたのは、サンドイッチだった。

「何だ、三明治ってサンドイッチのことだったんだ！」

未來は、拍子抜けしたような、また妙に感心した気持ちになって、「へえ」と、ポリ袋さえ捨ててしまえば皿を洗う必要もない知恵と、真ん中を爪楊枝で突き通してある三角形のサンドイッチをしげしげと眺めてしまった。ちょうどクラブハウスサンドイッチと同じだが、もっと薄い四枚の食パンを使ってあり、それぞれの間に三種の具材が挟まっている。それに加えて、洪春霞は「蛋餅」というプレーンオムレツにモチモチした食感の水で溶いた粉を焼いたらしいものがからまっていて、さらにハムやコーンが巻き込んであるもの、そして「豆漿」という豆乳を注文してくれた。こういう取り合わせもまた、台湾の朝の定番らしい。

「この、辛いの塗ると、すんごい美味しいなるんら」

テーブルの中央に置かれた瓶詰めのチリソースらしいものは、なるほど、添えられていたスプーンで少し塗っただけでも一瞬で毛穴が開くほどに辛い。それをつけて食べると蛋餅は多少の脂っこさも吹き飛んで、なかなかの味になった。痺れた舌に薄めの豆漿が心地良い。三明治の具材はそれぞれにハムと野菜、そしてポテトだった。

「面白いねえ、日本でサンドイッチって言ったら、普通は二枚のパンの間に具が挟まってるだけだよ」

「うそっ、まじ？　それはこっちでは三明治言わないな。それらけなら、土司（トウシー）らな」

「土司？」

「トースト」

へえっ、と感心しながら、三明治にかぶりつく。同じサンドイッチ一つでも、好みによって変化するものかと思うと、それが面白い。

「そんでねえ、未來ちゃん」

こういう店で飲み物を買うと、使い捨てのプラカップの口は薄いシールで塞がれていて、そこにストローを突き刺して飲むのが普通らしい。これなら歩きながら飲んでこぼす心配もないし、衛生的な感じもして、未來は好感を持った。

「今日けどさー」

「なあに」

「林（りん）せんせーとゲンチ、来ないらって」

今日は心地良い風が吹く朝になった。日曜日ということもあってか、交通量は極端に少ない。いつもならバイクの喧噪にまみれているはずのこんな場所でも静かに朝食が楽しめると清々しく思っていた矢先だったのに、未來は一瞬、言葉を失った。

一林先生、今日は自分の学校いかないとラメらそうら。ゲンチは前から、断れない約束あるらって」

「そうなんだ——じゃあ今日は——」

「そんでもな、心配いらないよ。後から李怡華さん、来るらから」

咄嗟に、心の中で「あの李怡華がっ！」と叫びそうになってしまった。

何で今さら！

あんな人に来てもらったってと、つい口をついて出そうになった言葉を必死で呑み込む。第一、あの人と二人だけで行動したって、きっと楽しくも何ともない、むしろ不愉快ではないか。

「じゃあ——かすみちゃんは？」

「らいじょぶ。李さん来るまでは一緒いるからな。そんなに急がないらけど、今日はウチで用事あるらから」

「——そう」

急に食欲が失せた。せっかく昨日が順調で、しかも楽しかったのに、また、あの年齢不詳で何を考えているか分からない李怡華と二人きりにされるのかと思うと、目の前の風景からすうっと色が消えていくような気分だ。

「——そう、なんだ」

三明治をもぐもぐと頬張りながら、洪春霞は上目遣いに未來を見ている。ここで我が儘を言える立場ではないことくらい、未來だって十分に承知していた。林先生も楊建智も、貴重な週末を使ってくれたのだ。文句を言うどころか、今日もまた会えるつもりでいたから、ちゃんとお礼を言えなかったことの方が今となっては心残りだった。

「分かってたら、昨日もっとちゃんと、お礼言ったのに」

ため息混じりに呟くと、洪春霞は「らいじょぶらよー」と涼しい顔をしている。今日の彼女は水色のポロシャツ。襟に白とピンクのラインが入っている。ピアスも同じブルーの石だ。

「また会えるか知れないし、ＬＩＮＥも交換したじゃん」

「またって——」

「縁があれば、会える人とは、また会えるもんら」

年寄り臭いことを言う。そうは言っても、もうすぐ未來は日本へ帰ってしまうのだ。台湾四日目の今日は、ちょうど、その折り返しになるのに。

「らから、今日はタクシー使うから、昨日よりお金かかるよ」

「——うん、分かった」

「台南、タクシー少ないらから、ホテルから行くときはいいけど、あとは電話で呼ばないとラメかも知れないな」

「——分かった」

「未來ちゃん！」

洪春霞がふいにテーブルをばん、と叩いた。

「なんらよぉ、ラメらなぁ、未來ちゃん。らいじょぶらって言ってるねえか。この『かすみちゃん』がちゃんと連れてくんらから、元気らすんだ」

テーブルの向こうから手を伸ばしてきて、ぽんぽんと肩を叩かれながら、未來は、つまりこの子とも、もう今日で会えないのかも知れないのだと考えていた。口は悪いが、その自覚は本人にはないし、こんなに気のいい子なのに。

せっかく三明治の謎が解けたと思ったのに、朝からしんみりしてしまった。初めて、台南にも真っ青でない空の日もあるのだなと思ってぼんやり見上げていると、また戦闘機が轟音（ごうおん）と共に飛んでいった。

九時過ぎにホテルの前からタクシーに乗って、洪春霞が「林せんせーからちゃんと聞いてるから」という場所を目指すと、二十分ほど走るか走らないかで、タクシーは広い道路に面した大きな会社らしいところに着いた。正門ゲートは閉まっていて、その脇の壁には会社のトレードマークと共に「台湾糖業公司」という社名が入っている。ゲートの向こう正面に大きなガジュマルらしい木が植わっているから、その奥の風景はまるで見えなかったが、ただ相当な広さらしいという雰囲気だけが感じられる。

洪春霞が一旦タクシーから降りて、門の脇の警備室に駆け寄り、何か話している。制服の警備員が、どこかに電話しているらしいのがガラス越しに見えた。数分後、洪春霞は小走りに戻ってきて、今度はタクシーの運転手と早口で何かのやり取りを始めたかと思うと、彼から名刺らしいものを受け取り、今朝も未來が渡した千元札からタクシーの料金を支払った。

「未來ちゃん、降りて降りて。謝謝（シエシエ）ー」

未來の背を軽く押し、洪春霞自身は反対側のドアから降りると、タクシーはするするとバックして、そのまま走り去っていった。いつの間にか空はどんよりと曇り始めていて、湿気を含んだぽってりとした空気がまとわりついてくる。

リュックを背負い直し、スマホのカメラを構えて洪春霞についてゲートに歩み寄る。すると、いかにも厳めしく閉まったままに見えたゲートがするすると開かれた。日曜日だから休みのはずなのに、林先生は一体どんな風に説得をしてくれたのだろう。どこからか、ジーパンにビーチサンダル姿の男性が現れて洪春霞と挨拶を始めた。

「この人が案内してくれるらって」

いかにもラフな服装で、のんびりと日曜日を過ごすつもりだったみたいに見える男性だったが、未來に「你好你好」と言った後は特に嫌な顔もせずにシャツの背中を風にはためかせながら歩いて行く。

大きな木の周囲を回り込むと、その向こうには円形のスペースに白い直方体のオブジェが飾られていた。砂糖の結晶をかたどっているのだろうと、すぐに分かった。そして、その向こうに白い二階建ての洋館がある。

男性が何か話し始めた。

「ここから先の建物はほとんど日本時代のまんまですて」

聞いている間に、未來はもう写真を撮り始めた。

現在は社長室や会長室があるという、いわゆる試験所本部になっている建物の入口はアーチ状になっていて全体に白く、左右に薄茶色のタイル張りで柱らしくデザインされた部分が張り出し、その両側に連なる窓のすべてが細い縦長のデザインだった。柱らしく見える部分は黒砂糖、他の部分は白砂糖をイメージしたのではないかという印象の、すっきりした美しいものだ。新しい頃ならさらに美しく見えたことだろう。ポーチの上には中華民国旗がはためいているが、おそらく日本時代には日の丸か、または会社の社旗が掲げられていたはずだ。そのアーチ状のトンネルのようになっている真正面、建物を抜けたずっと向こうにある、倉庫か何かの壁に描かれた「台糖(たいとう)」の赤い文字がいかにも誇らしげに見えた。きっちりと計算された造り。しかも時空地図でも確かめて、ある程度は想像もしていた通り、全体に相当な広さがある様子だ。ここには日本統治時代からの、製糖会社の試験所としての誇りと権威とが、そのまま受け継がれているように見えた。

「すげえ」

隣の洪春霞も感心したような声を出す。

「ちーとも知らなかった。地元なのに」

「関係のない人には公開してないのかな」

洪春霞はそのままの言葉を案内役の男性に伝えてくれたらしい。男性がうん、うん、と頷いている。洪春霞が続けて何か言う。彼は黙って彼女の話を聞いていたが、やがて「あー」と言いながら頷いた。

「未來ちゃん、お祖母ちゃんのお父さん、ここで働く人らったて話してやったら、喜んでる」

「こちらこそ。謝謝」

　未來も丁寧に頭を下げた。未來自身は曾祖父のことを何も知らない。昔、写真くらいは見せてもらったことがあるかも知れないが、薄ぼんやりした白黒写真に写っていた男性を、自分と関係のある人とも思えずに眺めた記憶しかない。

「じゃあ、未來ちゃんお祖母ちゃんのお父さん――日本語でなんていう？」

「ひいお祖父ちゃん」

「ひい祖父ちゃん、今いくつですかって」

「とっくに亡くなってます。生きていたとしたら、多分――百十とか、百二十とか」

「ふうん――ここは試験所らったらから、ひい祖父ちゃん、試験する人でしたか」

「そうみたい。研究員だったたって」

「あっち行くと、日本人使ってた試験の道具とか、名前書いてあるノート？　とか、残してあるらって」

　ゆっくりと歩きながら本部の少し暗いトンネル式通路を抜けた。すると、そこから先には広々とした敷地内に、紛うことのない瓦葺きの日本家屋が、まるで学校の教室か小さな戸建ての家屋のように、整然と一定の間隔を保って建ち並んでいた。その風景は、あたかも小さな一つの町のようだ。昨日歩いた陸軍の官舎跡は一戸ごとに塀が建っていたが、ここは遮るものがまったくないために、実に開放的で広々としていた。

　真っ直ぐに続く道路の幅は広く、ところによっては敷石と芝生の道もあったりして、様々な植栽は見事に手入れされており、どこを見ても清々しく整っている。古い日本の木造家屋はすべて瓦屋根だった。それぞれの建物が研究室だったり試験室、実験室だったりしたのだろうか。敷地の随所には、建物が日本時代の古い木造建築であることや、往時はどんな目的で使用されていたかを説明する札が立てられていた。真っ直ぐな道を、自転車をゆっくりと漕いでいく人がいた。トタン張りの長い庇があって、そこにも自転車が駐められていたり、わずかに生活感を漂わせるものが置かれている。

「あ、未來ちゃん、あれ分かる？」

芝生の空間に、歯車型の石臼らしく見える二つ並んでいるものを見つけると、洪春霞が駆け寄った。腰くらいの高さのある石で出来た歯車状のものに赤く塗られた木製の天秤棒のようなものがついている。

「昔むかしの台湾、これでお砂糖作ってたんらよ。これを黄色い牛さんにつないで、牛さんぐるぐる、ぐるぐる回って歩くと、砂糖のジュースがぽたぽた」

「なるほど、これ石臼なんだね」

「いし――？」

「石の、臼」

「い、し、う、す」

しばらく歩くと、洪春霞が説明した通りの絵柄がプレートにされてはめ込まれている建物もあった。つまり、日本統治時代よりも前の台湾の製糖業は、人力の他は牛に頼るだけだったということなのだろう。それが日本統治時代になって大型の機械が取り入れられ、飛躍的に進歩したのに違いない。

ペタコが、また鳴いている。

今日は空全体が薄い雲に覆われていて、太陽のいる位置だけが、ふんわりと明るく見える。お蔭で陽射しに悩まされることはないが、それでも時折、風が吹き抜ける度に額の汗が飛ばされていくのが感じられた。湿度は相当に高い。

独立して何棟も建っている建物は、それぞれの建物に南国らしい植物がつるを這わせ、鮮やかなオレンジ色だったり、薄紫だったりする花を咲かせていた。周囲の木々も様々な種類があってどれも見事に手入れされているのを眺めると、実に恵まれた職場環境だという気がした。未來は、目に入る建物すべてを、あらゆる角度からスマホに収めた。

そういえば声優時代、幾つかの会社のプロモーションビデオを製作するのに駆り出されたことがあったけれど、日本の工場の中にも訪ねてみたら驚くほど広々としていて綺麗(きれい)なところがあった。土地の使い方も贅沢で、誰のためにこんな余裕のある使い方をしているのだろうかと、思わず首を傾げたくなったものだが、ここも同じだった。財力があり、歴史がある企業は、きっとこういうものを作るのに違いない。

製糖分析室。

副産品分析室。

今もその目的で使われているのかどうか分からない琺瑯(ほうろう)のプレートが懐かしさを誘う。吹き付け塗装のような壁に、ぽつぽつとセメントで埋めたような跡があると思ったら、それは戦争末期に米軍から機銃掃射を受けた跡だと教えられた。

「ここも攻撃されたんだ――

—あっちに、アレがあるらって。地下みたいにして逃げる部屋」

「ああ、防空壕？」

「そこも見れるって」

瓦屋根の下は焼き杉のような板壁に、窓枠だけが白くペイントされている。柱によっては土台近くが相当に傷んでいるものもあったし、近くに「猫いらず」らしいものを置いているところもあった。確かに、これだけの広さと古さだ。ネズミくらい出るだろう。歩いているうちに「糖業文物館」と札の下がっている建物にたどり着いた。中に入ってみると、なるほどさっき説明されたように、古い実験器具や検査装置などが展示されている。驚くほど大きな害虫や、病気にかかったサトウキビの葉の標本、それから「台湾総督府中央研究所」と書かれているノートや、雇い入れ、賞与などを記す帳面。すべてガラスケースに入っているが、もしも手に取ることが許されて一ページごとに丁寧に見ていったら、どこかに曾祖父の名が見つかるのかも知れないと思うと、改めて何かこみ上げてくるような気持ちになった。

祖父までは、ことに父方の祖父とは一緒に暮らしてもいたのだから、未來の中にはきちんとした肉親としての感覚と懐かしさと、そして情がある。だが、曾祖父となるとまるでピンと来ない。それでも、祖母の父だった人は確かにここにいて、ここで働いていた。その人の血が、自分にまで受け継がれているという、生まれて初めての感覚を呼び起こされているような気がした。その人の魂だか意識だかが今もどこかにあるとしたら、曾孫（ひまご）である未來の行動を、果たしてどんな風に感じていることだろう。

でも、嫌なものじゃないですよね？

生まれて初めて、曾祖父という人に語りかけてみる。本当に聞いてくれているとも思わないが、祖母のお父さんなのだと思えば、こちらには悪い印象はない。「ねえ、ひいお祖父ちゃん」と呼びかけてみるのは、そんなに不自然な気のするものでもなかった。

ねえ、ひいお祖父ちゃん。あなたの娘はもうとっくに八十歳を過ぎました。そして、怪我をして入院する前に、台南の夢を見たって私に言ったんです。台南に帰りたいとも。本当のことを言うと、最近は少し忘れっぽい部分が出てきたり、何か勘違いしたりすることも増えてきたけれど、でも、だからこそ私は、おばあちゃんが元気なうちに、生まれ育ったところを見つけ出すために、ここまで来ました。ひいお祖父ちゃん、あなたは本当にここで働いていたんですか？　あなたの想い出が、ここには一杯ありますか。あなたから見たおばあちゃんは、どんな娘だったんでしょうか。

展示されているパネルの中には、この糖業試験所の開所式のときの記念写真や、当時の製糖技術を示すものやサトウキビの栽培風景など、様々な写真があった。それらの中には地下足袋姿の男たちが一つ一つ重たそうな袋を肩に担いで船に積み込もうとしているものもあって、それを見た時には一昨日、偶然に出会った日本語が堪能な老人を思い出した。そうして室内を巡るうち、「台灣糖業年譜」という大きな額を見つけた。

一五七二―一六二七年　明萬曆崇禎年間福建飢民數萬東渡來台。

一六二四年　荷蘭人佔據台灣・開始獎勵台灣製糖事業。

年譜は、どうやら明の時代から始まっているようだ。そして、

一八九五年　日中戰爭我國戰敗・被迫將台灣割讓日本。

そこから日本が台湾全土で製糖事業を行うようになっていく様が、漢字だらけの年譜でも大凡(おおよそ)は読み取ることが出来る。ずっと見ていくと、ようやく見つけた。

一九三二年　台灣製糖試驗所在台南市設立。

一九三二年ということは、昭和七年だ。つまり、祖母はもう三歳だ。だが祖母はここで生まれたと言っていた。もしかすると記憶違いか、または試験所が完成する前に社宅が出来上がって住み始めていたのかも知れない。いずれにせよ、祖母の人生の記憶は、ここから始まっていることは間違いない。

その後は、小山のように土盛りがされており、鉄の扉が付いている半地下の防空壕に案内された。「防空壕」という言葉くらいは聞いたことがあったが、これが本物かと思うと、中に足を踏み入れるのが恐ろしい気持ちになった。おそらく相当な厚みのあるコンクリートで固められているのだろう。白熱灯で照らされているが、電気が消えたらただ真っ暗なだけの、ひんやりとして息苦しい空間だ。そして、室内には台湾各地の製糖

工場などが米軍から爆撃を受けている写真のパネルが展示されていた。

戦争中、アメリカ軍の攻撃がある度に、試験所の人たちはここに駆け込み、身を寄せ合って、爆撃が終わるのを待っていたのに違いない。そこには日本人もいれば台湾人もいたはずだ。何の罪もない人たちが無条件で狙われ、生命を奪われた時代。日本の一部だったから、狙われた台湾。

「この試験所の中には、社宅はありましたか？」

ずい分時間をかけて、ゆっくりと敷地内を歩き回った後で、未來は名前も知らないいまの男性に尋ねてみた。その時になって初めて、少し白髪のある人だと気がついた。服装がラフなせいもあって、ちょっと見た感じでは未來と同世代くらいに見えたのだが、本当はずっと年上なのかも知れない。

台湾の人って本当に見た目だけでは年齢が分からない。

「今はもうないらけど、昔、あっちの端っこにあったたって。行ってみる？」

洪春霞が通訳してくれる説明に大きく頷いて、広々としたまっすぐな道を歩く。二階建ての少し大きめの建物は、屋根近くに十字の格子が入った四角い窓があって、二枚のガラスが割れ落ちていた。今もこうして残っている建物の、果たして何割くらいが現役として使用されているのだろうか。

また途中で、普通よりもずい分小さな蒸気機関車が駐められているところがあった。

「昔は、この汽車で引っ張って、畑のサトウキビを工場にとか、砂糖になったものを港とか、運んらて——

掲げられているプレートに書かれている年号も、本来は日本時代だったはずのものを「民国」で表している。さっきの「台灣糖業年譜」は西暦での表記だったが、要するに現在の台湾に「昭和」は存在しないのかも知れない。または、してはいけないのか。

「あっちの畑ある、その向こうが社宅らったって」

今も誰かが住んでいる様子の家が二棟ほど建つ辺りを指して、洪春霞が案内人の言葉を訳した。未來は「あそこが」と呟きながら、何となく言葉にならない違和感を抱いた。今も家の建っているあの辺りというのなら、それほどの広さではない。この試験所に勤めていた人が何人くらいいたかは知らないが、その全員が住めるような場所だったとは到底、思えなかった。もしも鉄筋の団地のようなものだったとしたら、今も残っていても不思議ではない。

「ここは色々な研究をしていたんだろうと思うんですが、実際のサトウキビ畑は、あったんですか」

「こっちから向こうずーーーっとと、来たときにタクシー降りたとこの、道の反対側ずーっと、サトウキビ畑らったて」

時空地図を見る限り、確かにこの辺りは日本時代より以前は何もなかったことが分かる。そこに広大な試験所を作ったからには、働く人々は社宅を設けてもらわなければ暮らしようがなかったはずだ。そして、社宅を建てるなら職場の傍に決まっている。

試験所は竹篙厝（ちっこうせき）。住んでいたのは牛稠子（ぎゅうちょうし）。

牛稠子。牛さんのおうち。

昔の台湾では、サトウキビ栽培には欠かせなかったのが、牛だ。水牛やホルスタインなどではなく「黄牛（こうぎゅう）」というのだと、さっき教わった。

改めて地図に目を近づけて注意深く眺めてみると、竹篙厝庄と牛稠子庄とはこの糖業試験所を境にして、少し入り組んだ線になっている。かつてサトウキビ畑だったというところは、現在は「台糖花田」となっており、そのすぐ南がもう牛稠子で、今も牛がいるのかどうかは分からないが、とにかく小さな集落があることが見て分かった。

その時、ふとひらめいた。

「かすみちゃん、この辺りに行ってみたいんだけど」

地図を指して見せると、洪春霞は自分も地図に顔を近づけて、「結構、遠いぞ、ここまで行くと！」と言った。

「今、ここらろ？　歩いたんなら、こっち、門まで戻って、とことこ、とことこ、ぐるーて回ることとんなるらから、相当なもんらよ、これ。タクシー、呼ぼうか」

「うん、それでもいいよ」

未來が迷うことなく頷いたとき、ちょうど洪春霞のスマホが鳴った。明るい声を「ウェイ！」と張り上げて何か話し始めた洪春霞は、一瞬、スマホから顔を離して「李怡華さん」とウィンクを寄越した。

3

糖業試験所前の道は、道幅は広いが日曜日ということもあってか、交通量はそう多くなかった。その道の右端を、未來は洪春霞と並んで黙々と歩いた。曇っていなかったら瞬く間に汗だくになったろうが、今日は陽が射していないのと風が吹いているのでずいぶん分と凌ぎやすい。地図によると、もう少し行けば糖業試験所の敷地は終わって、その先に右に曲がる道があるはずだ。歩道もないし台湾は右側通行だから、歩いていると背後から車に追い越されるのがやはり落ち着かない。それでも街の中心部のように何十台ものオートバイが一斉に身体の横をかすめていくようなことはなかったから、さほど神経を尖らせる必要もなく、てくてくと歩く。

「ホント、ラメなタクシーなあ！」

隣では洪春霞が唇を尖らせている。せっかく糖業試験所前で降りるときに運転手の電話番号が記載されているカードを受け取ったのに、いざ電話をかけてみたら今は別の客を乗せていて、しばらくは迎えに行かれないと言われたのだそうだ。それなら配車センターのようなところに連絡すればよさそうなものだと思ったが、台湾の、ことに地方都市の台南にそういうシステムがあるのかどうかも分からないから未來は黙っていた。まあ、試験所の中をおおよそ端から端まで歩き回って、その広さは大体分かっているのだから、その外側を歩こうとすれば、どの程度の距離かということは、地図を見ただけでもある程度の見当はつく。確かに多少の距離はあるけれど、だからといって歩けないほどでもないと、未來自身はそれほど気にしていなかった。それでも洪春霞の方は「こんなことならバイクで来ればよかった」などと繰り返しては、ふくれっ面になっている。

「もう、なんでバイク乗って来るしなかったなあ」

「そうだよ。なんでそうしなかったの？」

「らって、雨降りそうかなあ思ったし、そうしたら未來ちゃん、前よりもっと怖がるに決まってるらろう？　お尻痛い言うしさあ、雨濡れないビニール着ても、手とか足とかは絶対ビショビショなるんらから、可哀想思ったしさあ。そんでホテル駐車場に置いてきたんじゃないかよ」

要するに、洪春霞なりに気を遣った結果らしい。未來は「そっか」と微笑みかけながら、これだけ歩くのだから、その後のお昼は何か美味しいものを食べようと提案した。

「今日もだいぶ遅いランチになっちゃうかも知れないけど、これだけ歩いたら、お腹もペコペコになるだろうから」

「まーじー？　じゃ、何食べようか、そうなあ、意麵（イーミエン）とかは？　未來ちゃん、鱔魚（シャンユー）食べる？」

「シャンユーって？」

「日本語なんらったかな、うーんと、タ、ウナギ」

「た、うなぎ？　うなぎ？」

「ちがう。タ、ウ、ナ、ギ」

「どんなの？　知らない」

「そっかー、タ、ウナギ食べたことないらと、ちょっと生臭いかも知れないなあ。鱔魚意麵、台南有名から、いいと思ったんらけど――そんなら、肉そぼろのってるご飯は？　エビものっけるのも、あるよ。あ、ご飯あと、スイカジュース飲もうか。未來ちゃん、スイカ好き?」

「うん、好き好き。スイカジュースなんてあるんだ」

「あるよー。甘くて美味しいんらよー。タネないから邪魔ならないし。マンゴーも美味しいよ」

どうやら食べ物の話をしていれば、洪春霞の機嫌はよくなるらしい。そんなところも幼く感じられて微笑ましい。確かにこの道は殺風景で文句の一つも言いたくなるが、未來としては、これから向かおうとしている先に果たして何があるのか、ひらめいた通りのものがあってくれはしないかと、出来ることならそちらの方に気持ちを集中させたかった。もしも本当に昔の社宅が見つかれば、さっき曾祖父に話しかけた未來の声が届いたような気持ちになるかも知れない。いや、きっとなるに違いない。そう考えると、むしろこうして少しずつ歩いて近づいていく感覚を大切にしたい、期待感が高まるのをじっくり味わいたい。

「それで、李怡華さんは何だって?」

「さっき、高鉄乗るらって」

「何だ、もう着いたんじゃないんだ」

「高鉄あっという間じゃん」

本当は来なくたっていいのに、と心の中で悪態をついているうちに、右手の先に真っ黒い布のようなものに包まれた巨大な温室らしいものが見えてきた。「蘭」の文字が大きく見える。地図上では「台糖花田」と書かれている場所だ。つまり、かつてはサトウキビ畑だったところが、今は台糖の、花の栽培所になっているということのようだった。

「台糖って、蘭の花も作ってるんだ」

「台湾、蘭どこでも綺麗育つから。日本に持ってったら高く売れるんらよな」

「そうだよ、胡蝶蘭なんて本当に高いよ」

「そういう蘭、台湾からいっぱい輸出してるよ」

「台糖もかな。すごいね」

「もう、何でもやってるよ。ガソリン売るステーションも、でっかいマーケットもあるし、何たってデカい会社からな」

日本時代の糖業試験所を、ここまできちんと保存して、しかも今現在も使っているのだ。それだけで相当な力と余裕があることは容易に想像がつく。だがそれも、もとはといえばすべて日本の企業だったのだと思うと、やはり何とも複雑な気持ちになる。悔しいとか悲しいとか残念だとか、そんな言葉では簡単に言い表せない、ただひたすらため息をつくしかないような、そんな感じだ。奪われたという気はしていない。だが、喜んで差し出したわけでもないだろう。ゼロから作った何もかもを残して去らなければならなかった当時の日本人のやるせなさのようなものを、どうしても思ってしまう。

つまり、私も日本人っていうことなんだ。

そんなことを意識したことは、これまで一度としてなかったと思う。だが、自分が日本人だからこそ、こんな気持ちになるのだと、今回初めて気がついた。これだけ大きな会社も、学校や鉄道、駅、軍の施設、それらの何もかもが、いや、この島まるごとが日本のものだったのだということに、こんなに気持ちが揺さぶられるとは思っていなかった。惜しかったというのではない。もともとの台湾人に対しては、ずい分と申し訳ないこともしたのだろうと思っている。だが、それはそれとして、ここに根を張り、あるいはここで生を受けて、この台湾が自分たちの生きる場所だと信じ切って暮らしてきた大勢の日本人にしてみれば、いかにも無念だったに違いないと思うのだ。

要するに、戦争に負けるということは、そういうことなのだ。島一つでさえも住む人の気持ちなどに関係なく、国と国との間で勝手にやり取りされる。たとえ戦地に赴くのでなく、また爆撃などの被害を受けることがなくても、すべての人が必ず何らかの影響を受ける。祖母のように生まれ故郷を失うことになったとしても、着の身着のままで日本に帰らなければならなかったとしても、生きていられただけでありがたいと思わなければならない。おそらく、そういうものなのに違いなかった。

毎年、終戦の日が近づく度にテレビでは戦争や終戦に関係する番組を流すし、それこそ声優時代には、当時のことを描いた短いアニメのアテレコの仕事が回ってきたこともあった。女はみんなもんぺ姿で、防空頭巾を被って、空襲に怯え、火の粉が降る中を逃げ惑うシーンだった。だが、そんな程度の仕事を経験していたところで、現実としてそういう時代があったということは、今を生きる未來には実感としては容易に分かるものではなかった。それなのに旅先の、しかもこんな町外れを歩きながら、さっき入った防空壕や、建物の壁に残る機銃掃射の跡のことを思ったり、こんなに、あれこれと考えさせられることになるとは思わなかった。

蘭を作っているらしい「花田」を通り過ぎると、地図の通り右に曲がる道があった。今度は車線もなく、車がやっとすれ違える程度の道だ。だが道ばたに駐められている車は何台かあるものの、実際に通り過ぎていく車はまったくない。

右手には蘭の温室と試験所の煉瓦塀、左手は畑のようで、そうでなさそうでもある、がらんとした空き地だった。未來はためらうことなくその角を右に曲がり、またもや殺風景な中を歩き続けた。行く先に遠く住宅群や新しい高層アパート群らしいものが見えている。もしかすると、ここも近いうちに桶盤浅（とうばんせん）のような感じになっていくのだろうか。

祖母は、この道を通ることがあったろうか。その頃は、この左手もサトウキビ畑だったのかも知れない。サトウキビ畑の真ん中を突っ切るように歩くとき、どんな風が吹いて、どんな音が聞こえただろう。もしかすると住み慣れた家を捨てて、一家でこの土地から去らなければならなかったときも、この道を通っただろうか。

曾祖父母と祖母、そして祖母の弟妹たちがひとかたまりになって、とぼとぼと歩いてくる姿が目に浮かぶようだ。曾祖母と女学生だった祖母はもんぺ姿。曾祖父は、昔ドラマで見たような国民服だったかも知れない。大人も子どもも一つずつ荷物を背負って。

本で読んだところによれば、引き揚げ時は、持って帰れる現金は額を決められ、手荷物もごくわずかと限られていて、他は何もかも置いていったということだ。そうなると、家の壁に飾っていたかも知れない絵も、お気に入りのレコードや人形も、子どもの頃から大切にしていた玩具、ピアノ、食器、晴れ着、もしかしたら教科書やノートだって、すっかり置いて来なければならなかったかも知れない。そんなときの気持ちといったら、どんなものだったか。金魚だって飼っていたかも知れない。犬とか猫だって。それから友だちとの別れもあった。もしかしたら、恋しい人との別れも。

胸の奥がきゅん、となった。思えば祖母は、終戦の年に十六歳。今と時代が違うとはいえ、そして、いくら戦争中だったからと言ったって、好きな人がいなかったとは限らない。

「あーん、やっぱり遠いよう！」

隣を歩く洪春霞が、また大げさなほど哀れな声を出す。お蔭で思考が途切れた。だが、それに文句を言う筋合いではなかった。洪春霞にしてみればいい迷惑に違いないのだ。彼女は単に李怡華の代役として急に駆り出されて、こうしてつきあってくれているに過ぎない。それを思うと、かえって「ごめんね」と言わずにいられなかった。

「もうちょっと頑張って。ほら、向こうに見えてきた、家がたくさん建ってる辺り、あるじゃない？」

「そうけど。あれは台湾の家」

「もう少し近くまで行ってみたら、違う家も見えてくるかも知れない」

洪春霞と同時に自分のことも励ますつもりで言ってみる。しばらく歩くうち、次第に家並みがはっきりと見えてきた。いかにも雑然とした、寄せ集めのような家々。たとえ、同じような建物が連なっていたとしても亭仔脚も前庭のようなものもなく、むしろ無機的な印象さえ与える四角い建物が隙間なく並んでいるばかりだ。少し古そうな家々は外塀に金属製の門扉がついており、背の高い塀の上はすべて金属の格子で囲まれている三階建てほどの建物だった。格子部分に、遠くからでもハンガーに吊された洗濯物が引っかけられているのが見えた。

台南に来て、一般の住宅を見て未來がまず不思議に思ったのは、どの家も三階建てくらいで、家々の間口は狭く、外塀がどれも高い上に、塀の上には鉄の格子ばかりでなく、ガラスの破片や釘が埋め込まれたりしている家が少なくないということだ。門扉は必ず金属製で、中が何も見えないようになっている上に、窓という窓には格子が取りつけられている。その厳めしい外観からは、いかにも外敵を警戒している、よそ者には一歩たりとも近づくことさえ許さない、そんな警戒心が強く伝わってきた。無論、下町の商店などは、一昨日出会った陳老人の家のように入口は引き戸で、開ければすぐに居間になっているようだったが、そうでない場合は、まるで要塞のような家が隙間なくびっしりと建ち並んでいる。あまりにも隙間がないから、果たして戸建ての住宅なのか集合住宅なのかも、一見したところまるで分からない。正直なところ、高級住宅なのか普通程度の家なのかすら判然としないほどだ。

「ねえ、二階までは、まだ分からないじゃないけど、どうして三階にまでどの窓にも格子がついてるの」

「こーし？」

「ほら、ああいう、柵みたいなの。窓に」

「知らない」

「あれ、日本人の感覚だと、外から誰か入って来ないようにつけるんだと思うんだ。そんなに泥棒が多いの？」

「こんな田舎で、そんなことない思うけど。でも考えてみたら、ウチもそうらな」

「なんで？」

「知らない。アレ違うか、窓と、ほら、一緒なって売ってる」

「本当？」

「知らない」

右側はまだずっと煉瓦の塀が続いている。とりあえず、その塀伝いに糖業試験所の真裏辺りまでは行ってみたかった。社宅というからには、職場のすぐ近くにあったはずだと思うからだ。しかも時空地図を見る限り、日本統治時代のこの辺りは、試験所の裏にほんの少しの集落があった他は、それらしいもののあった形跡がない。

「ねえ、未來ちゃーん、ホントにそんなの、あるかなあ」

疲れてきたのか、洪春霞が次第に駄々っ子のようになってきた。「頑張ってよ、私より若いんだから」と言いながらも、未來は、果たして自分の思い違いか、そうでなければ、やはり七十年余りの間に古い社宅などはすべて取り壊されてしまったのかも知れないという気持ちになってきて、自分も次第に気力を失っていきそうだった。

「えー、もう、そんなに若くないよー。もうすぐ三十らもんなあ」

「ほら、若いよ。私はもう三十二だからね」

「そんなことといったってー」

真っ直ぐのびる道の突き当たりに、やがて一軒だけ、ぽつりと赤い屋根の家が建っているのが目についた。近づいていくにつれ、それが日本式の瓦屋根らしく見えてくる。

「あそこに赤い屋根、見えるよね。あれ、日本の家じゃない？」

「あの、真っ赤の？」

「そう、あれ。どう見ても日本の家だと思うな。取りあえず、あそこまで行こう」

洪春霞が仕方なさそうに「うん」と頷くのに微笑みかけて、未來は歩き続けた。洪春霞のことは言えない。実を言えばこちらも試験所に着いてからだと二時間以上、いや、そろそろ三時間近くも、ずっと立ちっぱなしの歩きっぱなしだ。好い加減、疲れを感じないはずがない。コンビニでもあればひと息入れたいところだったが、そんなものも見当たらないし、この一本道では道ばたに腰掛けるようなものさえ見当たらない。それでも、ここまできて諦めるわけにはいかなかった。さほどの暑さではないと言いつつも汗はじっとりとかいているし、ジーパンが腿に張りつくように感じる。

糖業試験所の煉瓦の塀の向こうが、いつの間にか蘭の温室ではなくなり、ところどころにパパイヤやバナナの木などが植わってはいるものの、その他は何となく茫々とした草むらのようになった。

赤い屋根の家がようやく近づいてきた。家全体をはっきりと視界に捉えたとき、未來の心臓はとん、と小さく跳ねたように感じた。屋根の鮮やかな赤い色は、後から塗ったものかも知れない。その屋根に長い庇を継ぎ足して、家をぐるりと取り囲んでいる白い外塀に直結させているから、この家もまた要塞のような雰囲気になっている。だが、平屋建ての建物は明らかに日本時代の瓦葺きの屋根を持った家で、しかも、それなりの大きさがあった。

振り返ると、糖業試験所とは反対側の空き地の向こうには台湾式の住宅がごちゃごちゃと建ち並んでおり、さらに向こうにはさっきから見えている十数階建ての高層アパートが何棟も並んでいた。その風景は、この土地が日本時代を経て台湾になり、新しく入ってきた人々を受け容れ、さらに一定の年月を経過して今また新しい時代に入ろうとしているという、時の流れを重なり合わせている風景そのものだった。

4

未來が赤い屋根の家の写真を何枚も撮っている間に、その家の脇からさらに細くなっている道を歩いていた洪春霞（こうしゅんか）が、「未來ちゃん！」とこちらに手を振った。未來ははやる心を抑えるように、わざとゆっくりと洪春霞に歩み寄りながら辺りを見回して、思わず大きく一つ深呼吸をしなければならなかった。今度こそ、足が止まる。

「――あった」

そこには台湾式の家々に混ざってはいるものの、確かに古い日本家屋の屋根が並んでいた。

茶色い、または赤黒い瓦屋根の小さな日本家屋が、一軒、二軒と軒を連ねて並んでいる。どれも相当に古びていて、煉瓦の外塀のものもあれば、台湾式に背の高い壁に鉄格子まで取りつけた塀もあったが、家そのものはすべて同じ造りだ。それらの家々はちょうど、今でも日本各地で見かけることのある、昭和の名残の市営住宅と似ていた。

たとえるならちょうど魚の骨のように、一本の道から両側に分かれている何本もの小さな路地がある界隈だった。その一本を覗いてみる。すると、その路地こそ、かつてはずっと日本家屋ばかりが並んでいた道に違いないことが一目瞭然だった。名残というほど微かではなく、むしろ日本家屋の方が多い。手前の家の玄関脇に貼り付けられた古ぼけた住居表示を見ると、確かに「牛稠子」の文字が見えた。

見つけた。

胸が詰まる。

本当にあった。

本当に見つけちゃったよ、私。おばあちゃん。

身体の奥底から震えにも近い感覚が上ってきた。未來は何度も深呼吸を繰り返して、湧き上がる興奮を抑えるように、ゆっくりと歩を進めた。鼓動が速くなっているのが分かる。この中のどこかに、実際に祖母が住んでいた家があるのだ。戦争さえなかったら、そして曾祖父の仕事を祖母の弟か誰かが継いでいたら、もしかしたら今だって、そこには祖母と血のつながった誰かが住み続けており、未來も夏休みなどに訪ねることがあったかも知れない。この中のどこか一軒が、そういう家に違いない。

路地はさほど長くなく、片側に十軒ずつほどの小さな家が連なる先は行き止まりになっていた。両側にまだ多く残る日本家屋は、路地によっては小綺麗に手入れされて、屋根の色も新たに塗装され直したのか、鮮やかな赤色のものもあれば、もともとが赤だったのか黒っぽかったのか判然としないような、全体に古ぼけている路地も、さらにまた、荒れるに任せている様子の路地もあった。左右の家が互いの塀を使って路地に竿を渡し、道幅一杯に洗濯物を干しているところもあれば、煉瓦の塀の向こうから、いかにも南国らしい棕櫚（しゅろ）や椰子の葉が、溢れ出すようにもっさり顔を出している家もある。これも台湾らしく、大概の家が塀の外にバイクを駐めているだけでなく、何を詰め込んでいるのかスーパーのポリ袋のような、青や赤といった色つきの袋をずらりと並べてある家もあった。ちょっとした空き地があると、そこには日当たりの良いところを選んで、竹製のザルの上で葉物野菜を干してある。

「こうやってお日さま干しして、そっから塩漬けにするんら。それやっとけば、野菜ないときも食べれるらから。たくさん作っとけば、お金かかんない」

そんな野菜の保存方法一つ見ても、かつて日本人が暮らした社宅は、今や完全に台湾庶民の生活の場と化していることが明らかに窺える。路地の途中で立ち話をしている二人の老婆が、ちらりとこちらを見て、また互いの話に戻る。家の前の道ばたにコンロを持ち出して、地べたに置いたフライパンには生卵が落とされており、どうやらここで卵を焼こうとしているらしい老人もいた。よそ者の未來はさぞかし目立つはずなのに、彼らは人のことなど何ひとつ気にならない様子だった。辺りはひっそりと静かで、他には道を行き来する人の姿もない。

塀に這（は）わせたブーゲンビリアが濃いピンク色の花を咲かせている家があった。軒下にトタンで大きな庇をせり出させている家が多く目についた。植木が育ちすぎて家全体が呑み込まれかけている家は、もう人は住んでいないのだろうか。外壁も何も取り払われて、珍しく広い庭があるものの、既に廃屋となったらしい家がむき出しになっているところもあった。

何となく足音を忍ばせる気分で、そろり、そろりと歩きながら写真だけは撮りまくり、また新たな路地に足を踏み入れてみる。今は台湾の住居表示になっているから、たとえ祖母が昔の住所の所番地まで覚えていたとしても、これ以上、特定することは出来なかっただろう。ここに住んでいる人たちは皆、日本人が引き揚げていった後でよその地から移り住んできた人たちなのだろうから、以前の住所など知るはずもない。住人に苦情を言われないように気を配りつつ、あらゆる家々の写真を撮りながら何本もの路地を出たり入ったりしているうち、こぢんまりした家ばかりが並んでいる路地と、それよりも少し大きめの家が並ぶ路地があることが分かってきた。ここへ通ずる道の入口にあって遠くからも見えた赤い屋根の家は、中でも抜きん出て大きいことが分かる。

きっと、社宅にもランクがあったんだ。独身用と家族向けとか、平社員用と管理職用とか。

そんなことを考えながら、また次の路地に足を踏み入れる。屋根が赤いのは同じだが、一番小さいタイプよりも、おそらく一部屋か二部屋分くらい大きな家の前にさしかかった。珍しく金属製の門が大きく開かれていると思ったら、代わりに背の低い木の柵が入口を塞いでいて、その向こうに薄茶色のプードルがいるのが見えた。

「あ、可愛い」

ついつい、腰を屈めて小さな犬をよく見ようとすると、プードルはぴょんぴょんと跳びはねるようにして近づいてきた。「いい子だねえ」と笑顔になって、思わずスマホを構えようとしたときだった。その向こうに人がいることに気づいた。玄関先に椅子を出して、水色のポロシャツにショートパンツ姿の太った女性が腕組みをして椅子に腰掛けたまま、こちらを見ている。こめかみの辺りがひやりとした。

咄嗟に何か声をかけたいと思う。だが、言葉が出ない。第一、その女性のまったく無表情な顔が恐ろしかった。未來は慌てて立ち上がり、助けを求めるように少し遠くにいた洪春霞を小声で呼んだ。近づいてきた彼女に囁くように「人がいた」と伝えると、洪春霞は女性の方を見て、すかさず「你好(ニィハオ)！」と声をかけてくれた。

「ごめんなさい、わんちゃんが可愛かったものだから、つい写真を撮ろうとしました」

未來の言い訳を通訳するだけにしては明らかにずい分長く、洪春霞はそれから女性に何事かを滔々(とうとう)と話し始めた。すると、椅子に座っていた女性は無表情のまま、ゆっくりと立ち上がって、大きな身体を左右に揺するようにしながら門の傍までやってくる。年齢はよく分からないが、とにかく若くはない。腫れぼったい顔は目立つほど日に焼けている上に、眉間や額、目尻にも、また顎の辺りにまで何本もの深い皺が刻まれていた。

やがて、その女性は洪春霞の話にぼそり、ぼそりと受け答えし始めた。

しばらく話をしていた洪春霞が、「やっぱり、そうらって」とこちらを振り向いた。

「今ね、聞いてみた。ここ昔、日本人家でしたか。そうしたら、この婆ちゃん、『ここは私、生まれた家なんらよ。生まれたときから住んでる。けど、その前、日本人住む家でしたよ』って。じゃあ、ここ、あそこの試験所働く人たち住む家でしたか聞いたら『そうだよ。今もここに住む人たち、もともと台糖で働いた人たちと、その家族』なんらって」

洪春霞は、未來が尋ねたいと思っていたことを、そこまで聞いてくれていたのだ。

「やっぱり！」

未來は思わずため息混じりに大きく頷いて、改めてその女性の住む家を眺め回してしまった。玄関の引き戸には、網戸のようなものが取り付けられてあったり、玄関脇にはトタンの壁が張り出していたりして、あれこれとつけ足してある部分はあるようだ。門から玄関までも、鉢植えの他にビニール袋やら何かの壺、ゴミなのか使うものなのか分からない色々な物が置かれていて全体に雑然としている。だが、家そのものは紛うことのない日本家屋だ。

「実は私は日本から来ました。私のおばあちゃんが日本時代、この辺りに住んでいたというので、探しにきたんです」

洪春霞に通訳してもらっても、老女の表情はまるで動かない。ただ、未來が話し、洪春霞が訳す度に、首を交互に動かし、時折、ぼそぼそと抑揚のない口調で何かを言った。

「もうすぐ近くに駅が出来るんらって。そしたらこの辺の土地、値段上がるらから、新しい家どんどん建つんらから、そうなったら、ここ壊すじゃないかて」

「そうなんですか？　じゃあ、今来なかったら、この風景はもう見られなかったかも知れないんだ」

この幸運。ああ、ひいお祖父ちゃん！

今、家の中は果たしてどんな風になっているのだろう。だが、たまたま声をかけただけの人に、中を見せて欲しいとまでは、とても言うわけにいかない。第一、この女性の無表情が、どうしても引っかかった。せっかく話を聞くチャンスだと思うのに、これ以上どうしたらいいだろうかと考え始めたそのとき突然、ガラガラッと玄関の戸が開いて、家の中から猛然と、背の高い女が飛び出してきた。この暑いのにダブダブの地味な作業服っぽい長袖ジャンパーを着て、その下から見えているのは明らかにパジャマらしい、鮮やかなピンクと黄色の地に柄の入ったフリース地のズボンだ。裸足にゴム製のサンダルを引っかけ、彼女は自分の足もとにプードルがじゃれつくのも構わずに突進してくると、まさしくマシンガンのような勢いで洪春霞に何か言い始めた。

ヤバい。

怒ってる。

そうとしか思えない勢いだった。未來はすっかり怖じ気づいてしまい、そのまま簡単に謝って逃げだしてしまいたい気持ちに駆られた。それなのに、洪春霞の方は別にどうということもない表情で、うん、うん、と頷いたりしている。一体何を話しているんだろうか、とにかく先に謝った方がよくはないかと、未來は一人でオロオロしていた。背後に控えている老女の無表情も空恐ろしいが、飛び出してきた女も異様に見える。

年齢は未來と同じか少し上くらいだろうか。ボブカットというより単なるおかっぱ頭に見えるのは、前髪を子どもが使うような、いわゆる「パッチン留め」で留めているからだ。青白い顔に化粧気はまるでなく、細い目はつり上がり、眉もほとんどない。頰は肉がそげたように細かった。大げさなほどの身振りを加えながら、彼女は唾を飛ばす勢いで喋っている。

「あのね」

しばらくして、ようやく洪春霞がこちらを見た。

「よかったら、この辺を案内していいですか、見ますかって。この家は古いのまんまらけど、周りはどんどん変わってて、今と昔、全然、違うんらって」

洪春霞が話している間に、その女はもう木の柵を開いてゴムサンダルをパタパタと鳴らしながら、早足で路地を進んでいく。小さなプードルが跳びはねるようにその後を追っていった。

「な、何なの、あの人、ものすごく怒ってるんじゃないの？」

「なんで。ぜーんぜん、怒ってないよ。親切言ってくれてる」

「あの喋り方で？」

「あの婆ちゃんは、彼女のママね。ママ、知らない人と何喋りますかって、びっくりして出てきたんらって。ママ普段、人と喋んないから」

洪春霞が説明してくれている間に、女性は既に路地の外の通りまで出ていて、未來たちが追いつくか追いつかないかのうちに、昔はあの向こうに駄菓子屋があった、その隣には文房具店があり、アイスクリームを売る店もあった。今、空き地になっているところにはプールもあったし、あそこの空き家になっている建物では、映画が上映されることもあったなどということを、それこそ何の脈絡もない様子で、ただ一方的に話し始めた。洪春霞も通訳するのに追いつけない勢いだ。それでも彼女は懸命に、とにかく女性が喋ることを片っ端から日本語にしようとしてくれた。

「今は年寄りばっかりらけど、この人小さいときはもっと子ども多かったんらし、お店も色んなのあって、賑やからって」

要するに、日本時代からあった商店や施設などが、女性が幼い頃には、まだずい分と残っていたということかも知れなかった。とにかく今とは多少なりとも異なる雰囲気の町並みだったということだ。そしてそれは、本当に日本らしい家並みだったのだろう。それらが櫛の歯が欠けるように次第に姿を消していったのに、少なくとも数十軒はあるだろうか、赤い屋根の社宅群だけが辛うじて今も残っているのが、まるで奇跡のように感じられる。

とにかくやたらと早口で喋りまくる女性は、その辺りをぐるりと一周すると再び愛犬と共に自宅の前まで戻ってきて、ようやく立ち止まった。お利口らしいプードルは、さっさと門の中に入り、さっきと同様に玄関前の椅子に腰掛けて、腕組みをしている老女の傍にお座りした。

「未來ちゃんのこと、どこから来た人ですか聞くから日本の東京って言ったよ」

「うん、はい、東京から来ました」

未來が頷いて見せると、女はふう、と大きなため息をつき、それから天を仰ぐようにして何か呟いた。喉仏の辺りがごくりと動き、尖った顎が微かに震えているなと気づいたとき、彼女は再び何かを言った。すると洪春霞が、いきなり彼女に抱きついた。

な——今度は何？

わけも分からず眺めている間に、女は天を仰いだままで涙を流し始めている。驚いたのは、それと一緒に、何と洪春霞までが泣き始めていることだ。

「ど——どうしたの。何があったの」

未來が目を丸くして尋ねても、二人はしばらくの間、互いに抱き合って涙を流していた。どれくらいの間だろうか、二人はしばらくそうしていてようやく身体を離すと、目を赤くした洪春霞が手の甲で涙を拭いながら、「あのな」と言った。

「今、この人言った。『もしも今、一つだけ願いがかなうしたら』——」

「もしも今？」

「もしも今——この人、毎日、朝と夜と、お祈りしてるらって。そんでもって、もしも一つだけ願いかなうしたら——自分背中に鳥みたい羽つけて、東京まで飛んでいくさせてください」

そこまで言って、洪春霞はまた涙を流している。背の高い女性も、今や全身を震わせて泣いていた。未來は、何をどうすれば良いかも分からないまま、ただ胸を締めつけられる気持ちで、とにかく自分も女性の背中に手を回した。かつて日本人が建て、暮らした家に住んでいる台湾人の女性が、どうやら決して恵まれた環境にいないらしいこと、何かの苦悩を抱えているらしいことだけが分かる。服装もどこか異様なら、未知の人間の前でいきなり泣き出すことも、普通ではそう考えられることではない。よほど思い詰めているとしか考えられなかった。

「あの——元気、出してください」

通じないと分かっていながら言っていた。未來の手のひらに伝わる、男物らしいダブダブの作業用ジャンパーは明らかにひんやりと垢じみていて、微かにすえたような臭いが鼻をついた。

「出たい——私、この家、出たい」

未來の耳元に、意外なことに日本語が聞こえてきた。

5

デパートの地下にあるフードコートは大勢の家族連れなどでかなりの賑わいだった。その片隅のテーブルに陣取って、さっきから洪春霞（こうしゅんか）は頰杖をつき、ずっと横を向いている。あれだけ昼食は美味しいものを食べよう、台南料理で他にも食べさせたいものがあると意気込んでいたのに、ようやく呼ぶことの出来たタクシーで街の中心地まで戻ってきたと思ったら、彼女がタクシーを横付けさせたのは、何と三越だった。

「三越って、あの三越？」

「あるよ。三越、台湾いーっぱい」

それにしても広いフロアーだった。その上、さすがに三越だけあって、地下の食料品フロアーに入っている店も日本とほとんど変わらないようだ。フードコートを取り囲む飲食店の中にも、うどん店やカツ丼店など、日本食の店がそのまま並んでいて、まるで外国という感じがしない。

「ここでいいよな、もう疲れたし。ここらったら涼しいらし、雨降ってきても安心し、何でも好きもの食べればいいんらから。李怡華（リーイーファ）さんと待ち合わせするのも楽し、スイカジュースもあっち売ってるからさ」

さっきの女性と出会ってから、洪春霞の様子は明らかに変わっていた。機嫌が悪いというのでもないだろうが、何となく投げやりというか、面倒くさそうな様子にも見える。その理由が、未來にはまるで分からなかった。初対面だったはずなのに、一体、さっきの女性と話していて何が洪春霞を刺激したのだろうかと思うばかりだ。もしかすると、台湾人同士にしか分からないことなのだろうか。日本人の自分が聞いてはまずいのか。

相当に空腹なつもりだったのに、そのピークもとうに過ぎてしまい、さらにさっき見た光景が頭にこびりついているせいか、胸が一杯であまり食べられそうな気がしなかった。結局、飲食店をぐるりと一周した挙げ句、未來は日本でもよく見かけるチェーン店のうどんを食べることにした。出汁（だし）の香りが懐かしい。トッピングには油揚げ。刻みネギを山ほど盛って、七味もたっぷりかけて。まるで契約社員だったときの遅いランチの気分だ。洪春霞の方は別の店でカツ丼を選んだ。途中で李怡華から電話が入ったときだけ、彼女は口元に手を添えて早口で会話していたが、あとはお互いに無言のまま箸を動かすことになった。

今、未來の手元には一枚の名刺がある。

まったく聞いたことのない会社名と、「営業部長」という肩書の入った、男性の名前が刷り込まれた日本人の名刺。さっきの女性から手渡されたものだ。裏には彼女の名前がその場で書き込まれていた。

劉慧雯(りゅうけいぶん)。

走り書きのようだが、なかなか美しい文字だった。これだけ画数の多い漢字を、よくもさらさらと書けるものだと感心する。彼女は、ほんの片言の日本語は話すが、会話はほとんど無理だということで、あとは洪春霞が通訳してくれた。

「日本に帰ったら、この名刺の人に連絡をして欲しい」

それが彼女の願いだった。そして、未來がどう答えたものかと迷っている間に、急に話題を変えるように、もしもこの家の歴史を知りたいのなら、それはそのまま、あそこに座っている母親の人生を語ることになるが、聞きたいと思うかと言ってきた。あまりに唐突な話に一瞬、面食らいながらも、未來はほとんど反射的に「ぜひ」と即答してしまっていた。もしかしたら、この家そのものは祖母が暮らした家ではなかったかも知れないが、日本人が残していった家に、その後住み着いた人たちが、果たしてどんな風に家を使い、どんな人生を歩んだのか、聞いてみたいと思ったからだ。

「明日の昼過ぎなら、もう一度来ていいんらって。その前、朝から、ママは病院行かなきゃならないんらから、帰ってきて話、しますって」

「つまり、明日もう一度、ここにうかがってもいいんですか?」

「らいじょぶ、構いませんって」

そのひと言に、未來はすっかり舞い上がってしまって、彼女から預かった名刺のことなど深く考えることもしなかった。

もう一度、あの道を歩くことになった。

あの赤い屋根の大きな家を目指して、その先の路地を行く。うどんをすする間も、さっき見た町並みや糖業試験所の煉瓦の塀、小さな赤い屋根の連なり、幼い日の祖母が遊んだかも知れない路地などが次から次へと甦ってくる。もう一度、訪ねていけるのなら、今日とはまた別の、新たな発見もきっとあるに違いない。その上で劉慧雯という女性と、その母親の話を聞けば、あの家がたどってきた運命が分かる。そうとなれば、これから来るという李怡華(りいか)に対しても、ちゃんとした態度で接して、きちんと通訳を頼まなければならないだろう。

そんなあれこれを考えながら、目の前の洪春霞に目をやれば彼女は相変わらず、この三日の間に一度も見せたことのない、何とも浮かない表情のまま、テーブルに顔を突き出すようにしてもそもそとカツ丼を食べていた。劉慧雯という女性と会った途端の変化だ。聞いてはいけないかとは思うが、それでも、気になる。

「ねえ、かすみちゃん」

互いに昼食をとり終えて、洪春霞がどこかの店からスイカジュースを買ってきてくれたところで、未來は思い切って切り出した。初めて飲むスイカジュースはほんのり甘く、確かにスイカそのものの味がする。

「何か、あった?」

洪春霞は黙ってスイカジュースをひと口飲み、今度は背中を丸めてテーブルに突っ伏しそうな格好になっている。その姿勢のまま、彼女はしばらくの間、ふくれっ面のように唇を尖らせて、何を言おうか迷っている様子だった。

「ねえ。さっき、あの人、急に泣き出したよね？」

「うん――泣いてたな」

「それで、かすみちゃんも一緒に、泣いたでしょ」

「それは――うん。らってさー――」

洪春霞は、今度はテーブルの上にぐっと両腕を伸ばして、本当に突っ伏しそうな姿勢で、「らってさ」と繰り返した。

「可哀想と思ったのとさー」

「あの人が？」

視線をテーブルに落とし、彼女はさらに唇を尖らせて、深々とため息をついている。一体、何がそれほど洪春霞を動揺させ、また憂鬱にさせたのだろう。

「ねえ、未來ちゃん」

虚ろに見える表情で、洪春霞がつぶやくように未來を呼んだ。

「私の日本語な、百点満点で言ったら何点なる？」

「百点満点で？」

思わず「うーん」と唸ってしまった。

「それはちょっと、難しい質問だね」

「やっぱな。言葉、汚いんらよな」

へえ、自覚してるんだ。未來は再び「うーん」と口ごもりながら、自分の中で何とか彼女を励ませる言葉はないものだろうかと考えた。あれこれ言いながらも、その場その場できちんと通訳の役割を果たしてくれていることを考えれば、洪春霞の能力は高いと思うのだ。だが、本人も自覚している通り、言葉の荒っぽさというか乱雑さは、正式な場ではほとんど通用しないようにも思う。

「ホントの話、したら、未來ちゃんは私をけーべっするかな」

「けーべっ？　あ、軽蔑？」

「けーべっつ、言葉あるよな？」

「あるよ、あるけど、どうして私がかすみちゃんを軽蔑しなきゃいけないの？」

洪春霞は、今やテーブルの上でまどろみかけている人のような姿勢になりながら、それでも瞳は一点を見据えている。

「私なあ――日本語習うの、台北の日本語学校も行ったんらし、日本でもちょっとらけ行ったんらけど」

洪春霞はつまらなそうな顔で、「らけどー」とまた言いよどむ。

「――ホント日本語覚えたは、働いた場所」

「そうか――そうなんだね」

洪春霞の経歴を、未來はまったく尋ねていない。わざとというわけではないが、最初から会話がとんとんと弾んだせいもあったし、彼女がどんな経歴の持ち主であろうと、未來には関係ないことだという割り切りの気持ちがあったことも確かだ。

日本行って、働いて、そこで会った人、色んな人、言葉教えてもらって。日本でもホントはちゃんと真面目に学校行ったらよかったんらけど、お金稼がないといけないもあったから」

「――そうなんだ」

「未來ちゃん、知らない世界らよな」

このまま聞かずにおこうかと思う。いいよ、話さなくてと言ってしまえば済むことだ。だがそれを、彼女に対する拒絶と取られてしまっては、洪春霞は余計に傷つくことになるかも知れない。こんな打ち明け話を、どんな顔をして聞けばいいのか、未來はほのかに甘いスイカジュースをそっと飲みながら、ただ黙っていた。

「キャバクラてさあ、分かる？」

「うん――分かるよ」

「私、二十歳すぎたくらいから、日本行って、キャバ嬢してたんら」

「そう、なんだ」

以前の未來なら、一瞬退いてしまうところかも知れなかった。だが、もうこの歳だ。ちょっとやそっとのことで動揺などするものではなかった。それに今どきキャバ嬢をしていたと聞いて驚くものなど、そうはいないと思う。実際、売れない声優仲間にはキャバ嬢で生計を立てている子もいたし、それ以上の、本当の風俗店で稼いでいるという噂の子もいた。好きでやっているわけではなく、そうでもしなければ声優のギャラだけでは食べていけない上に、大学の奨学金も返さなければならないからだという話だった。

「けーべっつしないの」

「するわけないよ。だって、働かなきゃならなかったんでしょう？　それで、どこの地方で働いてたの？」

「あっちもこっちも——仙台、長野、岐阜、えーと、福岡らろ、埼玉、まあ色々な」

そんなに何カ所も転々としていたのかと、これにはいささか驚いた。

「らけどさー、キャバ嬢は若くないとラメなんらよな。そんでー、二十五過ぎたときくらいからは、スナック仕事なった。水戸らろ、そっから横浜、名古屋も働いたよ」

自分よりも年下の洪春霞が、まるで日本列島を彷徨うようにしながら、懸命に働いていたらしいことが、未來を神妙な気持ちにさせた。そう言われてみれば、洪春霞の少しばかり鼻が大きくて唇の厚い顔立ちは、しっかりしたメイクによく映えそうだ。その上、明るい表情やよく笑うところ、独特の日本語とズバリとした物言いなどは、意外に客受けするかも知れないという気もする。

「そうだったんだ」

だが、ここで同情してはかえって申し訳ないことになるだろうかと考えていたとき、洪春霞はまた大きなため息をついた。

「さっきな、劉慧雯さん、あの人も日本で働いてたって言ったんら。ずーっと、何回も行って、スナックで働いてたて」

「あの人も？」

「あの人は、ずっと東京らったって」

「ねえ――どうしてかすみちゃんも、さっきの人も、そんなに何回も？」

「三カ月以内らったら、ビザいらないから。一回、行って、九十日まで働いて、帰ってくる。それ、何回もやる」

つまり、入管に目をつけられないために、彼女たちはそうやって小刻みに、日本と台湾とを行き来してきたということか。そうまでしなければならない理由が、洪春霞にも、さっきの女性にもあるということだろうか。

「ねえ、それで今、かすみちゃんは何してるの？」

ぐったりしたままのようだった洪春霞は、やっと姿勢を起こして、先月までは台北で働いていたと言った。

「りんしんぺーるー、知ってる？」

「りんしんぺーるー？」

「林森北路ね、日本人の駐在員さんとか行く店、ものすごく多いとこ。居酒屋らろ、スナックとか、カラオケ、ホテルとかさ」

「そういうところがあるんだ」

「そこの、日本人客さん多いスナックにいたらけど」

家族連れで賑わうデパートの地下で、洪春霞は今度は椅子に背を預け、首を大きくそらすようにしてため息をつく。

「も少ししたら、やっぱりまた日本で働くかなあ」

周囲の雑音にかき消されそうな呟きを聞き、彼女の白い喉頸(のどくび)を眺めながら、そうまでして働かなければならない理由とは何なのだろうかと思ったとき、洪春霞の背後に、くすんだ赤い地に白いストライプのポロシャツを着た人物が立った。見上げると、例の眼鏡をかけた年齢不詳の顔がこちらを見ている。李怡華だ。

「やっと見つけました」

洪春霞が、ぱっと姿勢を元に戻して「ああ、李さん！」と笑顔になる。だからというわけではなかったが、未來も一応、目を細めて微笑んで見せた。

「デパートで昼ご飯ですか？」

李怡華は辺りを見回してから、自分も隣のテーブルの椅子を引き寄せてきて腰を下ろす。そして、相変わらず学生のような眼鏡の顔で、未來を見た。

「お祖母さんの家、見つかりましたか」

何だ、また挨拶なしか。

放ったらかしにして済みませんでしたとか、ご迷惑おかけしましたとか、何かそういう言葉はないのかと思った。だが、もうすぐ洪春霞も帰ってしまうはずだ。今日、林先生や楊建智が前触れもなく来なかったことを考えると、洪春霞だって明日はどうなるか分からないという気がする。これは、もしかすると台湾人の特徴なのだろうか。この人たちにとって、ドタキャンなど大したことではない、ひょっとすると普通のことなのだろうか。いちいち予定を告げずに動くのも、会ったときも別れるときも、きちんと挨拶しないのも。

未來が考えている間に、洪春霞が「それっぽい家は、見つかったよ」と日本語で応え、それから二人は中国語で何か話し始めた。耳を傾けていたって内容は分からないのだから、その間に、こちらは少しでも落ち着いた態度を示せるようにしなければと自分に言い聞かせて、未來はさっき撮ってきたスマホの写真を見返すことにした。

糖業試験所の数々の写真。美しく手入れされた敷地内に整然と並ぶ小さな建物たち。文物館（ぶんぶつかん）に展示されていた物。こんもりと小山のように土を盛った半地下の防空壕。そして、試験所の脇に伸びていた道。道の先にあった、一番最初に見つけた赤い屋根の家。さらに先に伸びていた幅の狭い道。そこから両脇に枝分かれしていた路地。すっかり古びて雑然としながらも、しっかりと残っていた日本家屋。外塀を継ぎ足したように高く造られて、そこに、例によってバラ線を這わせたり、釘のようなものが埋め込まれた家もあった。煉瓦を積み上げたままの古い塀も。あの家々は、おそらく糖業試験所が出来るのとほぼ同時に建てられたに違いないのだから、つまり、かれこれ九十年近くは持ちこたえてきたということになる。そんな家が、今の日本にどれほど残っていることだろう。しかも田舎の豪農や旧家というのでもなく、ごく当たり前にある、町外れの小さな社宅が。

もともとの台湾人の家というものが、平均的にどういう構造になっているのかまったく分からないが、少なくとも日本とは異なる部分があって当然だと思う。それでもあの社宅に今も住んでいる台湾人たちは、自分たちなりに空間を工夫して、馴染んで暮らしてきたのだろう。明日そこを少しでも見せてもらえるのだと思うと、それだけで期待が膨らんでくる。

「名刺なんか、預かってきたんですか」

ふいに、李怡華がこちらに向かって話しかけてきた。

「あ――ああ、ええ」

李怡華は小さな鼻の頭にずり落ちかかっていた眼鏡のフレームを指で押し上げるようにしながら「見せて下さい」と言った。さっき財布にしまい込んだ名刺を取り出して差し出す。すると彼女は、それをしげしげと眺めてから微かに眉根を寄せて「駄目です」と言った。

「こんなもの、簡単に預かってきては駄目です。明日、私から返します」

「あ――そう、ですか」

「挨拶の名刺交換とは全然、意味、違いますよね」

「それは、そうですけど――」

「杉山さんは日本にいても、今日、会っただけの人、そんなに簡単に信じますか？」

そうよ、どうせ迂闊なんだ。それは、あんたについても同じだったよねと、反射的に悪態をつきたい気持ちになったが、言われてみればもっともだ。未來はむかむかと腹が立ってくる一方で、なるほど少しばかり軽率だったかと、急に恥ずかしさと悔しさの入り混じった嫌な気持ちになった。

「何ていうか、その人がすごく必死な様子に見えたものだから」

「本当必死なら、その人は自分で何とかする思いますね。突然現れた人が東京の人と分かったから何でも頼む、とても非常識ね――

また。あんたにそんなこと言う資格があるのかと言い返したい思いをぐっとこらえ、未來は「すみません」とうなだれるより他なかった。ああ、だから嫌なのだ。これからまた、この人と顔をつきあわせなければならない日が始まるのかと思うと心の底から憂鬱になる。劉慧雯が非常識だなんていう言い方をするのなら、未來だって似たようなものではないか。何しろ、まったく知らない外国人の家に、きちんと身元も明かさないまま、明日図々しく上がり込もうとしているのだから。

「じゃあ、未來ちゃん。今日そろそろ私、これで帰んないとマズいらからさ。ホテルまで一緒、戻ろうか」

洪春霞が何とかこの場をとりつくろうような様子で残りのスイカジュースをストローで吸い上げる。そうだ。洪春霞の話だって、もっとちゃんと聞きたかったのに。本当にタイミングが悪いヤツ。未來は仕方なく頷きながら、ダメ元でも「明日は？」と言わずにいられなかった。すると洪春霞は「らいじょぶらよー」とにっこりと笑う。

「劉さんと連絡取り合うの、私しかいないんじゃないかよ。あの人のＬＩＮＥ、私が交換したんらからな。さっき、李さんに『劉慧雯さんＬＩＮＥ教えましょうか』言ったら、ノー言われちゃった」

「それはそう。洪さんが言い出したことは、洪さんの責任でやることね。どうせ今、暇でしょ」

三人の中で一番幼く見えるくせに、李怡華は小柄な背筋をまっすぐに伸ばして椅子に腰掛け、憎らしいくらいに落ち着き払った表情で洪春霞に視線を投げる。すると、洪春霞は半ば媚びるように、えへへ、と笑って肩をすくめた。

「李さん、ちょっと怖いとこあるんらよな。何か言うと、台北の日本語学校行ってたとき、ちょっぴり間、せんせーらからさー」

ああ、そういう縁なのかと思った。楊建智が林先生を呼んだように、李怡華はかつての教え子を呼んだのだ。どこにも共通点などありそうに見えない二人の関係が、やっと分かった。

とにかく明日、昼少し前にはホテルを出発しようなどと相談しながら、未來たちは三越の地下をウロウロと歩き回り、ようやく地上に出た。すると、建物の外は水煙が立つほどの土砂降りの雨になっていた。しかも、地響きのような雷鳴が轟きわたっている。あまりの勢いに、かえって胸がすく思いがするほどだ。

これが南国の雨。

今ごろは、あの社宅群もこの雨に降り籠められているのだろうか。

どどーん、どどーんと足もとにまで響いてくる雷の音を聞きながら、未來はしばらくの間、ぽかんと空を見上げていた。

6

雨は勢いも衰えないまま、一向にやむ気配がなかった。雷も鳴り続けている。こんなに長い時間、ずっと鳴りやまない雷を聞くのは生まれて初めてかも知れない。ホテルの窓から見える風景のほとんどは雨に煙って色彩も輪郭もぼやけ、しかも、天から真っ直くに落ちる雨が、まるで無数の針のようにはっきりと見えた。

こんな土砂降りでも「へーきへーき」と洪春霞がホテルの駐車場に駐めてあったバイクに乗って帰っていった後、また同じホテルをとったという李怡華は「これからどうしますか」と聞いてきたが、未來はこの激しい雨と、だいぶ歩いて疲れていることを言い訳に、夕方まで部屋で休みたいと応えた。差し当たって当初の目標は達成されたことだし、もうしばらく、その余韻に浸りたい。それと、早く写真を整理して母に送りたいということもあった。だが、本音を言えば何よりも、李怡華と顔を合わせていたくないというのが一番の理由だ。

まったく。

父も父だ。どうせ紹介してくれるのなら、相手の人柄も少しは考えてくれれば良さそうなものなのに、ぱっと思いついたからといって、こともあろうにあんな人を紹介するなんて。窓の外をぼんやり眺めながら今さらのように父にも腹が立ってきて、ふいにはっとなった。洪春霞が言っていたことを思い出したからだ。

台湾人はお金が好き。

その言葉には、洪春霞の苦労も反映されているのだろうと思う。そんなに何度も台湾と日本とを往復して、あらゆる土地でキャバクラ嬢として働いたりスナックのホステスをしたりしてきた彼女にしてみれば、なるほどお金ほど大切なものはないのだろう。だが彼女は「台湾人は」という言い方をした。それならば、やはり李怡華についても考える必要がありそうだ。

一旦は新竹まで帰ったものの、また引き返してきたのだから、交通費だって倍かかったことになる。そのことを李怡華は、余計に面白くなく思っているかも知れない。後で会ったら、真っ先に謝礼のことを切り出してみよう。いや、最初からせめて交通費だけでも封筒に入れて差し出してしまう方が早いだろうか。

それとホテル代？　何泊分？

ああ、洪春霞に相談しておけば良かった。どうしよう、彼女にＬＩＮＥしてみようかと考えていたときだった。未來の気持ちを読みとったかのようにスマートフォンがＬＩＮＥの着信を告げた。画面をタップすると、Ken Lin という名前が現れる。

誰だろう。

まったく心当たりがない。これまで、そういう経験がないから不安になったが、取りあえずメッセージを見てみることにする。

〈林賢成です。糖業試験所は無事に行けましたか〉

林先生だった。未來は、ぱっと心に明かりが灯ったような気持ちになった。やはり昨日、ＬＩＮＥのＩＤを交換しておいて正解だった。

〈お蔭様で、ちゃんと中まで案内していただきました！　その後は牛稠子まで歩いて、社宅だったらしい家も見つかりました！〉

送信すると、すぐに「既読」がついた。ああ、林先生は気にしてくれていた。そう思うだけで気持ちが弾んでくる。

〈それはよかったです。今はどちらですか〉

〈ホテルに戻っています〉

〈夕食はどうしますか〉

〈洪春霞さんが帰ってしまって、李怡華さんがまた来てくれたのですが、まだ何も相談していません〉

〈あ〜、李怡華さんが来ましたか〉

〈はい〉

〈彼女は台南の人でないですから、食事する店などはあまり詳しくないかも知れませんね〉

〈そうでしょうか〉

〈私はもうすぐ仕事終わります。一緒行きましょうか？〉

そのひと言を読んだ瞬間、スマホを握りしめたまま、思わずもう片方の手は「やった！」と小さくガッツポーズをしていた。

見かけによらず、細やかなんだ。

これで李怡華と二人きりで過ごさずに済む。それより何より、林先生にまた会える。もう二度と会うこともないだろうかと諦めていたのに、これはもしかしたら洪春霞の言う通り、縁があるということだろうか。

縁が？

あんな野暮ったい人と。それも外国人なのに。

何も、それほど大げさに感じることはない。ただ、一人旅の外国で少しばかり親切にしてもらって、頼りにもなると感じたから、こんな気持ちになっているだけ。しばらく出会いそのものがなかったし、誰に対してもときめいたことさえなかったから、うっかり、そんな気になりかかっているとも考えられた。

そう。うっかり。

それも、まあいいことにしよう。

こういう気持ちになること自体が大切だ。それに、このまま礼も言えずに終わってしまうのかと思っていたのだから、取りあえずちゃんと礼を言うことさえ出来ればそれでいい。それで、満足。満足する。

林先生とのやり取りを終えると、未來はすぐに李怡華の部屋に電話を入れた。相変わらず抑揚のない声で「ウェイ」と電話口に出た彼女は、未來が名乗っても口ぶり一つ変えなかったが、林先生が来ると伝えると、さすがに「林先生、ですか？」と、わずかに声の調子を変えた。

「李さん、知ってますよね。こっちで高校の先生をしている林さんです。李さんとは日本に留学しているときに会ったことがあるって言ってましたけど」

「え、ああ、あの林さん、林賢成さんね。杉山さん、林さん知り合いですか？」

「昨日、初めて会ったんです。李さんが急に帰ってしまったので、一昨日から洪さんもすごく困って、色々な人を探してくれて」

自分なりに嫌みを込めたつもりだ。だが、さすがは李怡華。ほとんど間も置かずに、ただ「そうですか」という短い返事が聞こえただけだった。そんなことだろうとは思ってはいても、やはりまた腹が立ってくる。

「でも、李さんが戻ってきてくださったのでよかったです。私、代金をお渡ししそびれていたので」

「代金ですか？　何、代金」

「ホテル代とか交通費とか。行ったり来たりで余計にかかってるでしょうし」

「交通費？　お金ことですか？」

遠回しに言って通じる相手ではないと思うから、未來もここまでズバリと切り出した。すると抑揚のない声が「必要ありませんよ」と言う。

「お金の心配いらないです。行ったり来たりは私の都合。それに杉山さんからは、もうこの前、日本のお土産いただきましたですから」

おや、洪春霞の言っていることと違う。だが、ここで素直に「そうですか」と引き下がったら単に図々しいと思われるのかも知れない。相手は洪春霞のように分かりやすい性格ではない。ここはもう少し強く押すべきだろうか。考えている間に、李怡華の声が「林さんは何時来ますか」と聞こえた。

「六時に来て下さるそうです」

「分かりました。では六時、下に待ち合わせしましょう。それで構いませんか」

未來が「はい」と返事をすると、電話はそれきり切れてしまった。

「また挨拶なしかよ、李怡華」

それじゃあ、とか、分かりました、とか、何とか言ってから切ればいいではないか。

本当に好い加減、頭にくる。

「どうせ来たくなかったんだろうから、わざわざ戻ってこなくたってよかったんだ。せめて金を受け取れよ。その方が、こっちも気が楽なんだよ、嫌な女」

とっくに切れている電話の受話器を睨みつけながら一人で罵り、何とかしてこの嫌な気分を振り払わなければと自分に言い聞かせる。とにかく、母に写真を送ることだ。もう四時を回ろうとしているということは、日本は五時近い。母はちょうど病院にいる頃かも知れない。

選び出した写真に、いちいち短いコメントをつけて、LINEで母に送る。今日か明日の午前中に祖母に見せることが出来れば、そして、母から祖母の反応を教えてもらえれば、明日再びあの界隈や劉慧雯の家を訪ねるときの印象が、また変わるかも知れない。劉慧雯とあの無表情な母親は、果たしてどんな話を聞かせてくれるだろう。だが、李怡華が預かってきた名刺を突き返すのだから、それで機嫌を損ねるかも知れない。それで何も聞けなくなったら、すべて李怡華の責任だ。

「そりゃあ、私だって不注意だったかも知れないけどさ」

あーあ、とベッドにひっくり返って天井を見上げ、また独り言が出た。本当のところ、日本に帰って電話してやるくらいのことなら、お安いご用だとも思うのだ。もちろん明日、きちんと事情を聞いた上でなければ軽々しいことは言えない。それでも、李怡華みたいに最初から厳しい態度に出なくてもべつに構わないのではないかという気もしている。第一、未來は劉慧雯の連絡先を直接は聞いていない。すべては洪春霞が間に入ってくれることになるのだから、取りあえず、必要以上の心配は無用だと思うのに。

全然意味の分からない中国語のテレビをつけっぱなしにしたまま、しばらくの間ぼんやりしていたら、すぐに六時近くになってしまった。慌てて化粧を直してからホテルの狭いロビーまで降りていくと、林先生も李怡華も既にソファに腰掛けていた。驚いたことに、李怡華が林先生には笑顔を見せている。それを見た瞬間、また腹の中でざわりと不快な感覚が蠢いた。

いちいち動揺するもんじゃないってば、未來。

ああ見えたって、むこうは四十近いおばさんではないか。昔からの知り合いだから、ただ、ああやって笑って話してるだけに決まってる。それ以上の何があるものか。

「すみません、お待たせしちゃって」

ほとんど声優時代に使っていた営業スマイルのような、出来るだけ感じの良い笑顔を作って二人に歩み寄る。林先生は相変わらずのっそりした調子で「いいえ」と言い、李怡華は、笑いをすっと引っ込めて「大丈夫です」と言った。

「一昨日、教え子から電話あって杉山さんに会うことになったことと、昨日どこに行ったかということ、李さんに報告してました」

「杉山さん、林さんいてくれて、よかったんじゃないですか。台南の人でないと、そこまで分からなかったでしょう。私じゃあ、無理ね」

李怡華の隣に腰掛けた未來に、二人は交互に話しかけてくる。その都度、未來は意識的に愛想良く、にこにこしながら「本当に」「そうですね」と頷いて見せた。

「しかも、祖母の覚えている地名は、同じ漢字でも全部、日本語読みだったんですよね。そのことに気がついて、林先生が謎解きして下さらなかったら、分からなかったと思います」

「林先生、ですか」

李怡華は、眼鏡の奥の小さな目をちろりと林先生に向けて、自分も「林先生」と呼びかけている。すると林先生は少しばかり照れたような曖昧な表情になった。

「私にとっては林くん。またはケンね」

「ケン？」

「台湾の人はみんな大体、英語のニックネーム持ってます。林くんの名前、日本語読みだとけんせい、なりますから、英語のケンと日本語読みのけんと合わせて作ったと前に聞いてます」

林先生が頷く。

「台湾の人はみんな必ず、英語の名前も持ってるものなんですか？」

林先生は「まあ、そうだね」と頷き、李怡華は「私もありますよ」と相変わらずの無表情で言った。

「中国語、発音難しいし、台湾語はもっと難しいから、普通は英語のニックネームで呼び合うことの方、多いね」

「ちなみに、李さんの英語名は、何ていうんですか」

「私ですか？　私はレイチェル」

ちょっと笑いそうになってしまった。申し訳ないが、とてもレイチェルという雰囲気ではない。ケンはまだ理屈も通っているし、そこまでの違和感は抱かないが、李怡華のぺしゃんこで可憐（かれん）でもない子ども顔でレイチェルとは。だが、当然という顔で澄ましている李怡華ににっこりして見せながら、未來はお腹の中では「まるで似合いませんことね」と言っていた。

「そうですか。ケンとレイチェル」

そう呼ばれることに何の違和感も持っていないらしい二人は当たり前のように「はい」「そうです」と揃って頷いている。

「でも私は、林先生、李さんとお呼びする方が、何かしっくりくるんですけど」

「お好きにどうぞ」

李怡華が応えたところで、林先生が「では行きましょうか」と立ち上がり、未來はどこへ案内されるのかも分からないまま、自分も従った。ドアマンがドアを開けた途端、激しい雨音が聞こえてきて、外の生温（ぬる）い湿気が一遍にロビーに流れ込んでくる。冷房でさらさらに乾いていた未來の肌も、あっという間にべたつく感じになった。亭仔脚（ていしきゃく）のお蔭で雨そのものにはあたらずにいられるが、雨脚の激しさに地面で跳ね返った細かいしぶきが飛んでくるのだ。

林先生がホテルの前にさしかかってきた空車のタクシーに手を差し出した。こんな天気の日こそ自分の車で移動する方が楽だろうにと考えながら、李怡華に促されて後ろの座席に滑り込む。李怡華も隣に乗り込んできて、林先生は助手席に座り、タクシーは土砂降りの中を走り出した。こんなとき、やはり洪春霞がいてくれたらよかった。彼女がいないと、思ったことをすぐに口に出来ないものだということが改めて感じられる。

ちょっと冷房がきつすぎないですか。

この簡単なひと言が、二人の前ではどうにも口から出ない。仕方がないから雨に煙る街並みを黙って眺めている間に、未來のスマートフォンがＬＩＮＥの着信を告げた。

〈おばあちゃん、『面影が残ってる』って。未來が間違いなく牛稠子まで行ったんだわねって喜んでたわよ〉

読んだだけで独りでに笑みが浮かんできた。今日はすごく大きなことを成し遂げた気分になっていい日なのだ。そう。遠い台南まで来て、まさか本当に祖母が子ども時代に暮らしていた界隈を探し出せるとは思っていなかった。そういう意味では記念日と言っていい。

〈確かに覚えている家並みだと思うって言ってたわ。もともと社宅だから、隣近所にも同じ造りの家がいくつもあって、確かなことは言えないみたいだったけど、おばあちゃんが住んでいた家の形そのものは、最後の方に送ってくれた、女の人と犬が写ってる家と同じような雰囲気だったんじゃないかって〉

母からの新しいメッセージを読んだ瞬間、二の腕をぞくぞくとする感覚が駆け上がってきた。思わずそのまま声に出して読み上げたい衝動に駆られたが、李怡華を相手にそんなことをしても、という気持ちが先に立った。またも新しいメッセージが届く。

〈あと、『今ごろは六月の雪が見られるんじゃないか』って、未來に伝えて欲しいって〉

六月の雪。

何のことだろう。

助手席に座って、忙しく左右に振れるワイパーの向こうの景色を見つめているらしい林先生に尋ねてみたい。だが、隣の李怡華を無視することも出来ない。

「あの、『六月の雪』ってご存じですか」

ちょっと控えめな声を出してみた。数秒間、沈黙が流れる。タクシーの屋根をどこどこと雨が叩き、その音が車内に響いているから誰にも聞こえなかったのかと思ったときに、隣の李怡華が「え」と言った。

「『六月の雪』ですか？『五月の雪』の間違いじゃないですか？」

「え？」

「ヨートンファことでしょう？」

「そう、なんですか」

李怡華は「そうですよ」と応えた後、中国語で林先生に何か話しかけた。その中に「ヨートンファ」という発音だけが何度か聞こえてくる。林先生は前を向いたまま、何度か相づちを繰り返していた。

「そうですよ。ヨートンファは『五月の雪』です」

「――そうですか」

「ヨートンファ、油桐(あぶらぎり)の花です。小さくて真っ白、咲くと一面、雪が降ったように見えます。台湾、暖かいですから、冬なっても高い山まで行かなければ、普通は雪降らない。

ですから油桐花が咲いたら、『ああ、五月の雪ですよ』と、みんな喜んで見に行きます。ちょうど五月に咲きますから」

李怡華の説明は理路整然としていて淀みがなかった。そうか、五月の雪か、と、未來は微かにため息をついた。祖母は、五月と六月とを間違えたのだろうか。そんな間違え方ってあるものだろうか。いや、近ごろの祖母を見ていればそれくらいの勘違いは不思議ではないかも知れない。いずれにせよ、李怡華に何と言われようと他に言い返す材料も持っていないから仕方がなかった。

林先生が案内してくれたところは、またもや少しばかり下町風の場所にある居酒屋だった。レトロ趣味というのか、亭仔脚の上の外壁にも窓にも、そして店内にも、昔の映画のポスターや商品の看板などが壁一杯に描かれたり、また貼られていて、その中には日本酒や醤油、芸者らしい姿の看板などもあり、いかにも庶民的な雰囲気の店だ。

「ここなら色んな料理、食べられます」

この土砂降りだというのに、店内は相当に混雑していて、どのテーブルにも台湾ビールの緑色の瓶が並んでいた。台湾の人は普通は食事中に飲まないという話だったが、何だ、行くところに行けばこうして飲むのだなということが、よく分かる。

「面白いお店ですね」

珍しさにきょろきょろと辺りを見回している間に、李怡華が手洗いに行くと席を立った。メニューに目を落としていた林先生は、その李怡華の後ろ姿を目で追った後で、「李さんですが」と口を開いた。

「昨日、お葬式だったそうです。お祖父さんの」

「――え？」

「急にお葬式なりましたから、せっかく日本からいらした恩師のお嬢さん、失礼してしまいました。けれども、本当のことを言ったらもっと心配かけて、それはとても申し訳ないから、黙って帰ったと言ってました」

店内は白熱灯の明かりで照らされていて、それほどの明るさはない。林先生には気づかれなかったと思いたいが、その話を聞いた瞬間、未來は自分の顔がぱっと火照(ほて)ったのが分かった。

「さっき、久しぶりに会ってすぐにその話なりました。まさか私と未來さん知り合いなってるとは思わなくて、びっくりしたそうです。世間、狭いねと」

何だ、それならそうと言ってくれたらよかったではないか。そんな気の遣い方があるものか。そうと分かっていれば彼女を誤解して、あんなに腹を立てなくても済んだのに。だが、もしも逆の立場なら、未來だって初対面の、しかも外国から来た客に、実は葬式があるので帰りますなんて言えやしないかも知れないとも思う。

「あの人、李さんは少し、無愛想ね」

「――少しね、はい。そう思います」

「でも、悪い人ではないんです。あの人独特の方法で、いつも相手人に気をつかいますですね。学生ころから」

・

「本当――独特ですね」

分かっている。本当に嫌な人なら、いくら恩師の頼みとはいえ、こんな旅行者の世話など引き受けたりはしないに違いない。しかも一度、葬儀に行った後でまた戻ってくるなどということもないだろう。

悪い人ではない。

ただ、あまりにも無愛想で余計なことを言わないものだから、未來が勝手に誤解して、何でもかんでも悪く受け取ったのだ。そんなこと、したくなかったのに。そう考えると、また腹立たしくなってくるが。

「注文、しました?」

李怡華が戻ってきた。林先生が日本語で「まだまだ」と答えている間、未來はメニューに目を落とすふりをしながら、そっと、李怡華の手元を眺めていた。体つきと同様、手も華奢で小さい。だが、そんな子どものような手にも人生が握られており、果たすべき役割があって、未來を気遣いつつも、昨日は祖父の野辺送りに参加しなければならなかったのだ。もしかすると誤解されるのを承知で。彼女はいつも、そんな調子で生きているのだろうか。なんて損な人。

「ビール、飲みます?」

「あ、でも、皆さんは——」

「私はそのつもりで、今日は車を置いてきましたんですが」

「私も少しなら、飲みますよ」

何だ、李怡華も飲めるのか。それならそうと言ってくれればいいのに。この前はひと口も飲まなかったではないか。本当に水ください。

「じゃあ、今日は子どもは抜きですから、大人三人で乾杯しましょう」

周囲の雑音にかき消されないように声を上げ、林先生がビールといくつかの料理を注文してくれた。

「とにかく、お祖母さん家が見つかってよかったです。ホント言うと、私も、これはちょっと難しいじゃないですか思っていたんですが」

「ありがとうございます。林先生と、かすみちゃんのお蔭です。李さん、明日はよろしくお願いします」

取ってつけたような言い方になったが、言わないよりはマシだ。李怡華は「こちらこそ」と小さく頭を下げている。初めてまともな挨拶の言葉を聞いた。

ほどなくして、テーブルにはイカ団子や青菜の炒め、豚足に豆腐、パパイヤのサラダなど、いかにも居酒屋らしい料理が並んだ。それらをつまみながら、未來は昨日と今日の出来事や感じたことについて、一人でまくし立てる格好になった。林先生と再び会えたことが嬉しい。一方では李怡華との間に沈黙が生まれるのが何やら怖いのだ。それでこんなにテンションが上がっているのだと、自分でも分かった。

「本当に、ピンと来たんです。社宅は試験所の敷地内じゃなくて、その外の、でも、すぐ傍にあったんじゃないかって」

「そういうの、第六感? 言いますか?」

「言います、言います。でも、もしかしたらひいお祖父ちゃんのお蔭かも知れません。

試験所の中を歩きながら、私、ひいお祖父ちゃんに話しかけていたので」

言葉少なに箸を動かしていた李怡華が「ひいお祖父ちゃん？」とこちらを見た。一瞬、ああ、この人はつい昨日、祖父を見送ってきたばかりの人なのだということが頭に浮かんだ。静かな顔をしているが、心の中では泣いているのかも知れない。本当に不器用なレイチェル。

「おばあちゃんの、お父さん。糖業試験所に勤めていた人です。でも、ひいお祖父ちゃんは私が生まれるずっと前に亡くなっていますから、私は会ったこともないし顔も知りません。それなのに、あのとき初めて、自分にもそういう血のつながりのある人がいたんだと思ったんですよね。そして社宅には、ひいお祖母ちゃんもいて、うちのおばあちゃんたちを育ててたんだなあって、初めて考えたりしました。だから、もしかしたら、ひいお祖母ちゃんも『こっち、こっち』って手招きしてくれたのかも知れないですね」

李怡華はふうん、というように頷いている。

「目に見えない力は、ありますと、信じますね、私も」

「そう！　その、目に見えない力のお蔭で、きっと私はおばあちゃんの家を見つけられたんです。うん、そう思うな！　第一、こうして李さんとも、林先生とも、今日ここでこんな風にビールを飲んでるのだって、偶然ていうか、これもやっぱり目に見えない力ですよねえ！」

周囲の雑音にかき消されまいとしたら、思ったより大きな声が出てしまった。ふいに隣のテーブルに陣取っていた男性たちがこちらを見て、その中の一人が「にほんじんですか」と話しかけてきた。そうだと頷くと、急にグラスを掲げて「よーこそいらっしゃいましたー」と言ってくる。そこで、見知らぬ人たちと乾杯をして、ちょっと座が盛り上がった。人のざわめきが温かい。自分が独りのような、でも独りでないような、心地良い空気に揺られている感じだ。

「ああ、何か、いい感じ！　こういう雰囲気が味わえると思っていませんでした」

店は天井が高く、二階までぶち抜いたような大きなフレンチカンカンの手描きの看板まであって、日本の昭和のような、それともまた異なるような不思議な雰囲気に包まれている。気がつくと林先生と李怡華とは中国語で何か話し始めていたが、未來はそんなことも、もう気にならなくなっていた。

ここは昔、日本だった。でも、今は外国。今でも簡単な日本語を話す人が、こんなにいる。でも、この人たちは他にもことばを持っている。ついでに名前も一つじゃない。

こんな日本ぽい店があったかと思えば、古い日本家屋だって残ってる。だけど、そういう家の周りを見ただけでも、生活様式ははっきりと違ってる。

残すつもりで残したんだろうか。それとも、あるものは使おうと、当たり前のように受け容れてきたんだろうか。

「何て不思議なところ——」

思わず口に出して呟いていた。すると、李怡華と林先生は話を中断して、思い出したようにこちらを向いた。

林先生はこうして見ると、眼鏡の奥の目がなかなかいい。ラクダみたいな顔だと思ったけれど、この目は、むしろ馬かな。ああ、この人と、もう少し話せる時間があれば良かったのに。静かなところで。二人で。

「不思議ですか?」

李怡華に聞かれて、不思議ですねえ、と、ゆっくり頷きながら手洗いに行こうと席を立ったとき、視界がふわりと揺れた。思ったよりも酔っているらしかった。

第四章

1

車椅子を押されて病室に戻ると、空っぽのベッドの脇に誰かがぽつりと座っていた。朋子(ともこ)に気づくと、ぱっと顔を上げる。

「どうしたんですって？　さっき来たら、検査中だって言われて」

見知らぬ人のように感じたが、近づいてみれば毎日来てくれている葉月(はづき)さんだった。来られるときは大体、昼食の少し前に来るのだが、もうそんな時間なのだろうか。車椅子を押してきた看護師さんが、朋子をベッドに移らせてくれている間も、彼女はもの問いたげな表情でこちらを見ている。

「それがねえ、本当に、不思議なことがあるものなの」

朝食の後、いつものようにリハビリの時間が来て、車椅子で連れていってもらうまでは普段とまったく変わりなかった。それがリハビリの部屋に着いて、訓練士の男の子が何か話しかけて来たときのことだ。返事をしようと思って開きかけた口から、まったく言葉が出なくなった。

どうなったんだろう。

何が何だか分からない間に、周囲に何人もの人が集まってきて、急に慌ただしくなった。そうこうするうち白衣の男性と看護師さんが来て、こちらの顔を覗き込んできたときには「どうしたのかしら」と、もう普通に言葉が出ていた。時間にして、おそらく一分とか二分とか、そんな程度のことだったのではないかと思う。

「今、私、言葉が——」

「そうでしたね。出ませんでしたよね」

「どうなったんですかしら」

「とにかく一度、検査しましょう」

白衣の男性はそう言うなり看護師さんに何かを命じ、朋子は瞬く間に車椅子を押されてリハビリの部屋から長い廊下を抜け、別の部屋に連れていかれることになった。それからは注射を打たれたり、いくつかの大きな機械に乗せられたりして時間が過ぎた。

「はい、動かないでくださいね」

「我慢してね、じっとしてくださーい」

何度も同じ言葉を聞かされて、台の上に横たわる間も、自分の身に何が起こったのか、さっぱり分からないままだった。ただ、とにかくずい分長い間、何人もの人たちに色々なことをされたことは確かだ。

「ご家族には先生から説明がありますから、今すぐナースステーションまで来ていただけますかね」

やっとベッドに横になったと思ったら、葉月さんは看護師さんに言われて慌ただしく病室から出て行った。整えられたベッドの脇に置かれた引き出しつきの台の上には、今日の新聞と折込チラシ、それから数枚の写真が置かれている。例によって未來が写した写真を現像してきてくれたのだろう。このところの楽しみではあるのだが、慌ただしい検査で何だか疲れてしまって、今日に限っては、すぐにそれらを見る気になれない。朋子はベッドに横になったまま、ぼんやりと天井を見上げた。

本当に不思議なことがある。

あんな風に、急に言葉が出なくなるなんていうことがあるものだろうか。

それ以上は何か考えようとしても頭が働かなかった。ただでさえ、この不自由極まりないギプスが早く取れないものか、取れたらまたちゃんと元通りに身体が動かせるだろうかと、そればかり不安に思いながら過ごしているというのに、これ以上の心配ごとが増えるのは、もうたくさんだ。思わず大きくため息をついて、目を閉じる。さっき、言葉が出なくなったときの、若い訓練士の驚いた表情ばかり思い浮かぶのに、その顔立ちとなると、今ひとつはっきり思い出せなかった。今度会ったら、是非ともお礼を言わなければならないのに、こんなにぼんやりした頭では同じポロシャツ姿の訓練士の中から、あの子一人を探し出すことなど無理ではないかという気がしてくる。それとも、今度のリハビリの時にでも、向こうから声をかけてくれないものだろうか。そうすれば顔を思い出せずにいたことを知られずに済む。

今日はこれでもう、リハビリはないのかしら。葉月さんに、あの男の子のことを話しておこうか。それにしても嫁はどこまで行ったのだろう。ずい分と長くかかる。

このところ、外は大変な暑さが続いているのだそうだ。葉月さんは来る度に汗を拭き拭き「すごいですよ」と言う。

「今年はちょっと異常みたい。まだ六月だっていうのに、まるで真夏。変な言い方ですけど、お義母さん、ここに避難している格好になって、よかったかも知れません。もちろん自由に動けないのは辛いでしょうけど、こんな時に外にいたら今度は熱中症にやられるところだったわ」

確かにここにいれば冷房も効いていて汗一つかかない上に、窓には常にカーテンが引かれて外が見えないから、今が夏だということも分からない。天気の良し悪しさえ分からないのだ。このまま長く過ごしていたら、そのうちに春夏秋冬の感覚さえ忘れてしまいそうだ。

だが、そんなに暑くなっていると聞けば、そういえば居間の冷房がもうずい分古くなっていることなどを思い出す。そろそろ新しく買い換えたほうがいい、その方が電気代も安くなるんだよと、以前、未來が言っていたことがあった。あの古い冷房が、果たしてちゃんと動いているものか、あとで葉月さんに聞いてみよう。調子が悪いなら、長いつきあいの電気屋さんに連絡を入れてもらって、一度、見てもらった方がいいかも知れない。いやいや、または未來の言う通り、この際だから新しくしてもいいと言おうか。未來は前々から、あの電気屋さんが好きではないと言っている。

だって、一つのメーカーからしか選べないんだもん。ヨドバシカメラでもヤマダ電機でもいいけど、そういう量販店の方がずっと安く買えるんだし、第一、色んなメーカーから選べる方がいいじゃない。

そんなことを言って、今の家を新築する前から出入りしてもらっている電気屋さんを簡単に切り捨てることなど何とも思っていないらしい。今は一事が万事そういう時代だ。便利が一番。安いのが一番。古いおつきあいとか、顔馴染みとか、そういうものは関係ない。だが、まあ、若い人の方がそういうことは要領よくやるのだろう。

もともと機械に弱い朋子が余計なことを言っても仕方がない。何しろ、この有様だ。何をするにも、自分一人では身動き一つ出来ない。まったく惨めなことになったものだ。まさか、この歳になって、こんなことになろうだなんて。

「もう少しの辛抱ですよ」

ふいに誰かの声が聞こえた。目を開けると、病室の入口の方から、和服姿の小柄な女性が風呂敷包みを持ってこちらに歩いてくるところだった。

「あなたは我慢強い性格だから。辛いこともあるだろうとは思うけれど、もう少しの辛抱。ね、きっと大丈夫ですよ」

「――お母さま」

「あなたって、生まれたときからそうだったのよ。あの台南のひどい暑さの中で、身体中が汗疹(あせも)だらけになっていても、ちっとも泣かない子だった」

お母さまは穏やかな笑みを浮かべて、すっとベッドの足もとまでやってくる。

「本当に我慢強くてねえ、泣かないし、あやしてもそれほど笑わないしね。何ていうのかしら、あなたって、まだ首も据わらないようなうちから、妙に動じないっていうか、落ち着いてる赤ちゃんだった」

「――そんなこと、聞いたことなかった」

お母さまはゆっくりとベッドを回り込んで朋子の傍までやってくる。そして、また微笑んだ。

「言葉が遅いっていうのじゃないんだけれど、それほどはしゃがないし、あんまり喋らない子だったしねえ。一人遊びが上手で、身体は丈夫で風邪一つひくわけでもなかったから、ああ、この子はこういう子なんだ、誰に似たのか知らないけれど、このままで大丈夫なんだなと思ったのね」

「大丈夫って、どういうこと。だから放っておいたっていうこと？」

「そういう意味じゃないのよ――」

「私は、もっと構って欲しかったのに」

「だからねえ、朋ちゃん――」

「いつだって弟や妹たちがお母さまに甘えるのを見て、私、ずっと一人で我慢してたんだわ。もしかしたら、本当はこの家の子どもじゃないのかとまで思うくらい、我慢ばっかりして、言いたいことも言えなくて」

お母さまは仕方がないといった様子で小首を傾げ、それでもゆったりと微笑んでいる。その表情は若々しく、また優しげだった。朋子はふいに胸の奥がざわざわと苦しくなるような感覚にとらわれた。

—大丈夫なんて、嘘よ。そんなの絶対に嘘。放っておかれて平気な子なんて、いるわけないじゃないの。それなのに、お母さまは私の顔さえ見ればお小言ばっかりだった。二言目には『長女なんだから』って言ったわね？」

「そんな——」

「たとえばまだ小さいときに、スカートの裾がほつれていたときだって、『それくらい自分で直しなさい』って、お針仕事を覚えさせられた。覚えてる？　私、あのときいくつだったと思うの？　あのとき、小さいながらに思ったわ。お母さまは私のスカートを直すよりも、弟の面倒を見る方がいいんだって」

お母さまは困ったように柔らかく微笑んだままで「そんな風に思っていたのね」とため息をついた。

「もし、そう思わせたのだとしたら、お母さま、朋ちゃんに謝らなきゃならないわねえ。すっかり安心していたのね。本当、朋ちゃんならしっかりしているし、何でもすぐに覚えて、要領よく出来る子だから、大丈夫だと思っていたのよ」

「ねえ、本当のこと言って。お母さまは、私になんか興味なかったんでしょう？」

「そんな——」

「はっきり言えばいいじゃない？　私なんかよりも、何かと手のかかる弟たちの方が可愛かったんだって。泣きも笑いもしないような子どもは可愛げもなくて、面白くなかったって」

「——謝るわ。お母さま、本当に謝るから」

「今さら謝られたって――」

「ごめんなさい、ね。その代わり、これからは、お母さま、ちゃんと朋ちゃんを見ていますからね。約束するわ。朋ちゃんが怖くないように、しっかり守ってあげますから」

お母さまの手が、すっと朋子の手に触れた。その柔らかい感触に、つい「お母さま」と呟いたとき、自分の声にはっとなった。

眠っていたのだろうか。

だが、見えた。

見覚えのある銘仙を着たお母さまが、そこにいた。この手に触れた感触が、今もちゃんと残っている。お母さまは確かにここに来て、朋子の手を握ったのだ。

「――謝ってらした」

ぼんやりと辺りを見回したとき、葉月さんの顔が視界に入った。どこか落ち着かない様子で何度も目を瞬きながら、ベッドの脇に腰掛けてこちらを見ている。

「起きてます？」

「もちろんだわ」

「ねえ、お義母さん、これは不幸中の幸い、ある意味で、すごいラッキーだったと思わなきゃ」

「何が」

「お義母さん。さっき、言葉が出なくなったんですって？　急に」

「そう――そうなの。おかしなこともあるわね。リハビリに行ってね、若い訓練士さんに何か話しかけられたものだから、返事をしようとしたら、まるで言葉が出ないんですもの。あれ、どうなったのかしら」

「それで、検査したんですよね？」

「急に周りに人が集まってきてね、何だか分からない間に。あの、訓練士の男の子にお礼を言わないと」

嫁は、うんうんと細かく頷きながらわずかに身を乗り出してきて、実はあの一瞬、朋子の頭の中では太い血管が一カ所、詰まりかけたらしいのだと言った。

「頭の中？」

「つまりねえ、お義母さんは、脳梗塞になりかかったっていうことなんですよ」

「脳梗塞――どうして？」

「ですからね、その訓練士さんが、これは変だってすぐ気がついて、大急ぎで人を呼んで、検査に回したんですって。そうしたら、首から脳につながっている一番太い血管の一カ所が、こう、内側にコブみたいなのが出来ていてね、私いま、その写真も見せてもらってきましたけど、確かにすごく狭くなってるところがあるんです。素人目にも、はっきり分かるくらいに」

「私の血管の？」

そうです、そうです、と葉月さんが頷く。ふうん、と頷きはしたものの、本当は何の話をされているのか、今ひとつよく分からなかった。血管にコブ？　狭くなっている？　そんなことが、あるものだろうか。痛くも痒(かゆ)くもないのに。

葉月さんの説明によれば、その狭くなっているところで一瞬、血液が詰まった状態になり、その影響で言葉が出なくなったのだそうだ。ところが偶然というか、幸運にもまたすぐに血液が流れ出したことで大事には至らなかったということらしい。しかも病院内で、人の目があるときにその症状が起こったために、すぐに発見されて検査することも出来たし、悪い箇所を探すことも出来たのだということのようだった。

「じゃあ、私はどうなるの？」

「手術をする方法もあるにはあるらしいんですけど」

「これ以上、もう手術なんて、イヤよ。そんな恐ろしい」

「でしょう？　だからね、これからはお薬を飲んで、また同じ場所で血液が詰まらないようにしましょうって。血液って、ほら、ちょっとドロドロしてるじゃないですか。それをサラサラにするお薬っていうのがあるんですって。それを飲んで、血管の狭くなっているところで血液が引っかかったり詰まったりしないように出来るんですって」

もともと、おっとりした性格の嫁だが、今日はまた格別にゆっくりと、嚙んで含めるように説明をしてくれる。それでも朋子は、自分の頭の中で実際に何が起きたのか、分かったような分からないような気分だった。ただ、取りあえずは「そうなのね」と頷いているより他にない。だが、骨を折ったときのような痛みがあったわけでもなければ、特段の違和感もないのだから、何だか雲を摑むような話にも思える。

「それで、お母さまは？」

「――え？」

「お母さまはどうしたかしら。さっきまでそこにいたのに」

葉月さんから視線を移して、視線を宙にさまよわせる。確かに、そこからすうっと入ってきて、足もとまで来たのだ。いや、枕元だったろうか。とにかく、見覚えのある銘仙を着て、お母さまは初めて見るくらいに穏やかに微笑んでいらした。

「そう――お義母さんの、お母さま、ですか。お見えになったんですか」

「そうなの。今日は何だか不思議なことが続く日なのかしらねえ」

「それで、何かお話ししたんですか」

「私に謝ってたわね。今度からは、ちゃんと傍にいるようにするとか――」

そうですか、と嫁はゆっくりと何度も頷いたが、急に思い出したように、取りあえずは朋子の頭の中で起こった異変について、福岡の長男と千葉の次男とに、それぞれ連絡をしてくると言い残して病室を出て行った。

大げさだわ。

息子たちは二人とも親が望む以上に、申し分なく育ってくれた。立派な職業にもついてくれて、常に忙しく過ごしている。それを十分に承知しているからこそ、これまでも彼らに負担をかけないように、面倒ごとに巻き込まないようにと、朋子は夫が生きていた頃から常に心がけてきた。それが今さら、ほんの一瞬、言葉が出なくなった程度の些細なことをいちいち知らせなくてもいいだろうと思ったのに、葉月さんはさっさと行ってしまって、引き留める間もなかった。

一番近くにいる娘には知らせないのだろうか。

分かっている。知らせたって仕方がないからだ。兄嫁に何を言われたって、いや、母親の朋子自身が話しかけたって、木で鼻をくくったような応対しかしない。あの子と、もっとゆっくり話したい、話さなければいけないと思いながら、ずっと来たのに。

お母さまと話したいのと同じくらいに。

それにしても不思議だった。お母さまは何十年も前に亡くなっている。第一、その時もう七十は過ぎていたのだから、あんなに若いはずがない。つまりは、夢を見ていたのだろうか。確かに、この手には母の感触が残っていると思うのに。

分からないことだらけ。

このところ、こんな気分になることが多かった。眠っていても寝ていない感じがするし、起きているときでも今のように夢見心地になる。病院のベッドなど、自宅の布団と比べたら肌触りも硬さも、ただ真っ白なだけなのも、気に入らないことだらけだと思っていたが、最近ではそれもさほど気にならなくなった。ただ、未來が毎日、写真を送ってくれるのを葉月さんが飾っていってくれるものだから、白かった壁の色合いがどんどん変わってきて、朋子自身も台南で過ごした子ども時代のことばかり思い出しているせいか、果たして今がいつでここがどこなのか、分からなくなることがあった。だから今も、子ども時分のお母さまを見たのだろうか。あれは幻だったのだろうか。

ハリャン　リャカ　リャンノ
リャン　リャン　リャン

ノリャンリャカ リャンノ
リャンリャン リャン

時折、思い出すこの歌の節。
あら、あの鳥は何といったんだったかしら。
何とも言えず綺麗な声で鳴く鳥だった。可愛らしい小鳥。

ハリャン リャカ リャンノ
リャン リャン リャン
ハリャン リャカ リャンノ
リャン リャン リャン

未來は、あの鳥を見たかしら。鳴き声を聞いただろうか。一体いつまで向こうに行っているつもりだろう。もうずい分と長いこと、行ったきりになっているのではないだろうか。

毎日、確実に増えていく壁の写真に目をやれば、その多くには見覚えがあり、それぞれから匂い立つように想い出が甦る。けれど、初めて見たような気がする写真も少なくなかった。嫁は「昨日は覚えてるって言ってらしたでしょう」などと言うが、そんな気もするし、いや、そんなはずがないとも思う。今一つぴんと来ないことが増えた。

忘れっぽくなってる。

それは自分でも分かっていた。だが、落ち着いて順番に思い出していくと、ちゃんと次々に浮かんでくるものもあるのだ。

たとえば、高等女学校の試験に合格して、桶盤浅のおじさまの家に下宿すると決まったときのこと。あの時ばかりは普段、朋子に大して興味を示さなかったお母さまも「よかったこと」と言ってくれた。朋子も、文字通り躍りあがるほど嬉しかった。

おじさまの家に下宿できることが嬉しかった理由は、あの家が大きくて立派で、ピアノもあるなどということもあるにはあったけれど、本当のことを言えば、牛稠子の家から出られるからだった。あの家から離れられるなら、何だって構わなかったのだ。たとえば学校の寮に入るのだって、もっと小さな、まるで知らない台湾人の家に厄介になるのだとしたって、とにかく離れられさえするのなら、何にでも従うつもりだった。

そのくせ、いざ下宿生活が始まったら、月に二度ほどだけ家に帰れる日が、もう待ち遠しくてならなかった。出たい、出たいと思っていた家なのに、いざ離れてしまったら、頼りない気持ちになって、心細くて、いくらおじさまの家族に親切にされても、本当の家族に会いたい、弟妹たちと食卓を囲み、お母さまの手料理が食べたいとばかり思うようになった。何と言っても社宅だから、決して広い家ではなかったし、お父さまはしょっちゅう癇癪玉を破裂させた。やんちゃで聞かん坊な弟妹たちは朋子の持ち物を壊したり隠したりして年がら年中、大騒ぎになったのに、それでもなお、あの家が懐かしくて、帰りたくてたまらなかった。

そのうちに戦争がひどくなったんだわ。

女学校では毎朝、朝礼の度に「海ゆかば」を歌った。やがて授業なんてほとんどなくなって、毎日どこかに勤労動員されては、ひたすら畑を作ったり、兵隊さんのために慰問袋やおにぎりを作って一日が終わった。お針仕事もずい分したと思う。防空頭巾を被って、火を消す訓練もした。竹槍(たけやり)も突いた。とにかく何をするにも号令に従って、先生方からは繰り返し「お国のため」と言われた。いつだって、どんなことも我慢しなさいと教えられた。

我慢。我慢。そればかり。

ひどい時代だった。

そうやってみると、今の時代の何と変わったことか。物も豊かになって、着るものも食べるものも、何でもずい分と派手で贅沢になった。あの頃、戦争に取られて生命を落とした若い兵隊たちが、今この時代を見たら何と思うことだろう。可哀想に。彼らは犬死にではなかったのかしら。

生き残って、故郷を失って、朋子はこうして今日まで生きて来た。けれど、考えてみれば我慢だけしているうちに年老いてしまったような気もする。いつの間にか子どもたちも手を離れて、夫もいなくなり、その上さらに、骨まで折ることになるなどとは思ってもみなかった。そうして今日は、頭の中でまた何かが起きたという。

一体いつまで我慢しなければならないのだろう。もう好い加減、いいのではないだろうか。これ以上、生きている理由が、まだ他に何かあるだろうか。唯一の気がかりと言えば真純のことだが、あの子は朋子など必要としていないし、もう本当に、親を親とも思わなくなったのかも知れない。ただひたすら、恨みを募らせているばかりなのだろうか。それで真純は、あの子は、いつか後悔することにはならないのだろうか。それならそれで、もうしてやれることも、その力も朋子には残っていない。

ハリヤン　リヤカ　リヤンノ
　リヤン　リヤン　リヤン
ハリヤン　リヤカ　リヤンノ
　リヤン　リヤン　リヤン

あの鳥のように翼があれば。

そうしたら、すぐにでもここを出て、どこか遠くに飛んでいきたい。この年老いて自由にならない身体から抜け出して、もうそろそろ身軽になりたかった。

2

タクシーは、大きな赤い屋根の家の前で停まった。そこから先は道幅が狭くなっているし、変に目立つのもよくないだろうと、洪春霞が判断したためだ。

昨日は気がつかなかったが、右手に広がる台糖の敷地は、煉瓦塀のすぐ向こうに雑草こ毛が生えた程度に数本のサトウキビがばらばらと生えていた。他にもバナナの木が大きな葉を広げているし、パパイヤだろうか、青い果実がなっている木もある。李怡華(りいか)も、物珍しげに周囲を見回している。ほぼ頭の天辺から太陽が照りつけてくるから、自分たちの影も建物の影も、どれも黒くクッキリとして小さかった。タクシーを降りて、まだ五分と過ぎていないのに、もう汗が滲み始める。

「この近くですか」

「そこの道を入って、もう少し行ったところです」

未來は、はやる気持ちを抑えるように、もう一度辺りを見回して、一つ深呼吸をした。辺りからは耳慣れないセミの声がしている。昨日とまったく変わらない風景の中に、また身を置くことになって、ここから先は迷うことなく劉慧雯(りゅうけいぶん)の家まで行かれる。そのことが、何とも言えず不思議に思える。観光地でも何でもない、おそらく訪ねてくる日本人なんてまずいないはずの、台南の片田舎だ。それなのに、この一角だけが家並みはほとんど日本で、なぜならここも昔は日本で、子どもだった祖母が暮らしていて、今もなお帰りたいと願い続けている。祖母が、長い人生の中でおそらく数え切れないほど幾度となく思い起こしながらも未だに帰ってこられずにいる景色の中に、未來は予想していたよりずっと簡単に、大した手間もかけずにたどり着いただけでなく、今日も再びやってきて歩いている。夢でも何でもなく。

「それで」

大きな赤い家の脇から続く道を歩き始めたところで、李怡華が眩しげに目を瞬かせながら再び口を開いた。

「私が、その劉慧雯さんのお母さんと話をすればいいんですか。洪さんでなくて」

未來がどう答えるべきか迷っている間に、洪春霞が「うん」と頷いた。今日、彼女はショッキングピンクのシャツを着ている。陽射しのせいもあるだろう、こういう鮮やかな色がよく似合う。

「私は劉さんと話、してるから。家の古いの話とか、昔の話とか、劉さんのママする話は、李さんが未來ちゃんに通訳してあげて欲しいんらよね。李さんの方がずっと日本語上手らしさ」

李怡華は意外にあっさりと「分かりました」と頷いた。自分の日本語に自信があるのだな、と分かる。未來と洪春霞にとっては二度目の景色だが、李怡華は初めて目にする風景をどう感じているのか、例によってその表情から読み取ることは出来なかった。ただ、それなりに物珍しげにきょろきょろしているから、多少なりとも興味を惹かれているらしいことだけは確かなように見えた。

「本当に日本の家ね。でも、この赤い屋根というのは、珍しくないんですか。それに、これ土の色違いますよね。何か塗ってるみたい」

「そうですよね、珍しい気がします。私も昨日、最初に見つけたときは意外だと思いました」

未來も改めて路地に連なる家々を眺めながら頷いた。

「でも昔、建てたばっかりの頃はものすごく可愛かったんだろうなって。その頃は、この周りは地名だって『牛さんのおうち』だっていうし、サトウキビ畑以外は多分、何もなかったはずでしょう? 台南の街の、賑やかな辺りからはずっと離れてますから、ここに暮らす日本人は、きっと心細かったと思うんですよね。それで、こんな風にわざと目立たせて、少しでも淋しく感じないように見せたのかな、とか」

「でも、はっきり言って、今こういう場所に住む人は、どちらか言ったら豊かではないんじゃないですか」

それは、これから訪ねるあの家や、劉慧雯の雰囲気からしても、李怡華の言う通りなのかも知れなかった。だが、豊かに暮らしているか貧しいかは、今の未來には興味のないことだ。とにかく日本時代の社宅が今も残っていて、そこに現在も台湾人が暮らしているという、そのことだけに関心がある。

昨日はザルに広げて葉物野菜を干してあった角には、今日はスニーカーが二足並べて置かれていた。昨日の雨でずぶ濡れになったのかも知れないと考えながら、未來は改めて路地の一つ一つを覗いて歩いた。月曜日。昨日、それぞれの塀の前に多く駐められていたバイクの数が今日はめっきり少ない。この界隈に暮らす人たちも勤めに出ているのかも知れない。午後一時を回っていたが、まだ昼食を作っている家があるのだろう、何かを鍋で炒めているらしい音がジャアッ、ジャアッ、カンカンカンと聞こえてくるかと思えば、油の匂い、麺らしいものを茹でている匂いが漂ってくる。こうして軒を連ね、ひしめき合うように暮らす人々は、互いの家の食生活まで分かってしまうのに違いない。

昨日は曇り空の下で眺めた風景だったが、一転して青空の広がる今日は、既に昨日ずぶ濡れになったはずの地面もほとんど干上がって、手入れの行き届いている赤い屋根はさらに鮮やかに、庭先や空き地に生える木々の緑も、猛烈な生命力に溢れて見えた。セミの声にかき消されることもなく、ふいに鳥のさえずりが聞こえてきた。林先生から名を教わったペタコの声が、高く澄み渡って周辺に広がる。見回すと、赤い屋根の連なりの先に、電線に止まる頭の白い鳥が見えた。

「ペタコって、本当にいい声ですねえ」

「ペタコ？　ああ、白頭翁（ペタコ）ですか。よく知ってますね」

「林先生に教わったんです」

林先生ね、と李怡華が薄く笑っている間に、覚えておいた路地を洪春霞が「ここらよね」と曲がり、奥の家を目指して歩いて行く。突き当たりに近い左側にある家は、昨日と同様に金属製の門が開け放たれ、やはり木製の柵が入口を塞いでいた。だが、庭先を跳ね回っていたプードルの姿は見えない。未來はタオルハンカチで額の汗を押さえながら、ほう、と息を吐いて周囲を見回した。すると、昨日は気がつかなかったが、玄関の右手にある部屋の軒先には、明らかに幼い子ども用と分かる小さな服が何枚か干されていた。

子どもがいるんだろうか。

誰の。

まったく想像していなかっただけに、何となく意外な思いがした。それにしては子どもがいるらしい気配もないと思っている間に、洪春霞が門柱の呼び鈴を押す。家の奥でジー、ジーという音が響くのが外まで聞こえてきた。

しばらく間を置いて、劉慧雯が玄関から顔を出した。昨日のような作業用ジャンパーにパジャマのズボンなどという格好ではなく、地味なカットソーにパンツといった出立ちだ。彼女は細いつり目をさらに細めて、笑っているようないないような顔つきになり、木の柵を開けながら「你好（ニイハオ）」と言った。髪のパッチン留めもない。全体に、今日は落ち着いている雰囲気だ。洪春霞が何か言うと、劉慧雯はうん、うん、と頷きながら未來たちを招き入れる。

「劉さんママ、もう病院から帰ってきて、お昼ご飯も食べたんらから、どうぞ、らいじょぶですって」

洪春霞が振り向いて囁くように言う。

「李怡華さんのことも紹介してくれた？」

「らいじょぶ。私よりもっと日本語うまい、日本語学校先生らった人、連れてきました言った」

すると李怡華は、初めて劉慧雯に「你好（ニイハオ）」と声をかけた。背の高い劉慧雯は小首を傾げるようにして小柄な李怡華の顔を一瞬覗き込んだが、表情を変えることもなく、とにかく中に入れというように手招きをした。

玄関までのごく短い距離には、昨日と同様、鉢植えの花が置かれたり、割れたままの植木鉢が散らばっていたり、またゴミ袋にしか見えない何かがあったりする。その雑然とした小さな庭先を進むと、網戸の向こうにある玄関の引き戸の先は半畳あまりの三和土（たたき）になっていて上がり框（がまち）があり、そして、そのすぐ向こうに格子の入ったガラス戸が見えた。

ああ、昔の家ってこんなだった。

小学生の頃、当時は学校の裏手にあった古い都営住宅に住んでいる子の家に何度か遊びに行ったことを突然、思い出した。三和土の先には一畳分くらいの板張りの空間があって左手が手洗いになっており、この家と同じように小さな板張りの空間の正面は、磨りガラスのはまった引き戸で仕切られていた。普段は開け放っているのかも知れなかったが、何かの配達とか、玄関先で用事が済むような客が来たときには引き戸を閉めて、家の奥が見えないようにしていたと思う。

靴脱ぎには、何足もの靴が乱雑に散らばっている。男物らしいもの、また子どもの靴は見えなかった。脇には扉のない靴棚があって、そちらはすかすかの状態なのに、未來たちが来ることを知っていながら、片づけるつもりはなかったらしい。靴棚の上には少し古ぼけた印象のヘルメットが三つ。柿の実の置物が二つ。そして棚の縁には何本もの傘が引っかけてある。その脇の板張りの空間の片隅には段ボールが五つ六つ、積み上げてあった。

とにかく「お邪魔します」と日本語で呟きながら、注意深く靴を脱ぐ。先に上がった劉慧雯が引き戸を開けると、その奥は意外に広い板の間になっていた。壁や柱はすべてグレーがかった淡い水色に塗装されている。そして、部屋の比較的手前に置かれている、座卓のような丸テーブルに向かって、劉慧雯の母親がいた。エアコンは効いていないようだが、突き当たりの窓から心地良い風が吹き抜けて額の汗を飛ばしてくれる。湿度が低いせいだろうか、こうして日陰に入ると、これほど陽射しの強い日でも、意外に凌ぎやすいのがありがたい。

「こんにちは。你好」

昨日と同様、無表情なままの母親に頭を下げる。洪春霞が昨日、三越の地下で買った手土産を差し出してくれた。さすがに手ぶらで訪ねるわけにもいかないと思ったが、こういう展開になるとは思っていなかったから日本からの土産物もない。それで昨日、洪春霞と相談して三越の食料品フロアーでクッキーの詰め合わせを買ったのだ。

劉慧雯の母親は、庭仕事で使うような、または子ども用みたいな背の低い椅子に腰掛けて両足を投げ出し、太った身体を持て余すように背後の簞笥に寄りかかっていた。簞笥の脇にはマッサージチェアも置かれている。彼女は手土産を受け取っても表情一つ動かすわけでなく、ただ顎の下の肉を微かに震わせただけだった。テーブルの周りには、彼女が腰掛けているのと同じような、だが不揃いの背の低い椅子が二つ三つ置かれていた。床にじかに座るよりはこの腰掛けを使う方がいいのだろうか。劉慧雯が手真似で「座れ」というように勧めるから、とりあえず未來も小さな腰掛けを使うことにした。脚を中途半端に折り曲げる、ちょっと不自然な格好になる。李怡華も洪春霞も、同じような姿勢で腰を下ろした。

「今日はよろしくお願いします」

未來が改めて頭を下げると、洪春霞が素早く通訳してくれた。

「私の祖母は日本時代、この辺りに住んでいました。そして本当に偶然なんですが、もしかしたら、このお宅は、私の祖母が日本統治時代に住んでいた家だったのかも知れないんです。もちろん思い違いかも知れませんが、写真を見せたら『覚えている風景と似ている』と返事があったので、とても興味があって、是非、この家に今もお住まいの方にお話をうかがいたいと思いました」

今度は李怡華の方が通訳し始めた。それに続いて、さらに何か話しているようだ。その中に、「杉山小姐」という単語が何度か聞かれた。未來の名字の「杉山」は、中国語読みだと「サンサン」になると、これも林先生に教わったことだ。ついでに「シャオジエ」は未婚女性を呼ぶ場合につける言葉だとも。おそらく未來のことを説明しているのだろうと想像しながら、未來は不躾かと思いつつ、部屋の中をぐるりと見回してみた。

未來が腰掛けているすぐ脇には、映画かドラマのものらしいポスターが貼られたり、他の広告のような紙も貼られているが、明らかに押入れと分かる引き戸があった。さらに、未來たちがいる空間と奥の空間との間の頭上には、和室ではごく普通に見かける欄間がある。鶴に松だろうか、単純な透かし彫りが施されていて、そこだけはペンキを塗られていなかった。そして、欄間の両脇下には柱があり、欄間の真下には間違いなく敷居が通っていた。つまりここは、もとは襖で仕切られていた二つの部屋を、襖や畳も取り払って床を張り替え、柱と壁を塗装したのだろうということがよく分かる。ざっと見渡したところ、四畳半と六畳の和室だったのに違いない。突き当たりに見えている棚のようなものも、押入れの引き戸を取り外しただけのものらしく、そこには、ぎっしりと荷物が詰め込まれていた。その、押入れの手前に畳まれた布団が積み上げられているスチール製のベッド。そのベッドの下にも荷物が詰まっている。布団だけは、今日の来客に備えて片づけたのかも知れないが、あそこが間違いなく劉慧雯か、この母親の寝る場所なのだろう。押入れの脇には地袋があって、その上の窓から、このいい風が入ってくる。磨りガラスを通して、やはり向こうに格子が取りつけられているのが見えた。

「じゃ、李さん頼んらね。私、向こう部屋で劉さんと話、してくる」

一旦、丸テーブルを囲んだと思った洪春霞が、すぐに腰を浮かした。そして劉慧雯と前後して、奥の部屋の右手にある、やはり引き戸で仕切られた向こうに消えていく。入れ替わりに、昨日も見たプードルが奥から飛び出してきて、しばらくぴょんぴょんと跳びはねていたかと思ったら、当たり前のように未來の膝に乗ってきた。愛らしく尻尾を振るプードルを撫(な)でながら、未來は洪春霞の消えた部屋の様子も見てみたいと思った。おそらくそこも、この部屋と同じような雰囲気なのだろう。劉慧雯の母親が寄りかかっている簞笥の横には珠暖簾(たまのれん)のようなものが下がっている半間ほどの間口があって、その向こうは薄暗い。雰囲気からして台所だろうか。だが劉慧雯は奥の部屋へ消えてしまったし、彼女の母も微動だにしない。

お茶を出す気は、最初からないらしい。

ホテルの客室に備え付けの水を持ってきて正解だったと考えている間に、李怡華も最初の説明を終えたのか、三人だけになった途端に、しばらくの間、沈黙が流れた。

早く、何とか言ってよ李怡華。

こっちから話しかけない限りは、おそらく何も言ってくれない相手だ。

手持ち無沙汰のまま未來が長い沈黙にいつまで耐えなければならないのだろうかと考え始めたとき、意外なことに劉慧雯の母親が、ぼそぼそと何か話し始めた。すると李怡華が素早くバッグからノートを取り出して書き留め始める。

「今、劉さんのお母さん、言いました」

「——はい」

「ここは、地獄です」

「——え」

「日本から来たあなた、この方、劉さんのお母さん——名前、劉呉秀麗さんいいます——今日は、劉呉さん人生の話、聞きたいのことですね」

「——正確には、この家のことですが」

「それなら話しますけれど、この方、劉呉さん言いました。この家は、地獄」

その瞬間、背筋から両頰まで、ぞくぞくとするものが駆け上がった。そんな、祖母が暮らしたかも知れない家、今も恋しく思っている家を、いきなり地獄呼ばわりされるとは思わなかった。

「この、劉呉さん人生というのは、ずっと地獄。この家の地獄から、また地獄。そして、どうしても、何度もここへ戻ってきてしまいます。ですから劉呉さん人生、きっと地獄のまま終わります」

「終わりますって——」

思わず絶句しそうになりながら、未來は虚ろな目を宙に向けている劉慧雯の母親を、まじまじと見つめてしまった。頭の片隅には、どうして母と娘で名字が違うのだろうかという疑問が浮かんでいたが、そんなことを質問できる雰囲気でもない。

「あの——お母さんは——劉呉、さんですか、失礼ですが、何年のお生まれなんでしょうか」

少しでもこの不気味な重苦しい空気を変えたくて、こちらから質問してみた。李怡華が、うん、と小さく頷いてから、劉呉秀麗という老女に話しかける。それから少しの間、李怡華と彼女との間でやり取りがあった。李怡華が忙しくペンを走らせる。さすがに仕事で日本とのやり取りをしているらしいだけあって、その姿はいかにも板についており、場慣れしている。

しばらくして、李怡華の説明が始まった。

劉慧雯の母親、劉呉秀麗は一九四六年に六人兄妹の二番目として、この家で生まれたという。一歳上の姉だけは終戦前に、この家の前に住んでいたところで生まれた。三、四番目は弟。五番目、妹。そして一番下に弟がいる。姉以外の弟妹全員がこの家で生まれた。

「すごい、大家族なんですね」

この、決して大きいとは言えない家で、それだけの子どもがいたらさぞ賑やかだっただろう。だが、劉呉秀麗の表情は相変わらずまったく動くことなく、懐かしげな様子もない。こういうとき、李怡華の年齢不詳で淡々とした表情は、彼女と対等に渡り合えているようで、意外と似つかわしく感じられる。その表情を変えないまま、李怡華は老女の話を聞き、どういうわけだか、この女性だけが幼い頃から母親に疎まれたと言った。

「なぜだか本当、分からない。けれど、自分だけ小さい頃から色んなこと命令、働かされたそうです。この家も色々と手を入れました。その前、日本人住んでいた頃から、床も壁も、色々と変えていきました」

「ああ、やっぱりそうなんですね」

「そうです。それ、手伝わされた。だから、お姉さんも妹も、ほっそりした綺麗な手をしていましたんですけれど、自分だけは指も太くなって、汚い手なったということです。どうしてか分からない。お父さんに聞いても答えてもらえなかった。ただ、とにかくお母さんからは嫌われていたと」

だから、物心ついて間もない頃から、彼女は一日も早く大人になって、この家を出たいと、毎日のように願うようになったという。

「あの、もともとは、どうしてこの家に住むようになったんでしょうか」

「それは、劉呉さんお父さんが台糖の関係、仕事していた。この辺りの日本住宅に最初に住むこと出来たのは、日本時代から台糖と関係ある仕事していた人です」

しかし戦後、年数を経ると共に、次第に「外省人」と呼ばれる大陸からの移住者が増えていったという。周囲に新しい家も増えていった。彼女が小学校に行くようになると、先生も外省人だった。そこで劉呉秀麗は正しい中国語を身につけることになる。

「その頃、綺麗な中国語話す、すごい得意なことですね。外省人でも、たとえば中国大陸の田舎から来て、言葉訛った先生とか、急いで急いで、中国語勉強した台湾人先生に教わったら、生徒さんの中国語も下手、おかしくなる。このお母さんは、中国語、今もとっても綺麗に話します。字も綺麗なんだそうです。いつも褒められると言ってます。特に、田舎にいて、この歳くらい人では、そういう人は案外、少ないんですね。それが、お母さんにとっては、今もすごい自慢ね」

もともとの台湾人にとって、戦後、日本人に替わって大陸から入り込んできた人たちは迷惑な存在だったのではないかと未來は想像していた。中華民国政府は日本語の使用を禁じたし、台湾語すら公には使えないときがあったと聞いている。公用語はあくまで中国語と定められたため、日本語を話していた世代は、さぞ大慌てだっただろう。だが、戦後生まれの子どもたちにとっては、最初から正しい中国語を話す外省人に言葉を教わることは、むしろ憧れであり、歓迎すべきことだったのだそうだ。

「お蔭で劉呉さん――結婚前ですから、まだ呉さんですが――」

「あの、それって――」

「もともとは、呉さん。結婚して、相手男性の名字が劉さん。昔は結婚すると名字、くっつきましたね。今は違います。最初から夫婦別姓」

「そういうことなんですか」

「ですから当時は、呉さん。中学を出た後は、お父さんの知り合いが勤めていた会社にアルバイトで雇ってもらいました。その頃の呉さん、もう、すごい美人だったんだそうです。よかったら後で写真、見せますが、美人で中国語もすごいきれい話すし、字も上手ですから、すぐ人気者なった。会社で受付？　みたいなことも出来ました」

家に帰れば厳しい母親に命令ばかりされて、時には力仕事までしなければならない。だから外に出ているときは、働いているというよりも、解放されている気持ちだった。そんな束の間の自由を味わっていた頃、家で事件が起きる。幼い頃から気まぐれな性格で、わがまま一杯に育った姉が、二十歳にもならないうちに、ある日突然、家出したのだという。当然のことながら家族中で心配し、行方を探したがまるで分からない。そうこうするうち、一年あまり過ぎたある日、その姉が産んだという赤ん坊だけが使いの人によって届けられてきたのだそうだ。

「届けられてきた？　赤ちゃんが？　お姉さんは――」

「帰ってこなかったそうです」

頭の片隅に、ちらりと「となり」で暮らす叔母のことが思い浮かんだ。急にいなくなる。いつの間にか母になっている。そういう女性は意外とどこにでもいるものだろうか。時代や場所に関係なく。

「ですから、呉秀麗さん、本当は二番目の娘ですけれど、今度はお姉さん代わりになりなさいと命令されました」

「え？」

「呉さんお母さん、『秀麗、おまえがこの家の長女なって、赤ん坊母親なって、育てるんだよ』と命令しました」

それで呉秀麗は仕方なく子どもの世話をすることになった。もちろんアルバイトもやめなければならなくなったという。

一赤ちゃんは女の子。この近所住んでいた、子どもを産んだばかり人からミルク分けてもらったり、米を洗った水？　飲ませて面倒見ました」

そうして育てた子どもがよちよち歩きになった頃、秀麗に見合い話が持ち上がった。一日も早く今の状況から解放されたいと願っていた彼女は、縁談に飛びつきそうになったという。ところが、よくよく調べてみると、その見合い相手というのが、家柄としては申し分ないものの、目立って背が低い、しかも醜男だったのだそうだ。呉秀麗は、自分の容姿に自信を持っていたこともあって、そんな小柄で不細工な相手では、自分とは釣り合わないと思った。

そこで、何かと理由をつけて返事を引き延ばしていたときに、今度は台北の専門学校で化学を学んできたという青年が、突如として目の前に現れる。実家はサトウキビ畑をいくつか持っている上に旅館や飲食店も経営しており、かなり豊かな家だった。しかも、何と言ってもその青年の外見が申し分なかった。

「一番に、背が高い。そして、とてもハンサムね。名前よく知られてる台北の学校で化学勉強した人ですから、頭もいい。家もお金持ってます。呉秀麗さん、最初その人見て、パッと思いました。『この人と一緒なります』と」

若い頃の呉秀麗が、果たしてそれほど美しかったのかどうか、実際に写真でも見せてもらわないことには想像もつかないが、とにかく彼女はその男性こそ自分にふさわしいと思った。すると、相手も満更でもなかったらしく、二人はすぐに交際を始めた。

「秀麗さんは、その男の人、何でも持っていると思いました。ただし、心だけが、なかった」

「心だけ。けれど、秀麗さん若かったから、そのこと気づきませんでしたね。反対する人、大勢いました。お母さんも、すごい反対した。だけど、お母さんの反対は、秀麗さんには意地悪に思えた。とにかく、この地獄から救い出してくれる人、その時は、秀麗さんにとっては、その男の人は王子様にしか見えなかった」

相変わらずぼそぼそと話すだけの、この虚ろな表情の女性に、そんな過去があろうとは到底、思えない話だった。

3

呉秀麗（ごしゅうれい）は結婚して劉呉秀麗（りゅうごしゅうれい）となり、第二の人生を歩み始める。

「それ、地獄から地獄だった」

メモを取りながら、李怡華（りいか）が低い声で呟く。未來には口を挟む余地がなかった。この家の歴史を聞くつもりが、すっかり劉慧雯（りゅうけいぶん）の母親の人生を聞くことになってしまっている。だが、口出しをすることも出来ない。ただ、ぼそぼそと語り続ける女性を見つめ、そして時折、李怡華の手元を見ることしか出来なかった。

「結婚したら、夫の家はもっと厳しかったんです。当時は夫、家族と同居ね。結婚した次の日から、家族全員の食事世話、すべて『おまえがするんだよ』言われました。夫の家は十三人家族です一一十三人！　それも、次の日からですか」

「そうです。夫の両親います。お祖父さんお祖母さんもいる。小姑は四人。あと、他にも弟とか。特に姑と小姑、みんな、とっても意地悪でした。誰も親切しない。命令ばっかり。それでも結婚した次の年には慧雯さんが生まれた。秀麗さん、数えで二十二歳ときです。すごい難産で死にそう、大変でした。初めて孫ですから、それは喜ばれたけど、『すぐに男の子を産め』と命令されました」

話しながら、表情そのものは変わらないのに、劉慧雯の母親はいつの間にか、じくじくと涙を流し始めていた。手元のティッシュを引っ張り出しては浮腫んで黒ずんでいる頰を伝う涙を、もう一生、抜けることはないだろうと思うくらいに指輪が食い込んでいる芋虫のような手で押さえる。正直なところ、服装と髪の長さから女性だと分かるものの、そうでなければ男女の判別も迷うような顔つきだ。美しかったという若い頃の面影など欠片ほども残していない、そんな老いた女性が、見知らぬ外国人に自分の人生を語りつつ、涙を流す。そのことが何とも異様に思えてくる。

「それで、劉慧雯さん産んだ次の年、また子ども産みました」

今度も女の子だった。夫と夫の実家は落胆したばかりでなく、特に姑が本気で怒り出したという。そして、女の子しか産めない嫁など役立たずなのだから、せめてもっと働けと命じたのだそうだ。

「秀麗さん、子どもの頃から、この家で色々と働かされたんですけど、実は厨房のことだけは、したことなかったそうです」

大家族に嫁いで、慣れないままに三度三度の食事の支度を任されることになっただけでも戸惑っていたのに、農家の仕事も手伝わされる。昼食はすべて畑まで運ばなければならなかった。

「何をしても、いつまでたっても料理が下手だ、不味いと言われ続けた。自分の食事は、家族みんなが食事を終わって初めて、残り物だけを食べました」

そんな調子だったから、やはり難産だった劉慧雯の妹を育てるときにはまったく栄養が足りておらず、母乳もほとんど出なかった。姉が産みっぱなしで放り出した子を育てた経験から、次女には米のとぎ汁などを飲ませ、自分は隣家から残り物を分けてもらって、それで何とか飢えを凌ぐ日々だったという。

「台湾はもともと家族みんな、いっぺんに暮らしますから、特に田舎の方に行くとこういう話は、少なくないんです」

李怡華が眼鏡の縁を指で押し上げながら、微かにため息をついている。未來は、「それはそれとして、この家の歴史は」と言いたいのをこらえながら、ただ頷いているより他なかった。本当なら、この家のどの部分を直したんですか、手を入れる前はどんな風でしたか、などと聞きたいのだが、無理なようだ。

「今度こそ男の子を産みなさい。それが出来なければ息子と離婚させて、別の女の人と結婚させる。夫の母親、そう命令しました」

医者からは、もうこれ以上の出産は無理だと言われていたし、産後の肥立ちも悪ければ栄養状態もよくなかったが、それでも秀麗は翌年、三人目の子どもを身ごもる。そうして、ほとんど命がけの出産の末にようやく息子を授かったときには、これで夫と別れさせられずに済む、嫁として責任を果たせたと思って嬉しかったという。

そうして生まれた末っ子の長男が三歳になったとき、夫が台北に出て一旗揚げたいと言い出した。妻である秀麗に異論のあろうはずがない。むしろ、これで姑と大姑、意地悪な小姑たちから離れられるのだから、こんなに嬉しいことはなかった。ただ、初めての都会暮らしだし、いきなり一人で年子の子どもを三人も育てるのは無理があると考えて、当時五歳になっていた長女の劉慧雯だけは、夫の実家に残してきたという。

「もともと劉慧雯さんは初孫ですから姑にも小姑たちにも可愛がられていました。その分だけ、お母さんの方には、あまりなつかなかったんだそうです。だから、慧雯さんは置いていっても淋しがらないだろう、構わないと思いました。お母さんが放っておいても大丈夫な子でしたからと」

そうして親子四人で希望に胸を膨らませて出ていった台北だったが、そこでの生活は、また新たな地獄への入口だったという。

夫はもともと化学系の学校を出ているから、その知識を使って始めたのは顔料の工場だった。人件費節約のために、夫は妻である秀麗も社員として使い、さらに、台南から秀麗の二人の弟までも呼び寄せて、安い賃金で働かせるようになった。家族で力を合わせて懸命に働いた。やがて、少しずつ取引先も増えて、経営も軌道に乗っていった。生活にゆとりが出来たら引っ越しもして、家族の暮らす家も少しずつ落ち着いていったという。ところが、そうして暮らしが安定して来た途端に、夫の女遊びが始まった。

「仕事のつきあいだと言っては、毎晩お酒ばかり呑む。帰りはいつも真夜中か、または帰ってこない日が増えました。たまに帰ってくるときは客を連れてきて真夜中まで麻雀。そのうち、お酒を呑ませる店の女の人、連れて歩くようになった」

それでも妻や義弟たちが頑張っているから仕事の方は順調で、工場の規模も大きくなっていった。

「慧雯さんが七歳になったとき、もう暮らしも落ち着いたと思って台北に呼び寄せたんだそうです。でも、その頃には夫はもう家族こと、すっかり忘れました。たとえば長男が高熱を出して救急車で運ばれたときも、真夜中、酔っ払って帰ってきたら、息子泣くのを聞いて『うるさい』と怒り出したそうです」

やがて、夫はクラブ歌手を愛人にした。

「あるとき、珍しくちょっと早く帰ってきたと思ったら、夫は言ったそうです。『俺はクラブ歌手と一緒になりたいから、もうおまえとは離婚する』と」

もちろん劉呉秀麗に離婚の意思など微塵もない。頑として聞き入れずにいると、それ以降は、夫がたまに帰宅する度、別れる別れないの凄まじい夫婦喧嘩が繰り返されるようになった。

既に一九七二年、台湾は日本が中国と国交正常化したのに伴い、日本との国交を断絶していた。さらに、一九七九年にはアメリカも中国との国交を樹立したことによって、台湾との関係を断ち切った。すると、台湾の景気は急速に冷え込み、夫の会社も同年、あっという間に立ちゆかなくなったという。

破産です。それで劉呉秀麗さん、一旦台南に戻りました。この家に」

メモを取りながら話し続ける李怡華も、「やれやれ」と言った表情になっている。きっと、どうして自分がこんな話を聞かなければならないのか、なぜ日本人の未來に、台湾人の苦労話を聞かせるのかと思っているのだろうと、未來も何となく察しがついた。それでも、劉呉秀麗の話はとどまる気配がない。洪春霞と劉慧雯は奥の部屋に行ったきり、まったく出てこないから、話の切り上げようがなかった。

「このとき、なぜここに戻ったかというとですね、負債抱えて倒産した会社、実は彼女、秀麗さん名義になっていたんだそうです。その上に夫は、他にも秀麗さん名前であちこち借金を重ねていましたから、彼女は借金取りから追われることになって、行く場所がなくなってしまいました。だから少し隠れるつもりで、この家に帰ってきましたけど、そうしたら秀麗さんお母さんが、ものすごく怒った。『おまえが悪い』『最初の見合い断って、馬鹿な男と一緒なったからだろう』と毎日毎日、怒鳴られた。いくら謝っても、頼んでも、『金なんかない、自分で何とかしろ』言われました」

仕方なく劉呉秀麗は、娘時代にアルバイトをしていた先の人や、父の友人、嫁入り先の事情を知っている知人などを頼って金策に走り回ることになった。そうして、ようやく親切な数人が力になってくれ、何とか借金を返す目処が立とうとしていた矢先の翌一九八〇年、ある日突然、台湾法院から連絡があった。

「法院？」

未來は一度どこかに行って、また戻ってきた膝の上のプードルを撫でながら小首を傾げた。

「そう、法院。ええと、日本の裁判所、同じです」

「と、いうことは、裁判所から何か言ってきたっていうことですか」

それは、また新たに劉呉秀麗名義の空手形が出回っているという連絡だった。無論、彼女には身に覚えがない。だがどんな言い訳をしても通じるものではなく、彼女はついに警察に身柄を勾留されることになった。

「その時、秀麗さん、警察であまりにも泣いて泣いて、嘆き悲しんで、自分が作った借金ではない、これは夫が勝手にしたこと、自分いなければ三人の子どもどうなりますかと訴え続けたら、さすがに警察の人同情して、それなら、どこか一カ所だけ電話をかけて救いを求めても構わないと言ってくれたんだそうです」

そこで秀麗は、本当なら顔も見たくなければ声も聞きたくない姑に電話をかけた。もとはと言えば夫が作った借金だ。今、姑が何とかしてくれなければ、自分も、三人の孫も破滅してしまうと訴えた。すると、このときばかりは姑が金を工面してくれたという。

「秀麗さんためでなく、孫のためと言われたそうですが」

ため息の出る話だ。子どもが使うような低い腰掛けに同じ姿勢で座ったまま、しかも膝の上にはプードルがいるのだから、だんだん脚が疲れてお尻が痛くなってきた。それに、風が通るときには心地良いが、やはりじっとしていてもジワジワと汗が滲んでくる。それでもそっと汗を押さえるくらいしか簡単に姿勢を変えることもできない、嫌な雰囲気だった。ひたすら話を聞き続ける、しかも、自分が望んでいる話と大きくかけ離れているというのも未來の集中力を奪っていくらしく、どうしても余計なことに気持ちが向いてしまう。

劉呉秀麗というこの家の女あるじは、よく見ると上の歯が何本かないようだ。そのせいで唇の上には縦の皺が刻まれ、話をする度に下の歯ばかり目立って見えるのかも知れなかった。彼女の表情があまり動かないのは、歯がないことを知られたくないためもあるのだろうか。

「とにかく、子どもたち育てなければならない。もともと台南から呼び寄せて手伝わせていた弟たちにも申し訳ないです。みんなで新しい生活を、どうにか出来るように何か考えなくてはならなかった」

身柄の拘束を解かれた秀麗は再び台北に戻り、夫が放り出した仕事を今度は弟たちと続けることにした。そして、夫が残していった借金を毎月少しずつ返済していったのだという。その頃には、子どもたちもそれぞれ中学生と小学校高学年になっていたが、それら三人の子どもを家に残して、早朝から真夜中まで、追いまくられるように働き続けた。そうして、綱渡りのように毎月の借金を返し続けて暮らしていたときに、またも突如として夫が舞い戻ってきた。久しぶりに会った夫は、子どもたちに大きくなったなとか元気だったかなどと言うこともせず、秀麗が必死で貯めたわずかな金を奪い取ろうとして部屋中を荒らし回り、現金が見つからないと妻に激しい暴力を加えたという。そのすべてを子どもたちが見ていた。

「本当にひどかった。たくさん血が出て、警察が来る騒ぎなりました。その時、警察の人は夫婦であっても暴力したら夫を訴えることが出来る、訴えたらどうかと言ったそうです。それくらい、ひどい怪我をしました。けれど、秀麗さんは、警察の言う通りにしなかった。子どもたちために我慢することにしたそうです」

当時、夫の方は女遊びの果てに性病にまでかかっていた。そして警察や隣近所の手前もあって、しばらく家にとどまっている間に、結局、秀麗も病気を移されることになる。その事実に気づいたときには、夫はまた行方が分からなくなっていたし、症状は既に重くなっており、病院で診察を受けたところ、すぐに子宮を切らなければならないと言われたのだそうだ。

秀麗が入院して手術を受け、ようやく退院した四日後、そんなことを知ってか知らずか、夫は再び舞い戻ってきてまたもや離婚を迫った。既に離婚届も用意してあり、そこには夫の署名もしてあった。それでも秀麗はかたくなに離婚を拒んだ。

「子どもため。子どもため」

李怡華の、子どもじみた顔の眉間に皺が寄った。明らかに苛立った表情になり、そう繰り返して言ったときには、未來の方が思わずため息を洩らしてしまった。

「愚かです。この方は」

李怡華が自分のメモに目を落としたまま、声を押し殺すようにして呟いた。

「ちょっと、あんまり愚かね。申し訳ないけど——劉呉秀麗さん、言います。離婚断ったら、また殴られた。血を吐くほど。それでも子どもたち、死んでも手放したくないから、殴られ続けた。『二百万元あげます。だから子どもは寄越しなさい』とも言われたいと、それも断った」

確かに愚かなのかも知れない。今の、生気も表情も消え失せ、美しかったという昔の面影すらうかがえない彼女を見ていると、「人生」という言葉があまりにも重くのしかかってくる。既に七十歳を過ぎているこの人の人生とは、果たして何だったのだろう。彼女が愚かだというのなら、その愚かさは、いつの時点から始まったのだろうか。

夫が自分の名前で借金を作っていることさえ知らずにいたときか、「一旗揚げる」という言葉に喜んで台北までついて行ったときか、それとも姑小姑に苛められながらも、命がけで三人の子を産んだときか、または見てくれの良い男に熱を上げて、条件の良い見合い話を断ってしまったときか、そうでなければ姉が産み捨てた子どもを母親から命じられるままに育てることになったときか、本当は嫌だったのに姉妹の中で自分一人が家の手伝いをさせられるようになったときか——。

結局、劉呉秀麗が頑として離婚を受け容れずにいる間に、今度は夫の方が法院に訴えられることになった。もちろん金の問題だ。夫は捕まりたくないばかりに、またも行方をくらました。秀麗はもはやこれ以上、台北では暮らせないことを悟り、結局はまたもや台南に戻ることになる。このとき、既に中学生だった劉慧雯は、まだ学校があるからと、またもや彼女だけが秀麗の弟の手元に残された。そして、劉呉秀麗は次女と長男を連れて台南に戻ったのだという。

劉慧雯は、いつも置き去りになってきたみたい。最初は父親の実家に。次は台北に。どうしていつも彼女だけが取り残されるのだろう。はたと自分のことを考えた。考えてみたら、劉慧雯と未來とは同じ家族構成だ。そして未來自身、三人姉弟の一番上で、家族が福岡に引っ越すときに一人だけ東京に残った。その点では、劉慧雯とまったく同じということになる。だがそれは、既に大学生だった未來自身も望んだことだし、淋しいとかつらいとか、そんなことは何もなかった。劉慧雯はどうだったのだろう。

とにかく劉慧雯の母、劉呉秀麗は、本格的にこの家で暮らすことになってしまった。夫の実家に身を寄せるつもりにはなれなかったからだ。すると幼い頃から彼女を嫌ってきた彼女の母親は、近所中に触れ回ったという。

「あんな子は帰ってきてはいけなかった。どうして帰ってくるのかといったら、悪い嫁だから。夫にも相手されない、夫の実家も見放した、恥ずかしい娘。関わったらろくなことにならないから、誰もつきあいしないで下さいと、お母さんはそう言って、この近所歩いたそうです」

「そんなことを、近所に、ですか？」

思わず、昨日今日と歩いてきた路地を思い浮かべた。では、あの家の人たちはみんなで、この家と、この女性とを疎んじているのだろうか。目の前にいるこの人を忌み嫌い、軽蔑しているのだろうか。

「だって、実のお母さんじゃないですか。そんなこと言うなんて、普通じゃ考えられなくないですか」

未來が身を乗り出すようにすると、プードルが、ぽん、と膝から降りていった。李怡華は劉呉秀麗の話に耳を傾け、自分のノートに目を落としながら、小さな肩を微かに上下させた。

「秀麗さん言うには、です。お母さんはホント、生まれたときから秀麗さんこと、心の底から嫌いです。いえ、世の中の誰もが秀麗さん、嫌いになります。結局、秀麗さんは誰にも好かれないまま生きてきた」

「そんな――」

「だから、お母さん、秀麗さん一緒に暮らすは絶対に嫌ですと言って、この一本向こうの道にある、別の家に引っ越していったんだそうです。ちょうど、空き家なってるのがあったから」

「え――そこは、やっぱり日本時代の家なんでしょうか」

「そう。台糖の。秀麗さんお父さん、もう死んでいませんでしたから、もう少し小さいの家でもいいからと言って、引っ越しました。今もう九十四歳ですけど、まだそこにいます。それで今も、秀麗さん憎んでいます」

「九十四？　それで、憎んでるんですか？　今も？」

台南に戻ってからの秀麗は、掃除婦をしたり、ホテルのベッドメイキングや、廟への供え物を作る内職などをしながら、細々と子どもたちと暮らしてきたのだという。だが、何しろ身体がぼろぼろだった。まず三人の子を産んだときの影響か、その後の性病のためか、結局は子宮を摘出することになった。それから台北で夫の工場を手伝い、後には自分と弟たちだけで働きづめだったときの無理がたたったか、肩と肘、そして腰の関節を痛めていた。夫から何度となく殴られた影響も少なくない。コレステロールと血圧も高いと分かった。その上、いつの間にかC型肝炎にもかかっていた。いつの頃からか睡眠薬も手放せなくなったという。

劉慧雯とは年子になる次女は家計が苦しいことを察してか、「自分は勉強に向いていない」と、せっかく進学した高校を中退し、工場で働くようになった。劉慧雯は台北で中学を卒業した後、やはり台北にある専門学校に進学した。やがて末っ子の長男も、高校進学と同時に通うのに便利だからと、夫の実家で暮らすようになる。彼は跡取りの長男だけに、夫の実家では可愛がられて、秀麗と暮らしていたときよりもずっと十分な栄養を与えられ、何不自由ない高校生活を送り、その後は台北の大学に進学したという。不思議なことに、家には寄りつきもせず、どこでどう過ごしているのかも分からないというのに、夫は子どもの学費だけは出し続けていたということだ。

「やっぱり、それなりに子どもの心配はしていたんですね」

「違います」

李怡華が言下に答えた。それからまた、劉呉秀麗と少し言葉のやり取りをする。

「秀麗さん、いいます。これはすべて、面子(メンツ)ね。秀麗さん旦那さん、台北で会社作って儲かってた頃から、何でも面子がいちばんの人。だから、秀麗さんにはお金一元も渡さないときも、お金なくても、外ではうんと派手に使った。それから秀麗さんのお母さんと、一番下の弟には、ずっとお金を送ってあげてたんだそうです。自分の親の家も台南にあって、すぐ噂なるから、台南で自分の評判は落としたくないだから」

「面子、ですか ―

こっちの男の人、面子はとても大事。特に南の方の人はそうです。だから秀麗さんの、他の弟は自分ところで使ったりしてたから関係ないけど、一番下の弟だけは歌手になりたいと言っていたから、お金、送ってやってた。歌の練習に行くところに払うお金とか、お金払って歌わせてもらう場所のお金とか、もう、色々、色々」

「――何か――変なお父さんですね」

思わず未來がため息をつくと、その時ばかりは李怡華も皮肉っぽい笑みを浮かべて劉呉秀麗に何か言った。既に涙は乾いたらしい彼女は、それに対して何か答える。

「台湾語で、頭オカシイの人のこと『アセー』って言う。今、秀麗さん言うには、あの人は『アセー』ですよって。面子しか考えないアセーですと」

そして、また新たな問題が起こる。これまで仕送りを受けてきた秀麗の母親と一番下の弟とが、秀麗が夫とうまくやっていかないから、とうとう自分たちに仕送りが来なくなったと怒り出したのだそうだ。

ああ、こんな話がいつまで続くんだろう。

未來は、改めて古い家を眺め回した。離れている場所から眺めるだけだから判然としないが、ペンキで塗ってある柱の一本に、何本も横に溝がついているように見える。あれはもしかしたら、この家で暮らしていた子どもが、年に一度ずつ自分たちの背丈を印(しる)したものではないだろうか。傍までいってみたら、もっと何か分かるのではないだろうかと思うが、勝手に立ち上がって見に行くこともはばかられる。

祖母が実際に住んだかどうかは別として、とにかく長年ここにこうして建ち続け、劉呉秀麗と娘たちの生活を支えてきた、この家そのものについて、もっと知りたい、もっと感じたいと思うのに、それにしても、劉呉秀麗という人の暮らしぶりというか人生そのものが、あまりにも重たすぎる。

「そのうち一番下の弟さんは、もう歌手になるのは諦めたんだそうですが、その後は高雄にいて、ギャンブル、はまった。それで今度は借金だらけになりました」

借金取りに追われるようになった弟は、最初は台北にいる二人の兄たちに泣きついた。だが、当時は兄たちの生活も大変なときで、弟に出してやる金はないと断ったのだそうだ。すると弟は台南に舞い戻ってきて、自分の母親の家に行き、「あんなひどい兄たちはいない。あんな連中は家族ではない。火をつけて、彼らを殺してやりたい」と叫んだのだという。

「その弟さんも、ちょっとすごいですね。激しいなあ」

まさか、李怡華がそのままを劉呉秀麗に伝えるとも思わないから、未來は思わず正直に感想を言った。

話はさらにややこしくなる。タイミングが悪いことに、たまたま母の住まいを訪ねようとしていた秀麗が、家の前までさしかかったときに、その末弟の逆上ぶりを聞いてしまったというのだ。そこで秀麗は慌ててこの家に駆け戻り、台北の弟たちに電話をかけた。すると一番上の弟は「自分のせいで借金を作ったくせに、何ということを言うのだ」と激怒し、今度は自分から母親に抗議の電話をした。

「そうしたら、お母さんは、ものすごく怒った」

「――どうして？」

「秀麗さん、お母さんたちの話を立ち聞きして、それを告げ口した。卑怯者と言った。とにかく、お母さんは、末っ子の弟すごく可愛いんです。その弟に対して、長女のくせに裏切り者と言って――ホントはね、長女じゃないけど、もう長女と同じだから――今度はお母さんが自分で、ナイフで、秀麗さんのこと殺してやると」

凄まじい、と呟きながら、再び「となり」のことが頭に浮かんでいた。それまでは家族の中でさほどの波風など立ったことがなかったと思うのに、十年余り前、叔母が二人の子どもを連れて現れた途端に、未來の家の空気はがらりと変わってしまった。祖父母の表情も変わったし、日々の暮らしそのものも変わった。何しろ窓を開ければすぐ隣に、気分次第で何を言い出すか分からない身内がいるのだ。祖父母たちは世間体を考えて、言いたいことも言わずに過ごしていた。それでもストレスは溜まっていく。常に重苦しく濁った空気が押し寄せようとしているような不気味な緊張感が、家の中に漂うようになった。

叔母は希に見る気性の激しい人だ。それが嫌と言うほど分かったから、たとえ「となり」で何が起きても関わるまいと、ことに祖父が亡くなってからは、未來は常に祖母と話し合ってきた。それでも、「となり」の家の中で子どもたちをヒステリックに怒鳴る声はしょっちゅう聞こえてくる。最近ではそれぞれに子どもたちも大きくなってきたから、子どもの方も反発して、激しい怒鳴りあいになっているのが聞こえてくることも珍しくなかった。まさか、火をつけるとかナイフを持ち出すとか、そんなことにまではなっていないと信じているが、かつて未來たち家族が住んでいた家の中が、今どんな状態になっているかと想像すると、暗澹たる気持ちになることが少なくない。どこの家にも多かれ少なかれ、こういうことがあるんだろうか。国や時代と関係なく。祖母が知ったら、さぞ悲しむだろう。もしかしたら自分たちが残していったかも知れない家に住む人が、まるで心穏やかでいられない人生を送っていると知ったら。

いや。

心の奥がざわり、としたように感じた。

本当に悲しむだろうか。心から？

祖母は今でもこの家に帰りたがっている。それは、望郷の念とも言えるだろうし、それ以上に無念の思いをこの家に残してきているせいとも言えると思う。好きで離れたわけではない、自分たちから望んで、二度と戻れなくなったわけではないという思いは、どれほどの年月がたっても消え去っていないのだ。

それを、恨めしさととったら。

その思いが、未だにこの家を支配しているとしたら。

あまり気持ちの良い想像ではない。そうは思うが、何となく、あり得ないことではないような気がしてきた。

未來自身、本音を言えば「となり」をあんな形で乗っ取られたことを、快く思っているはずがなく、むしろ、恨めしく思っている。だから「となり」が幸せ一杯で笑い声に溢れた日々を送れるようになんて、きっとならないと信じたい部分がある。そして、半分は諦めながらも、もしも取り戻せる日が来ても、家ごと建て直すか全面的にリフォームでもしてもらわないことには、とても住めないだろうと考えている。そうでなければ、今度はあの叔母の「念」のようなものが家中に染みついて、未來や家族にまとわりついてくるに違いないと思うからだ。まったく理不尽な話だが、あの叔母が喜んで家を明け渡すとは思えない、その思いが隅々まで染み込んでいると思う。

家って、怖い。

床を張り替え、柱も壁も塗り直していても、その下には日本時代が残っている。無念の思いを残し、後ろ髪を引かれるように去って行った日本人の思いが染みついている。もしも、その思いが目の前にいる太った老女とその家族にまとわりついているとしたら。

「秀麗さんの人生、ずっとそんな調子で進んできました。病気も色々やってるんです。それなのに、秀麗さんお母さんはもう九十四になって、認知症も進んでいますが、何か気に入らないことあると、杖をついてやってきて、庭の鉢植えを全部杖で壊したり、ガラスを割ったり、それから杖で殴ってくるそうです。秀麗さんも、それから劉慧雯さんと妹さんも、それ何回もやられた。認知症かかって、疑り深くなって、『お金盗んだ』とか『近所中に悪口言ってる』とか騒いで、去年はクリスマス前の日も、それで殴られて、その時は劉慧雯さん倒れて、救急車で運ばれたこともあるんだそうです」

つい自分の身の上を考えている間にも、まだまだ李怡華が通訳して劉呉秀麗の話は続いている。その、あまりの壮絶さと、劉呉秀麗の浮腫んだ顔を眺めていることに、未來はすっかり疲れ始めていた。そういえば今、一人で家を守っている母は、つきあい慣れていない「となり」とトラブルになったりしていないだろうかと、そのことが気にかかり始める。

お尻は痺れているし、だんだんトイレにも行きたくなってきた。第一、少しでも風がやむと、じわじわと汗が滲んでくるのも気持ちが悪い。一体この果てしない不幸な物語はいつまで続くのだろうかと思い始めたとき、ようやく奥の部屋から洪春霞と劉慧雯が出てきた。

洪春霞は昨日のように泣いたわけではないらしく、いつもと変わらない様子で「話、聞いた？」と未來の隣に座り込む。

「うん——大体」

「そしたら、お母さんこれから、劉慧雯さん妹のところに行くんらって。そろそろ時間って」

例によっていきなりかと思ったが、今度ばかりはそれが有り難かった。やれやれ、やっとこれで話が終わると思っている間に、劉慧雯が母親に何か話しかける。それまで大儀そうにしていた劉呉秀麗は太った身体を揺らすようにして、テーブルに手をつきながらゆっくり立ち上がった。そして、今まで寄りかかっていた背後の簞笥の引き出しから、何か取り出してくる。それは古い箱に入った写真だった。

「最後にこれ、見せますって」

李怡華が通訳する間にも、劉呉秀麗は太く浮腫んだ指で写真をかき分けるようにしていたが、やがてその中から数枚の写真をテーブルの上に並べ始めた。

「これ、秀麗さん結婚する前」

古いモノクロ写真がテーブルの上に置かれた。未來は思わず「へえっ」と大きく身を乗り出してしまった。まるで女優にでもなれそうな、ちょっとグラマーで実に華やかな顔立ちの美人が長い髪をなびかせて微笑んでいる。

「これが、劉さんのお母さんですか？」

失礼と思いつつも、つい口に出して言ってしまっていた。すると脇から劉慧雯が手を伸ばしてきて、写真を指さしながら「これ、ママ」と言う。その程度の日本語なら出来るらしかった。

ついでもう一枚の写真がテーブルに置かれる。今度は美しい劉呉秀麗の隣に、いかにも似合いに見える精悍（せいかん）な顔立ちの青年がいた。

「これ、パパ」

ああ、なるほどと思った。確かに顎の線のしっかりした、眉も太くて目鼻立ちの涼やかな好青年だ。彼の隣に立つ劉呉秀麗の背丈が、彼の肩先ほどまでしかないから、それなりに背も高いのだろう。

こんな美男美女の二人が、この先、それほどまでに激しく憎み合い、壮絶な人生を歩むことになったとは。分からないものだと思っていると、最後に色褪せたカラー写真が置かれた。美しかった日の面影はまだ残っているが、既に輝きは失せつつある劉呉秀麗の傍らで、夫の方も爽やかさはなりをひそめて、自信たっぷりのクセのある面影になっていた。そして、彼らの前にはまだ小学生くらいに見える三人の子どもたちが、揃って何となくぼんやりとした表情で並んでいる。

「この写真、たった一枚だけ、家族みんなの写真だそうです。他、ありません」

少しの間、その写真をしみじみと眺めていると、ふいに李怡華のスマホが鳴った。彼女は「ちょっと」と言いながら玄関先に出ていく。その間にも、未來は劉慧雯の母親が見せてくれる写真を、ただひたすら眺めた。洪春霞を通して、この家が写っている写真はないのかと聞いてみたが、劉慧雯の母親は力なく首を横に振るだけだった。そして、その他にもばらばらと取り出した写真を、トランプのカードをかき集めるようにして、劉呉秀麗は何事か呟いた。

「日本の人らから、話、出来るんらって。こんな話はどこにも出来ない。慧雯さん妹は今、病気ちょっと悪いて。これから、その妹と、妹の子どもの面倒も、お母さんが見てこなきゃならない」

劉呉秀麗が写真を箪笥にしまいこんだところで、未來はこちらから「ありがとうございました。謝謝（シェシェ）」と頭を下げた。相変わらず無表情の劉呉秀麗は、面倒くさそうに手を振って、ゆっくりと部屋の奥に向かっていく。何か、もごもごと言ったのが聞こえた。

「この家は地獄。この先も地獄しか待たないらって、分かったでしょうって」

洪春霞が、囁くように言った。その時、電話を終えたらしい李怡華が戻ってきた。

「じゃあ——私たちも帰りましょうか」

「タクシーを呼ばなきゃ。さっきの赤い家んとこで、いいよな？」

洪春霞が財布からタクシーカードを取り出した。その瞬間、未來は劉慧雯から預かった日本人の名刺のことを思い出した。返さなきゃならないだろうか。だが李怡華はそのことを忘れているのか、何も言い出そうとしなかった。

いいかな。預かったまんまで。

そんなことを考えている間に、洪春霞はスマホでタクシーを呼び、今日は二十分ほどで迎えに来てくれるらしいと言った。

「四時か——外、暑いらから、それまでここで待たしてもらおう」

洪春霞が提案し、なぜか劉慧雯も交えて四人で小さな丸テーブルを囲むように立ったまま話をしていたとき、ビニールの手提げ袋を提げた劉呉秀麗が奥から出てきて、意外なほどはっきりした口調で娘に何か言い、玄関に向かっていった。劉慧雯も早口で何か答えている。

大儀そうに運動靴を履き、こちらを振り向きもせずに出かけていく劉呉秀麗に、未來たちは口々に「謝謝！」「再見（ザイジエン）！」「小心（シャオシン）！」などと声をかけながら、強烈な陽射しの中を行く大きな丸い後ろ姿を見送った。例のプードルが、ぴょんぴょんと玄関先まで走っていって、そこでまた尻尾を振っている。

「あのな」

劉呉秀麗の後ろ姿が見えなくなったところで、洪春霞が急に未來の肩に手を置いた。

「明日さ、未來ちゃん、何する？」

「何って——何も決めてないけど。明後日はもう日本に帰る日だから、明日は台南にいる最後の日になるからね、少しはお土産でも買ったりしたいかなあとか——」

「あのな、劉慧雯さん、出来たら未來ちゃんに話、聞いてもらいたいらって」

「――え？」

「劉さんママ、色んな話したんらけどな、私たち、向こうの部屋行って、それ、聞いてたよな？　そしたら本当は違う話、あと話してないこと、一杯あるんらって。劉慧雯さん、ママ言うこと、それ違うって」

「そう、なの？」

「この家を地獄にしたのは、ママ。子どもの頃のは知らないらけど、今はママ、自分で地獄やってるんらって」

劉慧雯が何を言いたいのか今ひとつよく分からなくて、未來は思わず助けを求めるように李怡華を見てしまった。おそらく長い時間の通訳で疲れたのだろう。李怡華は急に大人びた、というよりも、老けた子どもみたいな顔つきになっている。仕方なく、もう一度洪春霞の方を見て「劉慧雯さんの、話？」と確かめるように言ってみる。

「らいじょぶなら、明日、今度は劉さん自分から、どこにでも来ますからって」

そんなことを言われても、とため息をつきかけたとき、劉慧雯が何か言った。

「日本人住んでた家だから地獄になったと思って欲しくないそうです」

李怡華が、それが彼女の癖らしく、手をグーのようにして眼鏡のフレームを押し上げながら静かな声で言った。洪春霞がうん、うん、と頷いている。

「昨日、劉さん言ったよな？　もしも、たった一つ願いがかなうならって」

「――うん。この家を出たいって言ったね」

「今は、それ無理。これからも多分、無理。原因は、あのママらって。東京に行きたいらけど、きっと出来ない。未來ちゃんは東京から来た日本人から、東京の話しても分かるらから、自分話、聞いて欲しいって」

「東京の話？」

それには劉慧雯本人が「うん」と大きく頷いた。そこまで言われてしまっては断ることも出来そうにない。これも何かの縁なのかも知れなかった。そして、今のところほぼ間違いなく言えると思うのは、その縁はおそらく明日で切れるだろうということだ。それなら悔いることのないように、人生でもう二度と会うことのないこの女性の話を聞くのも一つかも知れなかった。

「あのう」

李怡華が控えめな声を出した。

「実は、私、用事が入りました」

「え、また、ですか？」

「これから新竹(しんちく)、帰らないとならないです」

「これから？」

咄嗟(とっさ)に、この人が祖父を亡くしたばかりなのを思い出した。もしかすると、また何かの問題が家庭内で起きているのだろうか。そう思うと、前回のようにカッとなるわけにもいかない。未來は一つ深呼吸をしながら「でも」と、李怡華を見た。

「李怡華さんがいなくなると、明後日はもう私――」

「大丈夫、明日の夜までには必ず戻ってきます。明後日は杉山さん、台北松山まで必ず送りますから」

李怡華の口からは、やはり「すみません」などという言葉が聞かれない。彼女の語学力はよく分かったし、お蔭で今日の話も洪春霞を介するよりずっとよく理解できたのは、有り難かった。ただ、妙な思い込みや誤解は解けたとはいえ、未來にはやはり、彼女のそういう部分が苦手というか、面白くないというか、何とも淋しかった。だからきっと、いつまでたっても互いの距離が縮まらないのだ。もしかすると、他の誰とも。

ひと言言ってよ。ごめんね、とかさ。そうすればこっちだって、いいよいいよ、気にしないで行ってきてって言えるのに。ついでにお悔やみだって。

まあ、これも縁だ。劉慧雯とも縁、李怡華とも縁。一緒に行動しなくて済むと聞けば、あら、そうですか、はいはいどうぞどうぞと言ってやればいい程度の、そういう縁だ。そう思うしかない。

「洪さん、それまで大丈夫？　杉山さんと一緒、いられますか？」

ことの成り行きが分かっているのかいないのか、半ばきょとんとした表情だった洪春霞は、それでも取りあえず「分かった」と頷いてくれた。この子がいてくれて本当によかったと、未來は洪春霞に向かってだけ、目顔（めがお）で微笑んでみせた。

4

青空高く、面白いほど様々な表情を持ってもくもくと湧いている入道雲は、今も眩しいくらいに白く輝いているのに、それでも確実に陽は傾いているらしく、辺りに伸びる影も長くなって、微かに夕方の気配が漂い始めていた。李怡華は、この時間になってしまえば支払う金額は大して変わらないからとホテルをチェックアウトせず、部屋はそのままにして慌ただしく帰っていった。彼女がホテルの前でタクシーに乗り込むのを見送った後、未來は洪春霞と共にロビーに戻り、ソファに身体を預けて思い切り大きなあくびをした。

「李さんも大変だなあ――それにしても、何だか変な一日だった」

「変な？　なんで？」

未來のが伝染ったのか、洪春霞も大きなあくびをしている。

「ものすごく長いみたいな、そうは言っても短いみたいな感じで」

気分的には疲れている。だからといって身体は妙に鈍っている感じだし、さっきからこうして生あくびばかり出るのだ。つい昨日、期待と不安が入り混じった気持ちでようやくたどり着いた牛稠子だったのに、たった一日の間に、その印象はすっかり変わってしまっていた。それが、何ともやるせない。

祖母や、そこで暮らした日本人が残した生活の、ごくわずかな余韻だけでも探り当てることは出来ないものかと期待させた赤い屋根の連なりは、今日のように強い陽射しの下では、流れた歳月とその後の生活者によってすっかり色褪せ、くたびれ果てているようにしか見えなかった。後からつけ足されたに違いないトタンの長い庇の先には、恨みや憎しみや後悔ばかりがへばりつき、その軒先から密かに隣近所に好奇の目を向け、耳をそばだて、互いに噂話ばかり交わしている、そんな陰湿な人々が暮らす集落にさえ見えかねなかった。

いや、何も本当にそんな人たちばかりが住んでいると、本気で思ってはいない。それもこれも、たった一軒の家のせいだ。諍い(いさか)が絶えることなく、親が実の子を罵った(ののし)挙げ句、近所中にまで悪口を言い歩くという、そんな「地獄」の話を聞いてしまったからに違いなかった。その上明日はまた、その家の娘からさらに新たな話を聞かされるのかと思うと、正直なところ気が重い。せっかく台南で過ごす最後の日だというのに。洪春霞もお人好しというのか、厄介な話を持ち込んでくれたものだ。

「ねえねえ、未來ちゃん、晩ご飯どうしようか？」

「そうだねえ、どうするかねえ」

何が食べたいなどということを考える力が残っている気がしない。それに正直なところ、台南の味にはもう少しばかり飽きが来ていた。昨日デパ地下で食べた、ごく当たり前のきつねうどんをあまりに懐かしく感じたせいだろうか、妙に日本の味が恋しい。そうめんをつるり、とか、もずく酢とか、枝豆もいい。あっさりした鰹と昆布のだしや、ツン、とくるわさび、香るしょうが醤油、梅干しやおかかの風味。普通の白飯に焼き鮭と海苔、出汁のきいた味噌汁を味わいたかった。または、からっと揚がった鶏の唐揚げにレモンをたっぷり搾るのもいい。アルデンテに茹でたパスタとか、ああ、チーズたっぷりのピッツァ。ふわふわのパンケーキ、カレーライス、シンプルな醤油ラーメン、お寿司！

「何か、美味しいものが食べたいなあ」

「美味しいもんなあ。あと他に行ってない店で、いいとこ、どこいいかなあ」

洪春霞がお人好しなのは、こういう部分を見ていても間違いないと思う。今だってこうして彼女なりに未來に何を食べさせようかと一生懸命に考えてくれているのだ。彼女がスマホをいじっている間、未來はひんやりとしたソファの感覚をてのひらで味わいながら、あの家を「地獄」と呼んだ劉呉秀麗(りゅうごしゅうれい)のことを思い出していた。

あんなに綺麗な人だったのに。

写真で見る若い日の彼女はいかにも笑顔が眩しい感じで、たとえば今どこかで見かけたとしても同性でさえつい振り返りたくなるほどの、本人も自認する通りの華やかな美貌の持ち主だった。それが、半世紀ほどの間にあんなにも変わってしまうということが、今になってみると一番の衝撃だ。無論、人間誰しも歳をとれば皺も出来るし皮膚もたるむ、痩せたり太ったりもするだろうとは十分に承知している。

「それにしても、あそこまで変わらなくたってよさそうなもんだよねえ」

「何が？」

「あ、劉さんのママ」

「ああ、あれ、写真な。びっくりしたよな」

洪春霞もスマホをいじる手を止めて、一瞬、思い出すように顔をあげた。

「あんな変わるかなあ。みんな」

「あそこまで変わる人なんて、そうそういないんじゃないかなあ。面影そのものが、ほとんど残ってないじゃない？」

「おも、か、げ？」

「目の辺りは昔の雰囲気があるとか、口元は変わってないとか、そういうの」

あの変わり様を見ただけでも、劉呉秀麗という女性がいかに幸福な人生を歩んでこなかったかということが察せられる。明日、劉慧雯（りゅうけいぶん）からどんな話を聞くことになるにせよ。

「しゃぶしゃぶは？　牛肉の」

「こんな日に？　暑すぎないかなあ」

第一、高そうだし。いや、それは日本のイメージだろうか。

「じゃあねえ、海鮮？　イカとかエビとか、生で食べさせる店あるよ。安い店」

「うーん。生ものっていう感じでもないよねえ」

そんなに高級な店で食べようとは思わない反面、洪春霞には申し訳ないが、正直なところここで「安い」という文句に引き寄せられてもいいものか、未來の中には不安がある。店によっては衛生管理が心配だと思うからだ。昔から、どこに行くにも生水と生ものには気をつけるようにと、未來は祖母から耳にタコができるほど言われてきた。その言葉が完全に染みついている。しかも、ここは日本ではなく、さらにこの暑さだ。

「浮水花枝羹（フーシュウファアヂーゴン）て分かるかな。うーんとね、サバヒーあるらろ、あの魚、こう、形ないようにつぶす？　骨とか全部とってね、お団子出来るみたいなのにして、それでイカを包んである。スープ入れて食べる」

「サバヒーって、私にはちょっと生臭いんだよねえ」

「じゃあ、魯麵は？　とろとろーしててねえ、甘いスープの麵。台南、結婚式ときに必ず食べるんらよ。友だち、お客さんにみんなに食べさす」

「麵で甘いの？　何か、想像つかないなあ」

何を提案されても未來がなかなか「うん」と言わないものだから、すっかり困った様子の洪春霞は「ふう」と大げさにため息をついて首を左右に振ったり口を左右に引き結んだりしながら、またスマホをいじり始めた。その間に未來は再び、あの老女と、古い家のことを考えた。

祖母たち日本人が出ていくのと入れ替わりに入った人が、未だに生きて暮らしている家だ。その辺りのアパートのように住人が激しく代替わりしているわけではないという点では、長寿な上に、むしろ安定した運命をたどってきたと言えると思う。それなのに、たった一つの家族が親子や姉弟の間で常にゴタゴタして「地獄」などと表現されているのだから、考えれば考えるほど切なくなる。

「よし、ゲンチが考えればいいな！」

やがて洪春霞が思い切ったような声を上げた。

「ゲンチ？　あ、楊くん？」

「ＬＩＮＥしたら来るらって。ゲンチ、知ってる店に行こう」

「林先生も来るかな」

反射的に口にしていた。

「どうかな。誘ってみろよって、ゲンチに言おうか？　あ、未來ちゃん、自分ＬＩＮＥ

で連絡すればいいんじゃないかよ」

洪春霞は一瞬にやりと人の心を探るような笑い方をする。だってね、考えてみたら昨日のお礼も言ってないし、と咄嗟の言い訳が頭に浮かんだが、だからといって連日誘うのも、さすがに気がひけると思い直した。どうせ、こちらは単なる旅行者。明後日にはもう日本に飛んで帰ってしまう身だ。また会えば余計に未練が残るだけかも知れない。あ、いや、まだそこまでのつもりはない。

未練だなんて。

べつに、そんなんじゃない。まだ。

「ま、いっか、今日は林先生は、ね。それより、ねえ、かすみちゃん。劉さんとは何の話、してたの？」

思い出したように話題を変えると、洪春霞は「うーん」と曖昧な表情になる。

「日本働いたときのこととかな。どうやって日本行ったですか、とか」

「どうやって、って？」

「日本で働く思ったら、働くとこ知ってる人とか、日本に呼んでくれる人とか、いないとラメから。一人で日本行っても、じゃあ、どこ行けばいいですか、どこ泊まりますかー、分かんないし」

「あ、そうか。そういうことを頼むんだったら、ちゃんと信用出来る人じゃないと心配だよね」

「そうらよー。言われること、そのまんま『分かりました』とか安心して、行ったら思ってたのと全然違うの仕事やらされるとか、一杯あるんらから」

なるほど。洪春霞も、そして劉慧雯も、それぞれにそういう危険をかいくぐりながら、または、もしかしたら何回か怖い思いをしながら、日本との往復をしてきているということなのかも知れない。経験者同士にしか分からない、未來には想像もつかない話をしていたのだろうか。

「劉さんは、昨日に比べたら落ち着いてたみたいじゃない？」

洪春霞は「そうかな」と小首を傾げるようにして呟き、おそらく明日、劉慧雯が自分の口から色々なことを未來に語るだろうと思うと言った。

「今日はな、あっち部屋で喋ってても半分耳、劉さんママ話、もう半分耳らけでこっちの話、聞いたんらから、よく分かんないのこと多かったよ」

「だったら、わざわざ奥に行かなくても一緒に座ってればよかったのに」

「傍いて聞いてたら、喧嘩なるんらって。『ママ、それ、違うんじゃないかよ』って、言っちゃうからからって」

「――ふうん。仲良くないのかな」

洪春霞が「どうかな」と曖昧に答えた後は、互いに何となく口を噤(つぐ)んで、そのまま沈黙が流れた。また生あくび。本当は洪春霞本人についても、もう少し色々な話を聞きたい気がしている。だが、そうは言っても洪春霞だって、もしかすると明日を限りに二度と会わないかも知れない、いや、その可能性の方が高い相手だ。何年もの間、台湾と日本とを往復して、各地のキャバクラやスナックで働いて、そこでどんな思いをしてきたかなど、本人が話したいのなら話せばいいとは思っているが、その一方ではそこまで色々な話を聞いて、打ち解けた関係になって、だから今度、日本に来るときには未來に世話になりたいなどと言い出されでもしたら、それはそれで困ったことになるかも知れない。まず紹介してやれる仕事だって心当たりひとつあるわけでもないし、そこまで引き受けられる度量も力量もないと自覚している。自分のことでさえ宙ぶらりんなままなのに。

一人旅の先で出来た縁。

心細さを救ってくれ、言葉の不自由さを補ってくれ、食事の度に何を食べさせようかと心を砕き、旅の目的を達成するために力を貸してくれた人々。その縁が、もう明日と明後日とでぷつりと切れるのかと思うと、何とも切ない気持ちになる。だがこんな風に、つい感傷的になるのは、もしかすると大して旅慣れていない未來一人なのかも知れないとも考えられた。果てしなく離れているように感じても、実際は朝、家を出れば夕方までには着ける程度の距離にいて、第一、李怡華や林先生は日本に留学していたのだし、洪春霞や劉慧雯だって何度となく日本に来て働いている。彼らにとっては、日本や日本人なんて珍しくも何ともない存在なのに違いなく、未來はその中の一人に過ぎない。

「——ま、いっか」

つい、ため息と共に口をついて出た言葉に、洪春霞が「何が」と返してきたが、それに応えるべき言葉も思いつかなかった。

しばらくしてやってきた楊建智（けんち）は、洪春霞とも相談した結果、未來をバイクの後ろに乗せて小籠包の店に連れていってくれた。すぐ後ろから、洪春霞も自分のバイクでついてくる。この前よりも少し度胸がついたせいか、または楊建智の運転の方が安心感があるせいだろうか、傾く陽射しを浴びながら排気ガスの中を突き抜けるようにして走るのは、意外と気持ちのいいものだった。信号が青になる瞬間に先頭を切って走り出すとき、そのままスピードにのってカーブを曲がるときなどは、まるで遊園地にでも行ったような気分になる。

そうして、台南の名所旧跡がある中心街からはだいぶ離れた普通の街の一角まで走っていったところに、その店はあった。地元の人以外は、せいぜい少数の日本人駐在員しか行かないという店で、予約を受けない人気店だという。確かにその説明通り、バイクを近くの駐車場に駐めて行ってみると、既に店の前には長い行列が出来ていた。だが、客席数が多い上に、酒を呑まない客がほとんどということもあって、列はどんどんと前に進み、日が暮れなずむ頃には未來たちも店に入ることが出来た。

平日にもかかわらず、広々とした店内は見事なほどの満席状態で、客層は実に種々雑多、仲間同士や恋人同士に見える人々の他、小さな子どもを連れている客も多かった。ほとんどガラス張りの店の外がどんどん暮れていくと、食事をとるには少しばかり明る過ぎるのではないかと思うほど煌々（こうこう）と店内を照らす明かりが目立ち始め、広い空間は人の声と活気で溢れかえった。未來はまださっきの感傷的な気分を引きずったままで、自分とはほとんど無縁ともいえるこの土地にも、これだけ多くの人がいて、人の数だけ人生があるのだな、などという考えに捕らわれていた。

「未來ちゃん、ビール飲む？」

「今日はいいかな——あ、やっぱり飲む」

一人で飲んだって楽しくないからと言いかけて、隣の席に運ばれてきた蒸籠（せいろ）と、立ちのぼる湯気の中から現れた小籠包を見たら、気分が変わった。楊建智が身軽に席を立って、店の入口近くに置かれている冷蔵ケースから未來のビールと、自分たちの分の飲み物を取り出してくる。

「謝謝（シェシェ）、ゲンチ」

「プークーチー？」

「謝謝言われたら、不客気（プークーチー）」

洪春霞が教えてくれた。

「ああ、『どういたしまして』のこと？」

「うん、それら」

やがて、未來たちのテーブルにもいくつもの蒸籠が並べられた。ぼわりと立った湯気が冷房で乾いた頬に触れる。醤油は味見をしてみたらやはり台南らしい甘めの醤油だったから未來は使わないことにして、豆小皿程度の器に酢と針ショウガだけをたっぷり入れた。そこに箸でつまんだ小籠包を少しだけつけて、そのまま口に運ぶ。皮を嚙むと口の中いっぱいに肉汁が溢れ、臭みのない肉の食感と皮の柔らかさが優しく舌に触れた。冷房のよく効いた店内で、火傷（やけど）しそうに熱い小籠包を頬張れば、ビールの進まないはずがないというものだ。

「うん、美味しい！」

未來は一人勝手にグラスを傾けながら、洪春霞と楊建智の中国語のやり取りを眺め、窓際の席に座っている小さな女の子の可愛らしい仕草に微笑み、揃いのTシャツを着ている女性従業員たちのバイタリティ溢れる動きに気を取られて過ごした。

ここにいる人たちは、昔ここが日本だったなんて、考えたこともないのかも知れない。何といっても、もう七十年以上も昔のことだ。辛うじて当時を記憶する人たちも既に皆年老いて、今さら声を大にして何か言うわけでもなく、それぞれに街の片隅でひっそりと暮らしている。日本人が建てた家も学校も何もかもが、その前の時代からある赤嵌（せきかん）楼（ろう）や孔子廟などと同様に、当たり前の風景として一つに融け合っている、それが今の台南だ。永遠に去って行った日本人のことを思って感傷的になる者は、自分たちの日常を生きる今の台南の人々にも、おそらく普通の日本人観光客にだって、そうはいないだろう。未來だって、祖母がここで生まれ育ったなどと聞かなければ、こんな気持ちは抱かなかった。何か目にする度に「日本だった」「日本だった」と、念仏のように繰り返し思うこともなかったに違いない。

「未來ちゃん、明後日帰るんらよな？」

ふいに洪春霞が確かめるように言い、未來が「そうだよ」と頷くと、楊建智が手元においていたジュースのペットボトルを掲げて乾杯のような仕草をした。

「そんなら今日が最後、会うになるから、挨拶しますって」

いきなりのことに少しばかり戸惑いながら、未來は自分のビールグラスを手にした。

楊建智がまたあまり表情を動かさないままで何か言う。

「ゲンチな、未來ちゃんと会えてよかったんらって。こっから、もっと日本時代歴史と、日本語勉強します。今度会ったら、少しは日本語で話、出来るようなるらって」

嬉しくなる言葉だった。未來は「謝謝！」と笑いかけ、楊建智のペットボトルと自分のグラスとを合わせた。

「こちらこそ、お世話になりました。またいつか、会えるといいね」

「らいじょぶらよー。ＬＩＮＥらって、いつも出来るらし」

「そっか。じゃあ、ＬＩＮＥで話そうね。ゲンチは私の台南の友だちね」

「あ、一番は私らからな。おい、こっちも乾杯ら！」

楊建智に負けじとコーラを注いだ紙コップを捧げ持つ洪春霞に、つい笑ってしまった。未來は洪春霞とも乾杯をして、よく冷えたビールを喉に流し込んだ。

私からだって、彼らの言葉で話しかけられるようになれたらいい。

このまま日本に帰って少ししたら、再び次の契約社員の口を探して、また二年か三年働いて、それが切れたらまた次を探して。場合によっては、その間に誰かと出会って結婚するかも知れないし、子どもだって産むかも知れないが、そんな保証は今どこにもない。ただ成り行きに任せて次々に職場を変えて生活するだけなんて、以前の未來が一番嫌っていた生き方なのに。

もともと未來は、自分が何ものかと聞かれたら、私はこういうものですと答えられる人間になりたかった。誰かの娘ですとか、妻です、母です、という答え方しか出来ない生き方はしたくないと、ことに十代から二十歳を過ぎた頃くらいまでは、よく口に出して周囲にも語っていたものだ。その当時から抱いていた夢は、ついに叶えることは出来なかったけれど、だからといってすべてを諦めるにはまだ早いような気がしている。ただ、では新たに何かを目指すにはどうすればいいのか、それを見つけるきっかけすら摑めずに、この数年を過ごしてきただけだ。

ことば。

今度の旅で思い知ったのが言葉の大切さだ。もしも未來自身が中国語を話せていたら、旅はきっと、まったく違うものになっていた。新しい世界を開きたいと思うなら、新しい言葉を学ぶのも一つのきっかけ作りになるのではないだろうか。

「ねえってば、未來ちゃん！」

ついぼんやりしていた。はっとして前を見ると、洪春霞が口を尖らせてこちらを見ている。

「あ——ごめん。なになに」

「今日これも、未來ちゃん奢り(おご)らよな？」

未來が頷くと、洪春霞と楊建智とはもう少し追加で注文をしてもいいかと言ってきた。未來は思わず苦笑しながら、嬉しそうにメニューを開いている二人を眺めていた。

5

ホテルに戻ってシャワーを浴びている間に、母からＬＩＮＥでメッセージが届いていた。今日は目新しい写真はほとんど撮れなかったし、何か送るといってもせいぜい小籠包の写真くらいしかないだろうか、などと考えていた未來は、肩から羽織ったバスタオルで濡れたままの髪を押さえながら、もう片方の手でスマホを操作した。

〈予定通り、明後日には帰ってくる？〉

例によって強すぎる冷房の中では、風呂上がりのままでぐずぐずしていると瞬く間に身体が冷えるのは既に学習済みだ。〈うん、帰るよ〉とだけ送って、取りあえずドライヤーで髪を乾かしたり日焼けした肌の手入れをしたりして、薄いものを着込んだところで改めてスマホを手に取る。再び母からメッセージが来ていた。

〈それなら、未來が帰ってから話せばいいことだけど〉

〈何かあった？〉

旅先で面倒な話は勘弁して欲しいと思いながら、知らん顔していることも出来なくて、そう聞き返した後、しばらくの間はスマホの画面を見ていたが、なかなか「既読」がつかない。未來は日本にいるとき以上に、すっかり習慣になった風呂上がりのビールを開けることにした。アルコール度数が低いせいだろうか、台湾ビールは日本のビールに比べると軽くてさらさらと飲めてしまう。しかもコンビニにはパイナップルとかマンゴー、バナナなどといったフルーツフレーバーの缶ビールもたくさん並んでいて、つい気持ちをそそられるのだ。ただし、実際に飲んでみたらおそらく甘いに違いなく、さらにビールらしくなくて拍子抜けしてしまうだろうと思うから、未だに手は出していない。こういう冒険は、一緒に飲める相手がいないとやってみる気にはならないものだ。

〈未來も慣れない旅先で大変な思いしてるだろうから〉

しばらくすると、また何やら思わせぶりなメッセージが届いた。

「そうだよ、これでも結構、大変なんだから。今日だって明日だって、地獄の話を聞くんだからね」

口に出して呟いて、しばらくの間どう返事をしようかと考える。取りあえず、先ほどの小籠包の写真を送ってみた。

〈地元の人が行く店の小籠包。激ウマ〉

今度はすぐに既読がついた。

〈まだご飯の途中?〉

〈もうホテル。シャワー浴びたとこ〉

〈じゃあ一つだけ、聞いてもいい?〉

〈なあに〉

〈おばあちゃんのこと。ずっと一緒にいたのは未來だから、一番よく分かると思って〉

胸の奥がざわりとした。

〈おばあちゃん、どうかしたの〉

既読はついたが、またもや数分待っても返事が来ない。何か長々と書き連ねているのだろうかと思うと余計に気が重くなった。その気分を振り払うように、未來はテレビのリモコンを操作して、端から順番にチャンネルを替えていった。意味が分からないまま眺めていると、テレビから聞こえる中国語は、とにかく早口な印象だ。これがすべて聞き取れて、しかも意味が分かるようになるには、果たしてどれくらいの期間、勉強が必要だろう。しかも、それに対して受け答えが出来るようになるなんて、可能な話だろうか。これからでも？

はたと思いついて、母からの返事を待つ間に林先生にメッセージを送ることにした。

〈こんばんは。昨日はありがとうございました。ところで一つ、教えていただきたいことがあります〉

メッセージを送ると、まるで待ち構えていたかのように、即座に「既読」がついた。それだけで嬉しくなる自分が情けないよ、と、自嘲気味な笑みにため息が混ざる。

〈何でしょうか〉

〈中国語の勉強は、今からでは大変だと思いますか？〉

少し、間が空いた。その間に母の方からメッセージが届く。

〈おばあちゃん、物忘れすると思ったことない？〉

〈あるよ〉

〈いつ頃から？〉

さて、いつ頃からだったろうかと考えている間に、林先生からの返事だ。

〈中国語は四声という発音があります。それが日本人は苦手な人が多いですね。本気で勉強したいと思ってしたら、日本にいるままより、中国大陸より、台湾はいいと言われます。もともと北京語は話さない土地でしたから、みんな学校で正式に習います。それで台湾の方が訛りない、正しい発音を勉強出来ます〉

へえ、そうなんだ。やっぱりね、だから劉呉秀麗（りゅうごしゅうれい）の発音はきれいだと李怡華（りいか）が説明していた、などと思い出している間に、今度は母から催促のように来た。

〈つまり、今回こういうことになるよりも前から、結構、忘れっぽくなってたっていうこと？〉

〈うーん、ちょこちょこね〉

〈そんな話、未來、一度もしたことなかったじゃない〉

〈あのくらいの歳になれば、そんなもんかなあとも思ったから〉

その間に林先生から〈未來さん、中国語、勉強しますか〉というメッセージ。

〈ちょっと考えています。私くらいの年齢になってからでも遅くないでしょうか？〉

母が〈あのくらいの歳、か〉と書いてくる。

〈なに、どうしたの〉

〈今日、ちょっと他のことがあって脳の検査したのよ。そうしたら、おばあちゃんの物忘れは、年齢に伴うものだけじゃなくて〉

〈だけじゃなくて？〉

〈認知症なんだって〉

〈え？〉

〈特に入院してから、ここのところ急に進んだみたい〉

胸を、とんと突かれたように感じた。認知症？　おばあちゃんが？

〈遅いことはありませんよ！　ぜひ、中国語の勉強してください〉

出来たらいいなと、今回の旅で思ったんです、と書きたくて、書けなくなった。そうは思ったんですが、たった今、おばあちゃんのことを知らされてしまいました。ずっと二人で暮らしてきた祖母が認知症になったら、未來はどうなるのだろう。どうすればいいのだろうか。

〈詳しい話は、未來が帰ってきてからするけどね〉

〈まさか、私のことが分からないなんていうこと、ないんだろうね？〉

〈まさか。それはまだまだ大丈夫。『未來はまだ帰らないんだろうか』って今日も言ってたし〉

一週間で戻るからねと言ってきたではないか。それも忘れてしまったのだろうか。どうして急に、そんなことになったのだろう。

おばあちゃんが住んでた家を探しに来てるんだよ。写真を見て思い出してもらおう、それで元気を出して欲しいと思ったから来たんじゃないの。それなのに、認知症なんて。

可哀想なおばあちゃん。

〈ご協力することあれば言って下さい。未來さんなら、きっと出来ると思います〉

〈そうでしょうか〉

〈そうですよ。未來さん、耳いいです。ペタコの声も、よく聞き取りましたですね〉

杉先生からの励ましか切なかった。〈ありがとうございます〉と返事をして、最後に母からの〈とにかく気をつけて帰ってらっしゃい〉というメッセージを読んだ後、未來はスマホをベッドに放り投げてしまった。

認知症。

祖母が。

中国語を習うなら台湾がいい。

でも、そうなったら、おばあちゃんは。

どれくらいの間？

退院したら、これからも二人で暮らし続けるんだと思っていたのに。

中国語どころではない。

いや、中国語のことはさておき、とてもじゃないが未來一人で背負いきれるような問題ではない。

何をどうすればいいんだろう。

認知症なんて。うちのおばあちゃんが。

頭が混乱してしまって、せっかく飲みかけていたビールにも手を伸ばすつもりになれなくなった。未來は胸が詰まるような息苦しさを抱えたまま、すっかり見慣れた感のある窓からの景色に目をやった。半ば霞がかかったような闇の中にオレンジ色の照明がいくつも見える。夜道を歩く人の姿は見えず、建物もひっそりと闇に沈んでいるようだ。その景色を眺めているうちに、それにしても、と少しずつ母に腹が立ってきた。何もこんなときに知らせてこなくたっていいではないか。あと二日だけ待っていてくれれば帰るのに。その二日がどうして待てなかったのだろう。

まったく。

いや、おそらく母だって困惑しているのだ。何が起きたのか分からないが、祖母は今日、何かべつのことで脳の検査をしたようだし、病院から戻ればあの家で一人になるのだから、母は母で、もしかしたらいても立ってもいられなかったのかも知れない。父や叔父たちには伝えたのだろうか。未來の妹弟や、従兄弟たちには言ったのか。そして「となり」には？

未來がテレビなどの情報から抱いている認知症のイメージといったら、だんだん記憶力が衰えていって、そのうちに自分がどこにいるのかも分からなくなり、徘徊して電車の線路に立ち入ったり、高速道路を逆走するようになるといったものだ。あの、しっかりした祖母が、そんなことになるなんて、まったく信じられなかった。確かに、このところ少しずつ頼りなく感じる部分が増えてきていたことは間違いない。だが、未來が勤めに出ている間も毎日きちんと食事の支度をしてくれて、未來の帰りを待ってくれていた祖母だ。洗濯機も回したし、掃除機は重たいからと代わりにモップを使って掃除をし、宅配サービスを利用しつつ買い物にだって行っていた。毎日、家の前の道を綺麗に掃いて、庭の植木や草花にも水をやって。つい先月のあの夜、階段から落ちたその時まで、そういう日々を送っていたのだ。それなのに認知症になっていて、しかも症状は入院してから進んでいるとは。

認知症にかかった自分のことを、祖母自身はどんな風に感じているのだろう。自覚はあるのか。認知症だと分かったら、どんな気持ちだろうか。

私は――どうすればいいんだろう。

せっかく新しい目標が出来るかと思った、そのタイミングでこんなことになるなんて。いつも未來のことを一番に考えてくれた祖母が、もしかしたらこれからは未來の足かせになるかも知れないのだろうか。

胸の中に、どんどんと重苦しいものが溜まっていって、何度となく深呼吸ともため息ともつかないものを繰り返しながら、取りあえず今日一日の出来事をメモする間も、劉呉秀麗の顔を思い浮かべる一方で、やはり祖母のことが頭から離れなかった。もしも母の話が本当なのだとしたら、今度という今度は未來一人ではどうすることも出来ないと、両親にも、叔父たちにもきっぱり言わなければならない、祖母には気の毒だとは思うが、このまま未來一人が家に縛られるのは、祖母だって望んではいないはずだと結論を下す頃には、もう日付が変わっていた。

そうして、あまり満足に眠れた気がしないまま迎えた翌朝は、さすがに食欲がなかった。大して品数が多いともいえない食堂の、ビュッフェ形式で並ぶ料理の中から少しばかりのフルーツとコーヒーだけ摂った後、未來は洪春霞（こうしゅんか）が迎えに来る時刻までホテルの周辺を少し歩くことにした。一応は晴れているものの、空には白から灰色まで、刷毛（はけ）で掃いたようなものから羊のようにもこもことした形のものまで、様々な表情の雲が幾重にも重なりあっていて、その向こうに青空が見え、陽が遮られるかと思えばまた強烈な陽にさらされるという朝だった。

台南で過ごす最後の日。

もう少し晴れやかな気持ちで、のんびりと土産物でも見て歩きたかったのに、日本時代からの建物だという林百貨にさえ、ついに足を踏み入れられないまま終わるのかも知れない。第一、祖母に何か買っていっても、それを喜んでくれるかどうか分からない。昔の台湾にもあったもので、祖母は何を記憶し、何を懐かしんでくれるのだろう。未來の気持ちを表すかのように雲の入り混じっている空を見上げながら、この分ではいつまた一昨日のような土砂降りに見舞われるかも知れないと思う。

外国だと分かっていながら、数日の間に一人で歩き回るのにも不安を感じなくなった界隈は、相変わらず朝から多くのバイクが行き交い、路上駐車のトラックが行く手を遮り、路上で三明治を頬張る人がいて、具体的にどこがどうとは言えないものの、日本と比べて何かしら雑然として見える。だがそんな雰囲気にも、意味が分かるようで分からない漢字の看板にも、最初の頃ほどは威圧されなくなった。建物の隙間にある細い路地は一見あやしげな雰囲気を持っているように感じられるが、常に持ち歩いている「時空地図」のお蔭もあって、実は日本時代よりも前からある石畳の道なのだと分かれば必要以上の不安も抱かずに済む。

これで言葉が分かったら。

商店などで人に話しかけることも出来るに違いない。一人でもっと活発に、自由に行動出来るだろう。そうすれば、この街のまた違う一面が、きっと見えてくるはずだった。

第一　本当に中国語が話せるようになったら、台南どころの話ではない。行動出来る範囲は想像以上に広がるのだ。

ことば。

ひと晩のうちに、ずい分と気持ちは固まりつつあった。今回こうして一人で台南までやってきた自分に、語学留学くらい出来ないことはないという気持ちになっている。ちょっとだが、林先生にも頼ってみたい気がしていた。だが、どうしても祖母のことが引っかかる。今のままでは身動きは取れない。つまり帰ってから必要なことは、まずは家族の理解と、これまでとは異なる生活パターンをみんなで相談すること、そして、未來自身の思いきりだ。ところで、そこに祖母の意思は活かされるのだろうか？　祖母はどんな生活を希望するだろう。

　これまで通りに暮らしたいって言うに決まってる。自分の家で。当たり前に。

　それが難しいとしたら。

少しは気分転換になるかと思ったのに、歩いている間にまた頭の中で堂々巡りが始まりそうだった。気温もぐんぐん上がってきて、相変わらず汗がしたたり落ちてくる。適当なところできびすを返してホテルに戻り、ロビーでぼんやりと汗が引くのを待っているうちに待ち合わせの時間になり、今日はライムグリーンのカットソーを着た洪春霞が現れた。

「すごい。時間ぴったり」

　すぐに出かけるかと思いきや、未來の斜め向かいのソファに「おはよー」と腰掛けて、長い髪をクリップでまとめ直していた洪春霞は、「それな」と澄ましたような顔つきになった。今日は、耳たぶから肩先までキラキラ輝く細いチェーンが垂れ下がるデザインのピアスをしている。口紅の色も昨日までよりも鮮やかなようだ。つまり、いつもより「いい女」っぽく作っている。

「日本働いてるとき、どこでも必ず、必ず、かんなーらず、言われるんらからな。『おいっ、時間ちゃんと守れよな』『何で時間守れねえんらよ』『おまえの時計、どうなってますか』って、何回も何回も」

「日本人は、時間に関しては本当に几帳面だっていうもんね」

「べつに、それくらいいいんじゃないかよーとか思うんらけど、『給料から引くんらからな』とか、『おまえ、マジでやる気あんのかよ』とか、もう、すーぐ言われるんらよな。どこ行ってもそれから、やっぱ、ああ、時間守んないとらめなあって、ちょっとちょっと思うようになった」

「こっちの人は守らない?」

「うーん、日本人みたいうるさいは言わないかなあ。約束時間なった、来ないよなー、まー、しょうがないかなー、とか。大体、大体なら、いいんじゃないかよー、とか。三十分くらい遅刻とか言わないし。最初っからそんな、ちゃんと細かい約束しないとか」

要するにのんびりしているということなのだろうか、それとも単にルーズなのか。南国らしいといえば、そんな気もする。

「じゃあ、今日の劉慧雯(りゅうけいぶん)さんも分からないかな」

「あの人、ちゃんと来るな。日本、仕事ずっとしてたら、そうなる」

なるほど、と頷いてから、未來の方が先に腰を上げた。日本人は時間に几帳面という話をした直後に遅刻するわけにいかない。

「そのお店って、どこにあるの？　待ち合わせしたお店」

「文学館近く」

「つまり、ロータリーのそば？」

「そうらな」

毎日、通らないことのなかったロータリー道路や旧州庁の国立台湾文学館とも、今日でお別れだった。周辺の風景をよく見て、写真も撮って、深く記憶に刻んでおこうと自分に言い聞かせながら、ぐんぐん気温が上がってきたホテルの外に再び出る。バイクで行くのかと思ったが、駐めるところに困るからと、洪春霞は歩いて行こうと言った。

「あ、そうら。未來ちゃん、あの公園の名前、知ってる？」

「公園って？」

「丸い道、真ん中の」

「あそこって公園になってるの？　日本時代に、何だっけ、偉い人の銅像が立ってたんでしょう？」

「今も銅像、あるんらって。昨日、ゲンチと話しててそのこと、私も初めて知った」

亭仔脚（ていしきゃく）の下は、軒を連ねる店ごとに床の高さが違っている上に、相も変わらずバイクや車が駐めてあったり商売道具が置かれていたり、場合によっては飼い犬が寝そべっていたり植木鉢があったりして、雨や陽射しからは身を守れるものの、決して歩きやすいというわけではない。これで床に段差さえなかったら、高齢者や身体の不自由な人などにとっても実に優しい歩道になるだろうと思うのに、現実はよそ見などして歩いていては、どこでつまずき、足を踏み外すか分からない。自然に自分の足もとばかり見て歩く格好になった。

「銅像って、日本時代の？」

「そうなくて、昔、殺された人らって。お父さん日本人で、お母さん台湾人の人」

「殺された？　どうして」

「二二八事件のとき。台湾人すごく一杯、殺されたときあって」

その時ばかりは、「いつ？」と、思わず顔を上げてしまった。だが、障害物が多いせいで二人並んで歩くのも時には困難なほどだ。

「日本時代あと」

ちょうど未來の前を行く格好になっていた洪春霞の背中にもう一度「誰から」と声をかけると、少しして「政府」という答えが聞こえた。

「政府？　台湾政府？」

「ちがう。中華民国政府」

「あ、そっか——え？　政府が、自分の国の国民を？」

台南に着いた当日にも李怡華と歩き、翌日は李怡華に突如として帰られてしまって、一人で怒りながら自転車で走り回った界隈だった。その後も林先生の車で通り、タクシーでも何度か通ったと思う。そこを再び歩きながら、未來は台湾の新たな一面を聞かされた思いだった。

「まだ少し時間あるから、見る？」

ロータリー道路まで出て、外側の歩道をぐるりと巡り、現在は補修中だという日本時代からの消防署近くに立つと、なるほどコンクリートで丸く囲まれた中央部に一カ所、階段のついている場所があって、その脇に「湯徳章紀念公園」という目立たないプレートがはめ込まれていることに気がついた。だが、円環状の道路は車の流れがほとんど途切れることがなかったし、横断歩道があるわけでもないから、どうやってそこまでたどり着けばいいのかが分からない。

「湯徳章（とうとくしょう）っていう人が、殺されたの？」

結局、外側の歩道に立ったままスマホだけ構えていると、洪春霞は「うん」と頷いた。

「この場所で殺されたんらって。みんな、見てるとこで。すごい偉いの先生らったのに」

「ここで――」

「二二八事件のときなあ、ホント、偉い人ばっかり、あと、べつに何もしてない人もいっぱい捕まって、いっぱい殺されたんらって、昨日、ゲンチが言ってた。そういったら、前にもうちの祖父ちゃんが言ってたことあったんらよなーって思い出した。もう死んじゃったけど」

「それ、いつ頃の話？」

「どうかなあ――日本いなくなって、すぐないかな」

この明るい南国には、そんな歴史もあったのか。日本が去ってからの七十年あまり、この人たちは一体どんな日々を過ごして今日までやってきたのだろうかということを、初めて思った。そして、祖母たち日本人はこの土地から引き揚げた後、台湾がどんな事態に見舞われ、どんな歴史を刻んできたのかを知っているのかどうか、ということも考えた。かつて自分たちが生まれ育った土地で、そんな大量虐殺のようなことがあったと、祖母は知っているのだろうか。

聞いてみようか。

それとも、以前は知っていたかも知れないことを、今の祖母はもう忘れてしまっているだろうか。

取りあえず、昔は日本人の、今は政府に殺されたという人物の銅像が立っているらしいロータリー道路の中心にある空間の写真を改めて何枚か撮った。どの方向からでも、道路の外側からでは銅像は見えないが、紀念公園というプレートは可能な限りズームアップして写したし、湯徳章という人の名前も、覚えておこうと胸に刻んだ。

そのままロータリーの外側をぐるりと歩いて文学館の前まで来たとき、正面入口の左右に植えられた背の高い木を見上げて、未來はふと立ち止まった。

「ねえ、かすみちゃん。この赤い花が咲いてる木、何ていうのか知ってる？」

「これ？　フォンファンシュウ」

「フォンファン——？」

「フォンファン——うーんと、死なない鳥ていうんらろ。火みたい燃えてて、神さま使いみたい鳥」

「死なないっていったら不死鳥だよね――フォンファン――」

「あの赤い花、フォンファン似て見えるから」

「シュウは？」

「木、こと」

洪春霞は自分のスマホを取り出し、素早く指先を動かして何かのアプリを立ち上げると、その画面に「鳳凰樹」という文字を打ち込んで見せてくれた。

未來も自分のスマホから「鳳凰樹」と検索してみる。すると、なるほど「鳳凰木」「鳳凰樹」という項目が見つかった。画像を検索すれば、目の前に見えているのと同じ花の写真がたくさん出てくる。

「これ、日本では鳳凰木（ほうおうぼく）って呼んでるみたいだね」

「鳳凰樹、台南市の木なんらよ」

「へえ、鳳凰ねえ。そういえば、そう見えてくるよね」

確かに小さな炎のように燃える鳥が、羽を一杯に広げて木々を鮮やかに彩っているように見えてくる。鳳凰の木とは、うまい名前をつけたものだ。ふうん、と何度も頷いて感心しながら、未來はここでも改めてスマホを構えた。名前を知ると、また印象が変わる気がしてくる。祖母がいた時代にも、この花は咲いていたのだろうか。そして、今も覚えているだろうか。

認知症になっても。

何かにつけ、その言葉が頭に浮かんでしまう。早ければ明後日には顔を見に行くつもりではいる。だが、その時、どんな顔をして祖母に会えばいいだろうかと考えると、やはり気持ちが沈んだ。

第五章

1

ベッドの背を起こして、未來が送ってきて壁に飾られた写真を一枚ずつ眺めている。今日は朝食も残さずに食べられたし、何かしら少し気分が楽なようだ。

懐かしい台南。私の故郷。

建物や街並みを撮った写真は何枚もあるが、それらを眺めるうちに、どうも全体に緑が少ないようだと気づく。朋子が記憶する台南は、もっと緑に溢れていた印象がある。街にはいくつもの並木道があったものだ。今、そういう道はなくなってしまったのだろうか。未來の写真には、それらしいものがあまり見当たらない。

朋子が台南で暮らしていた頃、たとえば台南駅前には大きなガジュマルの木があって、そこから州庁へ向かう真っ直ぐな道は、両側に見事な鳳凰木の並木が続いていた。あの木は、花のない季節でも葉が細かくて涼やかなものだが、ことに炎のように鮮やかな色の花が咲く季節は、それは見事なものだった。花は燃えるようでありながら葉は涼やかな木陰を作り、明るく華やかで、台南の青空とそれはよく似合っていたものだ。そして、散り際。強い雨の降った翌朝などは、花が散って真っ直ぐに伸びる道一面が、赤い絨毯を敷き詰めたようになった。あの見事さは、今も朋子の脳裏に焼き付いている。

そう、確か図書館から公園に向かう道も鳳凰木の並木だった。陸軍の官舎に住んでいた、あの子——何と言ったか、ほら——多枝子ちゃん、上重多枝子ちゃんのお宅に何度か行ったとき、やはり並木道を通っていった記憶がある。

相思樹の並木があったのは、どこだったろう。あの黄色い、小さくてぽつぽつとした花もまた軽やかで愛らしかった。トウカエデが大きく育っていたのは開山神社の近く。タマリンドの並木もあった。それから孔子廟の辺りのタガヤサンの並木。今にして思えばどうしてそんな木々の名前や植わっていた場所を覚えているのか不思議になるほどだが、戦争がひどくなる前は、それぞれの道を、女学校のお友だちとお喋りをしながら歩くのが楽しみの一つだった。

台南は、本当に美しい街だった。

末広町の道は銀座通りとも呼ばれていて道幅も広ければ亭仔脚の街並みも美しく、あそこに行けば手に入らないものはないと言われていた。その道をまっすぐ行って、もっと海寄りになると芝居小屋などが建ち並び、その先には料亭街も開けているという話だったが、その辺りはいわば大人の世界で、朋子は行った記憶がない。いずれにせよ父の職場である台糖の試験所も牛稠子も、そんな台南の繁華街からはずっと離れたところにある鄙びた片田舎だったし、それでもこうして多少の街並みを記憶しているのは、女学校生活を送ることが出来たのと、桶盤浅のおじさまの家に下宿していたからだ。

海まで行った日があった。

浅瀬がどこまでも続いていた。

その途中で、六月の雪を見たんだわ。

本土では、雪は寒い真冬に降るものだと教わっていたけれど、「冬」という季節の感覚も、そんな寒ささえ想像もつかない南国育ちには、陽の照り映える海と抜けるような青空とともに、あの真っ白な景色が夢見るほどに美しく、うっとりとなったものだ。

未來は、六月の雪を見るだろうか。

今のところ、未來から送られてきた写真に六月の雪は写っていない。あの子はあれを見つけられないのかも知れないと、視線を宙にさまよわせ、何となくぼんやりしているとき、病室の入口に人の気配がした。何気なく目をやると、白っぽいズボンに大ぶりな花柄の服を着た人が、しばらくの間病室内をきょろきょろと見回した後、半ば迷うような足取りでこちらに向かってきた。そして、朋子のすぐ傍まで来たところで立ち止まり、こちらにも聞こえるような大きなため息をついてから「いたいた」と言った。

「どうなの、調子は」

低く押し殺した声がする。朋子は、その顔をぼんやりと見上げた。髪を後ろで一つに束ね、大して色艶のよくない顔をした女が、無表情で立っている。

「忙しかったのよ。分かるでしょう」

女が喋る度に、顎の、向かって左寄りにある大きなほくろが動いた。そのほくろを見ているうちに、あらっと思う。

「いきなり階段から落ちただの、骨を折っただのって聞かされたって、こっちにもこっちの都合ってもんがあるんだから」

「――真純」

朋子が名を呼ぶ間に、真純はベッドの傍の椅子に腰掛け、ハンカチで顔の汗を拭っている。

「分かるんだわね。一応は」

「真純、あなた――」

まあ、何てみっともなく老けたの、と言いそうになって口を噤んだ。一体どこの中年女が現れたのかと思ったら、間違いなくこれは朋子の長女ではないか。このところずい分長い間、まともに顔を見ることもなくて、いつだって隣の家にいながらどうやって毎日を暮らしているのかと案じていたら、こんな風貌になっていたとは。

「アレなんだって？　認知症って言われたって？　本当なの。忘れてるわけ？　色々と」

「いきなり、何なの」

「何なのって、昨日の夜になって葉月さんが来たからよ。人が疲れて帰ってきて、やっとひと息つくかつかないかってときに、何度でもしつこくインターホン鳴らしてさ、しようがないから出たら、お母さんがどうとか、認知症だって分かったとか言い出して」

どうやら嫁が「となり」を訪ねていったらしいということは何となく分かった。だが、認知症云々というのは、何の話だろう。朋子は、ハンカチを団扇代わりにして顔を扇ぎながら病室を見回している長女を見つめた。やつれたんじゃないの。それに、その眉間の深い皺。すっかり癇の立った顔になって。あなた、ちゃんと落ち着いて生活出来ているんでしょうね。子どもたちはどうしてるの。次から次へと思いが浮かぶが、どれも言葉になりそうにない。

「ねえ、お母さん」

この子に再びそんな呼び方をされる日が来ようとは思わなかった。朋子は返事をするのも忘れて娘を見ていた。

「もう一度聞くけど、どうなの、その認知症っていうのは」

「——何のことだか分からないわ。誰が何だっていうの、その認知症って、何の——誰のこと」

真純は感情のこもらない目でこちらを見ていたが、やがてわずかにしかめっ面を作って「やっぱり」と呟いた。眉間の皺がきゅっと色濃くなる。

「分かってないんだわね。ここは葉月さんの言う通りだったか」

「だから、何の——」

繰り返し尋ねようとしたときに、真純はわずかに身を乗り出してきて「ねえ」と低い声を出した。

「お母さん、遺言状って、ちゃんと書いてあるの?」

「——何を言い出すのよ、いきなり」

「どうなのよ。ちゃんと書いてある? それとも、そのこともう忘れちゃってる?」

嫌なことを言う。久しぶりに顔を見せたと思ったら、娘はなぜ人を認知症だの遺言状だのとわけの分からないことばかり言うのだろうか。

「ねえってば」

「知りませんよ、そんなこと」

「知らないって。それじゃ困るじゃないよ」

「あら、どうして」

「お父さんの相続のことだって、まだちゃんと片がついてるわけじゃないのよ。このうえ、お母さんまで好い加減なことをしてくれたら、残されるものが困るに決まってるでしょう」

この子は。

一体いつからこんな物言いしか出来なくなったのだろう。子どもの頃は、いかにも末っ子らしく頼りなく、甘えん坊なだけの子に見えた。こらえ性もないし、上の二人のようにコツコツと努力するということもない。だからこそ、せめて見劣りのしない学歴だけでもつけさせて習い事などもさせ、平凡でも安定した先に嫁げればいいと思っていた。それが、いつの頃からか親の言うことには悉く反発するようになり、我がまま勝手なことばかりして、ついには家を飛び出していった。すぐに泣いて帰ってくるだろうと思っていたのに、結局はそのまま、手の届かないところへ行ってしまったのだ。

「ねえ、お母さんってば」

「だから、何なの」

「何だったら、今ここで書かない？」

「何を」

娘はわずかに乗り出していた身体をさらに寄せてきて、「遺言状に決まってるでしょ」とさらに眉根を寄せる。よくよく見れば、この子は確かに真純だと思う。顎のほくろが何よりの証拠だし、顔だって決して見覚えがないというわけではなかった。それなのに、どうしてこうも空々しい、他人以上に他人のようにしか感じられないのだろう。

「今日は、葉月さんは来ないのかしら」

「知らないわよ、あんな人のこと。それより、ねえ、ちょっと、少しはちゃんとしてってば、お母さん」

この子は昔から、こんな声で話す子だったろうか。久しぶりに「お母さん」と呼ばれても、これほど寒々とした気持ちになるのはどうしてだろう。それよりもさっき娘は、認知症がどうとか言った。あれは、朋子に向かって言ったことなのだろうか。認知症というのは、一体何のことだったろう。聞いたことはあるような気がするが、それが何なのかはよく分からない。もしも病気なのだとしたら、朋子がそういう病気にかかったとでも言いたいのだろうか。この上、まだ。

「ねえ。もしも、お母さんが今ここで遺言状を書いてくれたらね。後から古いのが見つかっても、いちばん新しいのが正しいってことになるのよ。分かる？」

そんなもの、書きはしないわよと答えようとしながら、どうもうまく言葉が出ない。とはいえ昨日のように何か言おうとして出ないのではなく、この子にはもう何を言っても無駄なような気がして、話をする気がどんどんと失せているのだ。

「何を」

「もし、書いてくれたらさ。せっかく隣に住んでるわけだしさ。私、お母さんの面倒見てもいいと思ってるのよ」

面倒を見る。

この子が。

本当にそうなったら、こんなに心強いことはない。そんな思いがこみ上げる一方で、すぐに「まさか」という思いも頭に浮かんだ。だまされちゃいけない。もうこれ以上は、だまされない。この子が真実の心からそんなことを言う子かどうかくらいのことは、さすがの朋子にだって分かるつもりだ。亡くなった夫だって晩年、繰り返し言っていたではないか。もう、あれを実の子と思ってはいけないと。

「私だってさあ、もうこの歳よ。そりゃあ、小さい頃から色々あったけど、これでも最後の最後くらいは、まあ、ある程度の親孝行くらい、しなきゃいけないなあとは、思ってるんだから」

「あら、そうだったの」

「そりゃそうよ。いくら喧嘩したって、血は水よりも濃いっていうんだしさ、やっぱり親子は親子じゃない」

そうねえ、と言いかけた朋子の目の前に大きな顔がぐっと迫ってきて、小皺に囲まれた目が細められた。ああ、この目元は夫に似ていると、ふと思う。

「その代わりに、遺言状をさ。何だったら、走り書き程度だって——」

急に尿意を催してきた。ナースコールに手を伸ばそうとしかけると、真純が「何よ」

と目に苛立ちを浮かべ、舌打ちをした。

「人が話してるときに。大事な話、してるんじゃないよ。聞いてんの？」

「聞いてます。ちょっと、お手洗い」

「あ、トイレか。私が連れていこうか？」

「そう？　出来る？」

「ほら、今後のこともあるしさ」

つい頼りたい思いになって娘を見ると、彼女は椅子から腰を上げかけたところで初めて気づいたようにパジャマ姿の朋子の全身を眺め回して、「やっぱり無理だわ」と、しごく簡単に前言を撤回した。

「だって、そんな状態じゃ、一人で立てもしないんでしょう？　私、そういうのに慣れてないし、下手なことして、痛い思いさせたくないじゃない、ね。ほら、早く看護師さん呼んだら」

どうせそんなことだろうと思っていた。朋子は言われるまでもなくナースコールを押し、ほどなくしてやってきた看護師さんに、車椅子に乗せてもらって手洗いに行った。ほんの少しでも期待してしまおうとする自分が馬鹿なのだと自分に言い聞かせながら、戻ってきたときには、真純の姿はもう見えなくなっていて、代わりに葉月さんが朋子の掛け布団をたたみ直しているところだった。

「真純は？」

「どこかから電話がかかってきて、急用が出来たって——行きました。真純さん、何か言ってました？」

再びベッドに横になったところで、朋子は「何も」としか答えなかった。

「何も？　でも、何かお話はしたんでしょう？」

「――したかも知れないけど――忘れたわ」

「――忘れちゃいましたか」

葉月さんは少し淋しそうな顔になって、微かにため息を洩らしている。たった今、交わした言葉を、忘れるはずがなかった。だが、病院になど現れるまいと思っていた娘、以前とはすっかり人相が変わってしまったように見えた真純が、やって来るなり遺言状がどうの、認知症がこうのと言い出したことなどは、さすがに嫁にも話しづらかった。あれでも娘は娘なのだ。本人には伝わらなかったかも知れないし、結局は何の実も結ばなかったが、それでも精一杯に育てた娘だった。

「未來はねえ、昨日は大した写真は撮れなかったみたいですよ」

「あの子はいつ、帰ってくるんだったかしら。ずい分と長いこと、行ってるんだわねえ」

「明日には帰ってきますから」

「あら、そうなの。明日ね、じゃあ、じきに会えるわね」

何人かいる孫の中でもいちばん縁があるように思える未來。長男の家族が福岡に行ってしまった後も、ずっと東京に残って夫と朋子を支えてきたのは、あの子に他ならない。あの子には、きっと天からご褒美が届く日が来るに違いないと、朋子は密かに思っている。子どもの頃から憧れていた仕事こそ、ついに続けることはかなわなかったが、それもあの子の人生だ。声優を目指さなくなったことが、かえって幸いしないとも限らない。少なくとも、きっとあの子の目を新しい世界へと向けさせることだろうと信じている。

「会いたいわねえ、あの子に」

「未來も、少しでもお義母さんに台南の写真を見せてあげたくて、頑張ってるんだと思いますから」

「そうだわねえ——未來は、いい子。いい子だわ。本当に」

それに比べて、と、たった今、幻のように現れたかと思ったら、また消え去った真純の顔が思い浮かんだ。

あんなに汚い顔になって。

あなた、どんな生き方をしてきてるの。

あの子ももう、自分が歩んできた人生を隠し果せないところまで来ているのだ。いくら若い頃はお洒落をして華やかに見せていても、結局はその人の人生が顔に出てきてしまう。昔は、それなりに可愛らしい子だった。だが、今の未來ほどの年頃の真純を、朋子は知らない。二十歳を過ぎるか過ぎないかという頃に、親が反対する相手と駆け落ちをしてしまったきり、お金に困っている様子の時だけ連絡を寄越すことがあったくらいで、あとはどこでどうしているのかさえ分からなかったからだ。その間、あの子なりに苦労したのだろうとは思っている。だが果たして、その苦労があの子に何をもたらしたのか。あんな顔になってしまったなんて。

「未來は——いい子」

話しながら、何だか少し眠くなってくるようだった。

「お義母さん、今日も午後ね、少し検査があるんですって」

「また検査なの？　リハビリは？」

「時間があるようだったらね、もちろんリハビリもしてくださるそうですけど、ほら、昨日、言葉が出なくなった後で色々と検査を受けたでしょう？　その続きっていうのか、脳の血流——血液の流れをね、一応、調べておいた方がいいでしょうって」

「それ、認知症の検査なの？」

葉月さんは「え」と言ったきり、口を噤む。

「私は認知症なの？」

「いえ——それを調べた方がいいんじゃないかって、お医者様が」

「こんなに検査ばっかり、急にやるようじゃあ、何だかもうおしまいっていう気がするわねえ——もう好い加減、お父さんのところに行った方がいいんじゃないかしら」

目を閉じると、鳳凰木の並木道や六月の雪の光景が浮かんでくる。もうずい分と昔のことなのに、つい少し前に見たばかりのように。

あの頃、戦争がだんだんひどくなってきて、空襲に怯えるようになった日々の中でも、朋子たちは何かあるたびによく笑って、よく喋り、よく働いた。どうしてあんなに動けたのだろうかと思うくらいに、疲れを知らずに歩き続けることも出来た。あれからずい分と時が流れた。そして今はもう、人の手を借りなければ手洗い一つ自由に行かれない身だ。たとえギプスが取れたとしても、その先には長いリハビリが待っていると今から言われている。

これ以上、もう苦しい思いをして歩きたくはない。いくら忘れまいと思っても、ことに最近のことほど忘れやすくなっていることも自分では十分に分かっているのだ。

潮時というものがあるのなら、こういうときなのかも知れない。

「お義母さん——そう仰らず、検査だけは受けましょうよ、ね。また昨日みたいなことがあったら困るでしょう?」

葉月さんの遠慮がちな声が聞こえたが、朋子はそれには答えず、もう目を開けようとも思わなかった。

2

ロータリー道路から少し脇にそれただけの路地の途中に、劉慧雯と待ち合わせしたカフェはあった。建物の外観は古くて薄汚いし、看板があったかどうかも気がつかないくらいで少しあやしげに感じなくもない建物の、急な外階段を二階まで上がると、がたん、と音を立てて開いた自動ドアの向こうが、ごく普通のカフェだった。しかも相当な広さがあって無垢の木を基調とした調度にも凝っている、居心地の良さそうな空間だ。耳に入ってきたのは未來の親の世代が聞いていたような古いアメリカン・ポップスだった。

「劉さん、まらかな——あ、いたいた。な、やっぱなあ」

丸や四角の大きめのテーブルは、どれも適度な距離を保って配置されており、衝立や鉢植えをしつらえた仕切り棚などが客席を切り離しているから、確かにここでなら少しばかり込み入った話でも、周囲を気にせずに出来そうだ。そのいちばん奥、窓際の目立たない席に、劉慧雯は座っていた。未來たちが近づいていくと、すっとこちらを見て、ぎこちないながらも微笑みらしいものを浮かべる。

「你好(ニィハオ)」

初めてあの家から飛び出してきたときには単なるおかっぱ頭に見えたものが、今日は昨日よりもさらにきちんと整えて艶やかなボブカットになり、化粧した顔には独特の雰囲気が漂っている。細い吊り目とシャープな頬の輪郭は髪型によく似合っているし、落ち着いて見えるばかりでなく、何となく知性すら感じられるようだった。黒い半袖ニット姿の彼女は、こちらの呼びかけに「おはよう、ございます」と聞き取りやすい日本語で返してきた。洪春霞(こうしゅんか)の発音よりいいくらいだ。二人の台湾人が並んで腰掛け、未來は彼女たちと相対する格好で席についた。取りあえずメニューを開いて、洪春霞に説明してもらいながら飲み物を注文してからは、しばらくの間、誰もが口を噤んだままだった。妙な緊張感。

注文したのは普通のアイス・カフェオレのつもりだったが、出てきた容器がビールの中ジョッキくらいあって、思わず目をむいた。劉慧雯と洪春霞の前にもそれぞれに違う飲み物が同じコップで置かれる。どうやらこの店はすべての飲み物が特大の容器で出てくるらしい。しかも生クリームやミルクが、容器の半分近くまで入っている。思わず「すごい」とため息交じりに囁いたところで、ようやく場の空気が動いた。

「今日、一番最初に、言っておきたいことあるらって」

初めて劉慧雯が口を開き、昨日の李怡華を真似してか、ノートを用意してきている洪春霞がペンを構えながら、いつになく神妙な声を出した。

「私——劉慧雯さん、病気色々ある。どうしてか、それ、これから話すんらけど、そのせいもあって——」

未來は手にストローを持ったまま、続けてやり取りをする洪春霞と劉慧雯とを見比べていた。今日は洪春霞がいつもより濃いめにメイクをしているせいか、劉慧雯がこんなに身だしなみを整えているのに、二人の年齢差が歴然と感じられる。初めて会ったときにはおそらく三十代、せいぜい李怡華と同じくらいだろうと思ったが、どうやら劉慧雯は、それよりも年かさのようだ。

「あたま？　えーと、覚えるの、力、どんどん弱いなってる」

「記憶力のこと？」

「かな？　忘れるらって。昔のこと、最近のこと。今どんどん——らから今日、こうして会うのことも、きっと少ししたら忘れる思います。未來ちゃんこと、忘れる。もちろん私ことも。今日こうして会ったのことも、忘れる思う」

昨日の「地獄」発言にも面食らったが、今日もまた、いきなりそんなことを言われるとは思わなかったから、未來には何の返答も出来なかった。「忘れる」というひと言で、脳裏には祖母の面影が浮かび、一体どういう符合でこんな話を聞くことになるのだろうかという思いがふつふつと湧いてきた。

「それでも、劉さん胸の中、あの家出たい気持ちいっぱい。毎日すごく苦しいとき、日本人訪ねてきて、心、こう——ぼん！　て」

「ぼん？　弾ける、みたいな感じかな」

「うーんと。心いっぱいいっぱい、入ってたもん、こういうカップの上から、たとえばこのジュースがぼん！　て」

「ああ、溢れたんだ」

つまり、未來が日本人だと分かった途端に、あの家を出たいという思いが心から溢れ出したということか。洪春霞の頼りない通訳に自分なりの解釈を加えながら、未來はアイス・カフェオレをひと口すする。これだけ大きなカップに入っているものを全部飲み干そうと思ったら、それだけで相当に長居が出来そうだ。

しばらくの間は劉慧雯と洪春霞との間だけでやり取りが行われたから、その間はぼんやりと祖母のことを考えて過ごした。そもそも認知症というのは、何が原因でかかる病気なのだろう。薬はないのだろうか。脳味噌を若返らせることまでは出来なくても、せめて症状を食い止める薬さえあれば、何とかなるのではないだろうか。そう、脳味噌に関することといえば、千葉の叔父の専門とも遠くないはずだ。叔父は神経内科の専門医をしている。神経内科というのは街を歩いていても看板などほとんど見かけないが、とにかく脳とか脊髄の、神経に関する様々な症状を診るのだそうだから、もしかしたら認知症のことだって分かるかも知れない。だとしたら、きっと叔父がいい方法を考えてくれるに違いない。未來が一人でくよくよ悩んでいたってどうなるものでもない。ここは専門家に任せるのが一番だ。

「あのな」

洪春霞が動かしていたペンを止めて、一つ、深呼吸をした。

「ここまで聞いた話、言うよ」

未來が気持ちを切り替えて「うん」と姿勢を改めるのを確かめるようにしてから、洪春霞は多少、危なげな言葉遣いながらも劉慧雯から聞き取ったことを語り始めた。

劉慧雯は一九六七年の生まれだという。そんな年齢なのかと、言葉には出さなかったものの、内心ではかなり驚いた。今日まず感じたよりも、さらに十歳以上も上ではないか。台湾の女性というのは、どうしてこうも、日本人の目には全体に若く見えるのだろう。たとえば李怡華のように、特段、子どもっぽいというわけでなくても。

昨日の劉呉秀麗（りゅうごしゅうれい）の話通り、劉慧雯が生まれたとき、家族は父の実家に暮らしていた。そして慧雯が五歳のときに両親と妹弟が台北に行く。彼女が台北に呼び寄せられたのは七歳のときだ。実は、その家族に取り残されたかに見える二年間が、慧雯にとっては人生で唯一の幸福な時だったのだという。もともと初孫だったこともあって、祖父母も叔母たちも、皆が慧雯を可愛がってくれたからだ。

「ママいないとき、みんな元気いい？　にこにこ、喧嘩ない」

「ああ、機嫌がいいんだね」

「それから、七歳まで劉さん、毎日とっても楽しかった」

ところが七歳で台北に行った途端に生活は一変する。慧雯の両親は、既に喧嘩に明け暮れる毎日を送っていた。父は滅多に帰ってこない。日中は父の経営する工場で働いていた母は、家に帰れば常に機嫌が悪かった。もともと料理は下手だし嫌いだから、食事は常に外食か、または外から買ってきたもので済まされた。そして両親はたまに顔を合わせれば必ず罵(ののし)り合いをした。昨日の話と違うのは、まず暴力を振るったのは、何も父親だけではなかったということだ。母親の劉呉秀麗もまた、感情が高ぶると手当たり次第にものを投げ、金切り声を上げた。せっかく家族五人が揃ったとはいえ、台北に行ってからの劉慧雯の生活は、それまでとは天と地ほども違って楽しくも何ともない、単に恐怖と緊張、そして不安に満ちたものに過ぎなかったのだそうだ。

「そういうパパ、ママ、ずっと見てたんらから、自分、結婚しよう思わなくなった、そのせい、あると思うんらって」

なぜ両親がそんなに不仲なのか、父はどうしてあんなに母を泣かすのか。子どもの頃はただ怖いばかりで分からなかったが、劉慧雯は成長するにつれて少しずつ考えるようになった。確かに父は滅多に家に帰ってこない。帰ってきたとしても常に酔っ払っている。暴力も振るう。だがそれは、母の性格によるところも大きいのではないかと思うようになった。

「あの、劉さんママ、すごく性格キツいなんらって。人の言うこと絶対、聞かない。『俺がこう言ったらこうなんらよ。おまえの言うことなんか関係ないよ』いうタイプ。小さいときからそうから、ママんとこ祖母ちゃん——昨日行った、あの近く住んでる祖母ちゃんも、『なんでおまえ、親、言うこと聞かないんらよ』てずーっと怒る。そんでもママは、いつも自分らけ正しい。誰のことも聞かないらって」

それに加えて劉慧雯の両親はそれぞれに生まれ育った家の、家柄とでもいうのか、レベルそのものが違いすぎた。劉呉秀麗という女性は確かに美貌の持ち主だったかも知れないが、決して豊かな家の娘ではなかった。だからこそ日本人が住んだ社宅の後に住み、幼い頃から力仕事のような真似もさせられたのだ。それに比べて夫の実家はサトウキビ畑も何カ所か持ち、旅館や粥店などの商売もやっている。つまり夫は経済的には何不自由ない坊ちゃん育ちの上に、容姿や学歴も含めて自分に自信があった。そんな夫に熱を上げたのは劉呉秀麗の方だったから、夫としては、最初から、何も自分から結婚してくれと頼んだわけではない、貧しい娘をもらってやったのだという視線が、常にあったようだ。また夫の母親であり、長年、家の台所を預かってきた姑や小姑らから見ても、長男の嫁としてやってきた娘は、自分たちの生活レベルとは合っていない、価値観が違いすぎるし、外見がいい他は、あまりにもお粗末にしか見えなかったらしい。

「たとえば劉さんママ、料理出来ない、味付け、まずいんらよな。それ、長男嫁んなったんらから、少し上手いにさせてあげたいなー思って、教えてあげようなーしても、劉さんママ、らめ。『俺には俺のやり方あるんらからな』って、ちっとも祖母ちゃんとかのこと聞かないらから、そんで、『何らよー、全然、よくならない子らな』『どうしておまえ、こっち話聞かないんらよー』てなって、そんで『もう何も言ってやらないよー』って、どんどん嫌われたんらって」

劉呉秀麗は中学を出て少しの間アルバイトをした経験を持つだけで、いわゆる社会性といえるものも身についていなかった。そのせいもあってか、昨日会ったあの老女は、思いついたことを何でもストレートに口にしてしまう性格なのだという。相手がそれをどう感じるか、どう受け取るかということをまったく考えない。自分が好きか嫌いかだけで物事を判断して、そのままを考えなしに口にしてしまうから、必要のない部分で人の怒りを買ったり、また誤解を受けたりしてしまうらしい。

　ああ、だから昨日も、いきなり「地獄」などという表現を使ったのかも知れない。たとえ外国人であろうと、あの家と縁があるかも知れない人間に向かって、いきなり「地獄」などという表現は確かに普通は使わなかったろうと、ここでも未來は納得しないわけにいかなかった。

「今日べつに、ママの悪口言いに来たのと違う。らけど、劉さん、パパとママ、離婚した後になって――」

「あ、離婚したんだ。結局」

　未來が確認すると、洪春霞は改めて劉慧雯と話をして、一九九一年に劉慧雯の両親は正式に離婚したと言った。

「後になって、劉さん、パパもたまに連絡取り合うようなった。なぜか。パパ、劉さんと劉さん弟、学校行くのお金、出してくれた。それとてもありがたかった。らから時々パパ会って色んな話したら、パパ、最初は浮気なんか何もしてなかったらって。ただ、自分会社始めて、ちょっとちょっとつきあい増えるらろ、そんで、面子すごい大事する人から、夜遅くまでお酒呑んで、みんなみんな奢ってやって、酔っ払い、ふらふらんなって帰る。そしたら劉さんママ、『おまえー、真夜中まで何やったんらよー。またカネ一杯使って女遊びしてんらろー』って、それ毎晩毎晩やられたんらって。そんでパパ、『うるさい、もう疲れてるからやめろ』って怒ると、ママ、殴る？ こう、打って打って、乱暴するらから、パパも、もう頭きちゃって、どん！ 壁に飛ばしたりして、喧嘩なる。いつも」

それを、幼い劉慧雯と妹弟とはずっと見て育ったということだ。昨日の劉呉秀麗の話も壮絶だったが、今日はもっとすごい話になってきた。ため息が出る一方で、未來の頭の片隅を「となり」のことがよぎった。未來の従妹弟にあたる二人は、果たしてどんな性格の、どんな子たちに育っているのだろう。たまに顔を合わせることがあっても、いつもムッツリ黙ったまま挨拶もせずにすれ違うばかりだから、彼らの性格までは未來には分からない。きっと叔母から色々と聞かされて、こちらのことを快くは思っていないのだろうと想像するくらいしかない。

「パパ、ママ、どっちも劉さんたちによくないことした、それホントのこと。喧嘩する、いつも見せた。それと、その喧嘩、暴れてるとき、子どもたちも殴ったらって。パパはこの、ズボン、ベルトの、ここんとこ——」

「あ、バックル？」

「そこで、こう、がーん！」

「ひどい。子どもたちに？」

「そうな——何回も何回もそういうときあったんらから、それで多分、頭なか——この」

「脳味噌？」

「そこ、傷ついた思います。あるとき最初は劉さん妹な、学校で倒れた。それから少して、劉さんも中学とき、朝、学校でみんな並ぶのときに、ばたーん！　気がついたときは病院」

　そんな症状が、ひどいときには毎日のように続くようになったという。

「急に、倒れるの？」

「うん。急に、ばたーん！　後から学校クラス友だちが、その時の劉さんのものまねして笑うんらって。すごくイヤらったけど、そんときの自分、何も覚えない」

　何だろう。いきなり倒れると聞くと、てんかんだろうかと、ふと思う。未來が小学生の頃にも、てんかんの持病を持つ同級生がいたからだ。だが、頭を殴られたりして、てんかんになるということがあるものだろうか。このことも、機会があったら叔父に聞いてみたいものだ。

　とにかく劉慧雯は、以来、時として毎日、ひどいときには一日に二度、三度と、何の前触れもなくそうして倒れるようになってしまったのだそうだ。その頃には、父は既に事業に失敗して行方をくらましており、母も台南に戻っていたので、慧雯は叔父の家に身を寄せていた。そんな環境の不安定さや原因不明の病の影響もあってか、希望の高校への受験に失敗、一年間、予備校に通うことになった。翌年には、どうにか台北にある五年制の高等専門学校に進学することが出来たという。

「高専だったの？　こっちにも高専ってあるんだ」

「うん、あるな。劉さん行ったの、わりと頭いい、入るの難しいとこみたい」

ということは劉慧雯は本来、優秀な子どもだったということかも知れない。だが、高専に行ってからも、やはり突然、前触れもなく倒れるという症状は続いた。あまりにも続くものだから、学校の保健担当の先生が心配して、漢方薬を探してきて煎じて飲ませてくれることなどもあった。その漢方薬の効き目は相当なもので、お蔭で症状はずい分とおさまったという。この時点で年子の妹とは同学年になっていたことになるが、やはり同じ症状を抱えていた妹は母と一緒に台南に戻っていて、普通の高校に入学していたものの、独自の判断ですぐに中退してしまう。

「お姉ちゃん、勉強好きのと長女らろ、弟は長男から、どっちも学校行った方、いい。自分は勉強、そんな好きないし、もういいや、働いてママ助けることするって」

そして翌年、二歳下の弟もまた高校に進学。彼は高校入学と同時に母親のもとを離れ、父の実家から通学するようになった。通学に便利だということもあったが、一番には母親と暮らすよりも豊かで安定した生活を送ることが出来たからだ。学費だけは父が出してくれていたから、弟は祖父母の家で心置きなく勉強に励み、翌年にはより程度の高い進学校へと転校して、結局、台北でも相当に優秀な大学へと進学したという。

「すごく優秀、すごくいい子。らけど、この弟とも劉さん、その後でトラブルなった」

七歳で台北に行った劉慧雯は、そのまま一人、台北に残っていた。家族揃って生活したのはせいぜい六、七年程度でしかなく、その間に一家で食卓を囲んだ記憶も結局、二、三度しかなかった。

「学校卒業して台南戻ってきたときは、劉さんもう二十一、二歳らから、ほんとは一人暮らしたい。ママと住んだのそんな長い時間ないし、ホントのこと言って、いい思い出もない」

ところが、いざ戻ってきてみると母の様子と、さらに妹の様子もおかしい。当時、工場で働いていた妹は、姉と同様に仕事中でも突然倒れるという症状を抱えたまま、自分が学歴を持たなかったことをひどく後悔し、そのことを大きなコンプレックスとして苦しみつつ、一方で職場の男性に恋をしていた。そして、彼の気持ちを引きたいがためにひたすら貢ぐ日々を送っていた。お金で相手の気持ちをつなぎ止めるより他に方法がないと信じ込んでいたらしい。

「出す、出す。お給料だけ、足りない。そしたらママ財布から、お金、しゅっ」

だが母はそのことに気づかない。常にその日暮らしのような状態なのに、おかしいとも思わなかったらしい。しかも母と妹は二人揃って情緒不安定な状態が続いており、安定剤や睡眠薬を飲んではフラフラしている。特にまだ父との離婚を拒み続けていた母は、ことあるごとに父への恨みごとを口にしては泣き、わめき、酒を呑み、挙げ句の果ては自殺未遂を繰り返すという有様だった。暴れるのを止めようとする妹にも手を出した。髪の毛を摑んで引きずる。ものを投げる。引っ掻く。母と妹がそんな状態で、それでもなお二人で暮らしている現実を目の当たりにして、結局、劉慧雯もそれを放っておくことが出来ず、あの家で一緒に暮らすことになった。

「妹、ばたーん！　ひっくり返る。それ、今の今まで喧嘩してても、ママびっくりして、一生懸命世話して、病院も行ったりするんらけど、ママもフラフラ。子宮シリツしたし、肝臓悪いんらし、身体あちこち、痛いらったり、動かないらったりするんらから、自分も倒れる。そんで色んな薬いっぱい飲み過ぎて、余計よく分かんなくなる。パパのこと言って、泣いて、怒って、わーってなる。毎日」

「――あの家で、そんなことに」

隣近所からは、さぞ好奇の目を向けられたことだろう。昼夜関係なく、さまようようにあの路地を行き来する母と娘。夜中にでも奇声をあげたかと思えば、何度となく自殺まで図ろうとする家族。そのたびに救急車が駆けつけたり、劉慧雯が助けを呼んだり、そんな日々が繰り返された。

地獄だ。たしかに。

「それで、また分かったことあった。劉さんママ、お金の管理が全然、らめ」

洪春霞が話す横にいて、劉慧雯は常に控えめに言葉を続け、また落ち着いた表情を崩すこともなかった。一昨日、あの形相で家から飛び出してきたのと同一人物とは思えないほど丁寧で落ち着いた物腰だ。

「パパとママ、離婚して、あとからパパ言ったんらって。『おまえのママ別れるの、いちばんは性格合わないことある。ママ、やきもちすぎ。いくら違う言っても、パパ言うこと何も聞かない。それと、お金ことらな。パパ一生懸命働いて、持ってきたお金、全部どっかいった。ママちゃんとやってたら、あんな全部なくなるわけない』んらって」

要するに劉呉秀麗という女性は異様に嫉妬深いという問題に加えて、もともと金銭感覚が欠けている部分があり、たとえば娘に財布から抜き取られても気づかないくらいに現金の管理がずさんな上に、あったらあっただけ使ってしまう性格なのだそうだ。

「もちろんパパ、悪いとこいっぱいある。家きらい、ママきらいでも、子どもいる責任あるのに、それ考えないで、そのうちホントに外に愛人つくったんらし、何より劉さんと妹、たくさん殴って病気させた。らけど、そんでもママ、もしお金の管理ちゃんと出来てたら、ここまでなんなかったんらって。そんでパパいなくなってからも、妹働くし、ママ働くしなのに、いつも借金ばっかりは、何でなんら。劉さん一緒に暮らしてたら、ちょっとずつそれ分かったんらって。病院らって結構いっぱいお金かかる。妹、劉さんよりずっと具合悪いだから、よく倒れるもあるんらけど、その好きな人にどんどんプレゼント、どんどんお金渡す、するらから、ママのお金も何もなくなる」

結局、しばらくの間は自分も台南のレストランで働いたりしながら、時には恋人が出来たこともあったが、そんな家族と生活を共にしていることが分かると、悉くうまくいかなかったという。そうして劉慧雯はあるとき、このままでは自分たち家族に未来はないと考えるようになった。何度も問い詰めて、母親は借金を抱えていることだけは認めたが、借金の総額については決してきちんと答えようとしない。少しでも借金の返済に回せればと劉慧雯が給料の半分以上渡しているお金も、その行方は曖昧なままだった。いつまでたっても家計は火の車のままだ。こうなったら、少しでもまとまった金額を手に入れるために、日本にでも働きに行くより他にないと、やがて劉慧雯は考えるようになった。

「似たようなもんらな。私と一

洪春霞が色鮮やかに彩られた口元を歪めて、微かにため息をつく。アイス・カフェオレの大きなカップは周囲にびっしょり汗をかいて、その水滴がコースターをすっかり濡らし、テーブルにまで染み出ようとしていた。目の前の二人が、どんな思いで日本を目指したのかを考えると、こちらもため息が出た。何となく二の腕がぞくぞくして感じられるのは、冷房と飲み物で身体が冷えたせいばかりではない、と未來は思った。

3

劉慧雯が日本に来るきっかけを作ったのは、彼女が「姉さん」と呼ぶ存在だった。長女のはずの劉慧雯がそう呼ぶ相手とは、もともとは彼女の母親である劉呉秀麗の姉が産みっぱなしにして実家に送りつけ、その後は秀麗が母親代わりになって育てたという、あの赤ん坊のことだ。

「あ、あの子」

「そうそう。今も劉さんママのこと、『ママ』呼んでるんらって。らから劉さんも『姉さん』呼んでる」

劉呉秀麗という女性は、性格的に色々と問題がある一方で、非常に母性本能の強い人らしい。夫の別れ話に容易に応じなかったのも、一番の理由は夫への未練や金銭的な問題などより、とにかくどうしても子どもを夫側に渡したくないという思いが強かったからということだ。

自身だってすぐに感情的になって子どもたちに手をあげたり暴言を浴びせかけたり、

散々その心身を傷つけることがありながら、たとえば子どもたちがひとたび具合でも悪くすれば、我が身を顧みることなく必死で看病する。良くも悪くも情が濃いとでも言うのだろうか。そういう性格だから、親から押しつけられる形で育てることになった赤ん坊にも、ひとかたならぬ愛情を注いだのに違いない。劉慧雯の話しぶりからすると、実際は従姉に当たる「姉さん」とのつきあいは現在も続いている様子だ。

「そんで、姉さんに親友あってな。その親友のママ、日本人と結婚して日本行ったんらって」

「ちょっと待って、頭、整理する」

つまり、再婚したということかと確かめると、洪春霞（こうしゅんか）は「そうそう」と頷く。

「じゃあ、姉さんの親友も一緒に日本に行ったの？」

「親友は、もう大人らから台湾にいる。でな、その人、日本行ってスナック始めた。そこに、手伝い来ないか言われたんらって。そのママさんこと、姉さんも知ってるんらから、心配いらない思った」

なるほど、そうやって手づるが出来ていくものなのか。洪春霞の話ではないが、よく知りもしない相手の口車に乗って日本くんだりまで出かけていったものの、とんでもない目に遭うなどというトラブルを避けるためには、やはり血縁や知り合いを頼るのが一番安心だということなのだろう。

「らけどなー、劉さんその時、日本語ゼロな。あと、台湾語もあんまり分かんない。劉さんママ、本省人（ほんしょうじん）けど台湾語使わないらろ。中国語ばっか話すんらから」

「本省人？」

洪春霞は、知らないのかというような顔になり、「本省人」とは台湾で暮らす中国系の人たちの中でも、日本統治時代よりも以前の古い時代から台湾で暮らしてきた人たちのことを指すのだと言った。

「日本時代終わってから大陸から来た人いるよな、これ、外省人。で、本省人は、もともと台湾語で話してたんらから、学校とかは中国語でも、普段は台湾語多い」

「それなら、どうして劉さんのママは中国語ばっかりなんだろう？」

「その方がカッコイイ見えるんじゃない？　劉さんママの子ども頃らったら、大人は台湾語か日本語らよな。今よりずっと、きれいな中国語話すの、憧れ、すんごいあったし」

そういえば昨日もそんな話だった。同じ大陸系の人から教わるのでも、美しい北京語を話す先生に出会えることが幸運だと。

「そんでも、学校は中国語習うんらけど、やっぱり学校そと、台湾語喋るの人が多いんらから。南の方らったら特にそう。祖父ちゃん、祖母ちゃん、みんな台湾語らろう？　日本で店するママさん、きっと歳も劉さんママと同じくらいなんらから、台湾語の方が話しやすい人かも知れないんら」

「それでも、その人を頼って行く決心したんだ」

今の自分の立場に置き換えてみると、未來がこの語学力のまま台湾で働こうというのと似たようなものだ。いかにも大した度胸というか、向こう見ずに近い決断だ。または、そうしないわけにいかないところまで追い詰められていたということか。

「それ、劉さんがいくつくらいのときですか?」

「二十七くらい。そんで、日本行って初めて会ってみたら、そのママさん、結構キツいな性格らったって」

大きな娘がいるのに日本人と再婚して来日し、しかも水商売を始めたと聞いた時点で、相当エネルギッシュな女性に違いないと、未來の中では一つのイメージが出来上がっている。いわゆる「やり手」といった印象だ。

「で、やっぱりママさん普段、台湾語で喋るんらけど、劉さん、それあんまり分かんないよな? 日本語、ゼロらろ。そしたらママさん、こう、『んーーーー』って」

今し方、劉慧雯が取ったポーズをそっくり真似して、洪春霞はわずかに背筋を伸ばし、腕組みをした上で下顎を突き出す格好をした。劉慧雯が、うん、うん、と頷きながらこちらを見る。これまでの会話の端々からも分かってきたことがある。かつて日本語はゼロだったという劉慧雯という女性は、今でも自分からは日本語を話そうとしないが、未來と洪春霞とのやり取りは大体、理解できているようだ。つまり会話に自信はなくても、日本語を聞く力は相当ついている様子だった。

「こうやって、ママさん『おまえ、ホント、言葉駄目なんらなー。そんな喋んない子らったら、店出るときの名前つけてやろう。おまえ、今日からシズカらな』って、劉さんに名前つけた」

こうして日本に着いたその日から、劉慧雯はシズカという名で店に出ることになった。当時、そのママさんの家には既に、べつの娘の友人が身を寄せていた。日本語学校に通っているという彼女が寝起きしている四畳半の部屋を一緒に使わせてもらい、店ではママさんから服と靴を借りることにして、シズカは初めての日本で初めての電車に揺られ、ママさんに従って店に向かった。

「店、着いたら、ママさんいちばん最初、『シズカ、おまえ、黒いの仕事できるか』って劉さんに聞いた」

「黒い仕事？」

劉慧雯が小さく頷き、これまでよりも声のトーンを落として時に小さな身振りを交え、洪春霞に話をする。洪春霞は表情を変えないまま、ただメモを取り続けていた。

「それな、つまり、白いの仕事らと、スナック。お客さまついてサービスの、普通しごと。黒いの仕事は――そのスナックにいるんらけど、サービスとか何もしない。ずっと座って待ってる。で、お客さま来て『あの子』言われたら、二人でホテル行くの仕事」

売春。

つまりそのスナックを経営する台湾人女性は、傍らで売春の斡旋もしており、娘の親友の身内である劉慧雯に対しても売春をすすめた、ということになる。未來は自分の表情に驚愕の色が浮かんでいないことを密かに祈りながらも、わずかに口元に力が入ってしまうのを感じていた。初めて日本に行って、ろくに話も出来ないのに唯一、頼りにすべき相手にいきなりそんな仕事を勧められたら、どれほどの衝撃だろうか。

「お金いっぱいもらえるの、とーぜん黒いの仕事。白いの仕事は日本円で一日五千円て言われた。黒いの仕事、お客さま一人で四万円。ママさん『おまえ、お金欲しいと違うのか。稼ぎたいんらろー』って言ったんらけど、劉さん、それ断った」

人ごとながら、ほっと息が出てしまった。このままもっと悲惨な展開になってしまうのは、聞かされるだけでもたまらない。何気なく視線をやった先の洪春霞と目が合うと、ストローに手を伸ばしかけていた彼女は、伏し目がちになって「あるんらよな、そんなの」と呟いた。

「必ずな、あるんら。白とか黒とか、そういう言い方なくっても、『そっちのが儲かるよ』とか、『ラクしたいんらったら、こっち仕事しないか』とか、言われる。『その方が手っ取り早いよー』って」

「台湾人から？　日本人から？」

「色々。どっちことも、あるよ。中国人ことも」

そういえば未來の友人の中に、以前、繁華街を歩いていて風俗店で働かないかと、いきなり声をかけられた経験を持つ子がいたことを、ふと思い出した。そういう仕事は意外なところで口を開けているのかも知れない。だが未來自身は夜の商売に誘われた経験など一度もない。今、洪春霞や劉慧雯の口から聞く一つの現実は、ある意味で未來とはあまりにも無縁の、別世界の出来事にしか思えなかった。

「それで、そのお店って、どこにあったんですか」

ふと気になって尋ねてみると、劉慧雯は、未來を見て確実にこちらの言葉の意味を理解した表情で「かん、な」と応えた。

「——え？」

「千代田区、かん、な？」

「かんな――あ、千代田区、神田？」

劉慧雯は尖った顎を細かく上下に動かした。

「未來ちゃん、かんら、知ってるかって」

「そんなに詳しくはないけど、行ったことは何回かあります。サラリーマンがすごく多くて、特にJRの神田駅の周りは、ごちゃごちゃしててね。小さい会社も一杯あるし、あと飲食店が多い感じかなあ」

洪春霞がわずかに唇を尖らせて「ふうん」と言っている横で、劉慧雯の方は大きく何度も頷いた。

その店は神田駅からさほど遠くない、飲食店の入るビルの建て込んだ一角にある古い貸しビルの三階に入っていた。窓はあったがすべて塞がれていて、広さもさほどではない。やってくる客は必ずと言って良いほど既に食事を済ませ、酒も入っていたというから、サラリーマンたちがはしご酒の二軒目か三軒目に立ち寄るといった店だったようだ。そこで「白い仕事」を選んだ、つまり売春することを断った劉慧雯に与えられた仕事は、午後五時までに店に入って着替えや化粧を済ませ、その後、客が来たらまずテーブルに置く菓子の準備と、さらに果物の盛り合わせを用意することだった。

客はすべて日本人。彼らが来たらおしぼりと一緒に菓子を出し、それから必ず果物をすすめるのが店の決まりだと教えられた。場合によって何か食べたいと言われたときには他の乾き物か、ママが家で作ってくる簡単な惣菜(そうざい)を出す。その他は、おしぼりをまとめたり、割り箸を袋に入れたり、食器洗いもした。中でも一番つらかったのは、酔客が手洗いを汚したときに、その掃除もしなければならなかったことだという。

「酔っ払い汚したトイレ掃除するは、本当、辛かった。気持ち悪いんらよな。けど、劉さんどしてもお金、欲しかった。ママ借金あるんらし、妹、病院に行かせたい。とにかく我慢、我慢。毎日、何回も自分に言う。我慢、我慢」

そうして劉慧雯の日本での生活が始まった。定休日は日曜のみ。それ以外は毎日午後四時には家を出て、五時までに店で準備を終え、終電ギリギリまで働く。夕食は家に帰ってから。その後、風呂を使ったり洗濯をしたりして、寝るのはいつも明け方になってから、同室の留学生を起こさないように、そっと布団に潜り込んだ。昼頃に起きたら自分たちの部屋ばかりでなく浴室や手洗い、玄関などの掃除をして洗濯物を片づけ、食事をかき込み、神田に向かう。その繰り返しだったという。

「外ではお金、何も使わない。休み日、いっぱい眠る。どこも行かない」

そうして毎日ひたすら黙々と働いていると、そのうちに顔だけは覚えるようになった常連客の一人が、あるとき劉慧雯を指さして「シズカはイイコ」と評したという。

「イイコって、日本語で褒めるの意味になるよな?」

「そうだね」

「台湾語ではイイコ、いい意味ない。話せないの人、生まれてずっと話せないの人のことイイコ。劉さんどっち意味も分かんないらから、『えー、何かなー』ってしてたんらけど、ママさんは、これまずいよなーって。お客さまがイイコ言うの、それ、褒めるじゃなくて、ちがう、バカにされるのことの方に、思った。そんで、劉さんに言ったって。『シズカ、おまえ日本語はなし、しないらから、あんなこと言われるんじゃないかよ。おまえ日本語、はなしするようなれよ』って」

そう言われても、日本語を習いに行くことなど不可能だ。途方にくれる劉慧雯に、ママはカラオケをすすめたという。当時、その店でカラオケを歌うのには一曲につき二百円かかった。無論、店にもその都度わずかな額が入るシステムだ。まずママが客に「シズカに日本語の勉強をさせたい」と持ちかける。もしも二百円出してもらえたら、客が望む歌を、その客についてひと言でもふた言でも合わせられるように努力する。それが日本語の勉強の始まりだった。

「台湾は日本うた? 演歌とかな、割といっぱい入ってるんらよ。らから言葉違っても、メロリーは結構、分かる。優しいお客さまらと、劉さん知ってるの曲見つけてくれて、劉さん、そういうときは『ふん、ふん、ふん』て、お客さま歌うの合わせて、言葉出来ないでもコーラスみたいことして」

「テレサ・テン」

劉慧雯がふいに呟いた。それから何か小さな声で口ずさんでいる。心持ち身を乗り出して耳を傾けるうちに、未來にも聞き覚えのある歌だと分かった。

「ああ、知ってる、それ」

「好きな人、多いだった。テレサ・テン、台湾ひとらしな」

「あ、そうだっけ」

「そういう、知ってる人の歌とか選んでもらったりして、ちょっとちょっと日本語覚えようとしたんらって」

そうこうするうち最初の一カ月が過ぎ、どうにか生活のリズムも摑めてきた。ママの自宅と店の往復だけなら一人で行き来出来るようになると、劉慧雯はそれまでよりも一時間早く家を出て、午後四時には店に着くようになった。そこで五時までの一時間、一人でカラオケをやる。その時間なら機械を使っても費用はかからないからだ。

「カラオケ流れると、画面下に文字、流れるよな？　らけど、漢字あっても日本語どう読むか分かんない。らから、紙にその字書いて、次に優しいお客さま来たとき、ママさんから『すいません、これ文字、読み方は何ですか、ここ、書いてもらえませんか』とか『シズカ、日本語覚えたいです。教えてくらさい』とか、言ってもらうんらって」

書き留めた漢字にかなを振ってもらい、そこに自分で、一番近く聞こえる発音を中国語の発音記号で書き添える。出来れば意味も教えてもらう。そうやって漢字の日本語読みと、ひらがなとを一つ一つ覚えるところから始めた。

「今、劉さんの声、ちょっとカラカラ？　カサカサ？　なんらけど、これ、後から煙草吸うようなったと、お酒いっぱい呑んで、そうなったんらって。初め頃は、今と全然違うの声らった。とってもきれい声してたんらから、お客さま、劉さん隣いて『ふんふん』て一緒にやるらけで喜んらって」

今でも、劉慧雯という女性の声は低くてハスキーではあるものの、決して耳障りということはない。一昨日のように血相を変えて飛び出してきたときは別として、こうして話している分には柔らかくて優しげに聞こえた。これが酒や煙草などで荒れていない頃なら、さらに美しい声だっただろうということは、未來なりに想像がつく。そんな声の持ち主で、なおかつ言葉の分からない台湾人女性が、ハミングだけでも懸命についてきて、ついでに漢字の一つか二つを教えて欲しいと言ってきたら、未來の頭で考えても、中にはさぞ喜ぶ客もいただろうと思う。しかも今の彼女ではない。二十代の、ずっと若かった彼女だ。

「いいお客さま来た日は、時間たつの早い。らけど、そんなときばっかり違うし、『黒いの仕事』の女の人たちらけ、どんどんいなくなる日もあったらって。そういう日は、一日長いらった——そうなんらよな。分かるよなあ」

洪春霞は深く頷きながらため息をついている。ひどい酔客が来なければしつこく抱きつかれたり身体を触られたり、手洗いを汚されることもない。それでも変わらずに五千円もらえるのなら、多少ママの機嫌が悪くても暇な方が有り難いに決まっている。とにかく、そうやって黙々と働いて、次の一カ月が過ぎた。あと一カ月ほど頑張れば台湾に戻れるというある晩、やってきた客が連れと英語で会話しているのを劉慧雯は耳にした。

「劉さん高専行ったのときは英語の勉強な、結構、いっぱいやったんらって。そんで、あ、日本語話せないんなら、英語話せばいいんらって、ここ、パン！　分かった」

洪春霞が自分の頭を指さして見せる。

「ピンと来たんだね」

ためしに、その客に英語で話しかけてみると、相手は一瞬、驚いた様子だったが、喜んでくれた。それで劉慧雯は自分が台湾人であること、台南から来ていることなどを英語で伝えたのだという。客と、初めて多少なりともまともなコミュニケーションがとれた日だった。

「お客さまと英語、喋ってしたら、ママさんちょっとびっくり。『なんらよ、シズカ、おまえ英語喋れんのかよ』ってなって、そっから英語喋るのお客さま来たときは、劉さん呼ぶようになった。カラオケも、英語うたらったら一緒、歌えるの、わりと知ってるあるんらよな」

劉慧雯が再び何か口ずさんだ。店に流れる曲にかき消されそうな小さな声だが、これも確かに聞き覚えのある昔のポップスだ。

音程もしっかりしている。

そっと微笑むように目を細める劉慧雯に自分も頷いて見せながら、二十代の頃の彼女はどんな雰囲気だったのだろうかと思った。

4

九十日ギリギリまで働いたところで、劉慧雯（りゅうけいぶん）は日本円にして十五万ほどの現金を持って台南に帰った。自分のための買い物は何一つしていないが、しっかり者のママは部屋代や光熱費、食費、交通費、そして服を貸している費用などを日給から差し引いたので、結局、手元に残ったのはその程度だったのだそうだ。それでも、これだけ稼げば少しくらいは母の借金返済に役立つだろうと劉慧雯はそれなりに誇らしい気持ちで飛行機に乗ったという。

「家帰って、そのまんま全部お金渡した。『ママ、これ私の気持ちよ』って。そしたらママ、嬉しい顔したはしたんらけど、『足りないよなあ』って言ったって」

「その頃の十五万円って、台湾ではどれくらいの価値になったんだろう」

未來が尋ねると、洪春霞は劉慧雯と互いに顔を見合わせ、首を傾げたりしながらしばらくやり取りをしていたが、当時は四人家族でも楽々一カ月、物価の安い田舎でなら二カ月は生活出来るだけの金額だったろうと言った。劉慧雯の家は女三人での田舎暮らしなのだから、それ以上にゆったりと暮らせるだけの金額だったということになる。

「それでも、まだ足りなかったんだ」

「全然らって」

そして台南に戻って何日もたたないとき、劉慧雯は例の発作でいきなり倒れた。すぐに母が救急車を呼んでくれたが、それから一週間か二週間の間に、続けざまに発作に見舞われたのだそうだ。母は日本での疲れが出たのだろうと言ったが、劉慧雯は気がついていた。日本にいたときは、あれだけ慣れない生活が続いた上に言葉が通じない心細さもあり、常に他人に気を遣って暮らさなければならなかったにも拘わらず、ただの一度も倒れることはなかった。それが、戻ってきた途端にこれだ。中学生の頃から何度も発作を起こしてきた彼女には、もう分かっていた。この発作は、一定以上のストレスがかかったときに起きるのだ。

「もしかすると劉さんこころ、こう重たくなるのもと、それって、ママとか妹ないかなーって思うようなったって。家と離れてるときは、身体は大変、でも、こころ、楽んなってるかもなーって」

それに今回の日本滞在で、劉慧雯の中にはきちんと日本語を身につけたいという新たな夢が芽生えていた。ある程度は自信があった英語にしても、もう少しは話せるつもりでいたのに、いざとなったら忘れていることも多くて、自分で考えていた以上に通用しないことがショックでもあった。

「ちゃんと勉強したい、英語も日本語も話、するようなりたいって」

何だか自分の話をされているような気持ちになった。言葉の通じない土地に行けば、誰でも同じことを思うものなのかと考えると、今の未來は少しばかり浮ついていて、わずかなことで単純に目の前が開けたような気分になっているだけかも知れないという気になってくる。

その程度で人生が変わるなんて、安易な考えなんだろうか。

ぼんやりと考えている間も劉慧雯の話は続く。洪春霞も細かく頷きながらそのペンを止めることはなかった。

台南に戻って、せっかく昼間の仕事を見つけても、勤務中に発作が起きると職場の方で迷惑がり、または恐ろしがって、解雇を言い渡されてしまう。病院からは薬を出されていたが、効いているのかと思えばまた突然、発作に見舞われるから、いくつもの病院を転々とすることにもなった。そんなことを繰り返していれば、仕事も安定しない上に、ろくな収入は見込めない。そうこうするうちに日本から電話があった。例のスナックママが再来日を要請してきたのだ。

劉慧雯が迷うことは一切なかった。今度は、支払われる金額の中から、少しくらい自分のために貯金もしたいと考えていた。母親の金銭感覚と管理能力を知ってしまった以上、これからは何もかも馬鹿正直に手渡してしまってはまずいと思うようにもなっていたという。

「そんでまた、お店着くと、ママから『シズカ、おまえ、ホントに黒いの仕事しないか』って言われた。劉さん断るよな。で、同じ仕事、始まったらけど、今度はママさん、劉さんが英語話せる分かってるらから、日給は五百円、上がってくれた」

例によって四畳半の部屋を留学生と一緒に使いながら、二度目の日本生活が始まった。

「部屋、狭いんらよな。二人分、荷物いっぱいあるんらし、キュウキュウ。でも日本いえ、今の家もそうなんらけど、頭いいよなあ、使いやすいらなあ、思ったらって。一つは、布団入れるとこ――」

「押入れ？」

「あそこベッドみたいして、一人、寝るの出来る。あと、こたつ。初めてらったけど、すごい好きんなった」

つまり、こたつが必要な季節になっていたということらしい。冷えた身体で夜中に帰宅して、湯船にたっぷりと湯を満たした風呂に入るのも好きになった。だが、これに関してはざぶざぶと湯を使う音をさせると、後から必ずママさんに「水道代がかかる」と文句を言われたという。それでも何とか毎日、入浴出来たのはママさんの夫が日本人で、無類の風呂好きだったからだそうだ。

「ご主人は何してる人だったんだろう」

これには劉慧雯が直接「タクシー」と短く応えた。そしてまた中国語で語り始める。

「初めて行ったときから時間ずい分たってたんらけど、劉さんこと覚えてるお客さまいて、『シズカちゃん、また来たな』とか言ったたって。そんで、カラオケも誘ってくれて、そういうとき劉さん、嬉しかった。忘れかけてたんらけど、また少しずつ日本語、覚えるのした。あと、同じ部屋住んでる留学生が、いちばん最初使う日本語勉強の本？『もういらない』って、くれたから、それも見るようなった」

またも九十日ギリギリまで日本で働き、少しまとまった金額を持って台南に帰る。入管に目をつけられないために、少なくとも四、五カ月から半年ほどは台湾で過ごして、また日本へ行くというパターンが出来上がっていった。そうして最初の一年が過ぎ、二年が過ぎた。その間に、神田のスナックは内装を変え、さらにママは都内の両国に新しいマンションを買って、それまで住んでいた千葉の借家を引き払っていた。新しい住まいまで連れていかれると、日本語学校に通っていた留学生は既に姿を消しており、劉慧雯に与えられた部屋は、ほんの小さな窓があるだけの、北向きで板張りの狭い部屋だったという。

「そういう部屋、もう一個あってな、そこは中国人おんなの子、住んだんらって。そこマンションは案外、広かったんらよな。ちっちゃいの可愛い犬もいた。ほら、昨日も劉さん家にいたみたいの」

「つまり ゆとりが出来たんだね。儲かってたんだ」

「ママさん、商売上手なんらよな。『白い』と『黒い』と両方やってて、どんどん稼いで、そんで、すんごいケチ」

店に出入りする売春目的の女性は、実はほとんどが中国人で、全員といっていいほど不法滞在者だった。そのせいもあって、多少まとまった現金を手にすると、彼女らは摘発を免れるために瞬く間に姿を消してしまう。そのため常に人手は足りず、だからママがしつこく「黒い仕事」を持ちかけてくるのだということも、次第に分かってきた。

「らけど、何回も何回も『黒いの仕事』って言われても、劉さん、断った——偉いよな。気持ち、しっかりしてるよ」

洪春霞がぼそりと言った。その瞬間、未來は洪春霞の方は「黒い仕事」にも手を出したことがあるのではないかと感じた。だが、だからどうだというのだ。未來には関係のないことだし、それが事実かどうかを知る必要もない。そうするには、それなりの事情があってのことに違いない。第一、「黒い仕事」がそこまで求められるのは需要があるから、つまり彼女たちを買おうとする日本人男性がいるからだ。

「最初は、とにかく三十歳までは頑張るって決めてた。『白いの仕事』らから、そんらけ時間かかるんらけど、それはもう、しょうがないよなって。そんでも日本語少しずつ覚えるのと、『シズカちゃん』て呼んでくれるお客さま増えたんらから、ママさん、三回目、四回目、行くと必ずちょっとちょっとらけ日給上げてくれたって。らから、三年か四年頑張ったら、妹とかママとか借金もなくなって、貯金もちょっと出来て、そんで日本語勉強、出来るじゃないかなーって思ってた」

ところが、どれだけ働いて持って帰ったお金を渡しても、母はまだ借金があると言った。しかも、劉慧雯がいくら繰り返し残額を尋ねても、「もう少し」と答えるばかりで、母は、決して正確なところは教えようとはしなかったという。傍らでは、相も変わらず妹が男に新しい車を買ってやったりして貢ぎ続けている。しかも二人揃って体調も思わしくなく、劉慧雯がいない間も母娘は交互に病院のお世話になっていた。結局、劉慧雯は当初の計画通りに三十歳でスナック勤めを切り上げることは出来なくなった。

「時間だけ、過ぎる」

劉慧雯が、日本語で呟いた。未來は、自分自身が過ごしたこの三年間を思った。白も黒もない、単なる契約社員の仕事だった。だが確かに、自分の本意ではない仕事を続けている間に、気がつけば未來も三十歳というラインを越えていたのだ。あまりにも呆気なく。こんなつもりではなかった、こんなはずではなかったという思いが何度頭をかすめても、まだ大丈夫、まだ何とかなると自分に言い聞かせて過ごした日々でもあった。

「劉さん、その頃から前よりちょっとちょっと、お酒呑む量、増えたんらって」

一体いつまでこんな生活を続けなければならないのだろうかと、毎晩のように思った。

「すごい早い、ばあちゃんなる、思った。時間どんどん過ぎて、日本で働いてる間にばあちゃん、なるかなーって」

ほとんど話の内容も分からない客の隣にいて、そんなことばかり考えてはグラスを傾けるようになっていた頃、劉慧雯は常連客の、ある男性を意識するようになる。彼女の口からは「タキちゃん」という言葉が出た。

「本当の名前、タ、キ、カ、ワ、さん。一緒にお店来た人とか、ママさんもみんな、『タキちゃん』言ってた」

あ、と思った。一昨日、劉慧雯から手渡された男性の名刺が、確かその名前だった。「瀑布川」という姓はかつて見たことがなく、一体何と読めばいいのか分からなかったのだ。つい「ああ」と言うように頷くと、劉慧雯の方でも未來の記憶を確かめるようにこちらを見つめて目顔で頷いている。

「タキちゃん、劉さんが台湾戻って、また時間たって日本行って、お店出たの分かると『あー、シズカちゃん、また来たよなー』って笑うんらって。ママ言うのは、劉さんいないとき、そんなに来ない。けど劉さんいると、多いのは一週間に二回とか来る。劉さんいないのとき、一回『黒いの仕事』女の子どうですかー、ママさん、すすめたことあったんらけど、タキちゃん、『いらない』って、ノー、するらって」

タキちゃんは仕事仲間と一緒のときもあれば、一人で来ることもあった。いつ来ても、さほど酔っている様子はなく、水割りを少しと、カラオケを二、三曲ほど歌って、あとは劉慧雯を「シズカちゃん」と呼び、英語を交えて少しずつ日本語を教えてくれるような人だったという。

「あるとき、タキちゃんが店の外に会おうかって言った。いちばん最初、晩ご飯食べ行こうって。日曜日、両国のママさんマンションそばで。ママさん家そばなら、ダイジョブ、いいかなーって、劉さんも『会う、いいよ』って返事した」

それから月に一度か二度、店の外で会うようになった。劉慧雯が日曜の午後にシャワーを浴びて出かける支度をしていると、タキちゃんと会う約束をしているのだと分かって、ママさんは「シャワー代をべつにもらうから」と言ったという。

「それくらいのお金、タキちゃんくれるんらろーって」

だが、そんなことは断じてなかった。タキちゃんという男性は、休日に劉慧雯を呼び出しても、手ひとつ握ってくるわけでもなく、ただ、これほど何度も日本に来ていながら、ママの家と店とを往復する以外、まったくと言って良いほどどこへも行ったことのない劉慧雯を、都内のあちらこちらに連れていってくれたのだという。

「その人、いくつくらいだったんですか」

「劉さんより十七歳、上。あのとき、四十九歳」

つまり、その当時の劉慧雯は既に今の未來と同い年だったということになる。頭の片隅に、ふいに林先生のことがちらついた。どうしてこうも自分に重ね合わそうとするのか。いや、林先生はまだそんな年齢ではないなどと考えているうちに、洪春霞が「お金、くれたりは絶対ない。けど、プレゼントは色々」と話を続けた。

「タキちゃん、いちばん最初な、セイコーの腕時計、買ってくれたんらって。『これで遅刻しないようなれよ。店行くだけなくて、自分会うときも、ちゃんと時間守って、遅刻とか、したららめらよー』って。それから、タキちゃんと会うのとき、いっつも同じ服着てるんらなーって、新しい服とかも買ってくれた。服、次、靴な。カバンとか」

劉慧雯ま、そこで微かに肩を上下させた。それに呼応するように、洪春霞も大きくため息をつく。

5

「そういう人、会ったら、こう――ここ、気持ちな、動かないはずないんらよな」

気がつくと、洪春霞の目の縁がほんのり赤らんできている。劉慧雯の話を聞きながら、彼女自身の気持ちが揺れているらしいことが伝わってきて、未來は見てはいけないものを見てしまったような気持ちになった。

「知らない国いて、味方してくれの人らけらって、会ったらすごい――嬉しいらから」

呟きながら、ついに洪春霞の瞳からぽろりと涙が落ちる。未來だって、涙を苦いと感じたことはある。だが彼女たちの流してきた涙の苦さは、そんな比ではないという気がして仕方がなかった。

「劉さん――この人な、自分はよく知ってることある。自分はずっと、生まれてから愛情少ない。足りて、ないんらって――分かってる。自分で」

洪春霞は途中で声を詰まらせながら、やっとというように呟いた。未來も密かに唾を呑み込んだ。

「ホント、一番愛するのはずは、親な。らけど劉さん、親も――愛してくれない。ママ、倒れたときとか心配はするんらけど、すぐまた暴力になる。親がそれなのに、親以外ひと、どうして大切にしてくれることあるか」

そういう諦めの気持ちが、劉慧雯には最初からあったという。確かに若い頃は、台南でもつきあったことのある相手がいなかったわけではない。だが彼らは、誰もが劉慧雯を単に「台北帰り」の少しばかり垢抜けた女性くらいにしか思っていなかった。その当時の台北と地方都市との差は歴然としていて、台北の学校を出たというだけで、一目置かれるほどだったのだそうだ。当時は劉慧雯自身も、さほど真剣に「恋愛」とか「愛情」などについて考えたことはなかった。ただ、どんな人とつきあっても、相手の心に触れたという気がしたことは一度もなかったという。自分が大切にされていると感じたり、心が満たされるという経験もなかった。

それだけに、瀑布川という男性から示される好意は、無論、嬉しいに決まっていながらも、すんなりと受け容れられるものではなかった。誰かから本気で好意を寄せられるなどということは、自分にはあり得ないと思っていたからだ。

「それに、タキちゃんはホント、東京とはべつのとこに家あって、そこに奥さんと子ども、あるの人なんらって」

「ああ、単身赴任だったんだ」

「たん、しん――？」

「家庭、家族があったんだね」

「そうそう」

「――まあ、その年齢なら大抵は、そうかも知れないね」

「らから東京いるとき、タキちゃん一人、きっと淋しいのあるんらろ。ホントに劉さんこと好きか、ノーノー、きっと淋しいからと違うか？　劉さんにはどっち、分からない。

ホントタキちゃんすごい優しかった。一緒いるとき、この人いいなあってすごく思ったって。らけど、それが本物かどうか分かんない。そんなわけない、すぐ思う」

劉慧雯も、いつの間にか片手にハンカチを握りしめていた。洪春霞の目の縁は、もう真っ赤だ。繰り返し日本に来て、キャバクラ嬢やホステスという仕事を続けながら、彼女たちは、どれほどの心の葛藤を抱いてきたのだろう。

瀑布川という男性は、とにかく色々なものをご馳走してくれたのだそうだ。劉慧雯が、いかにも美味しそうに食事をする姿を見るのが楽しくて仕方がないと言ったのだという。台南の実家にいるときの食生活といえばいつだって出来合いか、母の不味い味つけの、しかも貧しいものだったし、日本でも店のママには食事の度に「そんなに食べるのか」などと言われるのが常だった劉慧雯にとって、タキちゃんが食べさせてくれる様々な料理は、食べたことのないものばかりで、どれも美味しかった。しかも、彼はいつでも「もっと食べなさい」と言ってくれた。劉慧雯にしてみれば、それだけで十分に幸福を感じることだった。そしてあるとき、タキちゃんは食事している途中で劉慧雯に向かって言ったという。

「シズカちゃん、ああいう店働くの合ってる思わない。どうして、もっと他の場所で働くのこと考えないか。普通に昼間、水商売違う仕事、出来ないか」

劉慧雯だって考えていないわけがなかった。何よりも語学の勉強をしたいと思っている。それでも、どうしても母の借金のことがついて回る。だが、さほど上達していない日本語でそこまでの説明をするのは難しかったし、また、タキちゃんに家庭の事情など話しても仕方がない、余計な心配をかけたくないという思いもあった。だから、劉慧雯は何も答えずにいたらしい。すると、彼は自分の名刺を差し出した。

「何か困ったのことあれば、いつでもここに電話しろよ、言われた。劉さん、すごく嬉しいなんらけど、日本語上手に話さない、電話してもタキちゃんに迷惑なんらし、きっと電話つながってもらえないよなー思った。らけど、『そんなことあるかよ、電話して俺を呼べばいいんらから。会社、タキちゃん呼ばれるの人も一人らけなんらから、何かあったら絶対に思い出すしろよー』って、タキちゃん言ったって」

その言葉は、劉慧雯にしてみれば生まれて初めて、自分が誰かに大切にされているように感じられる言葉だった。それでもやはり、そのこと自体が信じられなかった、と劉慧雯は言った。

「私、資格、ないです」

日本語でそう言ったきり、劉慧雯はしばらくの間、俯いたままになった。

「資格？」

未來が尋ねても彼女は顔を上げず、ただ何度も頷くばかりだ。髪が前後に揺れて、未來の位置からでは表情も見えない。やがて彼女の両方の目からぽとり、ぽとりと立て続けに涙が落ちるのが、彼女の黒い服を背景にして見て取れた。隣にいる洪春霞も、親指の腹でしきりに涙を拭っている。もらい泣きなのか、それとも自身の身の上を思ってか。

台南で過ごす最後の日に。

縁もゆかりもない人の話を聞いて、揃って泣かれて。

一体、自分に何をやっているのだろうかと、ふと現実に戻る。氷で薄まっていくアイス・カフェオレをストローで吸い上げ、微かにため息をついたりして、未來はただ黙って時が流れるのを待つしかなかった。しばらくしてようやく劉慧雯の方が、ハンカチで目元を押さえながら「ない」と再び日本語で呟いた。

「資格——愛されるの、資格。愛するの資格——ないです」

「そんな——」

「だから誰も私、愛さない。私も、誰も愛さない」

どうしてそんなに悲しいことを言うんですか。愛し、愛されるのに資格なんか必要なはずがないじゃないですか。そんなの、心が自然に動いていくことじゃないんですかと、様々な言葉が思い浮かんでくる。だが、その一方では、幼い頃から暴力と恐怖にさらされて育ってきた劉慧雯が、その後の人生を歩む上で、何の影響も受けずにいるはずがないという気もした。愛の代わりに暴力を受けてきた人だ。愛そうとするつもりでも、自分がされたのと同じように、相手を傷つける行為になってしまう可能性さえあるのかも知れない。そんな連鎖があると聞いたことがある。

未來が渡してやったティッシュで目元を押さえていた洪春霞が、一つ、咳払い(せきばら)をした。

「タキちゃん、すごくいい人なー思うんらけど、でも、劉さんの心、それ信じて感じれないなんらから、自分もどう思うか、信じれないって。タキちゃん男らし、もうすぐタダでホテル行こう言ってくるかも知れない。そうなったらホント好き人か、好き思われてるか分かんないになる。らけど、ご飯いっぱい食べさしてもらうし、プレゼントももらうらから、『黒いの仕事』とは違うんらから、まあ、しょうがないなーとか思うこともあったって」

そうこうするうちに、また九十日が過ぎる。結局、タキちゃんとの間にはそれ以上は何もなく、いつ台湾に帰るとも、またいつ日本に戻ってくると伝えることもせずに、劉慧雯は神田から去った。それで、タキちゃんとの関係は終わりになったらしい。

台南に戻ると、また発作に見舞われる日々が始まった。母も母なりに出来ることをして働いていたが、借金取りに追われていることは相変わらずだし、妹も同様だ。そうして飽きることなくあの小さな家の中で諍いを繰り返す。劉慧雯は、せめて家から離れていたいのと、とにかく手っ取り早く稼ぐために、今度は高雄のスナックで働き始めた。そこで本格的に酒の呑み方を覚え、また、煙草も吸うようになったという。

「いちばんはタキちゃんこと思い出すから。いつもいつも、胸のここんとこ痛くって、悲しくなったんらって」

「——それ、やっぱり本気で好きだったたっていうことじゃない？」

「うーん。劉さん言うのは、やっぱりよく分かんない。好かれてたのか、好きらったか。タキちゃんは一度も『好きらよ』とは言わなかったんらよな。手、つないだのこともなかった——あと、その高雄の店、客がよくないらった。ウイスキーもな、コップなくて、ボトルまんま乾杯する。あと、檳榔も、くちゃくちゃ」

「檳榔？」

「日本ないな。こっちある、木の実。それ、白いの——あれ、何ら、薬みたいのと一緒、

[illegible]の臭いすんごい嫌らったから、臭い消すするのに、煙草も吸うようになった。それに、その店もやっぱり『黒いの仕事』あって、白いの仕事しかしない劉さんは、いつもお店すみっこ、座ってるしかなかった」

そのうちに、少しばかり日本語の歌が歌えることが分かると、劉慧雯はホステスと歌手とを兼ねるようになった。酒場には、かつての父と同じように、家に帰っても吐き出すことの出来ない疲労やため息や、様々な悩みを抱えた客が次々に現れた。

「その人たち話、聞きながら、劉さん、パパことも考えたんらけど、やっぱりタキちゃんこと思った。タキちゃん、お店来たときでも、お店外で劉さんと会うのときでも、そういう悩むのこと、疲れたのこと、一回も言ったことなかった。らけど、ホントは言いたかったじゃないかなー、劉さん、聞いてあげれなかったんらなーって」

そんなことを考えるうちに、劉慧雯の中では一つの考えが固まっていった。

「劉さん思うのは、自分は生まれつきの資格ない。愛されるのも、愛するのも。これ、もう生まれつきから、どうしようもないよな。らから他で取れる資格、何かないか、探したいって」

そんなことを考えながら過ごすようになった矢先、彼女は交通事故を起こす。いつものように店でさんざん酒を呑んで、酔ったままでオートバイに乗って帰ろうとして、駐車場の壁にぶつかったのだそうだ。顔には今も痕が残る傷がつき、しばらくは店に出られる状態ではなくなった。

「そんで、もっと考えた。お酒呑むの仕事、もともと病気ためによくない言われてるんらから、やっぱりもう、夜の仕事、やめないとらめらなーって」

「——その時、劉さんはもういくつになってたんですか？」

「三十四か、五」

「そこまで働き続けてたんだったら、お母さんの借金だって、もう返せてるんじゃないのかなあ。ずい分長い間、お金を渡してきてるでしょう？」

「そう。きっともう返した、劉さんも思った。らけど、ママ黙ってるんらよな。妹が男にまた何か、色々、色々、買ったり、洋服とか何とか買ったり、その男、欲しいなー言うものどんどん買って、旅行もして、いくらあっても足りないんらって。らからママも、お金どんだけでも欲しいんらから」

「そこまで劉さんが面倒みなきゃいけないのかなあ」

「らって、長女らし」

　劉慧雯の話の中には、何かというと長女という言葉が出てくる。日本でも「長男」「長女」などとは言うものだが、最近はよほどの旧家か名家でもない限り、それほど強力な縛りなどないのではないかと思う。少なくとも未來の周囲で「長男だから」「長女だから」という人は、そう見かけたことはなかった。だが台湾では今でもごく一般の家庭でさえ、そういう考えが強いのだろうか。つまり、それは「家」というものに対する意識がかつての日本のように強固だということなのだろうか。

「劉さんも自分ずっと、こっそり貯金してるのこと、ママに言ってないんらよな。ホントはずい分貯まってきてるらけど、それ言ったら、ママまたすぐ『もっと出してくれ。』『娘聞いてやれよ』って始まる。可哀想らなーは思ったんらけど、ホントのこと言わないで、今度は勉強ため日本行こう、決めたんらって」

人ごとながら「よかった」と言わずにいられなかった。ストローで吸い上げたアイス・カフェオレは、もう味もほとんど感じられないくらいに薄くなりつつあった。

6

劉慧雯（りゅうけいぶん）が正式に日本に留学したのは三十六歳のときだったという。一年の予定で、まず日本語と英語の専門学校に通い、さらにもう一年、ビジネスの専門学校に通った。その間は文字通り寝る間も惜しんで、生まれて初めてと言っていいくらいに真剣に勉強に明け暮れた。そんな毎日が楽しかった、と劉慧雯は語った。生活費は、これまでこつこつと貯めてきた預金を少しずつ取り崩してあてていた。

「せっかく日本来てるんらから、スナックのママさん会うかなあ思ったこともあったけど、やめた。また仕事、誘われるとか、何か手伝えとか言われるの、嫌なんらよなーって思ったし」

「タキちゃんは？」

「タキちゃんも。今度会ったとき、最初からきれい日本語で挨拶して、びっくりさせたいなー思って」

とにかく勉強に集中することで、これまでの嫌なことも、タキちゃんのことも頭の中から追い払うことが出来た。例の発作に見舞われることもない。学校では気の合う友人に出会うことも出来たし、時には一緒に勉強したり、その合間にお喋りすることもあったという。そして、最終的には日本語能力試験の三級も取ることが出来た。

「その時、劉さんホント嬉しくて、もっと頑張ろう、一級まで取ろう、思ったんらって」

ところが、劉慧雯が生まれて初めてと言っていいほど充実した日々を送っていた頃、台南の実家では新たなトラブルが起きていた。男に貢ぎ続けていた妹が、ついに母親や周囲の知人だけでなく、消費者金融などからも借金を重ねて、クレジットカードもすべて使えない状態になり、それを機に、ついに男に棄(す)てられたのだ。周囲に迷惑をかけ、借金まみれになりながらも貢ぎ続けて、何とか相手の心をつなぎ止めようとしていた妹は、一方ではその男から日常的に暴力を受けていたことも分かった。心も身体もボロボロの状態で棄てられた妹は、ついに心のバランスを崩してしまう。

「あるときママから電話あって、ママすんごく泣いて、泣いて、『妹がおかしくなったんらよー。おまえの持ち物も売って、家中のお金になりそうなもの全部も持ち出すんらよー。泣いて、暴れて、ママの髪の毛も引っ張って、わめくんらよー』って」

それでは、まるで母親のコピーではないか。未來が頭に思い浮かべたことを、洪春霞(こうしゅんか)がそのまま「ママそっくりなんらな」と口にした。

「らけど、勉強途中で台湾に戻ったら、また同じことの繰り返しらよな？　それにもう、若いときみたいな仕事、スナックとか、そんな出来ないんらから、劉さん、『勉強あるらから帰れないよー』って言ったら、ママ、『おまえホント、ひどい子らよなー』ってすごい怒った。らけど、勉強して、ちゃんと働けるになるのが家族のためらから思って、劉さん泣いて帰らなかったって。仕方ないんらよなーって」

その間に、妹の状態は悪化の一途をたどったらしい。一度、離れていった男をどうにかして取り戻したくて、さらに人をだまし、母の名前ばかりでなく劉慧雯の名前を使ってまでも借金を作る有様になった。

「ママ、『おまえのそれ、犯罪なるんらよ』とか言って、怒って、そのことで喧嘩なると、妹、必ずママに言うんらって。『俺が学校やめて働いたから、姉ちゃんたち上の学校行かれたし、その間、ママ暮らしてられたんじゃないかよー。それなのに、学校行かなかった俺のこと、バカにするのかよー』って。それ言われると、ママ、何も言えなくなる。二人で泣いて、具合悪くなって、薬飲んで、ふらふら」

もともと劉慧雯と同様に、発作を起こしては倒れる妹だったが、その頻度も増し、さらに体調が悪化して、次第に全身の痛みに見舞われるようになった。痛みを止めるために、ついにはモルヒネまで使うようになって、彼女の精神状態はいよいよ危なくなっていったらしい。劉慧雯が二年間の留学を終えて台湾に戻ってきたとき、一つ違いの妹は、すっかり老け込んで表情もなくなり、まるで別人のようになってしまっていた。感情のコントロールがまったく出来ず、何日でも起きてこないこともあれば、突如として発作的に暴れ出す。劉慧雯に向かって、テレビのリモコンなどで殴りかかってくることがあるかと思えば、さらに馬乗りになって首まで絞めつけてきて、劉慧雯は頭から流血したまま失神し、入院することまであった。

「すごく、悲しいのは——」

劉慧雯が日本語で呟いた。

「私、妹、二人、資格、ないです。だから私は、勉強して資格とった。妹は愛、お金で買えると思った」

一度、乾いたと思った劉慧雯の頬が再び涙で濡れていく。隣にいる洪春霞も一緒になって泣き始めた。

愛されない。誰からも。

愛せない。誰のことも。

胸に重たい石を積まれたような気持ちになる。もしも愛に資格云々などということがあるのなら、資格を持たない人生はどれほど殺伐とした、孤独なものだろう。そういう人生を、劉慧雯と妹とはさまよい続けているということだろうか。

劉慧雯が台湾に戻ってきたのは三十八歳のときだ。そんな年齢になっていれば、就職するにしても当然のことながら条件は厳しくなる。だが、その時は弟が、自分の勤める会社に求人があると誘ってくれたという。

「劉さん弟、高校からどんどんいい学校行って、いい大学、大学院も行って、その次また違う大学も行ったんらって。すげえエリートなんらよ。らから、いい会社入ってた」

ひとしきり泣いて、鼻もかんで、せっかくの化粧が台無しになりながら、洪春霞がまた訳し始める。

「そんで劉さん、弟と同じ会社、働くらろ。仕事だんだん忙しいになる、上の人に褒められて、もっと、もっと、頑張る、そうなるとまた、ばたーん！　倒れるんらって」

どんなに努力しても、英語や日本語を身につけて、ビジネススクールにまで通っても、すべてが例の発作のために台無しになる。その原因を作ったに違いない親を、彼女は恨むことはないのだろうか。そこまで取り返しのつかないことをした親の方は、自分たちのしでかしたことについて、どう思っているのだろう。赤の他人の未來でさえ、話を聞いていて腹立たしくなるのに。

「劉さん言うのは、病院薬、効くときと効かないときとあるんらって。それで、爆竹の音とか、車のブップーいう音とか急にしたり、あと睡眠よくなかったり、それから車乗ってて、向こうからライトちかちか、したりなると、薬飲んでても、急にばたーん！会社は怒るんらって。『おまえ、会社入るときどうして病気こと、言わなかったんらよー』って」

洪春霞の言葉を借りると、誰もが「おまえ」「俺」という口調になってしまう。それをいちいち訂正しないのが、自分もある程度の日本語を使えるはずの、劉慧雯の優しさというか、思慮深さのようにも思える。

「そんなこと、わざわざ自分から言ったら働かせてもらえるわけないらろー思うんらけど、しょうがないよな」

一つの職場にいられなくなれば、また次の職場を探し、常に一定の評価を受けながらも長続きしないという繰り返しだった。結局、新竹、台中、桃園などといった台湾の都市を転々として、一つの職場に二年といられることがなかったと劉慧雯は語った。

「その間に、ホントいうと彼氏出来たこと、あるんらって。八歳年下。らけど、続かなかった。劉さん病気のこと分かったら、『それじゃ、結婚しても子どもも無理らよな』言われた。劉さん、あー、やっぱり自分に資格ないよなって。それと自分ほうも、その彼氏と別れても思ったより悲しくなかったんらから、やっぱり本気じゃなかったっていうの、分かった。心から好きになるの、やっぱり自分には無理なんらなーって」

いっそのこと日本で暮らせば、発作も起きないし働きやすいのではないかと考えたこともある。もちろん、あれっきり連絡しなくなってしまったタキちゃんのことだって、ずっと心に引っかかっていた。今となっては恋愛感情などは抜きにしても、せめて仕事を紹介して欲しいと相談することは出来ないだろうかと考えたこともあるという。だが、どうしても病んでいる母と妹のことを放っておけなかった。

「あと、その間に、劉さん子宮のシリツしたりもあったんらって。多分、そのシリツ失敗して、ずっと血が止まんなくて半年くらい、ずーっと病院行ったり、ばたーん！　来るのも何度もあるらから、そっちの病院にも行ったりしてた」

つまり、母親と妹に加え、自分までも病院通いの日々になってしまったということだ。それでも少し体調が戻れば、新たな仕事を探して働く。また発作に見舞われる。やはり日本に行こうかと考えて、最新の情報を得たいと思っても、当時、日本にもう頼りに出来るような知り合いはおらず、思い切って電話してみたタキちゃんも、名刺に書かれている職場にはいないと言われたという。

「あ、電話したんだー

「それで、いなかったの？　辞めちゃったっていうことかな」

「よく、分からない」

そこは劉慧雯が直接答えた。それならどうして、未來に名刺を渡したのだろうかと思った。自分はあの名刺を預かって、何をどうすればいいのだろう。

「それからスナックも電話した。そしたら番号同じけど、もう全然、違うとこにかかったんらって。らから、今度はママさん携帯に電話した。こっちも使われないになってた。『姉さん』に聞いたら、姉さんもどこにいる、もう分からないんらって。そんで、もう誰とも連絡出来なくなった」

一つの仕事をやめれば、次の仕事が見つかるまで、劉慧雯はまた母と妹の暮らす、あの家に帰らなければならなくなる。

「帰りたくない思っても、会社、寮らったら出ないとらめらし、次どこ仕事あるか決まんないから、アパート借りるも出来ないらろう？　余計なお金、使えないんらから」

あの家。未來の祖母は未だに懐かしみ、劉慧雯の母親は「地獄」と呼ぶ家。いちばん気の毒なのは、あの家なのかも知れないと、ふと思う。日本人の手によって建てられた、当時としては目立つほど可愛らしい赤い屋根を持つ家だったのに、当初の住人は島を出ていってしまって二度と戻らず、その後の住人は、いつ果てるとも知れない悲劇を繰り返している。彼らがあの屋根の下で毎日のようにぶつけ合う怒りや憎しみを、あの家はただ黙って、じっと受け止めているより他にないのだ。

「ホントはな、劉さんまだ日本で勉強してたときに、まだまだまだ、べつのトラブルもあったんらって」

「まだ？」

それは、まずエリートとして出世街道を歩んでいる弟と父親との間に起こった金銭トラブルだという。その結果、父親と息子の関係は、完全に断たれたらしい。

「それから、劉さんパパ、腎臓病気な。そのせいで、劉さんと弟も変なことなった。全部、バラバラ。それ全部、劉さんパパ原因な」

未來にはもう口に出来る言葉がなくなっていた。凄まじすぎる。聞いているだけで本当に気分が悪くなりそうだ。それでも劉慧雯は話を続け、洪春霞は訳し続けている。

「そんでも劉さん、パパ会ったとき、言ったんらって。『パパ、腎臓悪いんらったら、私の腎臓一個、あげていいんらよ』って」

「——え」

「劉さんは、ママ肝臓悪いのも分かってるんらから、自分肝臓、半分切ってあげていい、言ったことあった。らから、腎臓もパパあげていいんらって」

子どもの人生そのものを狂わすほど痛手になる暴力を振るい、聞けば他にも借金を肩代わりさせたり、金銭を要求して訴えを起こしたりするような親だという。そんな親に、自分の内臓をやろうというのか。

「そこまで思ってるんだ——」

「らって、長女から—

――そんなに小さいときから殴られて、病気にもさせられて、お金の苦労もして、日本にも働きにこなきゃならなかったのに？　それでも劉さんは、自分の肝臓でも腎臓でもあげて、それでいいの？」

涙を押さえながら、劉慧雯は「はい」と迷う様子もなく頷いた。

「劉さん、今もママと交替、妹病院に連れてくことしてる、自分もやっぱり神経の病院行ってる。ママの病院もある。それらけで大変のもあって、もう二年間、外で働いてない。そんでも、まら貯金あるのと、今、少しずつ翻訳仕事、するんらって」

「あ、日本語の？」

「読む、書くの、もう少し大丈夫」

劉慧雯は少し淋しそうに微笑んだ。

「私――箱、入っています。箱入った、鳥みたい」

そう言うと、あとはもどかしげに、時折、眉間に皺を寄せながら、彼女は再び中国語に戻って話を続ける。

「鳥なんらけど、劉さんは飛んでいくの出来ない。でも、まら諦めたいのは、違うんらって」

「諦めたくないっていうこと？」

「パパ、ママ、生きてるの間、何かしても一回、家族一つなることないかなーって。パパとママ、もう夫婦ちがうんらけど、ずーっと悪口言うの終わりして、妹、弟ためのパパ、ママになってくれるのとき、一回でも来ないかなーって、それ、諦めたくないんらって。もともとの家族五人で会うのこと、写真撮るのこと、出来ないかなーって」

「諦めたくないって、そういうこと？　自分の人生を諦めたくないんじゃなくて？」

うーん、と一つ唸って、劉慧雯は少し考えるように間を置いた。それから洪春霞を介して、両親ともに、この先そう長く生きるか分からないのだから、という意味のことを言った。

「劉さん、自分の人生、そのときまだ残ってたら、何か考える思います。長女の責任、終わったら、箱出して、どっか飛んでいけるかも知れない」

それまでは、ただ耐え続けるのか。

長女として。長女だから。

そんな考え方を、果たして未來なら出来るだろうかと思う。たとえば今回の祖母のことにしたって、未來一人がこれから先も変わらずに、祖母と二人で暮らすことが家族のためだと周り中に説得されたとして、たとえばそれを引き受けたとしても、いつか耐えられない日が来るのではないかという気がしてしまうのだ。無論、祖母のことは大好きだ。だが祖母は認知症と診断されたという。そうでなくとも次第に年老いてきているのは前々から感じていたし、これからますます人の手を必要とするようになるだろうということも、実感は伴わないにせよ、感じてはいた。そうなった時、未來は自分の仕事も諦めて、または夢を中断させて、祖母に付き添い続けることが出来るものだろうか。いつ終わるとも分からないのに。

昨日、ひと晩考えた。最後に祖母や家族を恨むようなことになりたくない。あの時、自分を犠牲にしたから、こんな人生になってしまったではないかと、それこそ悔やみたくもない。だから未來は、帰ったら自分の考えを伝えなければと思っている。薄情だと思われようとも。

棄てるんじゃない。もちろん、祖母から離れたいというのでも。

ただ、自分の生き方をさせて欲しいだけ。

それは、劉慧雯に言わせれば、自分勝手な考えということになるのだろうか。果たしてどちらが正しいのか、劉慧雯と未來の性格の違いか、それとも、これが国民性の違いとでもいうのだろうか。そこまでは判断がつかなかった。

「未來ちゃんと会って、よかったな」

ふいに洪春霞がため息と共に呟いた。

「どしたの、急に」

洪春霞はいつになく神妙な表情になって、ほとんど空になっているカップの中をストローでかき回している。

「未來ちゃん、祖母ちゃん家探すの手伝わなかったら、劉さんと会わないよな」

「――それは、そうだね」

「劉さんと会う前な、私、『なんで自分らけ、こんな大変なんら』、いっつも思ってたんら。家族ことも色々、もう、次、次、次、すごい大変ことずーっと一杯あって、もう、嫌なんらよなー、今度日本行ったら、もう家族、連絡取れなくしてやろうかなーとか、誰でもいいから今度、知り合ったの相手、結婚とかしてやろうかなーとか、思ってた」

また返答に詰まった。確かに一昨日、劉慧雯とばったり出くわしてからの洪春霞は、それまでの快活な印象からは一変していた。日本各地でキャバクラ勤めをしていたと聞いたこともあって、何かしら相当に複雑な事情がありそうな子だとは想像していた。それは、今は聞きたくない。たとえ洪春霞が話そうとしても、今の未來には、もうそこまで聞く余力が残っていない気がした。

「らけど、きっと後悔するんらよな。そんなことしたら」

「多分——そうだよ」

「劉さん比べたら、全然ら。病気ないらし、パパもママも——そこまでは、ひどくない」

やはりそれなりの事情を抱えているのだろう。この二人の前では、自分はあまりにも甘いのかも知れないし、人生も何も分かっていないのかも知れない。ついため息をつくと、洪春霞が急に思い出したように「お腹、すいたな」と口調を変えた。時計を見ると、もうとっくに昼を回っていた。

7

店を出る前に揃って化粧を直した劉慧雯(りゅうけいぶん)と洪春霞(こうしゅんか)は、外に出たところで何ごとか相談し始めた。そして、少し離れた場所だが美味しいクワパオを食べさせる店があるから、昼食はそこにしないかと未來を振り返る。

「クワパオ?」

「劉さん知ってるの店らって」

「何でもいいよ」

正直なところ、何時間もかけて聞かされた話があまりにも重たすぎて、未來の中では完全に消化不良を起こしている。空腹を感じていないわけではなかったが、何を食べても同じような気分だった。

暑い外に出た途端、大きなコップで摂った水分が、すぐに汗になって噴き出してくる。その汗を押さえながらロータリー道路をぐるりと回り、広い道をしばらく歩いて、さらに脇道を進んでいくつかの角を曲がり、しばらく行ったところに、ようやく目指す店はあった。例によって隣の店と壁一枚隔てただけで外装も内装も施していない、店というより屋台に毛が生えたような印象だ。店先に置いている台の上に「刈包」と書かれたプレートがぶら下がっていた。これをクワパオと読むのだろうかと、亭仔脚(ていしきゃく)の下に並べられたスチール製のテーブル席について、頭が痺れたような感覚のまま、ぼんやりしていると、ほんの数分待っただけで劉慧雯が買ってきてくれたのは、ひと言でいうなら中華風ハンバーガーのようなものだった。

「美味しいです」

そっと笑って差し出されると、未來も笑顔にならざるを得ない。見ると、刈包(クワパオ)とは中華まんや花巻(はなまき)に使うのと同じような白い生地を二つ折りにして、中にブタの角煮を挟み込んであるものだった。その他にも、ピーナツを細かく刻んだものや香菜などが挟まっている。一つでも相当なボリュームがありそうだ。

「美味しいですか」

ひと口かぶりつくと、早速、劉慧雯が聞いてきた。ふんわり柔らかい生地の食感もいいし、ブタの角煮はとろとろによく煮えている。確かに美味しいが、未來としては日本の醤油と、出来ればマスタードも塗りたいところだった。それでも口をもぐもぐとさせながら、素直に「はい」と答える。自分が知っている店に案内した手前、劉慧雯が心配しているのだろうということが、よく分かったからだ。だが、それ以上の褒め言葉はうまく出てこなかった。何しろ頭が疲れている。それでも、日本のものよりサラサラとして、ほんのり甘みのある豆漿（トウジャン）を飲みながら食べると、豚肉の脂っこさも消えて食べやすくなるようだ。ピーナツの粉まで加える必要があるかどうかは分からないが、香菜の香りは独特の風味を生んでいる。

あんなに泣いて。こうして食べて。熱いお日さまに照らされて。

昼のピークをとうに過ぎているせいか、他に客の姿もない。途中で一人だけ、Tシャツにハーフパンツ、素足にゴムサンダルを引っかけた腹の出た中年男性が、キティちゃんのシールを貼ったヘルメットを被ったままでいくつもの刈包を買っていった。

未來たちは三人とも無言だった。二人の台湾人は、おそらく片方は話し疲れ、もう片方は訳し疲れ、そして二人揃って泣き疲れているのに違いない。ただ話を聞いていただけの未來が、これだけ疲れているのだ。

愛される資格。

愛する資格。

長い時間をかけて聞いた話の中で、何よりも心に残ったのがその言葉だった。誰からも愛されず、誰のことも愛せない人生なんて。

そんなふうに考えないで欲しい。

本当は言いたかった。第一、両親のためなら内臓も差し出すと言い切る、それこそが愛情ではないのか。話を聞いた限り、劉慧雯という女性は果てしなく優しくて、また忍耐強い、いかにも献身的な人だと思う。それなのに彼女は「長女だから」と繰り返すばかりだ。つまり、責任だけで、そこまでするということなのだろうか。古風なのか。これが台湾人というものなのだろうか。

ところで、自分にはあるんだろうか。

愛され、愛する資格が。

考えてみれば、以前の別れの痛手からはとうに立ち直っているはずなのに、その後はこの数年、新しい出会いに恵まれていないということは、ひょっとすると未來も劉慧雯と同様、実は誰からも愛される資格がなく、本気で愛することも出来ないのかも知れないという不安が頭をもたげてくる。そんな、まさかとは思う。冗談じゃない。だが分からない。もしもこのままずっと新しい出会いがなかったら、やがて自分も彼女と似たような考えを抱くようになってしまうのかも知れない。

嫌だなあ、そんなの。

ついため息をつきそうになっていると、不意に洪春霞が「あ」と頓狂な声を上げた。

「そういえば未來ちゃん、マンゴー、まら食べてないよな？」

ひたすら顎を動かしながら、未來は「うん」と頷いた。

「そういえばそうだね」

十分とかけずに刈包を食べ、豆漿も飲み終えて、テーブルに置かれたティッシュで口元を拭いながら、ふう、と息を吐いたところで、洪春霞は、それではこれからマンゴーを食べにいこうと言い出した。

「今いちばん美味しいんらから、絶対、食べなきゃらめらよ」

張り切った表情でそう言うなり、彼女はもう立ち上がり、椅子を戻して歩き出そうとしている。未來は劉慧雯と顔を見合わせ、それから慌てて洪春霞に従う格好になった。辺りの亭仔脚はすべて飲食店の食事スペースになっているから、自然とよその店の中を突っ切るような気分で進むか、または車道にはみ出して歩くことになる。亭仔脚の外に出ると、すっかり雲の取れた青空の下で、容赦ない陽の光がぶん殴るような勢いで照りつけてきた。その陽射しの中を、またもすれすれに通り越していくバイクに注意しながら歩く。そうして、後ろ姿を見ただけでは話し疲れた様子や目を赤くして泣いた余韻など微塵も感じさせない洪春霞の背中を追いかけて、たどり着いたのは普通の青果店のように見える店だった。パイナップルやスイカをはじめ、バナナ、ドラゴンフルーツ、ライチー、釈迦頭(しゃかとう)など、色鮮やかな果物が冷蔵ケースの中にも、店先にも山積みにされている。日本の青果店との違いは、それらの果物の中から客が好みのものを選ぶと、その場で切り分けてくれることだった。

「マンゴーでいいよな！　他には？」

「ライチーもいいなあ。でも、やっぱりマンゴーだね」

やがて一口大に切り分けられ、器に山盛りにされて差し出されてきたマンゴーは実に鮮やかな濃い山吹色で、見事なほど光り輝いて見えた。またもや店先のテーブルに陣取って、爪楊枝(つまようじ)を使ってマンゴーを一切れ口に運んでみたその瞬間、未來は、思わず目が覚めたように「うーん！」と声を上げてしまった。刈包を食べたくらいではまったくとれなかった心の中のモヤモヤが、瞬く間に晴れていきそうな味ではないか。

「すごい、美味しい！　味が濃いねえ！」

洪春霞ばかりでなく、劉慧雯も未來の反応を興味津々で見守っている様子だ。

「美味しいらろう？　コレ食べなきゃ、台湾来たの意味、ないからな！」

安心したように、二人も一緒に爪楊枝で果実を突っつき始める。器の端に薄茶色の粉が盛られていて、それをつけると美味しいと説明されたが、未來はマンゴーそのものだけを食べる方がよかった。香り豊かで酸味と甘みが絶妙な、しかも濃密な味にすっかり魅了されて、ついふた切れ三切れと、よく冷えたマンゴーを頬張っている間、未來の頭の中では、明るく強烈な陽射しと青空と、白く輝く雲の下で流れてきたこの島の歳月、そんな中で展開されてきた家族の物語が改めてくるくると回り始めていた。劉慧雯が働いていた、神田の雑居ビルの中にあったというスナックのイメージまでが、脈絡なく明滅を繰り返す。知り合いのいないこの地をたった一人で目指して、一つの家族の物語を聞くことになったきっかけを作った祖母のことも思った。祖母は、こんなマンゴーを食べたことがあったろうか。これほど豊かな香りと他にない濃厚な味を、果たして懐かしく思うだろうか。

「日本に持って帰りたいなあ」

「無理らな。　検疫に引っかかる」

「だよね——あ、写真撮るの忘れた！」

はっと我に返り、慌ててスマホを取り出した。そういえば刈包の写真は撮り忘れたと悔やみながら、とりあえず店先に並ぶ果物や、目の前の切り分けられたマンゴーの写真を撮る。ついでに、マンゴーを頬張る未來自身の写真を撮ってもらい、それから洪春霞と劉慧雯の写真も撮った。

「三人一緒のも、撮ろう!」

「撮ろう、撮ろう!」

また熱い風が吹いて、ちぎれ雲が流れていく。未來たちは、まるで昔からの知り合いのように三人で肩を寄せ合い、また、二人ずつで笑顔の写真を撮りあった。そうする間に、劉慧雯がまた何か洪春霞に話す。洪春霞が、うん、うん、と頷いた。

「今日の写真撮ってもらうの、すんごく嬉しいんらって」

「そう?」

「さっき、いちばん最初にも話したんらけど、劉さん今、色んなこと、どんどん忘れるらから」

「それは——あの病気のせい?」

マンゴーを口に運ぶ手が、つい止まった。

「分かんない。もしかしたら一番最初、劉さん生まれるのときかな? 劉さんママ、すこい産むの大変らったから、そのとき赤ちゃんも、息出来ないで大変らったのこと、あるかも知れないんらって。それは病院の先生に言われたこと。

パパ、ひどい暴力もあったらろう？　ママからも一杯あったんらけど、あと、大人んなっても劉さん何回も頭とか怪我してるんらよな。それもあるか知んないんらって。ばたーん！　倒れたとき、知らないで頭打つのこと何回もあったし、交通事故もやってるらろ。妹にバンバンやられたことも何回もあるんらし、あの祖母ちゃん、近く住んでるのがな、あれ家まで来て、この、歩くのに使う、この棒――」

「杖？」

「杖でがーん！　やられて、首も、こう、ぐ、ぐって押されて、気絶したのことあったし、煙草吸うのとき使うの皿？　すげえ重たい、あれ持って、ごーん！　やられたこともあるんらって。祖母ちゃん、いつも急に来て『おまえ嘘ついたらろー』とか『俺の悪口言ったんらろー』とか、分かんないこと言ってな、去年のクリスマスとかも、すんごい、暴れたんらって。そのときも劉さん、救急車で病院」

「すごい、凶暴なお祖母ちゃん――」

「祖母ちゃん、もう九十過ぎててな、ホントはもう色んなこと、分かんなくなってるんらって。それで、前より暴れる」

これほど豊かな味のマンゴーを食べていながら、またもやその味さえ分からなくなってしまいそうな話になった。もしも、自分の祖母がそんな風になってしまったらどうしようかという思いが頭をかすめる。

　未來は、光のしずくのように見えるマンゴーに目を落としていた。この土地の、すべての恵みを受けているように見える果実。たとえどんなに日焼けしても、これさえ食べていればビタミンが補給出来るような気持ちになるほどの豊かな味と香り。だが、こんな果物が豊富に採れる土地にも、その日映い光さえ届かないような、影のように暗い人生がある。それが切ない。

「日本語も、あんなに一生懸命、いっぱい勉強したんらけど、前よりずっと、どんどん忘れてる。耳、聞いたら結構、分かるんらけど、話したいなー思っても、言葉すぐに出てこないとか、あるって。子どもときこととか、先週どこ行ったかなーとか、こう、ポツ、ポツ、穴あくみたいらって」

「劉さん——どうしてそんな目にばっかり遭わなきゃならないんだろうね」

「なあ——らから、今日のこと覚えるの、写真は記念なるんらろ。あれ、何らったかなー思っても、きっと、こういう人に会って何か話、したんらなーって分かる。未來ちゃんこと、忘れちゃっても、あれ、もしかしたら、これ、日本人ないかなーとか」

　未來のスマホで撮った写真は、未來が洪春霞にＬＩＮＥで送れば、洪春霞から劉慧雯に送ってくれるということになった。そうだ、自分と劉慧雯との縁はこれっきりになる。この先さらにＬＩＮＥなどでつながっていない方が賢明なのだろうと、何となく思っているとき、はたと思いついた。一昨日、劉慧雯から渡された名刺を財布から取り出す。そして、タキちゃんと呼ばれていた人物の名刺の表裏両面をスマホのカメラに収めた。そこには劉慧雯の名前も手書きで入っている。

「これで私に名刺を預かったのと同じことになるから、これは劉さんに返します。劉さんにとって、とても大切なものだと思うし、劉さんが持っていた方がいいものだから」

劉慧雯は一瞬ためらうような表情を見せたが、すぐに「分かりました」と頷いた。

「もう一生、会わないか。会社、聞いたら、どこいるか分かるか、思いました。やっぱりタキちゃん、忘れない」

「調べる時は、自分で調べるのがいいです」

「分かります」

それにしても、認知症というのでもないだろうに、そんな風に記憶が失われていくことが本当にあるものだろうか。帰って、叔父に聞けば分かるだろうか。自分の過去を次々に忘れるかも知れない自分を、劉慧雯自身はどんな風に思っているのだろう。

「劉さん今、ここな、心すごいホッとして、嬉しいのあるって」

「どうして？」

「自分こと、こんな長く、ずっと誰かに話したの、生まれて初めて。それ、未來ちゃん日本人らって分かったとき、あっ、タキちゃんと同じらし、話、したいって、パッ、思ったんらって。普段、自分周りにいる人にはパパのこと、ママのこと、絶対誰にも話せない。話したのこと、ぐるぐるぐるー回って、どっから、誰聞くか分かんないしな。そしたらまた、どっか、誰かに変なこと言われるに決まってるんらから」

劉慧雯は、強い陽射しの下で細い目を余計に細めながら、微かに笑っている。今日この瞬間のこともやがて忘れてしまうだろうと言う彼女は、まるでこれほど強い陽射しの強さすら感じていない、儚い陽炎のようにも見えてくる。

本当は、同じ国の人間として生きたかも知れない人。パスポートなしに訪れていたかも知れない島。そこの、あの家で、記憶をなくしながらも生きていくしかない人。

「なあ、未來ちゃん。劉さん、聞いて欲しいって」

「――何を？」

「未來ちゃん祖母ちゃん、あの家に住んだかも知れないって、どうして分かりましたかって」

ああ、きちんと説明していなかっただろうかと、今ごろになって気がついた。未來は、先月のあの日の話を簡単に聞かせた。

「私が仕事から帰ったとき、おばあちゃんは居眠りをしてて、『小さいときの夢を見てた』って言ったんです。私はそのときに初めて、おばあちゃんが台湾で生まれたって聞いたんです。それまでは何も知らなくて――台湾のことも。全然」

あの晩のことは、今思い出しても苦々しい気持ちで一杯になる。後悔と、祖母に対する申し訳なさと。ちょっとした油断が、その後の祖母と未來の運命をこんなに大きく変えることになるなんて、思ってもみなかった。

「それで、おばあちゃんは今、怪我をして動けないので、せめて生まれた家を探して見せてあげられないかなと思って、台南に来ることにしたんです。あと、おばあちゃんは『六月の雪』とか何とか、見たいようなこと言ってたんだけど、こっちで聞いてみたら、それは『五月の雪』の勘違いなんですってね。それで――

そこまで言いかけたとき、劉慧雯が「え」と表情を変えた。

「六月、の雪？」

「おばあちゃんはそう言ってて」

「あります。六月の雪」

「――え？」

「ありますよ。今」

それから劉慧雯は、洪春霞に向かって中国語でしきりに何か話し始めた。洪春霞は、最初は指先でマンゴーを突く爪楊枝を弄(もてあそ)びながら、小首を傾げてよく分からないという顔つきになっていたが、途中から「あー」と大きく頷き、あとはしきりと相づちを打ち始めた。

「あれか！　雪、呼ぶんらけど、それ、花なんら」

「花？」

「私、花あんまり詳しくないらから、名前とか、ちっとも知らなかった。台南の人『六月の雪』って呼んでるの、こっち咲く、白いの花のことなんら」

「台南に咲いてるの？」

「街ん中、見ないんらけど、海ほうらって。海、近いのとこにある木なんらよな」

そういえばあの時、祖母は海に行く夢を見ていたと言っていた。それで「六月の雪」も見たのだろうか。

「それ、見られるかな」

未來が身を乗り出す間に、劉慧雯は洪春霞が差し出したノートに何か書いている。覗き込むと「欖李花」という文字が見て取れた。

「これ、ランリーファ、ホントの名前な。劉さん言うのは、欖李花（ランリーファ）、六月の雪って呼ばれるの花。今ちょうど咲いてるんじゃないかって。ほら、今、六月から」

　ランリーファ。何てきれいな響きなんだろう。洪春霞と劉慧雯がしきりに言葉のやり取りをするのを、未來は焦（じ）れったいような物足りない気持ちで眺めていた。

　やっぱり話せるようになりたい。

　改めてそう思う。

「待ってな。今、劉さん知ってるの場所、説明してもらってる」

　太陽のしずくのようなマンゴーをもってしても容易に拭い取れなかった、昨日から澱（よど）みにはまったようだった心持ちの一カ所に、やっとこの台南の陽射しが入り込んできた気分だった。本当に六月の雪を見ることが出来たら、それだけで昨日と今日、今までの時間はすべて報われたと言ってもいいだろうと思う。未來が成り行きを見つめていると、やがて洪春霞が「ふう」と大げさなため息をついた。

「未來ちゃん、林（りん）先生とゲンチと、安平（アンピン）行ったらろう？」

「安平？」

「豆花（トウファー）食べに、林先生車で、四人で行ったよな？」

「ああ、安平」

洪春霞が、「あそこより、もっと遠い」と口を尖らせた。

バイク行くと結構大変、倍くらい？　時間かかるかなーのとこ。劉さん言うのは、そこにも日本時代、家がいっぱいあるんらって。まら人住んでるのとこも少し」

「両国（りょうごく）――」

劉慧雯が再び何か話そうとしかけて、結局は中国語になってしまう。

「東京の、両国に、博、物、館かな。昔の日本の町、造ってあって、橋とかある、そういう博物館あって――」

「ああ、江戸東京博物館かな」

「そこで見るみたい、古いの日本の家、ずーっと並んであって、そこのへんにいっぱい、『六月の雪』あるんらって。もう、道が見えないくらい、すごいんらって。そこが多分、こっちから行く一番近いのとこかなーって」

「行きたい、行きたい！　ねえ、何とかならないかな。バイクで行くのが大変だったら、タクシーでもいいよ。劉さんは、そこまで道案内してくださいますか？」

洪春霞が訳すまでもなく、劉慧雯は「うーん」と小首を傾げている。

「もしも劉さんが行ってくださるのが無理だったら、かすみちゃんがその場所を詳しく聞いて、行くわけにいかない？　そんなに一時間も、二時間もかかるような場所なの？」

「一時間とかは――かからないかもな」

「劉さんに説明してもらうだけじゃ、かすみちゃん、無理？」

自分でも気が急（せ）いて、たたみかけるように早口に話しているのは分かっていた。劉慧雯が、こちらを見てふと目を細める。そして、低く落ち着いたハスキーボイスで「多分、大丈夫」と言った。それから、洪春霞のノートに「鹿耳門」という文字を書き加える。さらに、地図らしいものを描き始めた。

本当にあるんだ。六月の雪。

未來は胸が高鳴るというよりも、わずかに締めつけられるような気分で、劉慧雯が動かすペンの先を見つめていた。

「未來ちゃん、早くマンゴー、食えよな」

途中で洪春霞にせかされて、慌ててまたマンゴーを頬張る。ふいに、李怡華の顔が思い浮かんだ。考えてみれば彼女が六月の雪を「五月」と訂正したのだ。だから未來は、きっと祖母の記憶違いだろうとばかり思って、すっかり諦めてしまっていた。

まったく。またやってくれたな、李怡華。

あんた、本当に今晩中に台南に戻ってこれるの？

もしも李怡華が来てくれなかったら、必要な言葉を洪春霞にでも書いておいてもらって、明日、未來はそれを頼りに自力で空港まで行ってやる。この国でなら、きっと大丈夫だ。日本語を話せる人だって少なくないみたいだし、片言の英語でも何とかなるかも知れないんだから。

だから、あんたなんか当てにするもんか。

あんたなんか。

未來が李怡華に対して腹の中で悪態をついている間に、洪春霞は自分のスマホを取り出して、地図アプリを立ち上げている。彼女のノートに地図らしいものを描きかけていた劉慧雯がそれに気づいて一緒に地図に見入り、あれこれと説明し始めた。洪春霞は、ふんふんと細かく頷き、地図にマークをつけているようだ。それからブツブツと独り言を呟きながら、道順を確認している。そんな彼女を静かに眺めていた劉慧雯は、ふと気づいたように未來の方を見て、洪春霞のスマホを指さしながら「これ使う、上手。若いですね」と少し淋しげに微笑んだ。

8

バイパスのような幅の広い道を、洪春霞(こうしゅんか)のバイクはぐんぐん走っていく。ヘルメットから出ている顔ばかりでなく、首筋にも肩にも、彼女の腰に回している未來の腕やジーパンの上からも強い風が絶え間なく吹きつけてきて、リュックを背負っている背中の方にまで空気が通るのが感じられた。

「あんまり飛ばさないでね！」

後ろから声をかけると、洪春霞の「らいじょぶ！」という声が彼女に回している腕から振動となって伝わってきた。その後しばらくして、再び彼女が何か喋っているらしいのが感じられて、未來に何か話しかけているのかと思ったら、どうやら誰かとスマホで会話しているようだ。そんなことをしていて大丈夫なのかと、未來としては気が気ではない。

分かってる？　私は生命を預けてるんだからね。

未來はタクシーで行くのでも構わないと言ったのに、バイクにしようと主張したのは洪春霞の方だ。

「でも、安平（アンピン）だってバイクで行くのは大変だって言ってたじゃない？　今日、行こうとしてるのはもっと遠い場所なんでしょう？」

　マンゴーを食べ終えて、さて、それではいよいよ行ってみようかという段になって、未來が不安を隠さずに尋ねると、洪春霞は、あの時は林（りん）先生が一緒だったし、何より車があったからだと澄ました表情で答えた。

「車ほうが楽に決まってるからな。雨降ったって濡れないんらし、冷房あって涼しいし。らけど今日は雨、降らないよ。車多いの方に行くとも違うから、未來ちゃんもそんなに怖くない。へーき、へーき」

　何かと便利なのは小回りのきくバイクの方だから、絶対にその方がいいと断言されれば、行く方向さえ分かっていない未來に反論出来る余地はなかった。それに、いくら日本に比べて料金が安いとはいえ、タクシーに乗れば乗っただけの料金がかかる。余裕はあるとはいえ、使わずに済むならそれに越したことはない。結局、刈包（クワパオ）からマンゴーまで、劉慧雯（りゅうけいぶん）の分も含めて未來が払う格好になったというのに、「未來ちゃん、無駄遣いしない方がいいよ」と洪春霞にたしなめる顔つきをされて、これには未來も苦笑せざるをえなかった。

「らいじょぶらよ、未來ちゃんが乗る分、ガソリン代払えよなーとか言わないから」

　洪春霞のバイクは未來が泊まっているホテルの駐車場だ。劉慧雯と三人並んで来た道を戻ることになる。例のコータリー道路をぐるりと回って、最初に待ち合わせをしたカゲートの近くまで来たとき、劉慧雯はふいに立ち止まり、そして未來に「ありがとう」とだけ言った。

今、こうして台南の街を走り抜けながらも、あの時の劉慧雯の、細い目を一層細めた淋しげに見える笑顔と、去って行く姿が思い出される。ボブカットの髪を揺らしながら、大股で去って行くほっそりした後ろ姿は背筋もすっと伸びていて、自信に溢れている人のものに見えた。とてもつい数日前、パジャマにジャンパーという姿で家から飛び出してきた垢じみた臭いのする女と同一人物とは思えなかったし、何よりも二日間にわたって聞いた、あまりにも重い荷を背負うような生き方をしている人に見えなかった。あんなに堂々と歩いていく女性が、前触れもなく突然倒れる病を抱えているのか、本当に心にも身体にも無数の傷を抱えているのかと、それまで聞いた話を信じられなくなったほどだ。だが、とりあえず彼女は自分の内に溜まっていたものを誰かに向けて吐き出したがっていた。それだけは確かだと思う。そして、たまたま外国人の未來が、その標的になったのだ。あの家の様子を聞きたいという好奇心に突き動かされたばかりに。結局は、そんなことはひと言も聞けなかったけれど。

少しくらいガス抜きになったんだろうか。

口では「ありがとう」と言っていたが、それ以上のことは、言葉が通じるようで通じないし、洪春霞の通訳だって正直なところ、どこまで正確か分からないのだから、知りようがない。ただ、劉慧雯の「ありがとう」のひと言が本心なら、それでよかったと思うより他になかった。

不思議な出会いだった。

強いていうならあの古い家を通して辛うじてつながっている、いや、それさえも推測の域を出ない、いかにも弱々しくて頼りない関わりだった。むしろ縁もゆかりもない外国人だからこそ、劉慧雯は自分と家族の過去を語ることが出来たのだとも言っていた。そして、図らずもそのお返しのように「六月の雪」のことを教わることが出来たのだから、考えようによっては、遠回りした結果の幸運だったのかも知れない。彼女と出会って、あそこまで話をしなければ、「六月の雪」のことなど話題に上らなかったに違いなく、未來は李怡華（りいか）の言葉を鵜呑（うの）みにして簡単に諦めたまま、明日はもう東京へと向かっていたのだ。

片側三車線の道路は、ほとんどまっすぐに伸びていた。バイクのエンジン音と振動とが身体全体に微かに広がって、未來のまだ疲れの残る脳味噌を心地良く震わしている。道の左右に連なる建物は、中心部の市街地などとはまったく様子が違っていて、亭仔脚（ていしきゃく）の連なりも見当たらなければ木造や煉瓦造りの古い建物もなかった。四角い大きな建物ばかりが並び、無論、漢字の看板は乱立しているのだが、一方では日本の自動車メーカーのショールームをいくつも見かけるし、空き地に立つ分譲マンションの巨大広告には「日式」とか「和の趣」などという文字も見られ、他にも、未來が日本でよく足を向けるインテリア家電量販店、それからセブンイレブンやマクドナルドなどの看板も目立つから、右側通行であることを除くと、一瞬どこを走っているのか分からなくなるほどだ。それでも、日本では見かけない独特の看板も目立っている。

「かすみちゃん！」

洪春霞の肩先まで顔を寄せて声をかける。

「あの、花火みたいに見える色んな色に光ってる看板！　丸いヤツ！」

これまでも台南のあちらこちらを通る度に何度となく見かけてきた、少しばかり毒々しく見える赤や黄、緑、青といった光が同心円状に明滅を繰り返すネオンの看板が、また先の方に見えていた。

「ああ、あれな！」

「何の看板？」

「びんろう！　さっき言ったたんらろ、檳榔売ってるのとこ！」

ああ、劉慧雯がスナックで働いていたときに、客が嚙む檳榔の臭いが嫌だったと言っていた、あれのことだろうか。ちょうど先の信号が青から黄色に変わってバイクは減速を始める。未來は独特のネオンをきらめかせている店を首を巡らせながら眺めて通り過ぎた。確かに「檳榔」という文字が見えた。ネオンが派手な割に、店の構えはずい分と小さい。

「もっと大きな店かと思った」

「檳榔売るの店、みんなこんならよ。こんな、ビカビカ看板でな」

「ずい分、目立つ看板だよね。昼間からチカチカしてるし」

バイクが止まって風に吹かれなくなると、途端に熱気がまとわりついてくる。普段の声に戻って背後から話しかける未來に、洪春霞はわずかにこちらを振り向くようにしながら、檳榔を噛むと眠気が覚めるのだと教えてくれた。

「ほら、使うと捕まるクスリ——」

「覚醒剤？　ドラッグ？」

「——とかみたい、法律違反じゃないんらけど、眠くないなるのと気分な、よくなるんらって。らから、トラックとか寝ないで働くの人、よく噛むんらよな。看板も遠くから見えるようにビカビカ目立つのしてる」

「なるほど」

「でも、若いの人たちは嫌いなー。そんなやらない」

「どうして？」

「らって、赤いの唾いっぱい出てくるんらから、それぺっぺっするし、終わりもぺっぺっ、して、汚いらろー。あと、歯な、黄色みたい汚い色んなるし、そんで、溶ける」

「え、歯が？」

それ、どういうこと、と聞きかけたとき、信号が変わった。洪春霞はアクセルを開き、二人を乗せたバイクはまた走り始める。少し止まっている間に湿気と熱をまとい始めた肌が、瞬く間に暑さから解放されていった。

「あんまり飛ばさないでね！」

「分かってるってば！　未來ちゃん、怖がりらな！」

「しょうがないよ、ほとんど初めてなんだから！」

「言うけ聞いてると、ちっちゃいの子、乗っけてるみたい！—

未來だって免許だけは持っているがバイクはおろか、車の運転そのものも何年もしていない。ましてや自分がバイクの後ろに乗ることなど、あるとも思っていなかった。だが、こうして後ろに乗せられて、交通量もさほど多くない広い道を走っていると、季節も風も陽射しも、何もかもが全身で感じられるようで、単純に心地良かった。

道は緩やかな傾斜を上り、川を越えた。すると風の感触が変わり、同時に周辺の景色も変わる。ヘルメット越しに風の音を聞いている間に、また橋を渡った。建物らしい建物はどんどんと数を減らして、やがて辺りはまるで平原のような、または広々とした河川敷のような風景になった。緑の広がりの中を、ポツポツと一列になって細い木が並んでいる様子は絵画的にさえ見える。首の長いサギらしい白い鳥が一羽、悠々と飛んでいった。いつの間にか道沿いに建物はなくなり、かわって青々とした灌木(かんぼく)の繁みが連なっている。その向こうに、ちらちらと光るものが見え隠れするのが目にとまった。

池？

田んぼ？

洪春霞に尋ねたいと思うが、その都度、彼女のヘルメットに顔を寄せるとバイクのバランスが崩れそうな気がするし、大声で話しかけるのもためらわれるから、未來は一人で思いを巡らせることにした。そんな広がりがあるかと思えば、向こうにまた新たな集落が見えてくる。

海の方に向かってるっていうんだから。

でも、まだ海っていう感じじゃない。ああ今、小さな水車のようなものが回っているところがあった。すると、これは生け簀なんだろうか。何か養殖でもしているのか。何て広い空だろう。こんなにもくもくと湧く白い入道雲を見るのも何年かぶりだ。あの雲は、ウサギみたいに見える。あっちの雲、あれは笑ってる子どもの顔。ニンジン。あっちには龍もいる。

それにしても。

空を見上げて、どんどんと表情を変える雲を眺めている間に、道は大きな交差点を突っ切り、川を渡り、ときに緩くカーブしながら、どこまでも続いているように感じられた。初めて洪春霞と会った日に乗ったときに比べれば、我ながらずい分と馴染んだ感じで、未來なりにバイクの動きに身体を任せるようになったと思う。まるで、青空の下を滑っているような気分だ。無論、市街地の交通量の多い場所を走り抜けるのと、こんな風にゆったりと広い道を行くのとの違いもあるだろう。未來が頼んだせいもあってか、洪春霞はさほどスピードを出していない。それでも未來たちを追い越していく車やバイクはほとんどなかった。

また洪春霞がスマホで誰かと話をしている。今回、台南に来て分かったことは、この土地の多くの人たちにとって、バイクが生活の必需品らしいということだ。どんな路地にもバイクが駐まっていない場所はほとんどなく、老若男女を問わず、日本ではちょっと考えられないくらいの、短パンにゴム草履といったラフな服装のままで気軽に乗り回している。中にはヘルメットをつけていなかったり、カップルが子どもまで乗せて三人乗り、四人乗りこなっているどころか前籠にペットまで乗せているという人も見た。だだからこそ洪春霞もスマホのホルダーをつけたりして、可能な限り便利に使いこなせるようにしているのだろう。そういえば、洪春霞の家というのは台南のどの辺りにあるのだろうか。そんなことも、まだ聞いていなかった。

しばらく走ると、また違う集落にさしかかる。その集落を抜けた後、今度は道の片側にだけ大きな倉庫のようなものが連なる場所を通った。反対側には明らかに池か湖のような水面が広がっている。青空の下の、木々の緑が目にしみた。

昨日、今日と聞かされた話の断片や、劉慧雯の自宅周辺の路地の風景などがぽつぽつと甦ってきては、振動と共に頭の中からこぼれ落ちていくようだ。劉慧雯の家にいたプードルも、明らかに家の住人がつけたと思われる柱の傷も。あの家を「地獄」と呼んだ劉呉秀麗(りゅうごしゅうれい)の浮腫(むく)んだ顔、軒先に吊された洗濯物——ぼんやりと周囲の景色を眺めながら、未來はふと、明日の今ごろのことを思った。明日の今ごろ、未來はおそらく台北にいる。いや、いなければならない。飛行機は夕方の便だ。遅くとも三時くらいまでには空港に着いていた方がいいだろう。そしてまた現実に戻っていく。新しい日常が始まる。いや、始めたいと思っている。だが、祖母のこともある。家族で話し合わなければならない場面が生まれるのかも知れない。

だけど。

それもまあ、今考えることじゃない。

だんだんと頭の中が空っぽになっていくようだ。そのうちに眠くなっていきそうな、何とも単調な振動に心地良く身を任せていたとき、バイクはふいに速度を落とし、交差点を左に曲がった。するとまた景色が変わる。車線の数は少なくなり、道の両脇から生活感が押し寄せてきた。ひしめき合う建物。あちらこちらに貼られている、金の文字の書かれた赤い紙。あれにはどういう意味があるのだろう。黒々とした漢字で書かれた看板も目立つ。窓にはめられた格子には、ワイヤー製のハンガーに吊された洗濯物。道ばたのあちらこちらに停められているバイク。突如として「寿司」と書かれた暖簾が目に飛び込んできた。こんな小さな町にも寿司文化が根づいているのかと思う。こういうところで食べる寿司とは、どんなものだろう。

ああ、帰ったらお寿司が食べたい。

おそらく単なる観光旅行なら、まず通らない道だろうと思う。しかも、バイクで。そう思うと何とも愉快になってきた。こんな体験話を、母は喜んで聞くだろうか。祖母は。少し前までなら、祖母は未來がどんな話をしても楽しげに聞いてくれた。だが、これからの祖母はもう、そんなわけにはいかなくなるのだろうか。未來が何を話しても、すぐに忘れていってしまうのだろうか——とりとめもなく考えているうちに、道の両脇の視界が突如として開けた。はるか真正面に、何やら巨大な橙色（だいだいいろ）の屋根が見えている。

「何、あれ」

呟いてみたが、洪春霞には聞こえなかったようだ。そのうちに、いきなり広い交差点に出た。橙色の屋根は交差点の向こうに、でん、と構えている。左右には八角形の楼閣が連なっていた。どうやら相当な規模の建物らしい。さらに、気がつけば敷地の入口には、両脇に巨大な柱のような像があって、それぞれに睨みをきかしている。煌（きら）びやかな色彩に包まれているが、肌の彩色からすると赤鬼青鬼か、それとも風神雷神だろうか。いや、ここは台湾なのだから、まるで違う中華風の神さまなのかも知れない。バイクはゆっくりと交差点を渡り、その像の間を走り抜けて、オレンジ色の瓦屋根をいただく巨大な建物の前に広がる駐車場に滑り込んでいった。建物の庇の下に朱色の柱が何本も並んでいるところを見るとお寺だろうか。

洪春霞がエンジンを切ると、急に振動から解放されて、暑さと静寂が全身を押し包んだ。未來は「降りるね」と声をかけてから地面に片足をついた。だだっ広く見える駐車場と巨大な建物とを眺め回しながらヘルメットを脱いで髪をなで上げて、思わず「着いた！」とため息ともつかない声が出る。

「かすみちゃん、ありがとう。お疲れさまでした！」

ところが洪春霞の方は、自分もバイクから降りてスタンドを立てつつ、どうもはっきりしない表情で辺りを見回している。

「なあ、今、来る途中に古い日本の家なんか、なかったよな？」

「日本の家？　一軒？」

「いっけん？」

「一つだけ？」

「ちがうちがう。ずーっといくつも」

「見てないよ、そんなの」

「オランラみたいな、風で回るのヤツついた建物とかも、なかったよな？」

「風で回るの――どこに?」

「ここの、すぐ前らって」

　確かめるまでもないと思ったが、取りあえずもう一度、身体をぐるりと一回転させて、改めて周囲を眺め回してみる。

「――ないね」

「あっれー、おかしいんらよなあ」

　洪春霞が、いよいよ唇を尖らせる。

「ここ、ルーアームンらろ。ちゃんと、そう書いてあるよな」

　駐車場前の道を渡ったところに石碑が建っているのが目にとまった。「鹿耳門公園」と書かれている。

「あそこ。しか、みみ、もん、て」

「ルーアームンら。じゃあ、いいんらよなあ。あっれー」

　ヘルメットを被ったままで、洪春霞は「ちょっと待ってて」と言い残し、一人で巨大な建物に向かって歩き始めた。正面には大きな香炉が据え置かれているし、その両脇には石造りの狛犬(こまいぬ)だか獅子がいるから、やはり「寺廟(じびょう)」なのだろうと思う。そこに向かって、洪春霞はヘルメットをとらないまま、きょろきょろと左右を見回しながら進んでいく。誰かに聞こうとしているのかも知れなかったが、広々とした駐車場には数台の車が駐まっているものの、人影らしいものは一つも見当たらなかった。どうせ後をついていっても、未來には言葉が分からないのだから、とにかくここは、ことの成り行きを見守るよりしようがない。

これで「六月の雪」を見られなかったとしたら、とんだ無駄足になる。やはり不案内な洪春霞だけに頼ったのは間違いだったかと、不安と共に微かな苛立ちが、もう腹の底で蠢(うごめ)きだしそうになっている。

ここで怒ったりしちゃいけない。あの子だって一生懸命、やってくれてる。

未來は、自分の少しばかり短気な部分を自覚している。それだけに、ここは落ち着いて待つべきだと自分に言い聞かせながら、小さくなっていく洪春霞の後ろ姿を見守っていたとき、ふいにバイクのホルダーに取りつけてあったスマホが鳴り始めた。

「かすみちゃん、電話！」

それなりに声を出したつもりだが、ヘルメットを被っているせいもあってか、洪春霞には届かないようだ。もう一度、今度は大きく息を吸い込んで、最近では滅多に出さない大声を張り上げた。一瞬、昔の発声練習のときのことが甦ったほどだ。

「かすみちゃーん！　スマホ！　スマホが鳴ってる！」

がらんとした駐車場に、自分の声とも思えない声が響いた。今度は、洪春霞はくるりと振り返って大きく首を傾げている。未來は手を振りながら「電話！」ともう一度声を張り上げた。洪春霞は小走りにこちらに向かって走り始めたかと思うと、途中で足を止め、そのままヘルメットに装着したインカムで話を始めた。その辺りまでは電波が届くのだろうかと未來が考えている間に、彼女はまたくるりときびすを返して巨大な建物の方を向き、「えーっ」などという声を上げている。そして短い会話の後、大げさなくらいにヘルメットの頭を揺らしながら走って戻ってきて、洪春霞は「間違っちゃった！」と息を弾ませた。

「今の電話、劉さんな」

「劉さん？」

「やっぱり心配から、ちゃんと着けることあるかなー思って、自分も行くことしようかなーってしたんらって。そしたら、どこもいないんらから、あれー、どしたかなーと思ったって」

まるで話が呑み込めないままでいると、洪春霞は改めて背後の巨大な建物を指さして、「あれ、違ってた」と言った。

「劉さん教えてくれたの、ルーアームン、ティエンホウコンな。今いるの、これな、ルーアームン、スェンムゥミャウ」

「――スェンムゥミャウ」

未來は目を凝らして遠い建物の方を見た。よく見ると、正面の巨大な建物には「鹿耳門聖母廟」という額が掲げられている。あれで、ルーアームンスェンムゥミャウと読むのだろうか。聖母廟。聖母さま。つまり、マリアさま？　まさか。未來は思わず首を傾げながら、取りあえずちょっと眉をひそめ、洪春霞を横目で睨む真似をした。

「さっき、劉さんは、ちゃんと説明してくれたんじゃないの？」

「そうけど、天后宮（ティエンホウコン）も聖母廟（スエンムウミャウ）も、おんなじ思ったんらよなー。どっちも媽祖（マーズウ）さまことなんらろーとかって。何らよなー、まったくなー、違うのかよー」

言って、あっはっはと笑っている。その媽祖さまって何、と聞こうとして、その前に、つい「あっはっはじゃないよ」とため息が出た。その間に、洪春霞はもうスマホをバイクのホルダーから外し、改めて地図アプリを立ち上げて、ふんふんと道順を確かめ始めている。

「あったあった、これな。天后宮（ティエンホウコン）。そんな離れてないよ。らいじょぶ、らいじょぶ。じゃ、行こっか。劉さん今、天后宮の前で待ってるんらって」

「え、待っててくれてるの？　わざわざ？」

ありがとう、とだけ言って去って行った彼女ではなかったのか。まさか、そんな風に心配してくれていたのかと、今度は少しばかりキツネにつままれたような気持ちになった。愛を知らない、資格がないと泣いた彼女は、あのまま実に素っ気なく帰っていったのだとばかり思っていた。正直なところ、彼女には「長女」という、家族に対する役割ばかりが重くのしかかっていて、その他のことを顧みる余裕などありそうにないように見えたし、話を聞いた限り、かなり厄介な病気を抱える身では、長時間の外出も出来ないのではないかと、勝手に思い込んでいたからだ。

「優しいんらよな、劉さん。未來ちゃんに、ちゃんと『六月の雪』見せてあげたいんらって。あ、そんなら、李さんにも電話しなきゃらめら」

「え——李さんて？　李怡華さん？」

「さっき走ってるとき、李さんから電話あってな。ホテル着いたから、未來ちゃんいるのとこ、行きますよーって。らから、ここのこと教えちゃった。聖母廟（スエンムウミャウ）ないんらよなー、天后宮（テイエンホウコン）らったんらー。あっははは」

李怡華までが、そんな気遣いを見せてくれているのか。未來は、ヘルメットを被ったままでスマホを操作する洪春霞を見守りながら、胸の中が微かにざわめいて、バイクの振動とは異なる痺れが広がるような感覚を味わっていた。

そして未來は再び洪春霞のバイクの後ろに乗せられて、見知らぬ道を走り始めた。少し行くと、細い道の左右に田植え前の水田のような広がりが続くようになった。道路と水面の高さがほとんど変わらないように見える。一定の距離を置いてあぜ道らしいものが通っているらしく、そこには草が茂っていたり、また灌木が並んでいたりした。小さな農機具小屋のようなものが見えるところもある。しかも右手の水面は、西に傾き始めた太陽の光が反射して、目映いばかりに金色に輝いていて、まるで夢でも見ているような光景だ。一方、左手に続く、いくつもに仕切られた水面には青い空と表情豊かな雲の姿が映り込んでいて、これもまた見事なくらいに曇りがない。水平線か地平線か判然としない、とにかく真っ直ぐに伸びる線が遥か遠くに見えた。こんな風景は初めてだった。他に通る車もなく、洪春霞のバイクだけが、あくまでも静かに、長閑（のどか）に、まるで鏡の上を滑るように進んでいくのだ。

おばあちゃん。

祖母も、かつてこんな景色を見たことがあっただろうか。それとも七十年以上前には、この辺りにはまた別の景色が広がっていたのだろうか。

やがて、行く先に見える繁みの向こうに、賑やかすぎるほど賑やかに見える、色とりどりの飾りのついた中華風の反り返った屋根が見え隠れし始めた。水面に映る陽の光に目を細めながら、未來は水と太陽と湧き上がる雲、緑、そして遠くの屋根の飾りとを眺めていた。

終章

1

運ばれてきた夕食のトレイをテーブルの上にセットして、嫁がベッドを起こし、朋子が使うエプロンを取り出してくれている最中に、真純が病室の入口に現れた。

「お、か、あ、さん」

妙に愛想のいい声を出して、娘は他の入院患者や見舞いの人たちにまで「こんにちは」などと声をかけながら、こちらに歩み寄ってくる。

「あ、もうご飯？　そっか。病院のご飯って早いんだもんね」

ちょうど朋子に顔を近づけて肩越しにエプロンを掛けようとしていた葉月さんは真純の方を振り向いた後、ちらりと居心地の悪そうな顔になった。

「私、食べさせてあげようか、ね。お義姉さんはさ、そろそろ帰ったら。毎日で大変だろうし、あとは私がやるから」

すると葉月さんは一瞬、小さく唇を嚙むようにしたが、すぐに「じゃあ」と微かな笑みを浮かべた。

「今日は真純さんにお願いしましょうか。ね、お義母さん」

返答に窮したまま、朋子は嫁と真純の顔とを見比べていた。卵形の輪郭にいつでもおっとりとした表情を浮かべている葉月さんに比べて、ずっと見ていなかったせいもあってか、やはり娘の険のある顔には違和感を覚えてならない。昔の面影などどこにも感じられないくらいに人相そのものが変わってしまっている。結局、この子が自分で選び取った人生が、今の顔を作ったのだと思うと、何とも言えず侘しいような、切ない気持ちになる。

「ほら、場所、替わって」

義姉に向かって追い立てるように言う真純が、どうして昼間に続いて再び現れたのか、朋子だって馬鹿ではない。

恐ろしい子になったものだ。

真純が何を考えているか、そのことを出来るだけ早く嫁に伝えておいた方がいいのではないかと、今日の午後は検査を受ける間もリハビリの後も、そのことばかり考えて過ごした。今、改めてどこか不敵にさえ見える表情で立っている娘を見ていて、その考えに間違いはなかったとはっきりと分かった気がする。いくら今は入院中で動きもままならないとはいえ、頭まで耄碌していると思ってもらっては困るのだ。

「ねえ、葉月さん。それで、未來はいつ帰ってくるんだったかしら」

帰り支度をしている嫁に声をかけると、彼女は「明日です」と静かに答える。

「明日の夜には帰る予定のはずですよ」

「そう、明日。やっと明日、帰ってくるのね——じゃあ、お写真は、今日はもう来ないのかしらね」

「さあ——今夜また、来るかも知れませんけれどね」

「早く、見たいんだけど」

朋子は、出来るだけ視線に思いを込めて嫁を見た。すぐに帰らないで欲しい。忘れてしまう前に、大切なことを伝えたいのだ。すると彼女は、くるりとこちらを向いて少しの間、朋子の顔を凝視していたかと思うと、ちらりと真純を見、ふと何か考えるような顔つきになった。

「早く、見たいですか」

「そうねえ。見たいわねえ、少しでも早く」

「——それなら、ちょっと聞いてみましょうか、未來に。おばあちゃんが早く新しい写真を見たいって言ってるって」

感づいて言っているのか、そうでないのか。それでも朋子は「そうね」と、ほっと胸を撫で下ろす気持ちになった。

「待ち遠しいからって言ってね」

「じゃあ今ちょっと、連絡してみますね」

「どんなのでもいいから、見せてちょうだいって伝えてね。私——おばあちゃんが、楽しみにしてるからって」

「分かりました。じゃあ、真純さん、お義母さんのお食事、お願いします」

ベッドの足もとに置いてあったバッグから、例の薄型テレビのようなものを取り出しながら、葉月さんは「すぐ戻りますから」と出ていった。途端に、真純が大げさな舌打ちをする。

「何なの、あれ。帰らない気なんだ。相変わらず図太い神経してる」

テーブルを引き寄せて、夕食のトレイを朋子の方に押し出すようにしながら、真純は「第一さ」と口元を歪める。

「これ見よがしに、あんなの持ち歩いてるとこからして嫌み。あれ、結構な値段すんのよ。まともに使いこなせてるんだか。それとも、もう相当に老眼でも進んでんのかね」

「――それより、あなたこそ珍しいじゃないの、昼間ちょっと顔を出したと思ったら、また来るなんて」

「だから、来ないわけにいかないじゃないよ。お母さんが認知症だって騒いで、あの人が駆け込んできたっていうのに、そうそう知らん顔もしてられないでしょう？　昼間は急に仕事の電話が入ったから、行かなきゃしょうがなかったの」

また認知症か。午後も何やら検査をされたが、その時だって自分のどこが認知症だというのかと、朋子は腹立たしい気持ちのままだった。少しばかり物忘れがひどくなったからといって、そんな言われ方はいかにも人を馬鹿にしている。そのことだけは一度、葉月さんに文句を言いたいところだ。険悪にならない程度に。

「ほら、何から食べる？」

「――何でもいいわ」

葉月さんなら朋子が何も言わなくても、最初に自由になる左手に、味噌汁の椀を持たせてくれる。味噌汁で喉を潤わせてから食事に取りかかるのがいつものことだが、真純が最初に箸でつまんだのは、切り干し大根とニンジンの煮物だった。それも、上手に朋子の口に入らなくて、はみ出した分が顎を濡らしながら落ちてしまった。すると真純は「ああ」という苛立った声に続けて舌打ちをする。

「汚いな。もっと顔を前に出してよ」

言葉のきつさは昔のままだ。こんな物言いで、自分の要求だけは通すつもりか。

「私だって、そう悠長なことやってられないんだし、あの人がいつ戻ってくるかも分からないんだから。早く食べちゃって」

「今、食べ始めたところじゃないの」

ただでさえ味気ない病院の料理が、今日はさらに不味くなりそうだ。真純の眉間の皺は相変わらずだし、全身からイライラとした雰囲気ばかり伝わってきて、それが朋子を余計に落ち着かない気持ちにさせる。

白飯は何とか口に入った。もぐもぐと、黙って顎を動かしていると、真純が「それでさ」と、急に声を潜めて口調を変えた。

「私、今度は便せん用意してきたから」

「――」

「あの人が戻ってこないうちに、ホント、走り書き程度でも構わないわよ」

「――何のこと」

もともと粥に近いほど柔らかく炊いた白飯だから、何回か嚙めば容易に吞み込める。朋子は、今度は小椀に盛られた肉じゃがを指して見せた。こういう作業に慣れていないことが明らかな長女は不器用に箸でジャガイモを突き刺している。ジャガイモは、器の中で簡単に二つに割れてしまった。

「何って、いやあね、それも忘れてるわけ？」

もろく煮崩れかけているジャガイモを口に入れられて、朋子はまたもぐもぐと口を動かした。入院して以来、思うように歯の手入れが出来ないせいもあって、既に下の歯が二本、抜けた。何もしていないのに、独りでに抜けてしまったのだ。四人部屋に洗面台は一つだけだし、引っ切りなしに人が通る場所にあって何かと落ち着かない。とにもかくにも利き手が思うように使えないのだから、歯磨き一つも自由にならないのが原因かも知れなかった。戦前戦後という時代を生き抜いてきて、我慢だけはいくらでも出来るつもりだから、いちいち誰かに言うつもりはないのだけれど、実際のところはこたえている。身体の衰えばかりが感じられて、本当はもう何をするのもうんざりなのだ。それなのに、この上まだ遺言状を書けと迫る娘まで現れるとは。

「ご飯は？」

「いただくわ」

「スプーンの方がいいのかな。はい。口開けて」

スプーンの感触が、いつも葉月さんが食べさせてくれるものと同じかと思うほどに違っている。こんなところにも性格は出るものだなと思いながら、朋子は黙って口を動かした。

「今日の日付と、お母さんの署名ね。それさえしっかりしてれば、大丈夫なはずなんだ」

「――」

「ね、昼間も言ったけど、こういう問題っていうのは、はっきりさせておくに限るの。遺される方の身にもなってよねっていう話なわけよ。死ぬ方は知ったことじゃないかも知れないけどさ、後になって遺されたもんの間でいざこざが起きるのは、お母さんだって望んでないはずでしょう？」

今度は黙ってトマトを指す。真純は、それにも箸を突き立てて、朋子の口に押し込んできた。この、トマトの皮が、歯の調子の良くないものには難敵だ。前は容易に嚙み切れていたつもりが、最近はどうもうまくいかない。

「ウチの場合はお父さんのときのことだって、まだ落ち着いてないわけだしさ、第一、お兄ちゃん二人には、それぞれ女房ってヤツがついてるわけじゃない？　たとえば、たとえばよ」

そこで真純はちらりと背後を振り返り、人の気配がないのを確かめると、皮肉っぽく口元を歪めた。

「兄貴二人は、まあ多少まともなことを考えてたとしたって、くっついてる女房っていうのが腹黒だったら、男なんて結局は女房に引きずられるもんなんだから、もうそれだけでゴタゴタが起きるに決まってんのよ。ま、よく言う兄妹（きょうだい）は他人の始まりって、あれは本当だわね。大本、あの葉月さんが、どうしてこんなにお母さんの世話すると思ってんの、ちゃあんと算盤弾いてるからに決まってんでしょ」

朋子は黙って再び味噌汁を指してみた。真純はやはり小さなスプーンで湯気一つたっていない薄い味噌汁の中から小さなサイコロのような豆腐をすくい、それを朋子の口元に近づけてきた。汁が口の脇からこぼれて朋子の顔を濡らした。

「あーあ。もう」

その、いかにも苛立ったような面倒くさそうな声に、朋子の神経も逆撫でされる。こちらの誇りがどれほど傷つくものか、この子はそんなことも考えたことはないのだろうか。つい大きくため息をつくと、さすがの真純も少しはこちらの様子に気づいたようだった。

「ねえ、お母さん。間違ってもらっちゃ困るんだけど、私は何も、早く死ねって言ってるわけじゃないんだからね。はい、もう一回。口開けて」

葉月さんが毎日、洗いたてのものを持ってきてくれているガーゼタオルで乱暴に口元を拭いながら、真純は「それに、昼間も言ったけど」と言葉を続ける。

「私だっていざとなったら今の仕事をやめてでも、見ることは見てあげるって言ってんだから。お母さんは、未來にでも世話になればいいと思ってるかも知れないけどさ、あの子だって、この先どうなるか分かんないんだし、急に結婚するとか言い出すかも知れないのよ。第一、あんな若い子に、ろくな世話なんか出来やしないでしょう」

「未來に世話になろうなんて思ってやしませんよ。そんな可哀想な——」

「でしょう？　とにかく、どっちみち遺言状っていうのは——」

「不味いわ」

「――え」

真純の手が止まった。朋子は、口に入れられた青菜のおひたしを何とかもぐもぐと噛んで飲み下したところで、ふう、ともう一つため息をついた。

「お食事が不味い」

「まあ、美味しそうには見えないわよね」

「そうじゃなくて。食べている間中そんな話ばっかりされてたら、美味しいものも美味しくなくなるっていうこと」

真純の眉がわずかに動いた。眉間に刻まれた縦皺がくっきりと深くなり、目元が険しくなる。

「そんなこと言ったって。私だってねえ、滅多に時間なんか作れないのに、無理して来てんの。葉月さんみたいなお気楽な専業主婦とは違うんだから。こういうときでもなきゃ話せないから、言ってるんじゃないよ」

「だからって、お食事中にするような話？」

「だって――」

今度は口を大きくへの字に曲げて、長女は食べかけの料理を睨みつけるようにしている。もういいわ、お帰りなさいと言いたいところだったが、それでも朋子の中にはもう少し、この子とまともな話は出来ないものかという未練のようなものが働いた。もっと何か違う話は出来ないものか。この子と笑いながら話せるようなことはないものだろうたと思ってしまう。

「そういえば、あなたのところの子どもたちは元気なの」

「――元気よ。どっちも生意気だけど。お金ばっかりかかるしさ」

「もう、いくつになったの」

「二十一と十八」

「いちばん上の子は？」

「あの子？　あれは、もうとっくに三十過ぎてるわよ」

「どうしてるの、今」

「さあね。どっかで何とかやってるんじゃない？　べつに連絡も寄越さないから」

「さあねって――」

「もしかしたら、さっさと結婚でもして子どももくらいいるのかもね」

「あなた――住むところも、結婚してるかどうかも知らないでいるの？」

真純はふん、というように微かに鼻を鳴らし、こちらから電話したとしても、まともに受け答えもしないのだから仕方がないという意味のことを言った。

「苦労して育てたのに、もう何年も、ただの一度だって『元気』とも言ってこないし、一人前に育ててもらったって仕送りの一つも寄越さないんだから」

さっきの苛立ちもくすぶったまま、朋子は、実に久しぶりに皮肉な思いにとらわれた。

「悪いところばっかり親に似るっていうからね」

「まあね、薄情なところは父親そっくりなんだわ、きっと」

「父親だけに似たのかしらねえ」

　すると真純は「なによ、それ」と、いよいよ不愉快そうな顔になる。だって、そうではないかと言いたかったが、これ以上はやめておこうと自分に言い聞かせる。それを言ってしまったら、天に向かって唾を吐くようなものだ。

「ほら、食べてよ。次どれにすんの」

　食欲などとうに失せていた。もう結構と言う代わりに、朋子はベッドに背をもたせかけて横を向いた。

「なあに、もう食べないの」

「ご馳走さま」

「じゃあさ――」

「それよりねえ、あなた、この機会だから言っておくけど」

　改めて見れば、確かに日々の生活に追われて疲れているのだろうということは、娘の表情を見ればよく分かる。着ているものも柄は派手だが贅沢をしている風はまるでないし、アクセサリー一つつけているわけでもない。だがそれが、娘が選び取った人生なのだ。朋子が何と言おうと、亡くなった夫がどれほど諭し、また叱りつけようと、この子は親の言うことに一度として耳を貸さなかった。その挙げ句に、今ごろになって恨みがましいことを言われても、どうしてやることも出来ない。それだけの力が、もう朋子には残っていないのだ。真純だっていい年のはずだった。昔から何かあったときだけ頼ってくるところがあったが、ついに親の遺産まであてにするようになったかと思うと、情けなさに言葉も出なくなりそうだ。

「何よ、言いたいことって」

「――あなたが思っているような財産なんてね、うちにはありませんよ」

　真純は「何、言ってんの」といかにも皮肉っぽい笑みを顔の片側に浮かべた。

「そんなわけないじゃない。少なくともあの家があるんだしさ、第一お母さん、毎日の生活にだって何一つ困ってやしないんでしょう？　年がら年中、スーパーとかの配達も来てるし」

「あれは、お買い物したって重たくて簡単に持って帰れないから――」

「それに時々さ、銀行だか信用金庫だかの人が来てるっていう話だよね。うちの子が何回か見かけたって言ってた。今どき、銀行の人が来るって言ったら何か持ってるからに決まってんじゃない。年金だけじゃなくて、定期預金とかあってさ、生命保険にだって入ってんでしょう？」

　耳を疑いたくなる。こうして自分がまだ生きているうちから、いや、何とか怪我を治して、一日も早く元通りの生活に戻りたいと努力している最中から、そこまで言われようとは思わなかった。

「そういうものを受け継ぐ権利が、私にだってあるんじゃないかって、そう言ってるだけじゃない。何も、お父さんみたいに陰険にさ、私の知らないうちにお兄ちゃんたちにだけ家とか土地とか分けてやるような、嫌らしい真似なんかしないで、娘の私にもちゃんと公平に分けて欲しいっていうのの、何が悪いのよ。第一、今すぐって言ってるんじゃないでしょう？　お母さんがいなくなった後のことを言ってんのよ」

「お父さんは何も陰険な真似なんかしてらっしゃらないわよ。あなたが勝手に出ていって、居場所だってろくに分からなくなったんだから、お父さんはもう、あなたのことを諦めていらしたんじゃないの」

「どう言いつくろおうと、要するに、まるで初めっからいなかったみたいに、ないがしろにしたんだ。だけどねえ、お母さん。どんなに勘当だとか言ったって、法律ってもんがあんの。私の取り分っていうのは、法律で保障されてるんだからね」

真純はいよいよ目をつり上げて、食いつきそうな顔つきになっている。

「第一、お父さんがどんなに、私には何もやらないって言ったって、『それじゃ真純が可哀想だ』って言うのが母親っていうもんなんじゃないの？　お兄ちゃんたちだって、自分たちだけいい思いをすれば、それでいいと思ってるわけ？　あの人たちこそ親の遺産なんかあてにしなくたって、立派に暮らしていかれるじゃないよ。それなのに、みんなして人を馬鹿にして。冗談じゃないわっ」

次第に気色ばんだ表情になって、ついに声を荒らげる娘に、朋子は「やめてちょうだい」と顔をしかめた。

「家の恥を、よそさまにまで聞かせるつもり？」

「だって、お母さんがそういうこと言うからじゃない。お母さんの今の家、あれを私に遺すっていうんなら、私はお兄ちゃんの家を返してやったっていいのよ。それと、この先お母さんを見るとまで言ってるんだから、その分もきっちりしてくれさえしたら、それて文句にならないわ。お母さんだって、何も本気で私が憎いなんて思ってやしないでしょう？」

「憎いだなんて、思ってやしませんよ」

「だったら——」

「もう、ちゃんと考えてあるから——もう、やめて」

朋子は深々と息を吐き、改めて視線を壁の方に向けた。未來が撮った台南の写真が、ずらりと貼られている壁だ。それらを見ているうちに、またお母さまのことを思った。お母さまは、自分の孫娘のこの有様をどんな風に思うことか。朋子が育て方を誤ったのだと叱るだろうか。

これでも一生懸命にやったのよ。

これまでの人生を振り返るとき、朋子は母の教え通り、馬鹿がつくほど真面目に生きてきたと改めて思う。何事につけ「長女だから」と言われたあの頃から、とにかく人様に迷惑をかけず、後ろ指を指されることなどないようにと、それればかりを頭において、あとはひたすら堅実に生きてきた。戦争でひどかった時代も、何もかも喪った引き揚げ後の惨めな時代も、好き勝手な生き方など許される世の中ではなかったからこそ、余計に懸命に生きてきた。それは結婚した後も変わらなかった。いつだって、ただただ家族のため、子どものために生きてきたのだ。

褒めてくれとまでは言わない。でもせめてお母さま、そういう私を認めてくださったって、いいんじゃないの？　そして、そろそろ迎えに来て欲しい。私はもう、疲れてしまったみたい。今さらこんな話を聞かされるために生きているのなら、これ以上、生きている必要などないと思う。

ああ、台南に帰りたい。

狭くても、弟妹たちがいくら騒がしくしていても、やっぱり牛稠子（ぎゅうちょうし）のあの家が懐かしい。蚊帳（かや）を吊って、大の字になって、畳の上に寝転がりたい。サトウキビ畑のざわめきが、風に乗って流れてくるのを聞きながら、うつらうつらと眠りたい。

「ちょっと、お母さん。ちゃんと考えてるって、どう？　つまり、もう遺言状は書いてあるっていうことなの？　あの家のこととか、どうすんの。ねえ、私には何を遺してくれるつもりよ」

「——いいじゃないの、今からそんなこと聞かなくたって。その時になったら分かるんだから」

夕食のトレイが載ったままのテーブルをぐい、と押しのけて、真純はさらに身を乗り出してくると「よくない」と押し殺した声で朋子を見据えてくる。

「こっちは、お母さんの面倒を見るとまで言ってんのよ。それ相応のものを遺してもらうんじゃなかったら、ただ働きみたいなもんじゃない」

「ただ働きって、あなた——」

これが実の娘の言うことかと言葉を失ったとき、「あのう」という控えめな声がした。見ると、例の薄型テレビのようなものを手にしながら、ベッドの足もとに葉月さんが立っている。彼女は押しのけられたテーブルの方に目をやって、余計に困ったような顔に

たった

「今夜は、あんまり食べられなかったですか？」

当たり前じゃないの。あなたにだって分かるでしょう。真純に私の食事の世話なんて出来るはずがない。それに、食べてる間中、あなた、遺言状の話なんだもの。この子は私が死ぬのを待っている。そうでなくても私を認知症だの何だのって言って、弱らせようとしてる。

「そういえば、未來はいつ帰ってくるんだったかしら」

ふと思い立って尋ねると、嫁は「明日ですよ」と笑顔になる。そして、「それよりね、お義母さん」と、真純の反対側からベッドに回り込んできた。

「未來から新しい写真が来ましたよ。お義母さんが言ってた、あの、『六月の雪』っていうの、見ることが出来たんですって」

「あら——ええ？　お写真があるの？」

朋子が手を伸ばすと、嫁は「ちょっと待って下さいね」とテレビの画面を指先で撫でるようにする。本当に、世の中はすっかり変わった。もう、朋子にはまったく理解出来ないものばかりになった。

「ほら、これ、分かります？」

嫁が差し出してきたテレビの画面には、古い日本家屋を取り囲む木々の葉に、淡く白い雪のようなものが降り積もって見える写真が出ていた。朋子は思わず「ああ」と嘆息を漏らして、その写真に見入った。

六月の雪。

引き揚げてきて間もなく、ものすごく寒い日に生まれて初めて本物の雪を見たとき、朋子はあの台南で見た風景を思い出した。そして、南国ではあれほど淡い雪化粧にさえ胸を躍らせ、本物の雪に憧れたものだったと、つくづく感じたのだった。

嫁は少しずつ間を置いて、テレビの画面を右から左へと指で撫でていく。すると次から次へと、青空の下に浮かび上がる雪景色が現れた。

「――今もこんな風に咲いてるのねえ」

いつの間にか涙が溢れているのにも気づかないまま、朋子は次々に現れる写真を見つめていた。未來は、よくぞこの写真を撮ってくれた。よく、こんな場所まで行ってくれた。六月の雪は、たしか街中(まちなか)では見られないのだ。海の方に行かなければ、この木は生えていない。それを教えてくれた人がいた。

花澤(はなざわ)さん。

ふいに、その人の名が思い浮かんだ。あの頃は何年も、どれほど忘れようとしても、どうしても忘れられない名前だった。それが、いつの間にか記憶の彼方に埋もれていたらしい。

花澤さんが教えてくれた。

普段は無口で静かな人だが、何かの拍子に眩しいほどの笑顔を見せることがあった。また、台湾人はいくらいい成績をとっても、一番は必ず日本人に持っていかれると、悔しそうに語るような部分もある人だった。下宿していた家のお兄さんの、台南一中の仲間の一人だった。台湾人だが名前もすべて日本式に変えていて、きっと近いうちに日本人以上に日本人らしく、見事お国の役に立ってみせると、いつも言っていた。

「お義母さん――大丈夫ですか？」

気がつくと、葉月さんが自分の指で朋子の頰の涙を拭ってくれていた。その指先が温かく感じられて、朋子はまた新たな涙を流した。

花澤さんとは、二人きりで話したこともほとんどなかった。ごくたまに、お兄さんがいない間に借りた本を返しにきたりして、そんなときに短く言葉を交わしたことがあるくらいのものだ。それだけで朋子の胸は高鳴り、いつまでも会話した短い内容や、そのときの花澤さんの表情を繰り返し思い出しては、次はいつ会えるだろうかと思ったものだった。その花澤さんが、あるときどういう話の流れからか、海の方に行くと六月の雪が見られると教えてくれた。

六月の雪っていうくらいだから、その時期に行かなけりゃ見られやしないけど、それはきれいなものなんだ。実を言うと、僕も一度しか見たことはないんだけれどね。あれを見たときに、僕は心に誓ったんだ。いつか本物の雪を見てやろうって。

けれどあの人は、本物の雪を見ることも、お国の役に立つこともないまま、実に呆気なく逝ってしまった。たしか田舎の方に行ったとき、何かの拍子に牛の角に突かれたかで、そこからばい菌が入ったという話だったと思う。つい数日前まで輝くような笑顔を見せていた人が煙のように消えてしまったことを、朋子はずい分長い間、信じられないままで過ごした。そして次の六月が来たとき、六月の雪を見たのだ。女学校のお友だちが誘ってくれて、何人かでトラックの荷台に揺られながら、海に行く途中に。

「もう――じゃあさ、お母さん、私、帰るからね」

手渡されたガーゼタオルで目元を押さえていたとき、娘の声がした。気をつけて帰んなさいよ、と喉元まで出かかったが、言葉にはならなかった。息が苦しい。まさか、花澤さんのことなど思い出すとは思わなかった。一体なぜ、こんなことを忘れていたのだろう。いや、なぜ今ごろになって思い出したのだろうか。頭が、すっかり混乱しそうだ。

「やだなあ、写真くらいでメソメソしないでよ。いい？ 帰るわよ。それから、私も忙しいんだからさ、もう、そうそう来れないからね。どうせ、じきに退院でしょ」

がたん、と音がした。それでも朋子は目元からガーゼタオルを離すことが出来なかった。自分は何と遠くまで来てしまったことか。台南で暮らした日々は、本当に朋子自身の人生だったのだろうか。

少し離れたところで、真純と葉月さんが何か話しているらしい声がする。それを半ば幻のように聞きながら、朋子は「早く」と念じた。

もう、早く迎えに来て下さい。お母さま、あなた、花澤さん――誰でもいい。私一人がこれ以上に歳をとっていくのは、もう、たまらない。もう、たくさんです。

2

陽射しが夕方の気配を漂わせ始めた頃、未來と洪春霞（こうしゅんか）とは鹿耳門天后宮（ルーアームンテイエンホウコン）に着いた。

さっき繁みの向こうに見え隠れしていた複雑な形を持ち、たくさんの飾りのついた屋根の建物がそれだった。入口の斜め前には、なるほど道路を挟んで、わずかばかりのスペースを使った花畑があって、その中にとんがり屋根の風車小屋を模したオブジェらしきものがある。

「あ、いたいた」

洪春霞がバイクを徐行させながら進むうち、天后宮の前にいる劉慧雯(りゅうけいぶん)の姿が目にとまった。こちらが気づくのとほぼ同時に、向こうも未來たちを見つけたらしい。相変わらず淋しげに見える薄い笑みを浮かべながら軽く手を振ってくる。バイクを止めて互いに歩み寄ると、まず洪春霞が早口でまくし立て始めた。「ティエンホウコン」「スェンムゥミャウ」という言葉が繰り返し出てくるから、どうやら自分が行き先を間違えたことの説明をしているらしい。劉慧雯が珍しく、軽く声を上げて笑った。洪春霞は、「なあ？」と、自分も笑いながら未來の方を振り返った。

「もう、びっくりしたんらよなあ。日本の家なんか何にも見えなかったし、あんな三角の、オランラの建物とかもないんらし。こーーんなでっかい、へんてこ像みたいなまで立ってるところらったし」

「洪さん、ここ、知らないですか」

劉慧雯が、自分たちの足もとを指さしながら日本語で言った。洪春霞は、こんなところは来たこともないと首を横に振る。劉慧雯は、また困ったような笑みを浮かべ、あとは中国語に戻って話し始めた。洪春霞は「あー」としきりに頷いている。

「そっか。ここな。鹿耳門、鄭成功(ていせいこう)がこっから最初、台湾に上がった場所なんらって。

らから、ここに媽祖(マーズウ)さま、あるんらな」

言っている意味がまるで分からない。首を傾げる未來に、洪春霞は改めて、天后宮という寺廟に祀られているのが「媽祖さま」という女性の神さまで、台湾ではもっとも大切にされている、位の高い神さまの一人なのだと説明してくれた。媽祖さまは漁業と航海の守り神とされる。そのため、中国大陸から荒海を越えて台湾に渡ってきた漢民族たちは、上陸を果たしたらその場にまず媽祖廟を建てて無事の航海を感謝したのだそうだ。清の時代、鄭成功がこの鹿耳門から台南の地に上陸したからこそ、ここに媽祖さまが祀られた。

「鄭成功くる前は、オランラ人がいたんらろう？　その頃いた大陸の人は、みんなオランラ人に連れてこられて、働かされてたんらって。らけど鄭成功、来て、オランラ人追い出して、そんで大陸の人たくさん台湾来ることとなったんらから、ここが今の台湾、始まりみたいなもんなんらって。ふーん」

ああ、だから無縁とは言えないオランダ風の風車小屋の、しかも小さいものがあるのかと勝手に解釈しながら、未來は、また新たな疑問にぶつかった。

「天后宮が媽祖さまを祀ってるんなら、じゃあ、さっきの聖母廟(スエンムウミャウ)はどんな神さま？」

「あれも、媽祖さま」

「こっちと一緒なの？　何で？」

洪春霞は「うーん」と首を傾げ、劉慧雯に何か話しかける。すると劉慧雯の方も首を傾げた。

一ホンーに台南の真ん中ほうに大っきいの天后宮あって、多分あそこが一番立派らし、歴史あるかも知れないんらって。こっちの天后宮、火事あったり、壊れたり、引っ越しもしてるし、途中もしかしたら二つ、分かれたじゃないかなーって」

「――そういうことがあるんだ」

「台湾人、媽祖さま大好きからなー。一生懸命、大事にするひと、すんごいエネルギー使うんらから。お金も、もう、どんどん」

なるほどねえ、と頷きながら、ところで李怡華はどうしただろうかと辺りを見回してみるが、彼女はまだ来ていないようだ。

「さっき聖母廟から電話したとき、李さん『分かった』言ったんらから、大丈夫らよ」

それよりも劉慧雯が、李怡華が現れるまで天后宮を見てみるかと言っていると洪春霞が教えてくれる。

「それ、いいな。未來ちゃん、台湾お寺、見たことないらろう?」

「そうだね。見てみようかな」

「拜拜する?」

「バイバイ?」

「こうやって、ほら、神さまに」

洪春霞が拝む真似をしている間に、劉慧雯がまた何か言った。

「あ、そうか。未來ちゃん、ここの天后宮な、媽祖さま他に、月下老人さまもいるんらって! 拜拜しようよ!」

「月下老人って？」

「恋愛神さま！　赤い糸つながるの人、連れてきてくれるよー」

「本当？　あ、お詣りするする！」

縁結びの神さまがいると聞いたら俄然、興味が湧いてきた。未來は、劉慧雯と洪春霞とに連れられる格好で天后宮に足を踏み入れた。廟に入るには必ず向かって右側から入って、左から出るのがしきたりだそうだ。敷居は踏まず、必ず左足から踏み入れるという決まりごともあるらしい。

「色々、細かいんだね」

「日本の神さまいるのとこもそうらろ？　先に手、洗えよーとか、手、ぽんぽん、二回やれよーとか」

入ったらまず長い線香とお供え物などがセットになっているものを買って、しきたり通りに前を向いたり後ろを向いたりして、礼をしては線香を立てていく。実に煌びやかな極彩色の廟の中は、外界とはまったくの別世界だった。日本の神社仏閣とは趣がまるで違っているが、その「別世界」という点ではおそらく同じことなのだろう。廟の中央に祀られている、神々しく美しい媽祖さまにお詣りするとき、未來はつい「はじめまして」と心の中で挨拶をした。

私は日本人です。でも、私のおばあちゃんはこの台南で生まれ育ちました。媽祖さまは、その時代もきっとご存じのはずですよね。その頃の日本人を、媽祖さまはどんな思いで見ていたんでしょう。

日本にいたって、滅多にお詣りなどすることはないし、こんな風に祈った記憶といったら、以前、オーディションばかり受けていた頃以来だと思う。あの頃は、どれほど祈っても大して効き目などないではないかと、ずい分がっかりもし、腹立たしい思いもした。だが今こうして久しぶりに手を合わせて目を閉じると、相手が誰であろうと自然に祈りらしい言葉が浮かんでくる。未來は、明日は無事に日本に帰れますようにと祈り、加えて祖母が元気になってくれること、認知症が深刻な状態ではないこと、そして家族の間に波風が立たないことを祈った。

昔のよしみで、お願いします。おばあちゃんは、もしかしたら媽祖さまにお詣りしたことがあったかも知れませんよね。それに、私だってまた、ここに来ることがあるかも知れないんです。もしかしたら、ですけど。

しっかり祈った後は、月下老人の像の前に行き、また教わった通りに参拝をする。

劉さんには悪いけど、私は誰からも愛されない、誰も愛さないなんていう生き方はしたくない。ちゃんと一人の人と出会って、向き合って、心を分かち合って生きたいと思っています。子どもが欲しい気持ちだって人並みにあるんです。ですからどうぞ、素敵な人と結びつかせて下さい。贅沢は言いません。思いやりがあって、真面目に働いて、私から見て尊敬出来る人ならいいんです。外見にもうるさいことは言いません。すごくお金持ちじゃなくてもいいんです。

もしかしたら、それが林(りん)先生かも知れないと、ふと思う。そうなったら、まったく予想もつかない人生が新たに待ち受けていることだろう。それもいい。とにかく、このままいつまでも一人ではいたくありませんから、出来れば早くお願いしますと祈った。そして、一通りのお詣りの最後には専用の炉の前まで行き、お供え物と一緒に買った作り物の紙幣の束を少しずつ燃やした。

「人間が使うお金、神さま国では使わないらけど、これ、こうやって燃やすと、それでお金もあっちに昇るんらって」

そういえば初めて会ったとき、洪春霞は「台湾人はお金が好き」と言ったことを思い出した。お金が好きな台湾人が拝む神さまもやはり、お金が好きなのだろうかと考えたら少しおかしくなった。

ふと気がつくと、少し離れたところから、李怡華が例によって眼鏡をずり落ちそうにさせながらこちらを見ている。未來は思わず「李さん！」と手を振った。

「拝拝したんですか」

李怡華はにこりともせずに、天后宮を見上げている。まただ。どうして「お待たせしました」とか、そういうことが言えない人なのだろう。それなのに、この、大人子どものようで無表情な人のどこに、こうしてわざわざ駆けつけてくるほどの誠意があるのかと、改めて思ってしまう。

「大変だったでしょう。疲れてるんじゃないですか？」

それならこちらからと、わざと労うように言ってみても、返ってくる答えといったら「大丈夫です」のひと言だけ。本当にイライラする。内側に流れているはずの温かさを、どうしてもっと素直に出さないのか。どうしてもう少し愛想よくしてくれないのか。だから誤解するのではないか。何度も何度も。頼むからこれ以上、自己嫌悪に陥らせないで欲しい。

「もう少しすると蚊が出てきますから、太陽出てるうち、行きましょう」

李怡華の言葉に従って四人で歩き始めると、早速、洪春霞と李怡華とがやり取りを始めた。劉慧雯は先頭に立って、未來たちを先導する格好で、すっすっと歩いて行く。世代も雰囲気もまるで異なる三人の台湾人に囲まれて、未來もほとんど人通りのない道を歩いた。新しそうなきれいな道だが、その両脇は工事現場のようなブルーグレイの鉄板の塀が続いている。だが、未來はすぐに気がついた。鉄板の上から見えているのは、薄茶色い瓦屋根。紛れもない日本家屋のものだ。少し歩くうちに、劉慧雯が振り向いて何か言った。

「ここ、前はこんな板、立ってなかったんだそうです。あっち側に六月の雪、ありますから、どこか途中で入れるところが見つかったら、そこから入りましょう」

李怡華が通訳してくれる。しばらく行くと、なるほど、鉄板の一カ所が扉状になっていて開閉出来るところがあった。しかも半開き状態になっている。その先に一体どんな風景が広がっているのか皆目見当もつかないまま、未來は、よその敷地内に無断で足を踏み入れる気分で、その半開きになっている隙間を通り抜けた。

「これって――」

広がっていたのは、何とも不思議な風景だった。

小道がずっと続いている。その両脇には、松らしい針葉樹などに混ざって、艶やかな葉がうっすらと雪化粧したような木が繁っていた。それらの木々に囲まれて建っているのは、紛れもない日本家屋だ。林先生が案内してくれた、陸軍の官舎跡で見た建物とよく似た雰囲気だが、あの官舎ほどの大きさはなく、しかも一戸ずつ塀で囲まれているというわけでもなくて、それぞれが生け垣に囲まれて建ち並んでいる。その生け垣というのが、家々の屋根まで届くほど大きく育っていて、無数の小さな白い花をつけているのだった。花が一斉に咲いていることで、まるでたった今降り始めた雪のように、丸みのある艶やかな葉を持つ木々の緑と混ざり合っている。

「これ。六月の雪」

劉慧雯が日本語で言った。未來は「これが」と呟いたきり、その場に立ち尽くした。

確かに、雪と言われれば雪のように見えなくもなかった。だが未來の中では、もっと辺り一面を真っ白に埋め尽くすほどに淡雪のような花が咲き乱れている風景が思い浮かんでいた。または、たとえば満開の桜並木のような風景だ。正直なところ、この光景はそういう雪景色とは違っている。降り積もるその前に、やっとほんのり雪化粧をしたばかりという、そんな景色だった。

顔を近づけてよく見れば、一センチにも満たない小さな花は、笹の葉形の花弁を五枚持つ、ちょうど星のような可愛らしい姿をしている。その小さな花々が五輪、十輪と一本の軸にまとまって咲いて、木々の隙間を埋め尽くしているのだった。

「これが六月の雪——」

よくよく考えてみれば六月の、季節外れの雪ではないか。これくらいにほんのりと、木々の緑をうっすら覆う程度に見える方がふさわしいのかも知れない。

　それにしても、ここまで育った「六月の雪」に囲まれている日本時代の家々の、荒れるに任せた有様の方が、あまりにも壮絶だった。無数の白い花をつける周囲の木々の生き生きとした様子に対して、結局は根を張ることなく朽ち果てていく人間の歴史をまざまざと見せつけているようだ。この、生命力の違い。色彩のコントラスト。

　アスファルトの敷かれた細い道は、両脇から迫っている「六月の雪」に道幅を狭められていく。生け垣の向こうに建つ家々は、あるいは窓が割れ落ち、あるいは土壁も漆喰（しっくい）も剝がれて、それでもまだ辛うじて外観を保っていた。中には火事でも起こしたのか、空き地になっている箇所もある。また、そんな中に、もしかすると今も人が暮らしているらしい様子の家もあった。そういう家は、庭先に散らばっている生活雑貨や、玄関脇に貼られている金文字の書かれた赤い紙で、暮らしているのが日本人ではないことを語っていた。

　でも、ここも日本だった。

　まったくの廃墟群というわけでもなさそうだから、今も住んでいる人に見とがめられるかも知れないと思うと、思わず足音さえ忍ばせそうになる。それでも、とにかく写真だけは撮りまくった。少し離れた場所でスマホをいじり続けていた洪春霞が「あのな」と歩み寄ってきた。

「この木、欖李（ランリー）な、海みずと普通の水と混ざるのところに生えるんらって。らから、街の方で見ないんらな」

スマホを覗き込みながら説明してくれる。その声も、さすがにひそめ気味だ。

「あ、この割と近くある観光客行くのとこな、川みたいなってて、舟で緑のトンネル、ずーっと行くとこあるんらけど、そこの木も欖李なんらな。海そばらったら、結構ずーっと生えてるんらよ」

次々に写真を撮りながら、ふうん、と頷き、そんなに海沿いで多く見られるのだとしたら、劉慧雯はなぜこの場所を特定したのだろうかと、ふと思った。観光地にもあるのなら、そこを教えてくれたってよさそうなものだ。だが今はこの周囲の風景を、出来るだけ写真に収め、記憶に刻む方が先だった。

一体、これほど街場から離れたところに住んでいた人たちは、ここで何をしてたんだろう。

どの家も似たような造りだから、もしかしたら、ここもやはり社宅か官舎だったのかも知れない。しかも祖母が暮らし、今は劉慧雯が暮らす牛稠子（ぎゅうちょうし）の社宅群よりも一軒一軒が大きいし独立した感じだ。生け垣で仕切られているところを見ても、ゆとりがある印象を受ける。だとしたら、こんな海の傍に、どういった会社なり組織があったのだろうか。

これはすごい荒れ方だと思う廃屋を目の当たりにしてため息をついては「六月の雪」を眺めながら進んでいくと、次にもまた息を呑むような廃屋が現れる。庇が崩れ落ち、窓が外れている家の玄関先には、立ち枯れたような木の幹が一本、にょっきりと残っていた。これほどまでに欖李の木が豊かに育っている一方で、どうやら他の木はあまり育たなかったようだ。土壌の問題か、もしかすると水の影響だろうか。

海水と淡水の混ざり合うところ。

沖縄で見たマングローブが、確か、そんな環境に生えるのではなかっただろうか。すると、欖李の木も、マングローブの仲間なのだろうか。

一人で考えながら歩くうち、小さな四つ角にさしかかった。どちらに行ったものだろうかと何気なく左側を見て、未來はまた息を呑まなければならなかった。そこから先は、まったく、欖李花（ランリーファ）の海のようになっていたからだ。道路のすべてが緑と白の世界に呑み尽くされて、その繁みの中に、頼りない木製の電柱だけが、ぽつり、ぽつりと一列になって連なっている。おそらく日本時代から立っているに違いない古い電柱は、それぞれがわずかに傾きながら、頼りない電線一本でつながり合っていた。

言葉もなく立ち尽くしている間に、李怡華が歩み寄ってきた。

「六月の雪、私、本当、知りませんでした。北の方で見る五月の雪とは全然、違いますね。向こうは油桐（あぶらぎり）の花。もっと、ふわふわ、本当の雪みたい積もって見えます。山ひとつ全部とか」

そうなんですか、と頷きながらも、未來はまた腹の底で苛立ちが蠢（うごめ）くのを感じていた。彼女が悪いのだ。損な性格をして、外見でも損をして。もっと年相応に見えるように工夫して、気持ちだって分かりやすく出してくれればいいではないか。そうすれば、誤解なんかしない。彼女の優しさや心遣いに、素直に反応出来るのに。

「やっぱり台湾の人みんな、憧れるんじゃないんですか。暖かい土地ですから、雪、普段は見ませんから」

懸命に言葉を続けようとする李怡華を、何とも痛々しく感じていたとき、ＬＩＮＥの着信を知らせる音がした。見ると母だ。

〈おばあちゃんが、新しい写真はないのかって〉

こんな時間に珍しいとは思ったが、実にいいタイミングだった。未來はたった今、撮ったばかりの写真を立て続けに母に送ることにした。さらにそれからも、欖李花のアップを撮り、空と欖李花と電柱だけの写真も撮り、やはりどうしても古い日本家屋が大きく育った欖李に囲まれているところも送りたくなって、同じような写真を何枚も撮った。ちょうど欖李の繁みから真っ黒い猫が顔を出したから、その猫もカメラにおさめた。

〈想像してたのと違ってたけど、これが「六月の雪」なんだって！　おばあちゃんが覚えてるのと同じかな？〉

送った写真に、次々に既読マークがつくのを確かめてから、はたと思いついた。そうだ、李怡華の写真をまだ一枚も撮っていない。

「みんなで写真、撮りましょう」

日本家屋の廃屋群が続き、隙間を「六月の雪」が埋め尽くす不思議な場所で、再び交替でスマホを構え、また四人いっぺんにポーズを取って、撮った写真も母に送る。

〈これが、こっちに来て知り合った人たち。みんなに色々と助けてもらってる〉

おそらく、この四人がこうして揃うことは二度とないのだと、ふと思う。この景色に出会ったように、この人たちに出会ったことも、すべて一度きりのことに違いない。今は忘れまいと思っていても、何年か後になってこの写真を見たとき、果たして四人のうちの何人が今日のことを思い出すことか。そのとき、何を思うだろう。劉慧雯は、すっかり忘れてしまっているのだろうか。今日のことも、未來たちのことも。

ある程度の写真を送ったところで〈続きは今夜にでも〉と送信して、未來は再び目の前の風景に集中することにした。この一帯だけで、果たしていくつの人生があっただろうかと思う。そして、ここに暮らした人たちは皆どこへ行ってしまったのだろう。この一角に生活の物音が溢れ、煮炊きする香りが漂い、当たり前の日常が繰り返されていた頃の風景を、誰か覚えているだろうか。今、自分たちが生活を紡いだ家々の有様を見たら、どんな気持ちになるだろう、などと、次々に思いが広がった。そして、この一週間、様々な場所で見た日本の足跡が次々に甦ってきた。台南という街ひとつのことなのに、庁舎から鉄道、道路、軍の官舎から一般家屋まで、こんなにも数多く、これほど当たり前に、日本時代の痕跡が残っているとは思わなかった。ならば、台湾全体ではどんなことになるのだ。隅から隅まで日本の手の及んでいない場所はなかったのか。それが植民地ということなのか。考えているうちに、胸が苦しくなってくる。

ここは、確かに日本だった。

本当は違ってたのに。

媽祖さまが祀られる島なのに。

でも、ここが当たり前に自分の故郷だと思って生きていた日本人が、間違いなくいる。ここで生まれ、ここで暮らして、六月の雪を見るたびに、おそらく本物の雪に憧れて。

その人たちには何の罪もなかったはずだ。祖母だって、この家で暮らしていた人たちだって。ここは日本で、自分たちの故郷だと信じていた。まさか、追い出されるなんて思いもよらなかったに違いない。

今にも抜け落ちそうな古い瓦屋根と六月の雪の向こうには、あの天后宮の屋根が見えている。そのコントラストも、何とも不思議なものだった。

台湾の中の日本。日本が支配している間も、島の中に生き続けていた台湾――。

この風景を当たり前のものとして暮らしていた日本人たちのことを思わずにいられなかった。自分たちが異なる文化を持つ人々の中に入り込み、その土地を完全な日本のように使おうとしていたことを、当時の日本人たちはどう感じていたのだろう。そこには支配者のような意識があったのだろうか。そして台湾の人たちは、そんな日本人をどう感じていたのか。

「そろそろ、行きましょうか？」

小一時間ほども歩き回って、陽がさらに傾いてきた頃、再び李怡華が話しかけてきた。考えてみたら皆で写真を撮ったとき以外、ほとんど誰とも口をきかずに、ただ一人であれこれと思いを巡らしていたこと、それに三人の台湾人は黙ってつきあってくれていたことに初めて気づいて、未來は慌てて三人を順に見てから「はい」と頷いた。本当は、もっと歩き回っていたい気持ちもある。だが、いくら歩いたところで、きりがないということも、もう十分に分かった。思いは尽きない。だが、どんなことをしても過去に戻れるわけではないのだ。

戻れない。

たとえ、どんなに望んでも。

いつの間にか、胸に重い鉛でも詰め込まれて、さらにその重たい何かが波打つような気持ちになっていた。そうだ。未來一人のことを考えたって、声優を目指していた二十代は無論のこと、今回こうして一人で台湾にやってきたことも、祖母に見せたくて毎日せっせと写真を撮り続けたことも、瞬く間に過去になっていくのだということが、急に切ないほどの実感を伴って迫って来る。

戻れない。

どの時代にも、いつの私にも。

あるのは今。そして、今から先だけだ。この六月の雪を眺めていた何人もの日本人たちも、二度と戻れないと知りながら、その時と、そこから先だけを見つめて生きたのだろうか。

パチン、と音がした。

「蚊が出てきたよ」

洪春霞が自分の二の腕をさすりながらわずかに口元を尖らせている。未來は「行こう、行こう」と繰り返しながら、その不思議な集落を後にした。

3

その晩、洪春霞(こうしゅんか)は「ホントは帰ってこいって言われてるんらけど」と言いながらも、最後の夕食につきあってくれた。

「らって、未來ちゃんと最後ご飯らし、李さんは台南の店、あんまり分かんないしな。未來ちゃん甘いのイヤらろう？　色んなこと考えてお店探すの、結構、大変なんらよ」

自慢げに言う洪春霞がありがたく、また微笑ましかった。何よりも、李怡華と二人だけの気詰まりな食事になるより、よほど楽しいに決まっている。そのためだけでも安い食事代を出すことくらい、どうということもなかった。

洪春霞が案内してくれたのは広い道から真っ暗な細い路地に入り、目の前をドブネズミが横切ったのに悲鳴を上げながら進んだ先にある、寄せ鍋の店だった。外装は施されていないし、闇の中で青白い蛍光灯に照らされているだけの店は、未來のように知らない人間が見たら得体が知れないと思うか敬遠しそうなところだが、なるほど洪春霞が人気の店だというだけあって、よく見れば何人かの客が薄暗い街灯の下で順番待ちまでしていた。一見すると狭そうに見える店は、実は壁一枚隔てただけのいくつかの部屋をぶち抜きにしたり、隣の建物まで使用しているとかで、結果的には結構な広さを持っているらしい。家族連れや学生風など、次々に腹を満たした客が帰っていき、その都度、順番を待つ客が店に吸い込まれていった。未來たちも、十分ほど待っただけで店に入ることが出来た。

「ここ、なーんでも入れるの鍋。野菜いっぱい食べれるよ。肉も、魚も入れるんらし、ぜーんぜん甘くない」

奥へ奥へと案内されながら店内を眺めると、それぞれ壁で仕切られている空間にはいくつもの丸テーブルが置かれていて、どの席でも客が大鍋を囲んでいる。例によって店内には強烈な冷房が効いているから、鍋の熱も気にならないほどだ。揃いのTシャツを着た店のスタッフに混ざって客たちも何やらわさわさ歩き回っていると思ったら、セルフサービスの白飯は食べ放題、他にも調味料や飲み物などはすべて客が自分たちでテーブルに運ぶ仕組みだった。

「未來ちゃん、ビール飲むよな？」

テーブルに案内されるなり、まず洪春霞がビールと他の飲み物を取ってきてくれた。洪春霞たちはそれぞれにりんごジュースとお茶だ。それらをグラスに満たし、三人で乾杯の仕草をしてから、未來はよく冷えたビールを喉に流し込んだ。今日も暑かった。そして、結果的にはなかなか充実した旅の締めくくりになったと思う。

やがて、大量のキャベツやもやし、ネギ、湯葉、エノキダケ、キクラゲ、豆腐、かまぼこ、魚のすり身団子、薄切り肉などといった具材がいくつものザルやバットに盛られて運ばれてきた。わずかに白濁したスープが煮えたぎる大鍋に、それらの具材を一斉に投入していく。

「うん、美味しい！」

煮えた具材から器に取り、特製らしい醬油ベースのたれで食べる。このところ、野菜と言えば青菜炒めのようなものばかり食べていた未來にとって、あっさりした野菜を大量に食べられるのは有り難かった。つけだれが甘くないのも嬉しい。李怡華と洪春霞とは早々と白飯をよそってきて、それぞれに箸を動かしている。未來は一人でゆっくりとビールを味わいながら彼女たちを眺め、そして鍋を突っついた。

「こうしてみると、本当にあっという間だったなあ」

グラスをテーブルに戻したところで、自然にため息が出た。

「一週間も一人旅するなんて初めてだし、すごく長いように思ってたんだけど」

どちらにともなく口を開き、それから改めて店内を見渡してみた。様々な人たちが、家族と、仲間と、恋人同士で、実によく喋り、よく食べている。スーツ姿なんて一人もいないから、一見したところ職業も何も想像すらつかなかった。けれど、日本人と見分けがつかないように見える彼らの誰とも、実は言葉が通じず、彼らの日常をうかがい知ることも出来ないのだと思うと、何とも奇妙な気分になる。その上、こんなに陽射しの強い街で暮らしているというのに、彼らは男女ともにほとんど日焼けをしていない。これも不思議と言えば不思議なことだった。未來のように日焼け止めローションを塗っているのだろうか。顔はそうだとしても、ショートパンツから出ている脚や腕だって白いのだから、日焼けしにくいと思った方がいいのだろうか。それすらも、外国人には分からない。

「予備知識もほとんどないし、台南って言われたってどんな場所なのか、そこで私はどう動けばいいのか、まるっきり見当もつかないまんま、来たんですもんね」

手酌でビールをグラスに注いでいる間に、李怡華が眼鏡を指で押し上げながらこちらを見た。

「私もちょっと、大変な旅になるんじゃないかと心配していました」

未來は反射的に「そうですよね」と笑って見せながら、あんたのせいでね、という言葉は呑み込んだ。この一週間が彼女にとっても激動の時だったらしいことは分かっているつもりだ。それでも、こうして顔色一つ変えずにぬけぬけと言うところには、どうしても苛々させられるのだから仕方がない。

「李さんには、かすみちゃんを紹介していただいたことが、何より有り難かったです。彼女には本当に、すごく力になってもらいましたから」

ね、と言うように洪春霞を見ると、彼女は満更でもなさそうな顔になる。そんな彼女をちらりと見て、李怡華は相変わらず無表情のまま「そうですか」とだけ呟いた。

「それにしても、ここまで日本時代のものが遺ってるとは、思いませんでした」

六人くらいで囲むのがいい大きさのテーブルを三人で使っているのだから、周囲のざわめきに負けないようにするためには、こちらの声も大きくなる。李怡華までが珍しくはっきりとした声で「ところで」と顔を上げた。

「さっき、劉さんは、どうしてあの場所を案内したんですか？」

はっとなった。それを聞くのを忘れていた。「六月の雪」は海の近くなら他でもたくさん見られると洪春霞は言っていた。だったら劉慧雯はどうしてあの鹿耳門という土地の、日本家屋の遺る場所を案内しようと思ったのか、聞いてみたいと思っていたのに。

「劉さんにＬＩＮＥしようか」

頬を食べ物で膨らませ、箸を指揮棒のように振りながら洪春霞が言ってくれたから、未來は「お願い」と頷いた。すると、李怡華が中国語で何か話しかける。洪春霞は神妙な顔つきになって、うん、うん、と頷いた後、そのまま席を立ってどこかに行った。

「かすみちゃん、どこまで行ったんでしょうね」

五分たち、十分たっても戻ってこないから、李怡華と二人だけでは話すこともだんだん底を突いてきて、未來は辺りを見回しながら呟いた。ちょうど未來と目が合った女の子は、三歳くらいだろうか、小さな女の子が兄弟と両親と囲んでいるテーブルがあった。その後何度となくこちらを振り向いては恥ずかしげに身体を揺らしたりはにかんだ笑みを浮かべたりしている。そのことに気づいた母親が、今度は自分も未來の方を振り向いて、いかにも嬉しそうに笑った。おそらく、未來と同世代くらいの母親だろうと思う。屈託も気取りもない、実に真っ直ぐな笑顔だった。あ、日本人はこんな風に笑わないかも知れない、とふと思う。特に都会に住んでいる日本人は。

「洪さんは、劉さんに電話をかけに行きました」

その時、李怡華が答えたから、未來は思わず今度は彼女の方を振り向いて「電話ですか？」と聞き返してしまった。

「そんな、LINEでよかったのに。李さんが、そうするように言ったんですか？」

「LINEは、すぐに返事が来るか分かりません。気になること残して日本に帰るの、よくないと思いましたので、むしろ直接、電話で話した方がいいんじゃないんですかと言いました」

ああ、これが李怡華の気の遣い方なのだ。時には先回りをするように、相手の都合や、場合によっては心の中まで読み取って動こうとする。李怡華とは、そういう人らしいということだ。ようやく分かってきた。だが未來にしてみれば、それが彼女を誤解する一番の原因なのだし、何よりも今は食事中ではないかと言いたかった。

「――かすみちゃんに、可哀想なことしちゃった。ご飯の最中なのに」

「大丈夫です。短い間でしたですが、私は洪さんの先生ですから」

そんなものだろうかと、何となく釈然としない思いでぼんやりしていると、李怡華は「大丈夫です」ともう一度、言った。

「洪さん、そういうことを嫌がる性格はないです。それに彼女は杉山さんのこと、すごく好きなみたいですね。今日は自分のバイク、杉山さん乗せていきました。杉山さんを『未來ちゃん』呼ぶのも、少し驚きましたですね。あの人は一生懸命、杉山さん役に立ちたいみたいです」

「本当に、今回の旅は彼女と出会わなかったら経験出来ないことばかりでした」

だからってべつに、あなたは必要ないと言ってるつもりじゃないんですよ、ということを、どうやって伝えようかと思っていたとき、視界に人の姿が入った。見上げると、林(りん)先生が立っていた。その背後から洪春霞も顔を出して笑っている。

「お邪魔じゃなかったですか」

相変わらず砂色の地味なポロシャツ姿で、林先生はちょっとばつの悪そうな顔をしている。

「劉さん電話する前、林先生にLINEしちゃった。今日は未來ちゃん最後の夜から、林先生、ご飯一緒に食べようよーって。そしたら、な、ちょうど近くにいるよーって返事来たんらから、待ってたんら」

未來は嬉しいような気恥ずかしいような、いや、それ以上にこうして旅人に心を砕いてくれる洪春霞と林先生へのありがたさで、胸が熱くなる思いだった。

「り——林先生、今日は、お車じゃないですか？」

空いている席につき、珍しげに店内を見回している林先生に尋ねると、彼はすぐに「車です」と応える。

「ですが、今日は置いて帰ることにしました。未來さん、また一人でビール飲むと洪さんから聞いて、可哀想ですねと思いますから」

「本当ですか？　じゃあ、一緒に飲みましょう！」

未來が声を上げている間に、もう洪春霞が立ち上がって、素早くビールとグラスを取りに行ってくれる。そして、改めて乾杯になった。未來は胸の奥が浮き立つというか、ざわめいてしまって、笑いたいのか泣きたいのか分からないような気持ちのまま、洪春霞にも林先生にも「ありがとう」を繰り返すことになった。台南で過ごす最後の夜に、自分のために来てくれた、しかも車も置いて帰ると言ってくれた、それだけのことに、必要以上の意味を見つけ出そうとしているのが自分でも分かる。

「初めての台南は、いかがでしたか」

自分も早速、鍋に箸を伸ばしながら、林先生が実にさり気ない表情で口を開いた。まるで来週もまた会えるみたいな雰囲気。このまま二度と会えないかも知れないのに。この人は、べつにそれでも構わないのかも知れないけど。

こんな客も鍋屋で食事しながら目なんか潤ませているわけにいかない。未來は無理矢理のように笑顔で頷いて見せた。

「大好きになりました。街も、景色も――人も」

「そうですか。よかった。ありがとうございます」

「こちらこそ！　本当に皆さんのおかげです。牛稠子（ぎゅうちょうし）の家を見つけることも出来ました。おばあちゃんが住んでいたかも知れない家の方と、お話も出来ました」

　未來が一生懸命に説明しているのに、林先生は相変わらず馬だかラクダだかみたいな顔つきで、もそもそと食事を続ける。

「今日はね、ルーアームン？　鹿耳門まで行ったんです。そこで『六月の雪』を見ました。ちょうど満開だったんですよ」

　すると李怡華が「ああ」と珍しく少しばかり慌てた表情になって林先生に向かってわずかに身を乗り出した。

「私この前、林さんに言ったんですよね。それは『五月の雪』でしょうって。油桐花（ヨートンファ）でしょうって」

　林先生はビールグラスを片手に「いつですか」と首を傾げている。そこで初めて気づいたように「李さんはビールは」と言った。李怡華は顔の前で手を振って「いらない」と示した後、「ほら」と言った。

「この前、三人でタクシー乗ったときです」

　すると、鍋の湯気で眼鏡を曇らせながら口を動かしていた林先生は「ああ」と、相変わらずとぼけた顔をしている。

「あの時、雨の音うるさかったから、何を言ってるか、よく聞こえなかったんだな。でも、返事だけはしたんです。一応ね、李さんが何か喋ってくるから」

李怡華は「え」と初めて眉を大きく動かした。眉間に微かな皺が刻まれて、大人子どものような顔に、急に年齢が垣間見えた。

「返事しないと、ほら、李さんの機嫌悪くなるかなと思ったからね」

「それ、ひどいね、林セ、ン、セ、イ」

澄ました表情の林先生に対して、忌々しげな顔をしている李怡華を見ていて、ほとんど泣きそうになっていた未來は思わず笑ってしまった。台湾人同士が未來のために日本語でやり取りしているのもおかしかったし、林先生のとぼけた様子が何よりもおかしい。それに、なんだ、李怡華だってこういう顔をするときがあるのではないかと思ったら、やっと人間らしい感情があることを確かめられた気分にもなった。そういう顔をすれば、それなりに大人にも見えてくるではないか。

「あ、そんでな、未來ちゃん」

洪春霞がまた、箸を持ったままの手を振った。

「さっき劉さんに電話したんら。そしたら劉さん、鹿耳門(ルーアームン)は東京の博物館? タキちゃんと見たみたい、古い家の多いとこなー思ってたんらから、未來ちゃんも日本人らし、きっとあいう景色とこの方が、何かいっぱい感じることあるんじゃないかなー思ったんらって。鷺李花(ランリーファ)ら見ても、べつに、どーってことないかなーって」

これもまた鄒慧雯の気遣いだったということか。未來は「そうだったんだね」と、またさっき見た風景を思い浮かべた。

「確かに、何ていうか、すごく考えさせられた――劉さんが言うように『六月の雪』だけじゃなくて、あそこにあんな日本の家が、今もたくさん遺ってたことが、ものすごく印象に残ったと思う」

「鹿耳門に日本時代の家、ありましたか？」

「ああ、林センセイでも知らない場所があるんですね」

李怡華がまだ、さっきの忌々しげな表情の余韻を残したままで言う。

「あるでしょうね」

林先生は涼しい顔だ。李怡華は、続きを中国語で話し始めた。林先生は箸を止めることなく、ふんふんと頷いているが、その食べっぷりからして相当に空腹だったらしいと思ったら、未來はそれだけで何となく微笑ましく、嬉しくなった。自分で作ったわけでもないのに「たくさん食べてね」と言いたくなる。取り立てて面白みのありそうな人にも見えないのに、ただぱくぱくと食事する姿を見ているだけで、くすぐったいような嬉しさがこみ上げてくるのだ。未來は洪春霞と相談して、もう少し具材を追加してもらうことにした。洪春霞は、待ってましたとばかりに注文伝票を覗き込んでいる。野菜と、肉ももう少し。春雨もある。キノコもいいだろう。

「他にも色々あるよ。サバヒー団子とか」

「サバヒーは、私はいいや」

「じゃあな、イカ団子あるよ。最後、麺も食べれる。うどんみたい、ちょっと細い白い の麺もあるし、袋入ってるラーメンとかもあるよ」

「じゃあ、最後になったらラーメンに行っちゃおうか」

相談している間も、李怡華と林先生は盛んに話を続けていた。未來が林先生のグラスにビールを注いだとき、ふいに「あそこの辺りは」と林先生が日本語で言った。

「日本時代、何かの工場、あったんだと思います」

「工場ですか？」

「そういう話、聞いたことあります。水をたくさん使う工場だったから、あそこがよかったんじゃないかと」

「じゃあ、今日行った日本家屋が並んでたところは――」

「その工場、関係の人が住んでたのかも知れません。当時の日本人は大抵、自分で商売する人は台南の中心部に住んでいます。それ以外はほとんど軍隊とか役人、あとは会社に勤める人ですから、やはり官舎とか社宅が多いでしょう」

あれだけ揃った建築なのだから、社宅と考えるのが妥当だろう。

「それにしても隅から隅まで、本当に、まるっきり日本だったんだなあと思いました。それでも『六月の雪』の向こうには天后宮（ティエンホウコン）の屋根が見えてるんですよね。日本の建物とは全然違う屋根が見えていて、私は、ああ、やっぱりここは日本じゃないんだよねって思って――その頃の日本人はどう感じてたんだろう、とか」

林先生は箸を宙に浮かせたまま、何か考える顔つきになっている。未來は彼の空いたグラスにビールを注ぎ、自分にも注ぎ足して、それから魚のすり身団子を口に入れた。外国にいるという感じのしない味と食感。まるっきり、おでん種を食べているみたいだ。やがて「もともと」と、林先生が口を開いた。

「たとえば台北は、日本人の暮らす街と台湾人の街、区別するところ多かったんです。けれども台南は、まあ、ちゃんぽんです」

「ちゃんぽん？」

「あるでしょう、日本にちゃんぽん」

ああ、と頷いている間に、林先生は「なんでも混ざってます」と言った。

「台南は隣いえ、日本人。その隣、台湾人、普通にありました。日本人建てた家に台湾人住むこともあったし、台湾人に混ざって日本人も住みました。それが当たり前。だから、どっちもあんまり何も思ってなかったんだろうと思います」

それを聞いたら自分でも不思議なくらいに気持ちが和やかになった。あの景色を当たり前のものとして暮らしていた人たちがいる。自分たちとの間に仕切りを設けることなく、互いに共生していたのだと思ったら、当時の人たちの伸びやかさの一端を見たような気持ちになる。

「今日、あの『六月の雪』と、日本時代の家を見ながら、思ったんです」

ビールをひと口飲んだ後、未來は少し神妙な気持ちになって口を開いた。

「一瞬一瞬が過去になっていくんだなって。今、この瞬間も」

林先生だけでなく、返事をする人間はいなかった。それでも未來は、テーブル中央で湯気を上げ続ける鍋を眺めながら話し続けた。

「日本が台湾を植民地にしていたことも、何もかもがどんどんと過去になっていく。たとえその時代を懐かしんで、戻りたいと望む人がいたとしたって、それは絶対に無理なんだな、二度と戻れないんだなって、考えていました。今回、私がこうして初めて台南に来て、李さんとか、かすみちゃんとかゲンチとか、それから林先生とも出会って、お世話になって、それからたまたま出会った劉さんの家の話をずっと聞いたことも、もう二度と戻らない過去になっていくんですよね」

「――時は逆に流れませんね」

林先生が静かな口調で答えた。

「しかし、過去にはなりますが、それが心に生きてある間は、出来事も人も死にません。そして必ず、この先の未来につながることが出てくると思いますね」

ちょっとだけ、心臓が跳ねたような気がした。未來はつい首を傾げるようにして、休まずに箸を動かしている林先生をしげしげと眺めてしまった。

「そうらよ、未來ちゃん！　未來ちゃんの名前のことないかよー。昔ことは、もういいから、こっから先、先、未来のこと考えようよー」

また洪春霞が箸を振った。

「今日な、ホント、劉さんの話聞いてて、私も思ったんら。も一回ちゃんと日本語勉強、したいかなー。出来るかなーって。劉さん、あの歳で、あんな色んなことあって、親のこととかあってても頑張ってるんらから、私も出来ないことないかなーって」

「そうだ。かすみちゃん！」

未來は周囲の雑音に負けないように、つい大きめの声を出した。

「私だってまだ若いけど、かすみちゃんは、もっと若いんだもん。これからだよ、お互い、諦めないでいこうよ！」

「そうらよな。ちゃんと勉強して、きれいな日本語話すようになってから、そしたら、いい仕事出来るようになるかなー」

「なれる、なれるよ。だって、かすみちゃんの日本語はね、ちゃんとした言葉遣いさえ習ったら、実力は相当なものだと思うよ」

言っているうちに、勢いに乗ってくる。

「もし、日本で何か力になれることがあったら、私なりに手伝うよ！」

洪春霞が、それは嬉しそうな顔になってすっと背筋を伸ばした。

「まじー？　そしたら今度は未來ちゃんと、日本で会えるかも知れない？」

「そうそう、そうなるかも知れない！　ううん、そうしよう！」

言いながら、何か余計なことを口走っているかも知れない、面倒なことに巻き込まれたら厄介だと思いながらも、もう口が滑り始めてしまっていた。

「べつに用事とかなくたって、一緒にご飯食べるだけだって、いいじゃない」

「ホント？　嬉しいんらなあ」

「だって、ほら、袖振り合うも多生(たしよう)の縁って言うじゃない！」

「それふり――？」

見ると、林先生も李怡華も、ちょっと曖昧な表情になって首を傾げている。未來は諺の説明をしようとして、すぐに諦めた。実を言うと、正確な意味は未來だってちゃんと分かっていない。ただ、祖母が何かというと口にする言葉だからその受け売りで言ってみただけだ。何かの営業が家まで来た、病院の待合室でこんな人と隣り合った、たまたま出かけた先でこんなことがあった――祖母はそんな話をする度に、この諺を言う。未來が聞いていて、そんな面倒な、と思うようなつきあいを大切にする。だから昔ながらの電気屋さんとの縁も切れないし、スーパーよりも個人経営の店を選ぶし、未來が名前しか知らないような相手に盆暮れの贈り物をしたりする。

「――つまり、縁っていうこと。縁があるんだよねっていうこと。縁――は、分かる？　分かるよね？　人と人との不思議なつながりとか、出会いとか」

これには「分かります」と全員が頷いた。

「ね？　今回の旅で出来た、偶然の出会いとか、こういう縁を大切にしたいっていうこと！　それは過去を振り返るんじゃなくて、未来に向けて出来ることの一つなんだよねっていうこと！」

さほど飲んでいるわけではなかった。だが、昨日はろくに眠れていないし、旅の疲れもピークに達している。軽い酔いが鍋で温まった身体を心地良く駆け巡り、林先生のもっさりした表情や、李怡華のどこにいても場違いみたいに見える顔や、洪春霞の少しばかり行儀悪く見える仕草などの一つ一つが、店内の蛍光灯の明かりの下で、くっきりと未來の脳裏に焼き付けられていくようだった。

「いつかまた、この四人で会えたらいいなあ」
半ば夢見心地のような気分で呟く。べつに誰の返事を待っているわけでもなかった。おそらくそんな日は二度と来ないことも、分かっている。それでも、つい口にしたくなった。せめて林先生くらいには「そうですね」と言って欲しかったのに、彼は相変わらず箸を動かしているばかりだ。鹿耳門（ルーアームン）の月下老人（ユエシャアラオレン）は、ちゃんと未來の願い事を聞いてくれたのだろうかと密かにため息をつき、未來はテーブルに肘を乗せて軽く目を閉じた。

最後の、台南。

こうして周囲の雑音や店内の様子、大鍋から立ちのぼる湯気や熱気を吹き飛ばす冷房の風などの一つ一つを五感に刻み込んで、それが単なる過去というよりも貴重な思い出になるのなら、なかなかいい旅の締めくくりだ。いつかこの日のことを誰かと話せる日がくればいいと思う。それも、この中の誰かと。

駄目かなあ。結構、鈍感そうな人だもんなあ。

まだ自分の感情にだって確信が抱けているわけではない。ただ、こんな感情も旅先での一つの思い出になるのなら、それはそれでいいと自分に言い聞かせるしかなかった。

4

台北松山空港に着いたのは、午後二時半を回った頃だ。土産物の一つも買っていないのに、なぜか行きよりも重たくなったように感じられるトランクをチェックインカウンターで預けてしまうと、ようやく身軽になった。ここまで連れてきてもらえば、あとはもう一人でも大丈夫ですからと言いかけた時、李怡華が「二階に行きましょうか」と言った。

「まだずい分時間があります。コーヒーを飲みませんか」

搭乗時刻は四時二十分となっている。台南からの高速鉄道の中でも会話らしい会話もなかったし、こんな窮屈な相手からは早く解放されたいという思いがある一方では、これから二時間近くも一人で過ごすのは、さすがに少しばかり退屈かも知れないという気がして、未來は素直に応じることにした。

着いたときには分からなかったが、松山空港はずい分とこぢんまりとした空港のようだった。エスカレーターで二階の出発階まで上がると、ざっと見回せる程度のロビーにソファやテーブルが配されている他は、周囲を数軒の土産物店や飲食店が取り囲んでいる、それだけだ。コーヒーを飲めるのは一番端にあるスターバックスだけらしかったから、未來たちはそこでひと休みすることにした。

二人掛けの小さな席に向かい合ってコーヒーをひと口飲むと「疲れたんじゃないですか」と、珍しく李怡華の方から口を開いた。

「李さんこそ、短い間に何回も行ったり来たりしていただいて、すみませんでした」

「大丈夫です」

せっかく気遣って見せたところで、返答は思った通りのものだから、未來はもう笑うしかないという気持ちになった。結局、彼女は最後までこうなのだ。実は、などという打ち明け話など、まず期待出来ない。劉慧雯母娘との、何たる違い。要するに、同じ台湾人といったって色々な人がいるということ。実に当たり前の話だ。ふう、と密かにため息をついている間に、洪春霞からＬＩＮＥのメッセージが届いた。

〈台北ついた？　帰るの飛行機揺れるしないように〉

話すときとはまた違う、微妙な日本語の短いメッセージに目を通して、未來はつい小さく微笑んだ。

「かすみちゃんが、飛行機が揺れないといいねって」

呟くように言いながら、ありがとう、もう空港だよ、と返事をしている間に、李怡華の「洪さんですか」という声が聞こえてくる。

「洪さんは、お世話するの好きな人です」

「本当、そうですね。李さんが紹介してくださったのが彼女で、本当に助かりました」

「よかったです」

やはり、どうにも話がつながっていかない。コーヒーなんか飲んでいないで、さっさと出国審査を終えて一人でスマホでものぞいて過ごせばよかったと、早くも後悔の念が湧いてきた。すぐ目の前の出国手続きのゲートに目をやれば、列を作っている人たちの大半は東洋人だ。スーツ姿の男性は、まず間違いなく日本人らしいと分かるが、その他は一見すると日本人か台湾人か、または中国人なのかも分からない。韓国人もいるのかも知れなかった。団体客の場合なら全体の雰囲気でおおよそ判別がつくのだが、あとはせいぜい服の柄や持ち物から、何となく区別出来るかどうかという程度だ。

「李さんは、台湾人と日本人、見分けがつきますか？」

「大丈夫です」

「私は、まるっきり分かんないなあ。何となく、そうかなあと思うくらいで」

静かにコーヒーを飲んでいた李怡華は、自分もゲートに向かって並ぶ人たちに目をやってから「似ていますからね」と言った。

「台湾人でも特に日本、行き慣れてるとか、日本で生活している人は、日本人ぽくなります」

「そんなものですか」

日本人ぽいというのは、どういうことだろうか、具体的にどんな部分を指すのかと思ったが、どうせ期待したような返答も聞かれないに決まっているという諦めの気持ちが先に立つ。

「日本人と台湾人の違いって、どんなところなんだろう」

質問するでもなく、半ば自分に問うような言い方になった。ちらりと正面を見ると、聞いているのかいないのか、李怡華は少しの間ただ無表情でいたが、やがて「ひとつには」と目を伏せたままで口を開いた。

「台湾人は日本人に比べて感情の表現、そんなにしません。おそらく得意ではない、と、思います」

「——そうなんですか？　感情表現が？」

まさか、そんな答えが返ってくるとは思わなかった。未來がつい小首を傾げる間、李怡華はコーヒーをもうひと口すすり、相変わら[illegible]のまま、眼鏡のフレームを押しげる。

「これは私の考えですが、台湾には不幸な歴史、ありますから——そのこと、杉山さんはご存じですか」

ようやく彼女がこちらを見た。

「——不幸な歴史——日本時代のことですか」

「日本時代終わってからのこと。台湾は長い間、自由がありませんでした。大勢の人が殺されたと言っていた。確か、洪春霞が話してくれた事件のことを思い出した。大勢の人が殺されたと言っていた。ふいに、台南のあのロータリーの中央にある公園で処刑された人がいたという話だった。湯——何とかいう名前だったことだけは覚えている。

「罪のない人が皆の前で処刑されたという事件のことですか」

李怡華は、それは二二八事件のことだと言った。

「とても大きな事件でした。日本時代終わって、すぐに起こったことです。何万人、正確な人数、今も分からないくらい大勢の人、殺されました」

「何万人？　そんなに——」

「その事件あとも台湾は長い間、自由がありません。ずっと戒厳令が続きました。世界一、長い戒厳令ね」

「戒厳令？」

「その時代、政府は自分たちに反対する人、不満持っている人、本当かどうか分からない、噂だけも捕まえたり、あと、拷問もありました。それ、三十八年間、続きました」

「三十八年も、ですか？」

未來が目を丸くしている前で、李怡華は「そうです」と、やはり表情を変えないまま頷き、自分が幼い頃は、台湾はまだ戒厳令下だったのだと言った。「戒厳令」というものが分からないにせよ、その言葉の、いかにも厳めしい響きだけで、未來は恐怖を感じた。ただ事ではない時代だったに違いないという気がする。

「その頃、誰が敵、誰が味方、分かりません。もしかしたら隣の家、同じ場所で働くの人が嘘の告げ口──密告するかも知れない。親戚も分からない。もしもそれが嘘、分かっていても捕まりました」

「そんな──」

「どこで誰が話、聞いてるか分からない。そうしたら誰も本当の心、言えないでしょう」

「──怖い」

「本当に、怖いんです」

本当ですよ、と李怡華は繰り返した。未來は背中が薄ら寒くなる思いで、大人子どものような李怡華を見つめていた。

「正直な気持ち出したら、すぐに誰かに何か言われる、どこか連れていかれる心配、いつもあるんです。それ、怖いですから、台湾人は自分の思うこと、感じること、そのまま出さないになりましたと思います。誰と何話したことあります、誰とどんなつきあいあります、何も出さない。日本時代あって、それから、そういうの時代とても長かったんですから、染みついたんじゃないかと、私は思っています」

ときに李怡華の無表情、あるいは、彼女よりも年上だった劉慧雯の、うっすら淋しそうに見えた微笑みは、彼女たちの性格や生い立ちからというだけではなく、台湾そのものが背負ってきた歴史に裏付けられた、または歴史によって作られたということなのだろうか。そんな息苦しく自由のない時代が、日本が統治していた五十年の後、さらに四十年近くも続いたというのか。

「でも、かすみちゃんとかは表情も豊かだし、よく笑うし――」

「洪さんは若いですね。あの人が学校入る頃には、だんだんもう自由です。洪さんより若い人、もっと前の時代のこと分かりませんですから、顔つきもずい分と違います」

「どんな風に？」

「そう――のんびり。電車なかでも、歩いていても笑います。私より上の人は恐ろしいの時代、本当に染みついてますから、顔見ても、楽しいですか、悲しいですか、分からない人が多いんです」

台湾人が現在のような自由を手にしてから、まだやっと三十年しかたっていないと李怡華は言った。

「――知りませんでした」

かつて、曲がりなりにも一つの国として歩んできた国が、終戦と同時に、それほど日本と異なる歩み方をしてきたことが、何より衝撃だった。そんなことを何も知らないまま旅していた自分が今さらのように愚かしく思えてくる。李怡華に対しても、今度こそ本当に申し訳ない気がした。何かと誤解していたことは分かっている。本当は気遣いの人だと知りながら勝手に苛立っていたが、その根っこの部分が、そこまで深いとは想像もしていなかった。

「それから」

　李怡華が、また眼鏡のフレームを指で押し上げる。

「その頃は日本時代のことも、学校で教育しないです。台湾が植民地でした五十年は、その頃、教育を受けた人にとっては、空白」

「空白？」

「空っぽです。そして反日教育ですから、その頃、学校に行っていた台湾人は、台湾に日本時代あったこと分からないまま、でも、とにかく日本嫌いな人、多かったんです」

「植民地だったって知らないのに？」

「そういう教育でしたから。地理の勉強も、中国大陸のこと教えましたよ。だから、中国大陸の中に台湾あると思って、子どもたちみんな『台湾どこですか』と探したという笑い話、あります」

「そうなんですか」

「そうしたら、大陸から離れた小さな小さな島ですから、『え、これが台湾ですか』と、みんなびっくりしました。歴史教わるのも、中国大陸の歴史ね。そして、とにかく日本は悪い国です、悪い人たちばかりと教育されました」

　その話は洪春霞からも聞いている。やたらと混み入った話だと感じたが、本当にそうなのかと改めて思う。それにしても、そんな理不尽な話があるものかと言いたかった。

おかしいとは思わなかったのか、子どもがそんな教育を受けていて、親は異論を唱えなかったのかと思ったが、考えてみたら日本だってそうは違わないのかも知れない。

「――私も、学校で何も教わってないと思うんです。台湾が日本の植民地だったことも。母に聞いたら、母もよく知りませんでした」

「教育は、いつもそういうものでしょう」

「――そうなんですか」

「たとえば今八十歳近いの人より、お年寄りさんは、日本時代の教育受けていますから、まあ大体、日本好きね。日本語も話しますよね。でも、その子ども、反日教育を受けて日本語分からないという家、その頃は普通でした」

「――それじゃあ、家の中がぎくしゃくしないんですか」

李怡華は「ぎくしゃく」と首を傾げる。

「何ていうか、言葉も、考え方も全然違うんなら、話がかみ合わないっていうか」

「どうでしょう」と李怡華はまた目を伏せる。

「子どもの将来のため考えますと、日本語知らない方いいかなと思って、親は子どもに日本語は教えません。余計なこと、何も言わない。子どもは軽い気持ちで、誰に何言うか分からないからね。台湾語だって外で使ってはいけないときありましたから、やっぱり教えない家、特に北の方は多かったんです。だから子どもたちは本当、学校で習う北京語だけ。親が台湾語で喧嘩していても分からないし、お祖父さん、お祖母さんが日本語、話、していても分かりません――ああ」

これは本省人の家庭の話だ、と李怡華はつけ加えた。

「客家には客家の言葉ありますす。原住民族も皆、言葉違うんですから、家によって違います。外省人の子どももちろん北京語だけ。でも、大陸のどこから来たかで、結構、訛ってるね」

「――言葉だけでも、そんなに複雑なんですか。その上、家族の中で話が通じなくなるなんて」

「日本では考えられないでしょう」

李怡華は微かに目元を細めた。その複雑さを誇りとしているのか、または諦めを含んでいるのかも分からない、ひどく曖昧でぎこちない、微笑みとも自虐とも言えないような表情だった。

考えられない。本当に。

日本が統治していた時代だって、おそらく支配する側とされる側との摩擦が少なからずあったはずだということは、未來にだって何となく想像出来る。そこから解放されたと思ったら、またもや自由を奪われたというのだ。恐怖のあまり人々は表情さえ失ったというのだから、どれほど長く、そして苦しい時代だったのか。

そんな時代を経てきた人たち。それに比べたら、日本人は呑気なんだろうか。

方言くらいあったって、また戦争を挟んで世代が違ったって、家族の中で言葉が通じないなどということもあり得ない。昔はともかく、戦後は何を言ったところで警察に捕まるということもなかったはずだ。ましてやでっちあげなどで。

「台湾は――大変なところなんですね」

劉慧雯の話を聞いたときとはまったく種類の異なる重苦しい気分になって、未來はそれ以上、口に出来る言葉も見つからなくなった。

「でも台湾は暖かいでしょう？」

少し間を置いて、李怡華は眼鏡の奥の目を再び細めた。

「――と、いうか、暑いです。こんなに暑いと思わなかった」

「そうです。ですから人の心は、凍ったりしないです」

「――心は」

「感情の表現は少し下手ね、分かりにくいかも知れないです。けれども心の中、もしかすると日本人よりもっと優しいの人多いんじゃないかと、私は思っています」

初めて李怡華の表情に自信めいたものが表れたように見えた。未來は「そうですか」と小さく呟いた後、そうかも知れない、と頷いた。一人でやってきた無知な旅人に、何くれとなく心を砕いてくれた洪春霞や林先生の顔が順番に思い出される。劉慧雯も、無論、目の前の李怡華にしたってそうだ。もしも日本人だったら、外国から一人でやってきた素性も知れない相手に、ここまでしてやれるだろうか。妙な下心も抱かず、犯罪に巻き込むこともなく、誠意を尽くしてやれると言えるだろうか。もちろん、今回の未來は色々な意味で幸運だったのだろうとも思う。決して独りぼっちにされることもなく、常に守られていた。出会った相手が悪ければ、こんな展開にならなかった可能性だって決してないとは言えないだろう。

「だから日本で大地震が起きたときも、あんなに寄付してくださったんですね」

するとと李怡華は「それはね」と、また澄ました顔のまま、台湾人の癖かも知れないのだと言った。

「台湾人は可哀想な人、気の毒な人、見ると放っておけないのところあります。それと、何か一つ夢中なると、カーッとしますね」

「カーッと?」

「カーッと。それでもって一生懸命なります。台湾も地震すごく多いんですから、そういうときは日本もたくさん助けてくださったのことありますんですから、日本であの地震あったのとき、テレビで大きい津波、見て、みんな、びっくり、すごい心配して、カーッとなって、一生懸命、助けたいと願いますね。おとなも、学生さんも、募金、募金、もう一生懸命」

李怡華はそこで「でも」と、おそらく初めて見せるような悪戯っぽい笑みを小さな瞳に浮かべた。

「割合すぐに忘れちゃうのところも、あるんですよね」

「――え?」

「今も日本のニュースで、あの地震あった場所のことやってるの見ると、『あれ、おかしいですね。もう何年もたつのに、まだやってますか』という感じする人、結構多いんです。もうとっくに済んだことじゃないんですか。そうやって、すぐ忘れます」

へえ、と今度は拍子抜けしたような気持ちになった。つまり情に篤いかと思えば意外と淡泊な部分もあるということなのだろうか。熱しやすく冷めやすいのか。

「台湾の中でも、南と北と、また違いますけれど、まあ大体、総じてそんな感じね。今度おいでになるときは、台南以外のところにも行ってみてください」

残っていたコーヒーを飲み終えたところで李怡華が腕時計に目を落とした。未來は一瞬、語学留学を考えていることを言ってみようかと考え、いや、この話は李怡華にしても仕方がないと考え直した。悪い人でないことは十分に理解したつもりだが、「そうですか」のひと言で片づけられては、やる気も失せそうだ。第一、まだ軽々しく口に出来る段階ではない。まずは家の、というか祖母の問題がある。

「人が増えてきました。もう行った方がいいかも知れません」

出国審査を待つ人の列を見て、李怡華がバッグを持ち直す。未來もリュックを肩にかけた。出国ゲートを越えたら飛行機が出るまでの時間、土産物店を見てみたいと思っている。一番のおすすめはパイナップルケーキと凍頂烏龍茶だとガイドブックに出ていたが、他にも家族を喜ばせられるようなものがあるかどうか、または自分の記念に出来る何かがあるか、見てみたい。まだ多少残っている台湾元も使い切ってしまいたかった。

5

ほぼ十日ぶりに会う祖母は、以前とどこも変わった様子はなかった。旅から戻った翌日くらい、洗濯機でも回しながら撮りためた写真の整理などして、あとは一日ぼんやりしていたかったのだが、母にせっつかれたこともあって、あまり気乗りのしないまま病院に顔を出した未來に、祖母は以前と変わらず、顔をくしゃりとさせて笑いかけてくる。

「いつ帰ったの」

「昨日の夜おそく」

ベッドの横の壁には、未來が台南から送った写真から相当な枚数がプリントアウトされて、びっしりと貼られている。

「大変だったでしょう。おかえりね」

つい昨日まで、あの暑い空気の中にいたものが、今日はもうこうして以前と変わらない祖母の声を聞いていることを思うと、不思議な気持ちになる。

「台湾に行ってきたんだったわね」

「そうだよ。おばあちゃんが生まれた台南に行ってきたの」

「台南ね。向こうは、どんなだった？」

「もう、びっくりだったよ。台南って、日本時代の建物とか道路とか、本当にいっぱい残ってるんだね」

「ああ、そうなの」

「昔の州庁とか警察署とかも全部そのまんまだし、おばあちゃんが通ってた女学校なんて、今もそのまんま女子校なんだもん。下宿してた家があったっていうところ、桶盤浅（とうばんせん）だっけ、あそこは荒れ放題になってたけど、それでもまだ少しは建物が残ってたし」

「へえ、そう」

「それより何より、あの社宅。牛稠子（ぎゅうちょうし）の。あそこが残ってるなんて、奇跡かと思ったよ」

牛稠子まで行ってくれたのねえ」

「そうだよ！　地図で見て、そこじゃないかなと思って行ったんだけど——写真、見てるよね？」

　うん、うん、と頷く祖母は、それでも未來が期待していたほど嬉しそうというわけでもなく、意外なくらいに淡々として見える。未來は壁に貼られた写真の中から、台南第一高女、桶盤浅、そして牛稠子の家が写っているものを数枚、探し出した。

「ほら、これとか、これ」

「ああ——女学校は本当に、昔のまんまなんだわねえ。今もこんな風にして残ってるなんて、思いもしなかった」

　ピンを外して写真を祖母の手元に持っていく。

「ハイカラな学校だよね。それから牛稠子はね、これ、ここをこう、一本の道が通ってるじゃない？　そこから魚の骨みたいに何本も路地が伸びてて、そこを見たのが、これ。ほら。これが、おばあちゃんが住んでたっていう社宅だよね？　そう言ってたでしょう？　覚えてない？」

　祖母は静かな表情で写真に見入り、ふうん、と言うように頷く。

「何となく様子が違うようにも思うけど、子どもの頃だったからか、もっと大きな家が並んでる、広い道のように思ってたわ——昔から、こんなだったかしら」

「建物自体は変わってないんじゃないかな。ほら、赤い屋根がずっと並んでて、これ、間違いなく日本家屋だったもん。昔の地図で見たら、確かに牛稠子になってたし」

「そう──赤い屋根だったかも知れない」

「中にはすっかり壊れてる家もあったけど、ほとんどは、まだ人が住んでてね、その人たちが家の庇を伸ばしたり、塀を高くしたり、色々といじってるから雰囲気が分かりにくいかも知れないけど」

祖母はまるで初めて写真を見るように「ふうん」と頷いている。母がきちんと説明してくれていないのか、それとも祖母の記憶そのものが曖昧なのか、または認知症のせいか、あれこれと考えている間に、祖母は「あの頃」と低い声で呟いた。

「近所に、マサルくんっていう子がいてねえ。悪戯で悪戯で、毎日のようにお母さんに叱られるのよ。その声が、もう筒抜け──何しろほら、どこもお隣とくっつき合うようにして暮らしてるわけだから」

「マサルくん──」

「ヒデヨちゃんっていったかしらねえ、それからチヨちゃんとか──どこの家にも似たような年頃の子どもがいたから、いつでも家の前の道でよく遊んだのね。だけど、おばあちゃんだけはすぐ、何かしらの用で呼ばれちゃうの」

「誰から？」

「おばあちゃんの、お母さん。『お姉ちゃんなんだから』って言われてね。それがつまらなくて」

未來は、自分の脳裏に焼きつけてきた牛稠子の家々がまだ新しく、いかにも日本人の住まいらしかった頃の様子を思い浮かべた。

「試験所の方から行くと、手前にサトウキビ畑があってね——あったでしょう?」

「今は、それらしいものはなかった。ただ、試験所の煉瓦の塀がずっと長く続いてて——」

未來が説明している間に、祖母は、遥か遠くを見る目になった。

「あそこは本当に煉瓦の建物が多かった。塀にも使ってたし、建物も、路地なんかも。おばあちゃんが行ってた台南第一高女もそう。だから街全体に独特の赤みっていうのかしら、色合いが生まれて、それは孔子廟の辺りなんかもそうなんだけれど、まるでいつも夕陽が当たってるみたいだったわねえ」

祖母が言っている間に、未來は孔子廟の写真を何枚か探し出し、今度はそれを祖母の膝の上に置いた。

「ここね」

そうそう、と頷いて、祖母はまた懐かしげに写真に見入る。

「未來は、ここまで行ってきたの?　孔子廟も?」

「そうだよ、台南に行って、孔子廟にも行ってきて、こういうの全部、写真に撮って、それを毎日お母さんに送ったでしょう?　お母さんが、おばあちゃんにも見せてたはずだよね?」

「そう——見せてもらった」

これね、これね、と繰り返す祖母を見ているうちに、未來の中ではますます不安が膨らんでいく。この様子は、以前からの老化現象とは違うのだろうか。少し、いや、結構以前から、祖母にはこんな部分があった。とぼけているのか忘れているのか分からないような言動に接する度に、未來は「またまた、おばあちゃんてば」などと冗談半分にしか受け取らなかったと思う。ひょっとすると、あのとき既に、祖母の認知症は始まっていたのだろうか。その兆候を未來は見落としていたのだろうか。そう考えると、ただでさえ自分がビールなど飲ませたから祖母は階段から落ちたのだという負い目があるのに、余計に申し訳ない気持ちになってくる。

「未來は、ここまで行ってきたの」

「そうだよ。台南まで行って、おばあちゃんが通ってた学校とか、住んでた社宅の跡か、全部探して、見つけ出して、それを写真に撮ってお母さんに毎日、送ってたの」

「それはそれは、ご苦労だったわねえ。さぞ、遠かったでしょう」

「行ってみればそうでもないんだよね。それにもびっくりした。だって、朝こっちを出たら夕方には着いてるんだもん」

祖母は「ふうん」とまた頷くが、その表情はやはり、本当に分かっているのかどうか、判然としないものだった。

「今の時代は、そんなに便利になったの――あんなに遠かった場所が、一日で行けるっていうの。へえ、そう」

祖母は今度こそしみじみとした表情になって、写真を眺めている。心持ち痩せただろうか。頰の肉が下がったようだ。それに視線にも以前ほど力がこもっていないように思う。もしかすると過去を懐かしむ力も、弱くなってしまったのかも知れない。それほど年老いた祖母に対して、未來は自分勝手な希望をこれから言おうとしている。

「——あのさ、たまたま知り合いになった地元の人がね、本当によくしてくれたんだよ」

ふうん、と祖母は頷いている。未來はまた壁の写真の一枚を外して見せた。

「ほら、この人たち」

「未來は？」

「私は、ここ」

このときだけ、祖母は「ああ、本当。未來だわ」とにっこり笑った。

「他の人たちは台湾人」

「これ、みんな？」

「そう、全員、台湾人」

「あらそう——何だか昔と様子が違うみたいな気がするけど。未來は、台湾語が話せるの？」

「向こうがね、ほとんどみんな日本語が話せる人たちだったから。この人たちがいなかったら、きっと何ひとつ見つけられなかったと思うんだ」

未來はさらに「六月の雪」の写真を壁から外した。鹿耳門（ルーアームン）という不思議な字面の地名を目指して洪春霞（こうしゅんか）のバイクで走り、廃屋だらけの古い日本家屋が並ぶ風景を目の当たりにしたのは、つい一昨日のことだ。

「ほら、この『六月の雪』が咲いてたところもね、向こうで知り合った人が案内してくれたんだよ」

祖母は「六月の雪」と呟きながら写真を撫でさする。

「ああ、本当だ。これだわ。よく見られたねえ。これは本当に海の方まで行かないと見られないのよ」

「だから、海の方まで行ったんだよ。ずっと浅瀬が続いててね、すごい不思議な景色の中を行ったんだよ」

「六月の雪——あの暖かい土地で、この花を見て、本物の雪に憧れてねえ」

「おばあちゃんだけじゃないわ。日本人も台湾人も——だって、内地を知ってる人でもないかぎり、ほとんど誰も本物の雪なんか見たことがないんだもの」

だから、いつか本物の雪を見てやるのだと言っていた人がいた、と祖母は写真を撫でながら呟いた。

「みんな、遠くに行ってしまったけど——さぞ無念だったでしょう」

そういえば洪春霞や李怡華たちは、日本にいる間に雪を見たことがあったのだろうかと今ごろになって思った。暖かい台湾で生まれ育った彼女たちが本物の雪を見たとき、そしてあの「六月の雪」を見たときは、どんなことを感じただろう。あの時、未來は自分一人であれこれと思いを巡らすことに夢中になっていて、他の誰のことも気にしなかった。第一、お互いの思いまで語り合うには言葉の壁があった。未來は思わず一つ、深呼吸をした。祖母が、どうかしたのかというようにこちらを見る。

「今度の旅で、思ったんだよね」

「何を」

「私だって、特に声の仕事してたときには、人とのコミュニケーションが大切だっていうことはいつも意識してるつもりだったんだ。だけど、そのためには、まず言葉そのものが通じないと駄目なんだなあって、つくづく思った」

祖母は静かな表情で写真に目を戻す。未來はその横顔を眺めるでもなく、話し続けた。以前、祖母が怪我をするまでは、夕食の度ごとにこうして話をするのが習慣だった。テレビをつけたまま、未來も祖母も、その日あったことなどをとりとめもなくよく喋った。祖母は、聞き上手だった。

「たとえば同じ日本語で話してたって、お互いの心の中までなんて、そう簡単に分かるもんじゃないじゃない？」

「そうかも知れないわねえ」

「それなのに、もともと言葉が違う人たちとやり取りしてたって、本当にうわべのことしか分からないに決まってるんだよね。もっと色んな人の話を聞きたい、出来れば気持ちまで通わせたいなんて思ったら、私の方だって、少しでも中国語が話せたらよかったんだよなあって」

祖母が「中国語？」と不思議そうに顔を上げる。

「この人たちは中国語を喋るの？」

ああ、そうかと思った。祖母が台湾にいた時代は、台湾人は台湾語、または日本語で話していたのだ。中国語は日本語に取って代わって入っていった。

「今の共通語は中国語なんだよ」

「あら、そう。へえ」

「ちゃんと学校で、正しい中国語を教えるから、発音もきれいなんだって」

祖母は理解しているのかしていないのか、ただ、ふうん、と頷くばかりだ。

「私と話すとき以外はみんな中国語。私にはちんぷんかんぷん。そのうち、こっちだって少しくらいは向こうの言葉が聞き取れたり話せたりした方がよかったんだなあとか、買い物一つでも店の人と直にやり取り出来たらよかったのにと思うことが、何度もあったんだよね」

未來は「もしも」とついため息をついた。

「もしも、まだ間に合うんなら、私も本気で中国語を勉強したいかなあ、とか思っちゃったりして」

「本気で？」

「何ていうか、このまま何年か刻みで色んな会社に移って、契約社員を続けていくより、もう一度、新しい目標を見つけたいかなあとか。本気で勉強して、ちゃんとした中国語が身についたら、その先のことがまた少し変わってくるんじゃないかなあって」

祖母が微かに口をすぼめるようにする。口元に寄る皺がわずかに増えたかも知れない。

「——おやんなさいよ」

その表情のままで少しの間、宙を見ていた祖母は、やがて囁くような声で言った。

「今のうちよ。おやんなさい、未來がやりたいと思うこと一未來はつい照れ隠しのような笑みを浮かべてしまった。

「本当ならね、気持ちが盛り上がってるうちに、すぐに動けたらなあとも思うんだ。本気で勉強するとしたら、やっぱり留学するのがいいみたいだし」

「留学？　どこに」

「台湾。半年とか一年とか、思い切って向こうに住んで、集中して勉強するの」

「未來、台湾に住むつもりなの？」

祖母は精一杯に目を見開くような表情になった。

「本気でやろうと思うんなら、それがいいだろうって。だけど、そのためには、まず一番に結構な費用がかかるんだよね」

正直なところ未來の現在の貯金だけでは、半年や一年の留学など無理な話だ。今日、目が覚めてからベッドの中でスマホをいじってざっと調べてみたが、最低でもそれなりの費用がかかるらしいと分かった。そうかといって、これからやるのなら中途半端なことはしたくない。日本にいて、適当な中国語学院のようなところに通っても、自分の性格からして挫折は目に見えていると思うのだ。ある程度、後へはひけない状況を作る必要がある。一方で、まだ中国語の「ち」の字も知らないというのに、まったくゼロの状態から三カ月程度留学してみたところで、やはり浮かれて過ごす程度で結局はものにはならないのではないかとも思う。林先生のことを頭から切り離して、冷静に考えても。

本気で考えるなら、親に相談して出してもらうのも手だとは思っている。だが、昨日は帰りが遅かったから母とそこまで話すことは出来なかった。それより何より、この祖母のことがある。おそらくこれからは、家族の生活スタイルそのものを見直さなければならないだろう。

母が「よかれと思って」叔母に知らせたことも、どうやら裏目に出たらしい。母としては、祖母の体調の異変を知れば叔母のひねくれた態度も多少なりとも改まるのではないかと期待してのことだったらしい。だが「となり」は早速この病院に乗り込んできて、祖母に遺言状を書けと迫ったのだそうだ。それに対して祖母は「もう書いてある」とか何とか答えたらしく、叔母は、その内容が明らかにならないうちは、自分はもう関係ない、相応のものを相続させると約束しない限り、祖母の面倒を見るつもりもないと宣言したらしい。

「遺言状の中身が分かるときってていったら、おばあちゃんが亡くなった後っていうことじゃないねえ。その時になって面倒見るもへったくれもあったものじゃないわよ」

疲れて帰ってきて、とにかくシャワーを浴びてひと息入れたかった未來を前にして、母はぷりぷりと怒りながら「となり」の薄情さを訴え続けた。本当は母だって一度、福岡に戻りたいと思っている。家のことも父のことも、向こうでの様々なことも全部、中途半端にしてきているのに、どうして自分ばかりが「長男の嫁」として我慢を強いられるのか、というようなことも言っていた。

肉親といったって、きっとそれぞれの思惑がある。話の進み具合によっては、一悶着起きるかも知れない。場合によってはこれまで祖母と一緒に暮らしてきた未來が誰よりも巻き込まれるおそれもあるだろう。それでも未來は、家庭の問題にもみくちゃにされてこのまま埋もれてしまいたくないと思っている。この、台南で出した結論は今でも揺らいでいないつもりだった。声優になりたいと言い出したとき以来の、どうしても譲らないつもりの覚悟が固まりつつある。と、いうか、それくらい自分を追い込まなければ、この先本当に中途半端な生き方になってしまうような気がするのだ。祖母には申し訳ない、可哀想だと思うけれど。自分勝手だと責められてしまえば、それまでかも知れないのだが。

「ねえ、未來」

宙に目をやっていた祖母が、ふいに思い出したようにこちらを見た。

「おばあちゃんの部屋の、和簞笥（わだんす）ね。桐の方の簞笥」

一階にある八畳の和室を思い浮かべる未來に、祖母は、帰ったらその和簞笥の一番下の引き出しを見るようにと言った。

「左側の奥の方、古い着物なんか入ってる、もっと奥に手文庫（てぶんこ）があるからね」

「手文庫って？」

「漆の、箱」

その箱に何冊か、銀行の通帳が入っている。それぞれ印鑑と対にしてまとめてあると祖母は言った。

「全部、あんたたち孫の名義になってるものです。その中に、未來名義の通帳もあるからね。未來だけ、二冊あるのよ」

「私だけ？」

祖母はゆっくり頷いた。

「一冊はね、あんたの弟たちと同じ金額だけ入ってるもの。『となり』の子たちの分も、ちゃんとあるからね。孫全員に公平にしてあるものよ。だけど、未來には二冊ある。その二冊目をね、いい？　これからは自分で管理しなさい」

未來は話の意味が今ひとつ分からない気分で、ただ祖母の顔を見つめていた。

「いいね？　これはあんただけに言う話なんだから、他の誰にも言うんじゃないの。手文庫のことも、おばあちゃんに何かあるまでは言わないでいて欲しい。分かった？」

「――分かった」

「それから、二冊目の通帳にいくら入ってたとか、そんなことも誰にも言うことはいらない。たとえ身内でも、人っていうのは、ことお金のこととなると、目の色が変わるものなの。五万、十万のことで憎み合うこともあれば、それで家族がバラバラになることもあるんだからね」

反射的に「となり」の顔が思い浮かび、それと同時に劉慧雯（りゅうけいぶん）が思い出された。この病院にまで乗り込んできて遺言状を書けと迫ったという叔母。母親と妹の借金のために日本にまで働きにこなければならず、父親とも、弟とも不仲になった劉慧雯。からんでくるのはいつも金銭の問題だ。

「でも、何で私だけ？」

「それはね、未來はこうして長い間、おばあちゃんと二人で暮らしてきてくれた、そのお礼もあるの。最初に抱っこした孫だったせいもあるかねえ――その分だけ、他の孫たち[illegible]しを多めに積み立ててきただけよ。だけど、いいね。本当に、誰にも言うんじゃないのよ」

祖母は、ゆっくりと確かめるようにこちらを見た。多少、眠たそうに見えるくらい、しょぼしょぼとさせた目を瞬かせて、祖母は何度も「いいね」と繰り返した。

「そして、そのお金を、自分の人生に役立てなさい」

「でも――」

「今、やりたいと思うことがあるんなら、それに使えばいいの。お母さんたちにも、誰にも言うことはいらない。絶対に。こつこつ働いて、自分で貯金したお金があるんだって言いなさい」

そこまで言うと、祖母はいかにも大切な話をし終わったというように、ゆっくりと息を吐き、ベッドに頭をもたせかけた。その様子を見ていると、やはり、いかにも弱々しい。単なる怪我人ではない、この人は認知症にかかっているのだと思うせいだろうか。

「でもさあ、おばあちゃん」

「――なあに」

「私が留学しちゃっても、平気?」

「それは、淋しいに決まってるけど――」

祖母は未來が膝の上にのせた写真に再び目を向けて、一番上にのっている母校の写真を撫でさするようにした。

「おばあちゃんの時代は、ひどい時代で、やりたいことは本当に、何一つ出来なかった。

戦争があって、その後は引き揚げで、知らない土地に行ってねえ、おばあちゃんのお父さんの仕事だって簡単に見つからないし、お母さんも親戚の人に頭を下げて、慣れてないのに農家の手伝いでも何でもして、とにかく毎日生きるのに必死で——だけど今は、時代が違う。自分でしたいと思うことがあるんなら出来る時代なんだから、思うことを、おやんなさい」

「でも——」

「おばあちゃんはねえ、孫の未來にだけ寄りかかって、追いすがるようにして生きるつもりなんて毛頭ないの。そんな可哀想なこと、出来るもんですか。未來は未來の人生を考えなきゃ駄目よ」

　胸につかえていたものが、せり上がってきそうな、もう片方ではすとんと落ちていきそうな、結局は行き場を失ってそこでウズウズと動き回っているような気持ちになった。この、小さくなってしまった祖母を、見捨てることにはならないのか、本当に自分のいきたい道を進んでいいのだろうかと思う。

「この話をいつ、未來にしようかと思ってたんだけど、ちょうどいい機会だった。でも、いいね。お母さんにも、この話はするんじゃないのよ。三人いる子どものうち、未來だけ贔屓（ひいき）したと思ったら、あの人だっていい心持ちはしないかも知れない。それから、当たり前だけど『となり』には余計にね、絶対に知られるんじゃありませんよ」

「——分かってる」

「うん、ここは言っておくけど、真純（ますみ）——あなたの叔母さんはね、隙あらばおばあちゃんの家にでも乗り込んできて、家捜してもなんでもしかねない人。いつの間にか、そんな風になっちゃったの——だから、くれぐれも気をつけてちょうだい」

「分かってる」

それだけ言うと、祖母は今度は牛稠子の写真を手に取って、また撫でさするようにし始めた。

「それで、未來は、いつ帰ってきたんですって？」

「——昨日の夜」

「ずい分、長く行ってたんだわねえ」

「一週間だけだよ」

「また行くの？」

「留学するとしたら、そうなるかな」

「いつから？」

「これから色々と調べないと。手続きとか、入れる学校とか」

「そう——おばあちゃんも一緒に行きたいわねえ。未來と一緒に。台湾」

正気なのか冗談なのかが、まるで分からなかった。以前と変わらず、こんなにもしっかりしているではないかと思う、その一方では同じことを何度でも繰り返し聞いてくる。これで、家に帰って確かめてみて、その手文庫とやらが簞笥になかったら、どうしたらいいのだろうかと思うと、余計に心配になってきた。

「ねえ、おばあちゃん——」

「今日は、葉月(はづき)さんは来ないのかしらね」

「あ——お母さんは、それならば夕ご飯の頃までに来るって」

すると祖母は、それならば未來はもう帰った方がいいと言った。

「水の違うところに長い間、行ってたんだもの、あんたもさぞ疲れてることでしょう。それで、葉月さんがこっちに来てる間に、手文庫を確かめてご覧なさい。いいね、和簞笥の一番下よ。桐のね。そして、くれぐれも、誰にも言うんじゃありませんよ」

祖母は確かめるように言った後、また顔をくしゃりとさせて笑った。

「行きなさい、もう」

まだ話したいことの何分の一も話していないのに、祖母はまるで追い立てるかのように手で払う真似をする。未來は、嬉しいのか悲しいのか分からない気持ちで、「明日また来るからね」と腰を浮かせた。

エピローグ

八月に入って大学が夏休みになると、例年になく早々と父が戻ってきた。しかも、これまではたまに未來と顔を合わせることになっても、元気かでもどうしてるでもなく、取り立てて何を話しかけてくるわけでもなかったのに、今回ばかりはさすがに祖母のことが気がかりらしく、まずはそのことを聞いてきた。

「前から何か変だと思うようなことは、なかったかな」

未來には曖昧な返答しか出来なかった。自分でも何度も繰り返し考えたことだ。

「今にして思えば、あの頃からそうだったのかなあっていうことが、あるかないかっていうくらいなんだよね。歳をとったら物忘れとか勘違いくらい、誰にでもあるのかなと思ってたし、べつに、すごく変なことを言ったりしたりするようなこともなかったし」

ため息混じりに頷く父も、気がつけばずい分と髪に白いものが多くなった。祖母ばかりでなく、みんなが少しずつ年齢を重ねているのだ。

時が、流れる。

どんどん過去になっていく。

父が戻って最初の週末、千葉の叔父夫婦がやってきて、家族会議らしいものが開かれることになった。

「『となり』にも声かけるの？」

その前日、夕食の席で未來が両親に尋ねると、二人は互いに目を合わせることもなく、それでも揃って首を横に振った。

「とっくに断られたのよ。もう、けんもほろろ」

「まじで？」

「おばあちゃんが遺言のことは『もう考えてある』って言ったじゃない。つまり、今さら自分の思い通りにはならないって分かったもんだから、どうでもよくなったのよ。現に、あれっきり病院にだって来てないしね」

「すごい――もともとそういう人だとは思ってたけど」

「一度関係がこじれると、実の母娘の方が厄介だっていう話、これまでも聞いたことがないわけじゃないけど、まさか自分の身内に、あそこまでの強者（つわもの）が出てくるとはね」

それでも後になって「のけ者にされた」などと目をつり上げて怒鳴り込んでこられても困るから、筋だけは通した方がいいだろうと両親は話し合って、叔父たちが来ると決まった日、本来なら自分の家である「となり」を訪ねたのだそうだ。まずは母が行ったが、玄関先で「そんな暇はない」と簡単に突っぱねられた。そこで、今度は父が改めて出向いたものの、叔母は情けをかけてくれた実の兄に対してさえ「何しに来たの」と気色ばんだという。

「もしも葬式でも出すようなことになって、いざ遺言状を開くってときになったら、自今も顔を出すたびときたもんだ」

「なあに、それ」

「他人以上に厄介な相手が隣に住んでるなんてね――鍵なんか、渡したのが運の尽き」

母が、ちらりと非難がましい目で父を見る。だが父は、焼酎が注がれたグラスの氷を微かに鳴らすばかりだ。

「じゃあ、『となり』は当分、今のままっていうこと？　この先一体どうなっちゃうのかな」

今さら叔母一家の匂いが染みついてしまった「となり」に、昔のように住みたいなどと思っているわけではなかった。ただ、あの家が誰の持ち物で誰が住むべきものなのかを好い加減はっきりさせてもらわなければ、いつか未來の代になって面倒なことが起こりかねないという不安がある。そんな厄介ごとはまっぴらだ。唇を尖らせるようにして未來が尋ねると、一番苦手な類いの話をされている父は大きく顔を歪めた。

「今のままっていうことにはならんだろう。あいつのことだから、おそらく、まあ、おふくろの財産の幾ばくかでも懐に入ったら、その金で出て行くなり何なり、しようと思ってるんじゃないのかな」

「おばあちゃんが、本当にそういう内容の遺書を書いてるかどうかなんて、分かんないじゃない」

「それはまあ、そうなんだが」

キッチンに立っていった母が「とにかく」とカウンターの向こうからこちらを見た。

「明日はその話より、おばあちゃんの今後の話なんだから。まだおばあちゃんは生きてるのに、亡くなってからのことなんて縁起でもない」

いつも祖母が立ち働いていたキッチンも、ようやく自分らしい使い勝手になってきたという母は、何の違和感もない様子で冷蔵庫の扉を開けて何かを取り出し、流しを使っている。その姿を眺めながら、未來は、そういうものでもないだろうと思っていた。もちろん、何も「となり」のように明け透けに口にしたい話題ではないし、第一、未來自身はもう、祖母から大切な財産を受け取ってしまっている。だから、それ以上に口を挟むつもりもなかった。ただ面倒は嫌だと思うだけだ。

　祖母が未來のために貯めていてくれた預金は、未來の想像を遥かに超えた金額だった。たとえて言うならきちんとした結婚披露宴が出来て、ついでに新婚旅行は海外へも行けてしまえそうな数字を自分名義の通帳のうち一冊の残高として見つけたとき、未來は祖母の思いというものを、ほとんど初めてに近いほどはっきりと嚙みしめた。二冊目の通帳と、同じ手文庫に入っていた弟や妹、従弟妹たち名義の預金通帳も確認してみたが、そちらは一律同じ金額で、それは、確かにある程度はまとまった額ではあるものの、未來だけに残された通帳とは、桁そのものが違っていた。

「いいね、くれぐれも誰にも言うんじゃないのよ。あれは、おばあちゃんなりの考えがあって、未來のために積み立てたもので、何もゴタゴタの火種にするためにやったことじゃないんだからね」

その翌日、改めて礼を言いに行ったとき、祖母は「よかったわね」と、いつものようい彦をくしゃりとさせたものだ。だから祖母の言いつけを守って、未來は当分の間、いや、もしかすると一生、受け取った通帳のことを黙っていようと心に決めている。

あの通帳を見たとき、これで費用の心配をせずに留学出来ると思ったのと同時に、あとは本当に自分の決心と意思次第だと、未來の腹は決まった。それからは毎日ずっと、ある程度の高揚感というか緊張感に包まれている。必要な事務手続きなどについて調べ始めたのはもちろん、資料も色々と集めて、一方では早々と「台湾華語」のテキストや辞書を買い込んでみたり、図書館に通って台湾に関する本を読んだりするようにもなった。その楽しさは、まるで学生に戻ったようだ。少なくとも前の勤務先との契約が終わって、ケーキとスパークリングワインを買って帰宅した日には、こんな気分で過ごせる日が来ようとは想像すらしていなかった。考えてみればあの日、祖母が怪我をしたからこそ、巡り巡ってこういうことになった。とにもかくにも、きっかけを与えてくれたのは、結局は常に祖母だった。

翌日、千葉の叔父夫婦がやってきた。両親と、それに未來も加わって、五人が祖母の家のリビングでテーブルを囲んだ。

「すみません、お義姉さん。ずっと何もお手伝い出来なくて」

数年前にがんの手術をした叔母は、見た目はずい分と元気そうになったが、それでもまだ術後五年が過ぎていないこともあって、そういう目で見ればどこか頼りなげな気もする。家も離れているし、現実的には満足に祖母を見舞うこともせずにいることを申し訳なさそうにする叔母に、母はその分、叔父が病院の手配などをしてくれているではないかと慰める言葉をかけた。

「せめて言葉だけでも『お手伝いしましょうか』とか何とか、そんなひと言があれば、こっちだって相手が大病した後だって分かってるんだから『気にしないで』くらい言えるんだけど、あの人には最初っから、そういうところがないでしょ。若い頃からこの家に来たってお湯一つ沸かそうとしたこともないし」

「お嬢様育ちなんでしょう？」

「まあね。もとをただせば赤の他人だし、こっちが思った通りのことを言えば角が立つに決まってる。変な誤解もされたくないと思ったら、結局はお母さんが一人で呑むしかしょうがないわけよ。今さら長男の嫁も何もあったもんじゃない、そんな時代でもないと思うけど。本当、つまんないわ」

　朝から来客に備えて支度をしながら、何度となく聞かされている愚痴を繰り返されていた未來は、母の「大人の対応」に内心で苦笑しながら、そういう自分も神妙な顔で「今までよくやってきた」だの「わざわざ台湾まで行ってきて祖母孝行した」だのという叔父夫婦からの褒め言葉を受け取った。そして、みんなで麦茶を飲みながら、何となく誰かが何か切り出すのを待つ雰囲気になったとき、口火を切るように、実は語学留学したいと考えていると、ストレートに意思表明をした。

「ちょっと——いつからそんなこと考えてたの？　何一つ言わなかったじゃないの」

　顔色を変えたのは母だった。未來が簡単にこれまでの経緯を説明すると、大人たちの間には微かなため息のようなものが広がった。

「でも、だからって今こんな時に言わなくたって——」

「おばあちゃんには、台湾から戻ってきてすぐに話したんだ。私が傍からいなくなったら淋しいかなっていう心配もあったし」

「そしたら？」

「そうしたら？」

「おふくろ、何だって？」

叔母以外の三人が口を揃えた。未來は、大人たちをぐるりと見回して、自分も一つ、息を吐いた。これで本当に、留学しないわけにいかなくなる。いよいよ現実が動き出すのだと思う。

「『思う通りにしなさい』って。孫の私にまで面倒をかけるつもりは毛頭ないからって」

「未來ちゃん、その時のおばあちゃんは──その──まだ頭はちゃんとしてた？」

やっと叔母が口を開いた。未來は、はっきり頷いた。もちろんだ。手文庫のことから預金通帳のことまで、あんなにしっかり覚えていたのだから。

「私が台湾で撮ってきた写真を見ながら、小さいときのこととかも思い出して、その頃の友だちの名前もすらすら出てきたよ」

「昔のことははっきり覚えてるもんなんだよなあ」

叔父が口をへの字に曲げて腕組みをする。

七月になってから、祖母はそれまで入っていた病院から、今度はリハビリに重点を置く病院に移っていた。すべては叔父が決めたことだったが、実はギプスが取れた後も、ことに足の方は関節の動きや筋力の回復が思わしくなくて、この分ではおそらくこれから先も車椅子の生活になる可能性が高いと言われている。

　身体が自由に動かないことに伴うように、認知症についても、取りあえず薬は飲んでいるものの症状が改善されるということはなく、むしろ「周辺症状」というものが出始めているという。母と交替で、未來も週に二、三度は病院へ行っているが、祖母は、まったく眠れないと嘆くことがあったかと思えば、日によっては急に塞ぎ込んで「死にたい」と言ってみたり、また、リハビリを嫌がって「恥さらしだ」と泣く日もあった。

「もう、嫌で嫌でたまらない」

　あれほど人との縁を大切にしてきた祖母らしくなく、隣のベッドの人が嫌いだ、いつもこちらを睨みつけていて感じが悪くてたまらない、などと訴える。一方では「知らない男性が自分のベッドに入ってきた」「真純（ますみ）が睨みつけていった」「お母さまが会いに来ている」などということを、実に生々しく語ることもあった。攻撃性が出ているらしい、他はすべて幻視や妄想だという説明を受けたときには未來も衝撃を受けた。認知症というのは、ただ物忘れがひどくなっていくだけなのだろうと、それまでの未來は極めて単純に考えていたのだ。だが祖母に現れつつある症状は、まさしく謎に包まれたものばかりだった。

　確実なのは、幼い頃からこれまでの長い日々、未來が知っていた祖母とは別人になりつつあるのではないか、やがてまったく異なる人になっていってしまうのではないかという恐怖があるということだった。だから最近は、実を言うと病院に行くのが憂鬱になている。祖母に会いたい気持ちはあるのだが、会えば会っただけ、これまでと違う部分を発見して気持ちが沈むような気がするからだ。

それでも、以前と変わらないときもある。そんなときはいつものように顔をくしゃりとさせて「来てくれたのね」と笑う。そうして祖母は毎日を生きていた。

「僕は、賛成だ」

叔父が口を開いた。

「ていうか、出来ないだろう、反対なんて。未來の人生なんだから」

やはり微かなため息は漏れたものの、そのことに正面から異論を挟む大人はいなかった。母ばかりでなく、父の方もいつもの茫洋とした顔つきのままで首の後ろなど掻きながら「語学留学なあ」と呟くだけだった。

「まあ——出来るところまで、やってみればいいんだろうさ」

「もともと言い出したら聞かないんだし、未來だって、もう子どもじゃないんだものね」

そうなると、祖母の問題は大人たちの間で片づけることになる。だから未來はその場にいなくても構わないと言われたときには、心の底からほっとした。

それから午後の間、未來は二階の部屋にエアコンをきかせ、好きな音楽を流しながら、時折パソコンでネットを覗いたり、図書館で借りてきた本を読んで過ごした。窓を閉めていても、外のセミの声がうるさく響いてくる。時々、思い出したようにカーテン越しに見えている「となり」の様子をうかがうが、いつもと変わらず静まりかえったままだ。一体あの家の子どもたちはどうしているのだろう。祖母が、実は自分たちの分まできちんと預金してくれていることを知ったら、どう感じることだろうか。ただの一度も病院に見舞いに行くでもなく、未來と顔を合わせることがあったって、相変わらず完全に無視する従弟妹たちは。

気がつくと、階下は家族会議からの流れで、そのまま宴会状態に突入したらしい。セミは相変わらず狂ったように鳴いているし、まだまだ暑そうだが、いつの間にか日暮れの時刻は少しずつ早まっているらしく、窓の外には夕暮れの気配が近づいていた。この二階にまで時折、笑い声が聞こえてきて、久しぶりに伝わってくる和やかな空気が、どうやら話し合いも決着がついたらしいと感じさせた。

「もう少ししたら、お寿司の出前が届くからね、その時は下りてくるでしょう？」

とんとん、と階段を上る音が聞こえてきたと思ったら、母がドアの外からノックと共に声をかけてきた。

「うん、届いたらね」

答えるのと同時にドアが開かれた。そのまま部屋の入口に立った母は、少し迷ったような顔をした挙げ句、留学するというのは、一体どれくらいの期間を考えているのだと言った。

「本気でものにしようと思うんなら、やっぱり一年は行ってた方がいいかなって」

「一年か――その間の費用のことはどうするつもりなの」

「――大丈夫、貯金があるから」

母は少しばかり意外そうな顔になって、多少つまらなそうに「そう」と下を向く。未來は椅子をくるりと回転させて正面から母の方に向き直った。

「それより、どうなったの。おばあちゃんのこと」

母は、具体的な結論は先送りになったのだと言った。まずリハビリによって祖母の身体がどこまで動くようになるか。同時に、認知症の進行具合も見なければならない。少なくとも今のまま退院してきても、たとえ母たちが同居したとしたって、祖母がこの家で以前と変わらずに過ごすことは無理なのだから、せめてバリアフリーにするなど家のリフォームを考えるか、思い切って建て替えを検討しなければならないだろう。

「いずれ、お父さんが定年になったらこっちに戻るつもりだったんだから、そうなれば『となり』が動かない以上は、私たちがこの家に住むんだしね。こっちだってだんだん歳をとることを考えれば、それに備えるっていうことにもなるんだけど――まあ、どこに結論を持っていくか、今のところはまだ決められないっていうこと」

とにかく、未來が本当に留学するのなら、この家は空き家になってしまう可能性があるわけだから、いっそ、その間を利用して建て替えを考えるというのも一つかも知れないというところで、今日のところは落ち着いたそうだ。

「だから未來も、留学の日程が決まったら早く教えてくれなきゃ」

「分かったけど――じゃあ、私が戻ったときには、この家はなくなってるかも知れないっていうこと？」

「そういうことかもね。あんただって、いつまでも独りとは限らないし」

母は少しばかり意味ありげな笑みを浮かべた後、「後で呼ぶからね」とドアを閉めた。

とんとん、と祖母のものとは異なるリズムで階段を下りる音がする。未來は改めてこの十年余り、自分に与えられていた部屋を見回した。隣にも住めなくなり、この部屋もなくなった後、未來は一体どこに住むことになるのだろう。

だけど、きっと新しい暮らしが待ってる。そのための道筋を、祖母が作ってくれたようなものだ。

また、階下から笑い声が上ってくる。

こんな日のことも、過去になる。

何となく、このまま昼寝でも出来そうな気持ちでベッドの上にひっくり返ったとき、スマホが鳴った。ＬＩＮＥの着信、それも林先生からだ。

向こうからなんて、珍しい。

台南から戻って以来、無理矢理のように用件をひねり出しては、語学留学のことを相談してみたり、他愛ない話をしたり、また台湾の歴史について質問したりして、三日に一度くらいの割合でＬＩＮＥのやり取りをしてきたが、林先生から先に何か言ってくるということはまれだった。未來は実に気軽にスマホを手に取り、鼻歌でも歌いそうになりながら画面をタップした。

〈未來さんもご存じの洪さん、洪春霞さん、いなくなりましたそうです〉

最初、その唐突なひと言の意味が摑めなくて、未來は仰向けに寝転がったまま、停止状態になった。一瞬、洪春霞が親元とか台南から姿を消したように読み取れたからだ。すると、場合によってはもう日本に来ているのだろうかという考えも頭をよぎった。ひょっとして、日本にいる彼女と連絡を取ってくれとでも言われるのだろうか。まさか今、この家の外に立っていたらとまで考えが先走って、彼女がここの住所を知っているはずがないと思い直す。それからやっと指を動かした。

〈いなくなったって、どうしたんですか?〉

すぐに既読マークがつく。

〈私の教え子、未來さんもお会いしております楊建智(ようけんち)くんから知らせを来ました。今日、お葬式したのだそうです〉

思わずベッドから跳ね起きた。

〈お葬式?〉

〈そうですね〉

〈それは、つまり、洪春霞さんが亡くなったっていうことですか? あの、かすみちゃんが、ですか?〉

〈その通りです〉

〈どうして?〉

〈事故にありました。夜遅く、洪さんバイクとトラックにぶつかりましたそうです〉

今度は未來の中では大きな衝撃音と共に道路になぎ倒される洪春霞のバイクが思い浮かび、同時に、あの鹿耳門(ルーアームン)に向かう風景が甦った。広いバイパスを走り抜け、どこまでも続く浅瀬を貫くような細い道を、滑るように走ったときの風景だ。入道雲が輝いていた。太陽が眩しくて、吹き抜ける風は心地良かった。あのとき未來を後ろに乗せて軽快に走っていた彼女が、事故に遭ったというのか。そして、生命を落としたと。

それで、死んだっていうこと？

林先生からのメッセージは、そうとしか読み取れない。

まさか。

あんなに生き生きと、泣いたり笑ったりしていた洪春霞ではないか。未來が台南で過ごした最後の晩には、日本語を学び直したいと、明るく抱負まで語っていた彼女が、そんなに簡単にいなくなるはずがない。

〈信じられません〉

〈楊くんもショックですね。未來さん知らせておあげてくださいに言われました。何日か前も楊くんは洪さんと会いしまして、二人は未來さんの話していたそうです。その時、洪さんは「また未來さんと会いたいですね」と話していたと言いました〉

鼓動が耳の奥で響いた。セミの声が、ぱたりと止んだ。気がつけば、スマホを持つ手も震えそうになっている。一体、何をどう考えればいいのかが、まったく分からなかった。こんな、ＬＩＮＥなどという手軽な手段で、人の生き死にのことを知らされることがあろうとは、思ったこともなかった。しかも、それが洪春霞だというではないか。未來よりもさらに若くて、これから新たな未来を切り拓こうとしていた彼女が。

そんな馬鹿な。

あの子に限って。

顔も知らないうちから「ご飯食べましたか」と電話をかけてきた洪春霞。未來が日本に戻ってきた後も、自分のスマホに撮りためてあったらしい未來の写真を続けざまに送ってきてくれた。書いてくる日本語自体はいつでも短いものだったが、その後に必ずその時の心持ちを伝えるようなスタンプが添えられていた。

〈未來さん、とても驚きましたね〉

ぼんやりしているうちに、林先生から新たなメッセージが届いた。だが、何と返信すればいいのか分からない。しばらくの間、視線が宙をさまよって、それからようやく一つだけ思いついた。

〈李怡華さんには、知らせは行ったのでしょうか〉

〈どうでしょう〉

〈洪さんを私に紹介して下さったのは李さんですから〉

〈それでは私から知らせしましょう〉

それから劉慧雯はどうだろうかと思ったが、林先生は劉慧雯を知らない。楊建智も当然、知らないはずだ。すると劉慧雯は、この先も洪春霞の死を知らないまま暮らしていくことになるのだろうか。いや、そうなるだろう。もともと、その程度の縁だった。

そこまで考えたとき、あの六月の雪を眺めながら、今この一瞬も過去になるのだなと思ったことを思い出した。あの時は、この四人が集まることは二度とないのだと考え、そしておそらくこの中でいち早く消えていくのは劉慧雯に違いないと想像していた。病を抱え、人生の重みに耐えかねているように見えた彼女は、ただでさえ世代も生きる世界も異なる、ただ単に祖母が育ったかも知れない家に住んでいるというだけの、つまり未來とは元来、縁のない相手に思えた。そういう意味で、たとえ彼女自身は生き続けていたとしても、あの時を限りとして未來の人生から消え去る存在だと思ったからだ。

その一方で、洪春霞との縁は続いていくだろうと思った。思い込んでいた。厄介ごとはご免だと思いながら、もしも彼女が日本に来たと分かれば必ず会っただろうし、ことによっては何かしらの相談を受けることになるかも知れないとさえ考えていた。そうなったらそうなったときで仕方がないと、それなりに覚悟を決めていた部分もある。留学の決心をつけたときには、まず頼りに出来るのは林先生に次いで彼女だろうとも思っていた。それなのに、消えてしまったという。

死んだ。

あの子が。

一体、どんな怖い思いをして、どんな痛みを感じたのか。まさか、自分が死ぬなんて思いもよらなかっただろうに。

ぼんやりと考えているうちに、ふつふつと怒りが湧いてきた。だから気をつけてって言ったのに。あんた、何やってんのよ。また会おうねって言ったんじゃなかったの。うちのおばあちゃんなんて何歳だと思ってるの。それでも生きてるのに、どうしてあんたが逝くのよ。

もう。

もうっ！

たったひと月半ほど前の、あの台南での日々が、何もかも幻になってしまったようにさえ思えてくる。すべての記憶に洪春霞が関係しているのだ。きっとそう遠くない将来、もしかしたら中国語混じりであの時の思い出を語れるようになっているのではないか、そうなりたいとまで想像して、一人で気持ちを浮き立たせていたのに。

〈大丈夫ですか？〉

再び林先生からメッセージが届いた。けれど、返す言葉が見つからない。胸の奥から怒りが湧き続けている。この感覚をストレートに「ムカついています」などと書いたところで、まず間違いなく真意など伝わらないだろう。せめてこの苛立ちを中国語で説明出来ればいいのだが、そうなるまでにはほど遠い。悔しすぎる。あんまりだ。悲しんでいる場合じゃないくらいに。

〈驚きすぎて〉

〈おどかしてすみません〉

〈いいえ、教えていただいてありがとうございます。でも、全然、信じられないです〉

セミの声が再び聞こえ始めた。いつの間にか部屋は夕暮れの中に沈みつつある。今日も一日、暑かった。台南はきっと、もっと暑いに違いない。こんなときに、洪春霞は焼かれて骨になったのか、または土に埋められたのだろうか。

〈今度、未來さん来たとき、洪さんの思い出の話、たくさんしましょう〉

スマホの画面が白々と明るく見え始めている。それだけ室内が薄暗くなってきているのだ。

〈思い出だけになるなんて。私より若いんですよ。亡くなるには、早すぎます〉

〈そう思いますですが、洪さんは、もう戻らないです〉

分かってるわよ、そんなこと。

だから腹が立つのではないか。半分、八つ当たりと分かっていながら、未來はスマホでも投げつけたいような衝動に駆られた。今、目の前に林先生のあの馬面があったら、胸ぐらでも摑んで激しく揺さぶりたいくらいだ。どうしてよ、なんでそんなことになったのよと、まるで林先生の責任ででもあるかのように、思いをぶつけたい。

「未來、お寿司が届いたわよ！」

その時、階下から母の声が響いた。未來はしばらく息を詰めるようにしていたが、二度目に名前を呼ばれたときには「少ししたら行く！」と声を上げた。

鹿耳門（ルーアームン）に向かう途中、見知らぬ町を通り抜けたときに見かけた寿司屋の暖簾が思い出された。あの時、洪春霞の身体は温かく、また未來が回した腕には柔らかくしなやかな彼女の感触が伝わってきていた。

らいじょぶらよ！

未來ちゃん！

腹が立ちながらも涙がこみ上げてきた。何なのよ、洪春霞。あんた、何やってんのよと同じ言葉ばかりが頭の中で渦を巻いた。

〈未來さん〉

こんな気分で、すぐに寿司など頑張る気にもなれないと思いながら何度も深呼吸を繰り返してベッドに座り込んでいたとき、薄闇の中で、また林先生が語りかけてきた。

〈前も言いました。心に生きてるの間は、出来事も人も死にません。忘れなければ、洪さんは未來さん中で生き続けます〉

そんなことを、彼は最後の晩にも言っていた。それに対して真っ先に「そうらよ」と声を上げたのは、確か洪春霞ではなかったか。そして、この先の未来を見つめようと笑っていた。大きな鍋を囲んで。隣には、いつもの無表情を時折、崩しかける李怡華がいた。洪春霞が気をきかせて呼んでくれた林先生は、もそもそと、馬だかラクダだかのように食事を続けていた。店内のざわめきが心地良かった。あのとき確かに、未來はまたこの四人で集まれたらいいのにと思った。そんな他愛ない希望が、こんなにも呆気なく打ち砕かれるとは。

〈頭が混乱しています。洪さんが、可哀想すぎて〉

〈分かりますが、未來さんはどうか元気にいらしてください〉

〈あんまり驚いて、残念で、言葉にならないんです。近くに洪さんのことを知っている人がいれば、話すことも出来るんですが〉

〈未來さんまた台南にお越しになったときまでお待ちしますから。そのとき、色々と話し、しましょう〉

そのメッセージを読んだ瞬間、わずかだが、背中から力が抜けた気がした。ああ、この人がいてくれてよかった。今さっきまで胸の中で煮えたぎるようだった、息苦しいほどの怒りまでも、なぜだかおさまっていくようだ。

〈お会い出来るのを待っていますので〉

この人はきっと、これから先も未來を救う。何度も。そういう人なのではないかという気が、ふとした。

かすみちゃんってば、馬鹿なんだから。あんた、何のために月下老人にお詣りまでしたの。私なんて、もしかすると本当に御利益があったかも知れないよ。かすみちゃんが知ったら「えー」って、大笑いするかも知れない相手と。それなのに。もう話すことも出来ないわけ？　結果報告も出来ないわけ。

「未來、みんな待ってるのよ！」

再び母の声が響いた。それでも未來は、まだしばらくスマホの画面を見つめていた。林先生から、もう少し何か言ってくるだろうかと思ったが、その気配はなかった。

「みーらーいー！」

日本より西にある台南は、まだ明るいに違いない。あの街の、一体どんな場所にいて、どんな空気の中で、林先生は「本当です」などと書いてくるのだろう。

「寝てるのかしら。ちょっと、みーらーいー！」

ほとんど林先生に応えるつもりで、未來は「すぐ行く！」と声を張り上げた。

解説

川本三郎

台湾の古都、台南にいい旅をしたような思いにさせてくれる、読みごたえのある小説である。

主人公の杉山未來は声優をめざしていたが三十歳を前に挫折。その後、三年間、契約社員の事務員として働いた。三十二歳になるいま、これからどう生きていったらいいか迷っている。そんな折り、祖母が台湾の生まれだと知り、驚く。祖母は孫の未來にそのことを初めて話した。

祖母は昭和四年（一九二九）、台南に生まれ、日本の敗戦まで十六年間、台南で育ったという。台湾生まれの日本人、いわゆる「湾生（わんせい）」である。

老いが進んだときひとは子供時代を懐しむものだが、祖母も夢で台南の懐しい風景を見て、「生まれ故郷」である台南の家に帰りたいといいだす。祖母の父親は台南にある日本の製糖工場の研究所で働いていて、祖母はその工場の社宅で生まれたのだという。

未來は日本の若い世代で、台湾の歴史をほとんど知らない。日清戦争のあと、台湾が日本の植民地だったことも、第二次大戦後、中国大陸から共産党に追われてきた蔣介石の国民党が台湾を支配したことも。その外から来た国民党がもともと台湾にいた人々に苛酷な弾圧を加えたことも。

台湾について何も知らない未來を主人公にしたことが、この小説の面白さの一因だろう。祖母の生まれた台南の町を見てみたいと思い立った未來は、一週間ほどの予定で台南への旅に出かけることになるのだが、何も知らないから、はじめて見る台南の町に新鮮な感動を覚えるし、町を案内してくれる台湾の人たちによって、台湾の歴史を教えられてゆく。いわば未來は読者代表になる。

祖母のために、かつて祖母が暮していた町がどうなっているか見てみたい。未來はそう思い立って一人、台湾に向かう。といっても中国語が出来ないから、案内してくれる人間が必要になる。幸い大学の先生をしている父親が、以前の教え子の台湾の女性を紹介してくれる。

李怡華（りいか）というその女性の案内で台北から、日本の新幹線のような高速鉄道に乗って約一時間半で台南に着く。

台湾の都市を日本の都市にたとえると、台北は東京、台中は名古屋、台南は京都、高雄は大阪という。台南は台湾のなかではもっとも早く発展した町で、日本における京都と同じように古都で古い建物や遺跡が多い。

未來は、李怡華の案内で町を歩く。日本時代の旧台南州庁の建物（現在は国立台湾文学館）をはじめ、日本時代の家屋が多く残っているのに驚く。当然のように看板が漢字だらけであるのにも。あるいは、商店街の表側に亭仔脚（ていしきゃく）と呼ばれるアーケードが作られていてそれが日本時代に作られたものであることにも驚く。

未來にはじめ一観光客として台南を見ている。しかし、徐々に、この町の歴史を学んでゆく。案内役の李怡華は途中で用事があるからと、新竹の家に帰ってしまう。なんと無責任なと未來は怒るが、幸いなことに、代わりに案内役として登場した洪春霞は、いたって気のいい、愛敬のある若い女性で、未來は彼女にすぐに打ち解ける。

洪春霞は日本のアニメが好きらしく、自分のことは名前に「霞」があるし「ポケットモンスター」に出てきたカスミというキャラクターが好きなので「かすみちゃん」と呼んでくれという。

台湾では長く続いた国民党時代には、日本は敵視され、日本文化の紹介も制限されていた。一九八七年にようやく戒厳令が解除され、民主化が進むにつれ、日本文化が次々に入ってきて、若い世代には日本のアニメなどを愛する「哈日病」（日本マニア）が現われた。洪春霞はその影響を受けているのだろう。

彼女は日本語を話すことが出来る。ただ、かなり乱暴で「あったりまえじゃないかよ」「もう、うるせえなあ！」と言う（あとで彼女は日本のキャバクラで働いていたことが分かる）。それでも、いたって気のいい女性が、その乱暴な調子で話すのがむしろ可愛く聞える。

しかも、彼女は未來にきちんと台湾では、以前は日本は悪者だったと教える。「らってねー（彼女は「だ」を「ら」という。これも可愛い）、大体七十六年くらいまでは、日本のことは全部タブーらったんらからな。テレビもアニメも雑誌も、音楽とかも、ぜーんぶ。学校でも、日本はとーっても悪い国、日本人は鬼ら、『小鬼子』らって教えてたんら」。ちなみに台湾の年号は、一九一二年の孫文による中華民国成立を民国元年とするから彼女のいう「七十六年」とは、戒厳令が解除された一九八七年ごろのことを指している。

未來より若い洪春霞だが、自分の国の歴史は把握している。「蔣介石は、ホントひどかったんらよ」と未來に説明する。「日本人いなくなった後、日本人の財産ぜーんぶ、自分のものにして、台湾人ものすごーくたくさん、殺したんらって」。

日本では、侯孝賢監督の「非情城市」(89年)で知られるようになった一九四七年のいわゆる2・28事件(国民党による台湾人弾圧)のことを言っている。観光客として台湾にきた未來は、その事実に驚く。「台湾といえば陽光燦々と降り注ぐ穏やかな南国で、誰もが自由でおっとりしたリゾート地といった印象を抱いていたのに」。

この小説は、一観光客として台湾にやってきた未來が、徐々に台湾の歴史の厳しさを知ってゆく成長小説の趣きがある。

未來は、洪春霞とその友人、大学院で建築を学ぶ楊建智、その高校時代の先生である林賢成の案内で、台南の古い町を歩く。

そして、祖母が通っていた旧台南第一高等女学校の建物がいまも健在で台湾の女学校になっていること、祖母の父親が働いていた製糖工場の試験所も現役であることを知って感激してゆく。スマホで撮った写真を日本の祖母に送る。祖母は懐しい故郷の写真を見て喜ぶ。

二〇一五年にホアン・ミンチェン監督によるドキュメンタリー映画「湾生回家」が作られ、話題になったことがある。

台湾で生まれ育ち、敗戦後、日本という〝見知らぬ国〟へ戻された日本人、いまは高齢になった故郷喪失者たちが、何年ぶりかで生まれ故郷の台湾を訪れ、子供時代を懐しむ。その姿を追っている。

植民地の支配者だった日本人が、台湾を故郷と偲ぶ。驚くのは、台湾の人たちがその日本人を温かく迎えてくれること。

本書にも出てくるが、台湾には「犬が去って、ブタが来た」という有名な言葉がある。犬は日本人のこと。吠えてうるさいが、番犬として役にはたった。ところが犬にかわってやってきたブタ（国民党）は犬よりひどい。汚なくて、なんでも壊して奪う。

未來が台南で会った、日本時代を知っている老人は、国民党の時代は残酷な事件がたくさん起き、台湾人が何人も殺されたと語る。

現在、台湾は親日国家として知られる。はじめて台湾を旅した日本人の多くは、台湾人に親切にされ、台湾が好きになる。リピーターになる。台湾が親日国家なのは、国民党の時代の恐怖を経験したからなのだろう。

日本時代にはいい日本人が多かったこともある。未來は、台南で、八田與一という台湾の治水、灌漑に力を尽した、台湾ではよく知られた技術者がいたことを知る。さらに子供の頃に日本人の警官に親切にされた台湾人の述懐を聞く。祖母が、台南に戻りたいと夢見るのも、子供時代、台湾人とのあいだに摩擦がなかったためだろう。実際、祖母が敗戦後、高雄から日本に引揚げる時、台湾人の同級生と泣いて別れたという。

本書には登場しないが、立石鐵臣という台湾で生まれ、台湾を愛した画家がいる（一九〇五―一九八〇）。戦前、台湾で活動し、いくつもの作品を発表した。敗戦後、基隆の港から船で帰る時、波止場には多くの台湾人が見送りに来て、日本語で「蛍の光」を歌って別れを告げたという。まさに「相思相愛」である。

未來は台南で、そうした「相思相愛」を洪春霞や林賢成たちに感じる。この小説には、サイドストーリーというべき、もうひとつの痛ましい話が語られる。未來が、かつて祖母の一家が住んでいたと思われる家を訪ねると、そこに、老いた母親と娘が暮している。劉呉秀麗と劉慧雯。二人がそれぞれに語るライフストーリーは、夫の暴力、貧困、病気など悲惨なものがあり、話を聞いた未來はその暗く重い人生に打ちのめされる。

それでも、劉慧雯の、絶望のなかでもなお前を向いて生きようとする姿には心揺さぶられる。実際、祖母がもう一度、見たいといっていた「六月の雪」が咲いている場所を教えてくれるのは劉慧雯である。「六月の雪」とは、欖李花という六月に咲く白い花が雪のように見えるので、そう名付けられている。

この花の咲く場所で「みんなで写真、撮りましょう」と未來が、洪春霞、劉慧雯、それにあとから駆けつけた李怡華の四人で写真を撮るところは、その「相思相愛」に胸を打たれる。

最後、日本に帰る未來を李怡華が松山空港に見送る。この時、いつも無愛想で未來をいらいらさせていた李怡華がこんなことをいう。「台湾人は日本人に比べて感情の表現をそんなにしない」。なぜか。台湾では長く戒厳令下が続き、自由がなかった。人に本音で話すと逮捕されかねない。だから、感情を素直に表に出すのが下手なのだ、と。

この李怡華の言葉には、未來ならずとも納得し、慄然とする。「相思相愛」といっても日本人はまだ台湾の歴史、現実は本当のところよく理解していない。未來がこれからは台湾の言葉を勉強しようと決意するのは、より「相思相愛」を深めるためだろう。

ここで書くのは控えるが、「エピローグ」で読者は、とても悲しい事実を知ることになる。これは正直つらい。

最後に注をつけると、「相思相愛」とは、二〇一六年に台南の国立台湾文学館で開かれた「台日交流文学特別展」の図録にある言葉。台湾と日本は政治上の国交はないが、両国は強い親近感と信頼感でつながっているという意。

（評論家）

初出　「オール讀物」二〇一七年一月号～二〇一七年十二月号
単行本　二〇一八年五月　文藝春秋刊
取材協力　一般社団法人日本台湾文化経済交流機構
DTP制作　言語社

文春文庫

六月の雪（ろくがつのゆき）

定価はカバーに表示してあります

2021年5月10日　第1刷

著　者　乃南アサ（のなみ）
発行者　花田朋子
発行所　株式会社　文藝春秋

東京都千代田区紀尾井町 3-23　〒102-8008
TEL 03・3265・1211㈹
文藝春秋ホームページ　http://www.bunshun.co.jp

落丁、乱丁本は、お手数ですが小社製作部宛お送り下さい。送料小社負担でお取替致します。

印刷製本・凸版印刷

Printed in Japan
ISBN978-4-16-791689-3

（　）内は解説者。品切の節はご容赦下さい。

貫井徳郎
追憶のかけら
失意の只中にある松嶋は、物故作家の未発表手記を入手するが、彼の行く手には得体の知れない悪意が横たわっていた。二転三転する物語の結末は？　著者渾身の傑作巨篇。（池上冬樹）
ぬ-1-2

貫井徳郎
空白の叫び（全三冊）
外界へ違和感を抱く少年達の心の叫びは、どこへ向かうのか。殺人を犯した中学生たちの姿を描き、少年犯罪に正面から取り組んだ、驚愕と衝撃のミステリー巨篇。（羽住典子・友清　哲）
ぬ-1-4

貫井徳郎
壁の男
北関東の集落の家々の壁に絵を描き続ける男。彼自身は語らないが、「私」が周辺取材をするうちに男の孤独な半生と悲しい真実が明らかに。読了後、感動に包まれる傑作。（末國善己）
ぬ-1-8

乃南アサ
紫蘭の花嫁
謎の男から逃亡を続けるヒロイン、三田村夏季。同じ頃、神奈川県下で連続婦女暴行殺人事件が……。追う者と追われる者の心理が複雑に絡み合う、傑作長篇ミステリー。（谷崎　光）
の-7-1

乃南アサ
水の中のふたつの月
偶然再会したかつての仲良し三人組。過去の記憶がよみがえるとき、あの夏の日に封印された暗い秘密と、心の奥の醜さが姿をあらわす。人間の弱さと脆さを描く心理サスペンス・ホラー。
の-7-5

乃南アサ
自白　刑事・土門功太朗
事件解決の鍵は、刑事の情熱と勘、そして経験だ——。昭和の懐かしい風俗を背景に、地道な捜査で犯人ににじり寄っていく刑事・土門功太朗の渋い仕事っぷりを描いた連作短篇集。
の-7-9

東野圭吾
秘密
妻と娘を乗せたバスが崖から転落。妻の葬儀の夜、意識を取り戻した娘の体に宿っていたのは、死んだ筈の妻だった。日本推理作家協会賞受賞。（広末涼子・皆川博子）
ひ-13-1

東野圭吾
予知夢

十六歳の少女の部屋に男が侵入し、母親が猟銃を発砲。逮捕された男は、少女と結ばれる夢を十七年前に見たという。天才物理学者が事件を解明する、人気連作ミステリー第二弾。（三橋　暁）

ひ-13-3

東野圭吾
ガリレオの苦悩

〝悪魔の手〟と名乗る人物から、警視庁に送りつけられた怪文書。そこには、連続殺人の犯行予告と、湯川学を名指しで挑発する文面が記されていた。ガリレオを標的とする犯人の狙いは？

ひ-13-8

東野圭吾
真夏の方程式

夏休みに海辺の町にやってきた少年と、偶然同じ旅館に泊まることになった湯川。翌日、もう一人の宿泊客の死体が見つかった。これは事故か殺人か。湯川が気づいてしまった真実とは？

ひ-13-10

東野圭吾
虚像の道化師

ビル五階の新興宗教の道場から、信者の男が転落死した。教祖は自分が念を送って落としたと自首してきたが…。天才物理学者・湯川と草薙刑事のコンビが活躍する王道の短編全七作。

ひ-13-11

東野圭吾
禁断の魔術

姉を見殺しにされ天涯孤独となった青年。ある殺人事件の被害者と彼の接点を知った湯川は、高校の後輩にして愛弟子だった彼のある〝企み〟に気づくが…。ガリレオシリーズ最高傑作！

ひ-13-12

広川　純
一応の推定

滋賀の膳所駅で新快速に轢かれた老人は、事故死なのか、それとも、孫娘のための覚悟の自殺か？　ベテラン保険調査員が辿り着いた真実とは？　第十三回松本清張賞受賞作。（佳多山大地）

ひ-22-1

東川篤哉
魔法使いは完全犯罪の夢を見るか？

殺人現場に現れる謎の少女は、実は魔法使いだった!?　婚活中の女警部、ドMな若手刑事といった愉快な面々と魔法の力で事件を解決する人気ミステリーシリーズ第一弾。（中江有里）

ひ-23-2

（　）内は解説者。品切の節はご容赦下さい。

東川篤哉
魔法使いと刑事たちの夏
切れ者だがドMの刑事、小山田聡介の家に住み込む家政婦マリィは、実は魔法使い。魔法で犯人が分かっちゃったけど、どうやって逮捕する？　キャラ萌え必至のシリーズ第二弾。
ひ-23-3

東川篤哉
さらば愛しき魔法使い
八王子署のヘタレ刑事・聡介の家政婦兼魔法使いのマリィは、数々の難解な事件を解決してきた。そんなマリィの秘密を、オカルト雑誌が嗅ぎつけた？　急展開のシリーズ第三弾。
ひ-23-4

藤原伊織
テロリストのパラソル
爆弾テロ事件の容疑者となったバーテンダーが、過去と対峙しながら事件の真相に迫る。乱歩賞&直木賞をダブル受賞した不朽の名作。逢坂剛・黒川博行両氏による追悼対談を特別収録。
ふ-16-7

福澤徹三
死に金
金になることなら何にでも手を出し、数億円を貯めた男。彼が死病に倒れたとき、それを狙う者が次々と病室を訪れる。ラストまで眼が離せない、衝撃のピカレスク・ロマン！　（若林　踏）
ふ-35-10

藤井太洋
ビッグデータ・コネクト
官民複合施設のシステムを開発するエンジニアが誘拐された。サイバー捜査官とはぐれ者ハッカーのコンビが個人情報の闇に挑む。今そこにある個人情報の危機を描く21世紀の警察小説。
ふ-40-1

福田和代
バベル
ある日突然、悠希の恋人が高熱で意識不明となってしまう。感染爆発が始まった原因不明の新型ウイルスに、人間が立ち向かう術はあるのか？　近未来の日本を襲うバイオクライシスノベル。
ふ-45-1

誉田哲也
妖（あやかし）の華
ヤクザに襲われたヒモのヨシキが、妖艶な女性・紅鈴に助けられたのと同じ頃、池袋で、完全に失血した謎の死体が発見された——。人気警察小説の原点となるデビュー作。　（杉江松恋）
ほ-15-2

麻耶雄嵩
さよなら神様
「犯人は○○だよ」。鈴木の情報は絶対に正しい。やつは神様なのだから。冒頭で真犯人の名を明かす衝撃的な展開と後味の悪さが話題の超問題作。本格ミステリ大賞受賞！（福井健太）
ま-32-2

丸山正樹
デフ・ヴォイス
法廷の手話通訳士
荒井尚人は生活のため手話通訳士になる。彼の法廷通訳ぶりを目にし、福祉団体の若く美しい女性が接近してきた。知られざるろう者の世界を描く感動の社会派ミステリ。（三宮麻由子）
ま-34-1

宮部みゆき
我らが隣人の犯罪
僕たち一家の悩みは隣家の犬の鳴き声。そこでワナをしかけたのだが、予想もつかぬ展開に……。他に豪華絢爛「この子誰の子」「祝・殺人」などユーモア推理の名篇四作の競演。（北村　薫）
み-17-1

宮部みゆき
とり残されて
婚約者を自動車事故で喪った女性教師は「あそぼ」とささやく子供の幻にあう。そしてプールに変死体が……。他に「いつも二人で」「囁く」など心にしみいるミステリー全七篇。（北上次郎）
み-17-2

宮部みゆき
人質カノン
深夜のコンビニにピストル強盗！　そのとき、犯人が落とした意外な物とは？　街の片隅の小さな大事件と都会人の孤独な肖像を描いたよりすぐりの都市ミステリー七篇。（西上心太）
み-17-4

宮部みゆき
誰か Somebody
事故死した平凡な運転手の過去をたどり始めた男が行き当たった、意外な人生の情景とは――。稀代のストーリーテラーが丁寧に紡ぎだした、心を揺るがす傑作ミステリー。（杉江松恋）
み-17-6

宮部みゆき
名もなき毒
トラブルメーカーとして解雇されたアルバイト女性の連絡窓口になった杉村。折しも街では連続毒殺事件が注目を集めていた。人の心の陥穽を描く吉川英治文学賞受賞作。（杉江松恋）
み-17-9